남도
2

남

정형남 장편소설

❷ 굴뚝 연기

애플북스

| 목차 |

제2부 굴뚝 연기

제2부

굴뚝 연기

서 있는 자의 방향

1

바람 한 점 없는 불볕더위였다. 물잠방이를 치며 고랑을 타는 일은 쉽지만은 않았다. 벼들은 올곧이 자라 팔과 다리를 사정없이 할퀴어 쓰리고 따가웠다. 고향에서 일본순사의 콧등을 까뭉개고 도망쳐 나와 한민서에게 몸을 의탁, 숨어 지내는 표상과 머슴 몽선은 젊은 사람답게 저만큼 앞서가고 있었다. 땀에 젖은 적삼은 몸에 착 달라붙어 비 맞은 장닭 꼴이었다.

벼 논 고랑을 반쯤 타내려갔을 때, 해심이 새참을 이고 왔다. 종부네가 첫아기를 낳고부터 언니를 도와준다는 구실을 들어 한민서 집에 와 있었다. 부엌일이며, 빨래며, 밭일까지 종부네를 거들어 주었다. 손맛도 좋아 부엌일은 아예 해심에게 내맡기다시피 하였다. 매사 깔끔하고 야무져 한민서로부터 귀여움을 받았다. 처제가 너무 고생하는 게 아니냐고 한마디 인사치레를 하면, 형부가 좋아서 고된 줄을 모른다고 받아넘겼다.

"자네 말이야. 우리 처제 마음에 드나?"

한민서는 논둑에 자리를 잡고 앉으며 웃음 섞어 표상에게 한마디 던졌다.

"제가 처제를 좋아한다고 세상이 달라집니까."

표상은 무념스럽게 받아넘겼다. 이렇게 숨어 지내는 놈이 누구를 사랑하고 좋아할 것인가.

"내가 중매라도 서 줄지 누가 알아."

"마음은 고맙습니다만, 사양하겠습니다."

표상은 순간 머리위로 구름 한 자락이 지나가듯 고향, 이웃 동네에 살고 있는 순정이를 떠올렸다. 방학 때마다 집에 돌아오면 그녀의 맑은 눈빛이 말없이 반겼다. 그때마다 표상은 그녀의 손을 꼬옥 잡아주고 싶은 목마름으로 어찌할 줄 몰랐다. 해심을 대하면 그녀의 모습이 겹쳐졌다. 그녀를 다시 볼 수 있을까…….

해심은 새참을 내려놓았다. 허리께에 매달린 댕기머리하며, 오목조목 조그맣고 귀염성 있게 생긴 태깔하며, 쌍꺼풀진 맑은 눈매가 이제 막 사랑을 머금은 청순함을 안고 있었다.

"형부, 교장선상님이 좀 보자고 전갈이 왔어라우."

"그래서 새참을 빨리 가져왔구만. 무슨 일일까?"

"지가 그걸 어떻게 안단가요. 새참이나 들고 가시요."

해심은 새참을 나누어 돌렸다. 한민서는 처제의 성의를 생각하여 몇 술갈 들었다.

"아따, 처제 음식솜씨는 워처끄롬 이렇게 감칠맛 난다요. 사람 미치게 하는 법도 여러가지랑께요. 미련스럽게 밥을 더 축내구만이라우."

몽선은 입이 미어터지게 밥숟갈을 우겨넣으며 너스레를 떨었다. 표상은 말없이 젓가락을 놀렸다.

"그럼, 써레죽을 끓여줄까?"

해심이 민감하게 톡 쏘았다. 머슴 주제에 틈만 나면 말을 걸었다.

"시레기국도 처제가 끓여주면 두 양푼도 적을 것이요."

"난, 학교에 가볼 테니까 두 사람이 마저 일을 마치게나. 그래야 내일 멸구약을 치지."

"염려 놓으시요. 일 도와 준답시고 옷만 적시잖소."

몽선은 트림을 끄윽하고 나서 허리띠를 느슨하게 풀었다. 한민서는 논둑길을 돌아 나와 집에 들어섰다. 종부네가 아기에게 젖을 물리고 있다가 수줍게 돌아앉았다. 한민서는 말없이 손발을 씻고 옷을 갈아입은 다음 툇마루를 내려섰다. 아장거리며 걸음마를 하는 첫아이가 문지방을 넘어 한민서의 바짓가랑이를 붙들었다. 한민서는 번쩍 안아 볼기짝을 두드리며 자신도 모르게 한숨을 죽였다. 원하지 않은 결혼. 거기서 생겨난 생명. 한민서의 운명을 뒤바꾸어 놓았다고나 할까. 부모의 강요에 의한 결혼만 아니었더라면 지금쯤 청운의 꿈을 안고 학업에 전념하고 있을 것이다. 이 젊은 나이에 가정의 울안에 갇혀 안주한다? 언젠가는 탈출할 것이다. 그날이 언제일까? 일본은 세계제패의 야심에 불타 전쟁을 일으키고 있다. 그리고 이 나라 강토와 백성들은 저들의 전쟁터에서 희생물이 되고 있지 않는가.

한민서는 대문을 나서 마을길을 버리고 원뚝길로 향하였다. 밀물로 바닷물이 참방거렸다. 수문께에서 한장서와 느리터분한 공수네 아범이 낚싯대를 드리우고 있었다.

"동생, 어디 가시는가?"

한장서가 낚싯대를 잡아채며 물었다. 깔따구 한마리가 포물선을 그리며 파닥거렸다.

"학교 좀 갑니다."

"항상 바쁘니께. 제수씨는 계시제?"

한장서는 씨익 웃음을 머금었다. 보나마나 술독의 술 생각이 나서 제수씨의 부재를 물을 것이었다.

"어디 갈랍디요. 고기나 많이 낚으십시요."

한민서는 수문께를 지나쳤다. 한장서는 징용 때문에 학업을 중단하고 집으로 귀가하라는 아버지의 말에 얼씨구나, 어깨춤을 추며 내려왔다. 서울에서 공부한답시고 돈을 올려보내면 공부는 뒷전이고 친구들과 어울려 술 마시기 아니면 가난한 친구들의 뒤치다꺼리로 날려 버렸다. 그래도 먹물깨나 들었다고 고향에 내려오면 모두의 부러움과 선망의 대상이 되었다. 한장서는 고향에 내려와서도 빈둥거리며 그만한 친구들과 어울려 낚시질 아니면 술타령이었다. 이유는 그럴싸하여 세상이 술을 부르지 않느냐고 반문하였다. 하기야, 그 마음을 왜 모를까마는.

한민서는 원뚝을 가로질러 비석거리에 이르러 뒤를 돌아보았다. 여기서 보니 새로 지은 집이 외로운 학처럼 보였다. 기와를 올려야 했는데 잘못했지? 아버지에게 너무 겸손하였어. 한민서는 언젠가는 기와로 올려야겠다고 가슴에 여미었다.

새로 집을 지은 것은 한민서가 전쟁의 불길이 일본 본토를 강타하기 직전 아버지의 부름으로 집에 돌아왔을 때였다. 한대진은 아들의 환심을 사기 위해 분가를 단행하였고, 그럴싸하게 집을 지어 마음을 주저앉히고자 집터를 마련하여 집을 짓도록 하였다. 마을 장정들을 동원하여 선산에서 나무를 베어 사칸접집으로 지었다. 마을에서 제일 산뜻한 집이 생겨났는데, 한민서는 집에 대해서는 불만이 없었다. 그렇게 배려해 준 아버지가 고마웠다. 어차피 장가를 들고 자식을 보았으니 다리 뻗고 누울 집칸이라도 있어야 하지 않겠는가.

한민서는 면 주재소에서 외따로 떨어져 있는 해태조합을 지나쳤다. 공지에서 한우균이 댓다발을 추스르다가 허리를 폈다.

"벌써 김발 준비인가?"

"아이구, 성님. 지금부터 서서히 해야지라우. 놀면 심심하고해서요."

"자네 부지런함은 세상이 알아주니까."

"뭔 일로 귀한 걸음을 하시요?"

"교장이 좀 보자고 해서……."

"또 읽을거리를 구했는 갑소. 교장은 책만 사들이면 성님한테 자랑하고파서 배가 아픈 모양입디다. 나한테도 쪼깐 귀동냥 것으로 들려 주시요잉."

한우균은 한민서와 일본인 교장 다나까는 인간적으로 각별한 사이라는 것을 누구보다도 잘 알고 있었다. 지배자와 피지배자라는 적대관계를 떠나 학문적으로 허심탄회하게 이야기를 나누었다. 한민서가 일본으로 공부를 하러 갈 때도 다나까 교장은 기꺼운 마음으로 추천서를 써 주었고, 심지어는 하숙집까지 소개해 줄 정도였다. 다나까 교장은 무엇보다 한민서의 올곧은 선비정신과 자기 세계의 확립을 좋아 하였다. 그것은 국가와 이념을 뛰어넘는 우정이었다.

"여부가 있겠는가."

"나중에 집으로 돌아갈 때 우리 집에 들릴라요? 야학 때문에 할 말도 있고."

"야학이 왜?"

"순사 놈이 좋지 않은 눈으로 보는 것 같소. 뭔 껀수를 잡을란지."

한우균은 한민서에게 글을 배우며 뒷바라지를 감당하였다.

"알았네. 내 들림세."

한민서는 한우균을 뒤로 하고 주재소를 지나쳤다. 일장기가 펄럭거렸다. 아, 저놈의 일장기. 언제 태극기가 휘날리려나. 한민서는 한숨을 깨물며 교문을 들어섰다. 운동장에서 한 무더기 먼지바람이 일어나 새로 지은 교사 쪽으로 휘몰아 갔다. 학교 지붕에 햇살이 미끄러졌다. 초가지붕인 사설학당을 스레트와 기와로 잘 조화시켜 새로 지은 학교 건물에서 일본인들의 야욕을 단적으로 느껴볼 수 있었다. 교장은 학교에 없었다. 교문 밖에 있는 사택으로 향하였다.

아름드리 느티나무와 벚꽃나무가 우거진 사택은 전형적인 일본식이었다. 대문을 들어서자 감나무 밑에서 졸고 있던 세퍼트가 번쩍 머리를 쳐들더니 한민서를 알아보고 누운 채 한껏 게으름을 피우며 꼬리를 흔들었다.

"어서 들어오시오."

교장은 실내복 차림으로 맞이하였다. 일하는 여동네가 기다리고 있었다는 듯 술상을 들여왔다.

"오늘은 어인 일로……?"

한민서는 예전에 볼 수 없었던 대접에 의아해 하였다. 서로가 술을 좋아하지 않기에 술 대신 차를 즐겨 마셨다.

"자, 듭시다. 오늘은 못 마시는 술이나마 한잔 들고 싶어서요."

교장은 술잔을 건넸다. 한민서는 영문을 몰라 하며 술잔을 받았다.

"아무래도 무슨 특별한 날이라도 되는 가 봅니다."

한민서는 따끈하게 덥혀진 정종을 혀끝으로 음미하였다.

"특별한 날이랄 수도 있지요. 나보다는 한 선생 쪽에서요."

교장의 입 꼬리가 쓰겁게 치켜 올라갔다. 그것도 예전에 볼 수 없었던 표정이었다.

"저에게요?"

"우선 술부터 들고 이야기 합시다. 아, 술이 이렇게 좋은 것인 줄 미처 몰랐어요."

"뭐, 상심된 일이라도 있으신가요?"

"나로서는 상심 정도가 아니지요. 한 선생, 우리의 우정이 그간 몇 년 세월이지요?"

"새삼 그걸 곱씹어 따져 물을 게 있습니까. 혹시 임기가 다 되어 본국으로 돌아가시는 게 아닙니까?"

새삼스럽게 우정을 들먹이다니. 교장 자신이 이곳에 온 햇수를 더 잘 알 것이었다. 그리고 서로의 마음을 확인할 필요가 없을 터였다. 지배자와 피지배자라는 운명 속의 만남이었으나 인간적으로 상대를 아우르고 이해하였다. 교장은 핍박 받는 이 땅의 현실을 가슴으로 아파하고 동정하였다. 한민서는 교장의 양심적인 고뇌와 인간적인 심성을 깊이 헤아렸다.

"본국으로 돌아갈 때가 되면 돌아가는 게 순리지요."

"점점 모르겠어요."

"한 선생, 대일본제국의 운명이 곧 나락으로 떨어질 것 같습니다. 침략제일주의에서 패망의 갈림길에 이르렀어요."

교장은 순간 비통한 얼굴로 변하였다.

"그게 무슨 말씀이십니까?"

한민서는 소스라치게 놀랐다. 전율이 흐르면서 긴장감이 온몸을 휘감았다. 교장의 입에서 감히 그런 말이 나오다니, 예삿일이 아니었다. 누구보다도 뉴스가 빠른 교장이고 보면 돌아가는 전황을 남 먼저 알 것이었다.

"곧 전쟁에 집니다."

"연일 승전보를 알리지 않습니까."

"그것은 마지막 발악이자 허세인지 모르지요. 머지않아 대일본제국은 이 땅에서 물러날 것입니다. 그렇게 돌아가고 있어요."

"……믿어지지가 않습니다."

"당연하지요. 얼마나 많은 세월을 착취와 지배로 얼룩졌습니까."

"사실이라면……."

"내 부탁하리다. 앞으로 어떠한 불이익이 돌아올지라도 이곳 일본인들을 무사히 본국으로 돌아갈 수 있도록 배려해 주시오. 우리의 우정으로 말이오. 믿고 의지할 사람은 한 선생 밖에 없소."

교장은 간절한 눈으로 부탁하였다.

"우리에게 그러한 광복의 날이 온다면 어찌 우정을 저버리겠습니까. 술이나 한잔 받으십시오."

한민서는 좀 더 냉정해지고자 하였다. 교장의 말이 꿈이 아니기를 천지신명께 빌었다.

"좋습니다. 오늘은 우리 두 사람 흠뻑 취해 버립시다. 그동안 나라 없는 설움으로 많은 고통을 받으셨습니다."

다나까 교장은 평소의 주량을 넘어서고 있었다. 한민서도 덩달아 술잔을 거듭하였다. 일본이 패망한다는 사실이 현실로 받아들여지지 않았으나, 땅속에서 솟아나는 온천수에 몸을 내맡기듯 온몸이 자신도 알 수 없는 열탕 속에 녹아내리는 듯하였다.

"한 선생, 대일본제국이 이렇게 패망하다니, 슬픔을 감출 수 없소이다."

교장은 마침내 자제력을 잃고 한민서를 끌어안으며 울음을 터뜨렸다. 한민서는 교장을 자리에 들게 한 뒤 비칠 걸음으로 사택을 나섰다. 어디선가 지펴 오르는 훈김이 한민서의 가슴을 출렁거리게 하였다. 만세라도 부르고 싶은 충동으로 우쭐거렸다. 일본의 사슬에서 벗어난다! 얼마나 많은 세월의 인고요, 기다림이냐. 주재소를 지나쳤다. 저 음산한 건물. 그 앞을 지나칠 때마다 얼마나 저주하였던가. 폭탄이라도 안고 뛰어들고 싶었던 울분과 분노…….

"어이, 우균이. 자는가?"

한민서는 혀 꼬부라진 소리로 한우균의 집 사립문을 들어섰다. 방문이 열리면서 한우균이 잠옷 바람으로 나왔다.

"술도 제대로 못하시는 분이 웬 술을 이렇게 마셨소. 어서 들어갑시다."

한우균은 한민서를 부축하였다.

"다나까 교장이 냅다 술을 드는 바람에……."

"그분도 술을 잘 못하잖아요."

"누가 아닌가. 이봐. 이제 말이야. 아니지, 아니야. 아직은 저 광명의 그날을 기다려야겠지."

한민서는 허우적거리듯 손사래를 쳤다.

"교장과 무슨 일이 있었는가라우?"

"아주, 아주 중대한 이야기를 나누었어. 술 있으면 한잔 더하자구. 자네와 내가 말이야."

"우선 방에 드십시다. 몸이나 제대로 가누셔야지요."

"좋아, 좋아."

한민서는 문지방을 넘어서기가 무섭게 마셨던 술을 토하기 시작하였다. 한우균은 예전에 보지 못하였던 한민서의 행동에 적이 당황하였다. 등을 두드려주고 나서 세숫대야에 물을 떠와 얼굴을 씻긴 다음 자리에 눕혔다. 한민서는 정신을 잃은 채 곯아떨어졌다.

한우균은 한민서를 가만히 내려다보았다. 교장과 무슨 일이 있었기에 저렇게 술을 마셨을까? 중대한 이야기라고 하였다. 그게 무얼까? 한우균은 많은 생각들이 얼크러졌다. 징용문제? 그것은 누구나 좌불안석이자 공포의 대상이다. 언제 끌려갈지 아무도 예측할 수 없다. 지금까지 섬이라는 특수한 지리적 여건으로 몇몇 사람을 제외하고는 젊은 사람들을 무사케 하였다. 허위보고서와 일본인들과의 적당한 물질적인 타협으로 징용을 모면할 수 있었다. 온갖 종류의 인과관계와 선물공세와 과장된 우정과 부역으로……

드디어 그러한 울타리가 제거된 것일까? 그럴지도 모른다. 풍문으로 듣건대 전쟁은 더욱 광범위하게, 치열하고 심각하게 전개된다고 하였다. 그만큼 군수물자와 인력동원을 필요로 할 것이다. 그것을 증명이라도 하듯 놋쇠그릇이며, 송진까지 혈안이 되어 거두어들이지 않는가. 그렇다면? 한우균은 자신이 예고 없이 징용에 끌려가는 모습을 눈앞에 떠올리며 진저리를 쳤다. 이제 막 신혼의 단꿈에 젖어있는 상황에서 징용은 처참한 비극이었다. 아니야. 그럴 리 없어. 한우균은 강하게 도리질하였다.

가만. 한우균은 설핏 또 한 생각이 가슴에 치올라 전율을 일으켰다. 혹시 한민서와 깊은 관련이 있는 게 아닐까? 항일농민운동 사건의 후유증은 아직도 소진되지 않았다. 그들 주모자들은 옥고를 치르거나 도피 중이다. 그들의 구명운동과 재건을 시도하려는 기운이 암암리에 추진되고 있다. 한민서는 그 가운데 서 있다. 다나까 교장과의 우정이 남다르기에 의심의 눈초리를 보내지 않을 것이라는 판단 아래 책임을 짊어진 것이다.

바로 그것이야. 다나까 교장이 한민서를 불러 경고를 준 거야. 더 이상 관여하지 말 것이며, 지금까지 진행해온 불경스러운 일을 중단하라고. 한우균을 머리를 끄덕였다. 다나까 교장의 귀에까지 정보가 흘러들었다면 보통 심각한 일이 아니다. 한우균도 무사하지 못할 것이다. 비밀리에 이루어지는 집회라든가, 모임에서 한우균은 경리 담당과 함께 연락책을 맡고 있었다. 그만큼 한민서가 신뢰하였다. 무슨 대책을 세워야 한다. 한우균은 한민서를 지켜보면서 잠에서 깨어나기를 기다렸다.

한민서는 새벽녘에 눈을 떴다. 속이 굉장히 쓰렸다. 갈증이 일면서 뒷골이 빠개져 나갈 것만 같았다. 방안이 낯설다는 느낌이 들었다. 우리 집이 아니야. 몇 시나 됐지? 한민서는 가만히 자리에서 일어나 방문 쪽으로 기어갔다. 살며시 방문을 열었다.

"일어나셨는가라우?"

한우균은 방문 여는 소리에 화들짝 몸을 추슬렀다. 앉은 채 깜박 잠이 든 것이다. 한민서는 난망하고 민망스러웠다. 보나마나 잔뜩 취하여 횡설수설 한우균에게 취태를 부렸을 것이었다.

"못 마시는 술이 너무 과했나봐. 실수 많이 했지?"

"실수는요. 가만 있으시요. 냉수라도 한 그릇 떠올 텐께."

한우균은 부스럭 불을 켜고 방문을 나섰다. 안방에서는 새색시가 조용히 잠들어 있는 듯하였다. 두레박으로 물을 길렀다.

"속이 쓰려 죽겠지라우. 물 드시요."

"고마우이."

한민서는 냉수 한 그릇을 벌컥벌컥 들이켰다. 오장육부가 저릿하도록 시원하였다.

"술을 쪼끔만 드시제. 취중에 중대한 이야기를 교장과 나누었다고 하였는디, 나도 쪼깐 들으면 안 되겠소?"

"정말 엄청난 말을 하였어."

한민서는 아직도 다나까 교장의 말이 믿기지 않았다.

"아따, 사람 감질나게 하구만요. 혹시 그 운동사건이 불거져 나온 것은 아니요?"

"무슨 운동?"

"성님이 더 잘 알면서 시침 떼기요."

"모르긴 몰라도 역사 속으로 묻히게 될 거야."

한민서는 희붐하게 밝아오는 봉창문을 바라보았다. 새벽의 여명은 저렇게 밝아온다. 칠흑 같은 어둠이 걷히고 밝은 광명의 날이 다가온다.

"참말로 엔간히도 궁금증 나게 하시요이."

한우균은 보채듯 재촉하였다. 혼자만 알고 있다는 게 더욱 안달스럽게 하였다.

"우리가 소원하던 조국 광복의 날이 멀지 않았다는 거야."

"뭐, 뭣이라고라우?"

한우균은 자신의 귀를 의심하였다. 감히 그런 말을 어떻게 할 수 있단 말인가.

"다나까 교장이 나를 부른 것은 그 때문이었어. 아주 침통하게 일본의 패망이 멀지 않았다는 거야."

"그것은 성님의 밑바닥을 떠보자는 술책이 아니고 뭐겠소. 시방이 어느 때라고 그런 말을 입에 담겠소. 더구나 일본사람이 자청하여 그 따위 소리를 하는 저의를 정말 모른단 말이요?"

"나 또한 믿기지 않아. 하지만 교장의 양심상 감출 수 없었는지도 몰라. 머지않아 알게 될 테니까. 교장은 참담한 심정으로 술을 들었고, 나는 가슴 깊이에서 치솟는 기쁨과 환희로 출렁거렸어."

"참말로 요상하네요이. 그 말을 액면 그대로 믿어야 할지. 교장의 성품으로 보면 허튼소리는 아닌 것 같고, 성님 만세라도 부를까요?"

"진정해. 이 사람아. 이럴수록 이성을 잃으면 안 되는 거야. 이것은 어디까지나 우리 두 사람만이 알고 있어야 한다구."

"그렇지만, 성님도 몽창 술을 마셨지 않았소."

"그래서 하는 말이 아닌가."

"어쨌거나, 하늘이 내려준 이 기쁨을 어떻고롬 감당할까이. 이건 암만해도 무슨 미끼만 같으요."

"기다려 보세나."

한민서는 한우균의 어깨를 힘껏 감싸 안고 나서 방문을 나섰다. 한우균은 넋을 앗겨버린 사람처럼 우두커니 붙박힌 채 움직일 줄 몰랐다.

불볕 늦더위는 오늘도 이마를 부셨다. 담장 곁에 서있는 무화과나무는 더욱 끈적한 냄새를 발산하였고, 매미소리는 지악스러웠다. 감나무 가지 숲에서 재잘거리던 참새 떼들이 무더운 바람 끝에 놀라 후두둑 날아올라 도암네 대숲으로 숨어들었다.

"곡식들은 쨍글쨍글 여물겠구마는 더위를 식혀줄 한줄기 비라도 내렸음 얼마나 좋을고"

종부네는 갓난아기에게 젖을 물리며 눈살을 찌푸렸다. 계집아이가 힘차게도 젖을 빨아 젖꼭지가 아팠다. 위로 딸을 낳은 터라 아들이기를 바랐는데, 실망스러웠다. 그렇잖아도 윗대로 독자로만 내려와 근근이 대를 이어온 터여서 아들 낳기를 바랐다. 큰동서인 도암네도 위로 아들 하나를 낳고서 종부네와 품앗이라도 하듯 앞서거니 뒤서거니 연달아 딸을 낳아 두 며느리가 집안 식구 볼 낯짝이 없었다. 더구나 종부네로서는 남편이 언제 집을 나설지 모르는 터여서 애가 달았다.

"니가 아들 하나만 낳아봐라 제놈도 별 수 있을라디야. 니도 그 재미 붙여 마음 놓고 살 수 있을게고."

시어머니의 말이 아니더라도 아들만 하나 낳으면 남편 잊어버리고 살 작정이었다. 남편이라는 존재가 처음부터 벅차고 아득하기만 하여 남들처럼 평생을 한 이불 속에서 도란도란 등 두드려가며 살 것이라고는 바라지 않았다. 장부답게 드넓은 세상에 나가 사나이로서의 기개와 신념으로 할 일을 다 하고자 하는 데는 말릴 도리가 없을 터였다. 하여 남편의 존재는 어렵게만 비쳐지고 한숨과 체념으로 남편이 가고자 하는 길을 바라볼 수밖에 없었다.

"비 바라지 마십시오. 그러다 태풍이라도 몰아칠까 겁납니다."

표상이 밀짚모자를 깊숙이 눌러쓰고서 신발을 꿰신었다. 들일이라도 나가려는가 보았다. 표상은 한 달 전 불어친 태풍에 아직도 공포를 느끼고 있었다. 뭍에서와는 달리 섬 전체를 삼켜버리는 폭풍우는 그 어떤 힘보다도 무서웠다.

"태풍이 불어치더라도 비올 때는 와야제."

종부네는 젖꼭지를 물고 새근새근 잠들어 있는 갓난아기의 이마에 송글 맺힌 땀방울을 내려다보았다. 니가 고치라도 달고 나왔더라면 얼마나 좋을끄나. 니도 좋고 나도 좋고 집안도 좋제. 종부네는 가만한 한숨을 내쉬며 서늘한 윗목에 뉘였다.

한민서는 요 며칠 집에 들어오지 않았다. 잠깐 볼일 보러 읍내를 다녀오마고 나흘 전에 집을 나섰는데, 돌아오지 않은 것이다. 읍내 볼일이라면 하루면 충분하였다. 일을 다 보지 못하였다 하더라도 이틀이면 족할 것인데 나흘이나 소식이 없다니. 출렁 불안감이 치밀었다. 또 어디 멀리 가버린 것은 아닐까. 종부네는 생각이 거기에 이르자 입술을 지그시 깨물었다. 결혼 초부터 학문에만 뜻을 둘뿐 가정에 애착을 느끼지 못한 남편이었다. 억지 장가를 든 첫날밤, 남편은 무어라 말하였던가. 결혼 때문에 내가 가고자 하는 길을 포기할 수 없으니 용서하라고. 각오는 하였지만 그 말은 생과부가 되라는 것이었다.

어쩌자고 이런 운명을 짊어졌는지, 부모들이 원망스럽소. 그 모습이 처연하고 안쓰러워 족두리는 벗겨 주리다. 남편은 새벽녘까지 고개를 떨군 채 고즈넉이 앉아있는 종부네가 마냥 보기 싫었던지 족두리를 벗겨 주었다. 그리고 나서 남편은 도망치듯 집을 떠났다. 첫날밤 단 한 번의 동정심으로 첫아이를 낳았을 때, 시아버지는 어떻게든 남편을 불러

들여 안주케 하려고 하였다. 하늘이 그 점을 가상히 여겼던지, 때마침 이질에 걸려 하는 수없이 피골이 상접한 몰골로 시숙의 등에 업혀 돌아왔다. 시아버지의 영역에서 벗어나기 위해 현해탄을 건너려다 이질에 걸린 것이다.

종부네는 지성으로 간호를 하였다. 그렇게라도 돌아온 것이 마음 즐거웠다. 이제 막 걸음마를 하는 큰딸아이를 가만히 내맡기며 은근히 가정에 정을 붙이도록 하였다. 그러나 남편은 딸아이를 거들떠보지 않았다. 어느 정도 몸이 회복되자 이번에는 예분례네 밀무역선을 몰래 타고 결혼 때문에 중단하였던 학업을 계속하기 위해 일본으로 건너갔다. 그리고 다시금 조상이 가상스럽게 여겼는지 대동아전쟁이 일본의 심장부를 강타하자 시아버지의 부름으로 급거 돌아왔다. 그때도 모습이 영 말이 아니었는데, 전쟁의 참담한 환영에서 벗어나려는 듯 사랑채에 붙어 있는 뒷방에 틀어박혀 책속에 파묻혀 지냈다.

"저 녀석을 얼른 분가시켜야겠어. 장가를 들고 자식을 두었으면서도 처자식을 거들떠보지 않으니, 원……."

시아버지는 남편의 그 모습을 볼 때마다 혀를 차며 못마땅해 하였다. 그나마 또 처자식을 버리고 집을 나설까봐 노심초사, 집을 장만하여 주었다. 이번에야말로 마누라와 자식을 아주 잊어먹을 것 같아서였다.

시아버지는 왜 남편의 유학을 중도시키려는 걸까? 시아버지만큼 자식들의 교육에 정성을 쏟은 양반도 없었다. 당신이 읍내 향교를 출입하는데다 누구보다도 재력이 튼실한 만큼 교육의 필요성을 절감한 어른이었다. 나라 잃은 설움을 극복하기 위해서는 무엇보다 문명의 깨우침이라고 역설하였다. 일본이 이 나라를 지배할 수 있었던 것은 서양의 문물을 재빨리 받아들인 결과물이요, 그것은 곧 교육의 선진화라고 갈파하였다. 이 나라와 일본은 화살과 총알의 대비관계라해도 과언이 아니라고 하였다. 그 총알을 이길 수 있는 것은 무지를 일깨우는 교육이라고 하였다.

그런데 남편에게만은 왜 결혼이라는 굴레를 씌워 학문의 길을 중도 시키려는 걸까. 시아버지는 큰아들을 서울로 유학을 보냈다. 한장서는 천성적으로 학문에 깊은 뜻이 없다는 것을 잘 알면서도 결혼 이후에도 학업을 계속하도록 배려하였다. 한민서는 일찍부터 머리가 뛰어나 장차 큰 인물로 키우겠다고 일본으로 유학을 보냈다. 그리고 나머지 자식들도 제각기 학교에 보냈다.

남편에 대해 시아버지의 생각과 기대감이 달라진 것은, 섬 전체를 떠들썩하게 한 사건이 있고부터였다. 그리고 그것이 일본이 전쟁을 일으킨 것과 연장선상에 이르러 설득력을 일으켰다. 학도병 문제가 그것이었고, 그로 하여 세월을 더 기다리게 하였다.

사건이란 지하조직으로 결성된 항일농민운동이었다. 문맹을 퇴치하기 위해 야학을 열고, 무지한 농민의 의식을 일깨운다는 의식화운동이 일제의 탄압에 항거하는 지하비밀운동조직과 연계되어 수면위로 떠오른 것이다. 마을마다 조직구성원이 결성되어 일제의 탄압에 항거하여 왔는데, 가족 간에도 비밀로 하여 섬사람들은 그러한 사실을 까마득히 모르고 있었다. 종부네만 하더라도 시집오기 전 일본에서 학업을 마치고 돌아온 친정 오빠의 행동거지가 암암리에 감시의 대상이 된다는 것을 잘 몰랐다.

박해수는 일본에서 돌아온 그날부터 동사무소 창고를 뜯어 고친 다음 약방을 열었다. 친정아버지의 기대감을 사뭇 저버린 것이었다. 친정아버지는 박해수가 좀 더 학문을 닦아 가문을 빛내 주기를 바랐는데 겨우 판잣집 같은 약방을 운영한다는데 섭섭하고 불만스러웠다. 박해수는 열심히 환자를 대하였다. 가난한 사람에게는 무료로 처방을 해 주기도 하고, 노약자에게는 손수 약을 지어 갖다 주기도 하였다. 그러는 한편 밤에는 야학을 열어 까막눈들을 뜨게 하였고, 자신은 시인으로 자처하며 종부네에게 알아듣기 어려운 시들을 낭송해 주기도 하였다. 하지만 비밀지하농민운동과는 별개의 독자성을 가지고 있었다. 박해수의 깊은 속내는 아직도 알 수 없지만.

어쨌거나 지리적인 특수성으로 독립운동을 하다 도망쳐 숨어들어온 사람들이 있는가 하면, 일본이나 서울에 유학 간 사람들이 비밀결사에 가입, 검거되는 순환이 반복되는 동안 섬 전체가 요주의 섬으로 낙인찍혀왔다. 이번의 비밀지하항일농민운동은 그전에 한차례의 검거로 와해된 것을 재건한 조직이었다.

항일지하농민운동은 세력을 규합 넓혀가는 가운데 그들 내부에서 빚어진 갈등으로 표면위에 부상하였다. 주모급들이 체포 내지 도망치기에 이르렀고, 그들을 외곽에서 지원하고 성원하였던 사람들까지 검거의 대상이 되었다. 사상적으로, 정신적으로, 물질적인 제공자까지 발본색원하였다.

그러나 방향을 수정하여 일개 조그마한 섬에서 일어난 사건을 광대 해석할 필요가 없다는 자체 여론과 대세관에 의해 주모자급 몇 사람이 형을 언도 받는 것으로 끝났다. 하지만 섬사람들로서는 굉장한 충격을 받았다. 무지한 섬사람들도 투철한 정신으로 작은 공간에서나마 과감히 일제에 항거할 수 있다는 자긍심을 확연히 안겨준 것이다.

시아버지 역시 마찬가지였다. 다만 일본에 가있는 아들이 염려스러웠다. 틀림없이 방학을 이용하여 그들이 필요로 하는 책이며, 신문 보도 자료를 건네주었을 것으로 확증이 갔기 때문이었다. 얼핏 아들이 지니고 있는 책들을 보건데 일제가 불온시하고 금기시하는 공산주의 이념이라든가, 마르크스사상, 아니면 무정부주의가 농후한 것들이었다. 안

되겠어. 이참에 아들의 유학을 당분간 중단시켜야지. 일본 아니더라도 중국, 서울에서도 얼마든지 학업을 계속할 수 있잖은가. 호랑이 아가리나 다름없는 일본에서 행여 비밀결사에 가담하여 검거라도 될라치면 그 결과는 뻔 한 것이다. 그렇게 결정을 내린 시아버지는 결혼이라는 볼모로 집안에 가두고자 하였다.

하지만, 시아버지의 계산은 너무나 많은 시행착오를 안겨 주었으니, 종부네는 말할 것도 없고, 한민서에게 고통과 불행을 짊어지게 하였다. 신식문물을 익히고, 신식처녀들을 보아온 남편의 눈에 치렁하게 댕기머리를 한 양가집 규수가 눈에 들어올 리 없었다. 더구나 시아버지의 일방적인 강권임에랴.

시아버지와 친정아버지는 순전히 자신들의 든든한 울타리를 생각한 계산속에서 즉흥적으로 사돈관계를 맺었다. 아들의 의향 따위는 안중에도 없었다. 아버지의 의견에 무조건 순종하리라 판단한 것이다. 그래도 처녀의 인물 됨됨이를 한번 봐야하지 않겠느냐는 대감할머니의 말에 마침 집에 내려온 한장서더러 처녀를 보고 오라고 하였다. 한장서는 공수아범을 데리고 동생 대신 처녀를 보러 갔는데, 친구들과 어울려 술타령을 하다가 돌아오는 길에 물동이를 이고 가는 뒷태깔만 보고 흡족한 마음으로 돌아왔다.

신부될 처녀가 어떻더냐? 시아버지의 물음에, 삼단같이 치렁하게 땋아 늘인 댕기머리하며 선녀처럼 곱습니다. 망설임 없이 대답하였다. 그것으로 사돈관계가 정식으로 맺어지고, 서둘러 결혼 날짜를 잡았다. 무슨 영문인지도 모르고 빠른 시일 내에 귀가하라는 전갈에 숨가삐 돌아온 한민서는 아연 실색하였다.

"결혼이라고요?"

한민서는 거세게 반발하였다. 어디서 애비의 뜻을 거스르려 하느냐?

시아버지는 아들을 강제로 멱살잡이를 하듯 끌고 와 혼례청에 세웠다.

친정아버지는 그때서야 비로소 사위의 모습을 보고 후회하였다. 모든 면에서 딸과는 비교가 되지 않는 헌헌한 모습에서 딸의 불행을 예감한 것이다. 보다 신중했어야 했는데 내가 너무 성급하고 욕심이 지나쳤어. 하지만 어쩌랴. 때가 늦은 것을. 친정아버지는 지그시 눈을 감았다.

한민서는 혼례만 치르고 도망쳤다가 이질에 걸려 붙들려 온 뒤로 시아버지의 감시를 받으며 꼼짝없이 갇혀 지냈다. 팽팽한 줄다리기가 시작된 말없는 공방이었다. 그리고 팽팽한 공방은 한민서가 훌쩍 밀항하는데서 균열이 갔고, 이번에는 전쟁으로부터 신변보호라는 명목으로 되돌아와 균열이 갔던 공방이 다시금 재생되었다. 새집을 지어 마음의 환심을 사보기도 하였으나 명쾌한 해결책은 아니었다. 그런 속에서 종부네는 둘째 딸아이를 가졌다.

둘째아이를 낳고부터 조금은 마음자리를 펼 수 있었다. 설마하니 자식 둘을 낳은 조강지처를 내쫓기야 하겠느냐는 은근한 생각과 새집을 지성스럽게 꾸미는데서 한민서의 심정적인 변화를 기대하였다. 어서 아들 하나만 쑥 낳아. 그러면 제깐놈도 별 수 없을 텐게. 시어머니는 딸을 낳은 서운함과 불안스러움을 누르며 종부네의 말없는 눈물고생을 다독였다. 뭐니 뭐니 해도 벅찬 남편 모시고 사는 시집살이만큼 서럽고 고달픈 게 없으리라.

한민서는 둘째 딸아이를 보았는데도 거들떠보지 않았다. 스스로 감옥만 같은 집안의 울타리 안에서 벗어나려고 하였다. 주위의 권고도 있고 하여 부락사를 맡았다. 한민서의 진심이 아니었으나 봉사정신을 앞세워 그렇게라도 숨통을 트고 싶었다. 시아버지는 겨우 한다는 것이 부락일이냐고 한 가닥 의구심을 떨치지 못하면서도 아들의 발목을 놓아주느니 차라리 봉사정신을 발휘하는 것도 좋은 일이다 싶어 묵인하였다. 한민서는 부락사를 거들면서부터 바깥출입이 잦았다. 밤에는 공회당에서 야학을 하는 관계로 늦게 돌아오고, 읍내 출장이다, 무슨 회합이다, 밖을 나돌며 각지의 사람들과 교류를 하였다.

남편은 어디에서 누구와 시간을 보내고 있을까? 아녀자로서, 더구나 모든 면에서 남편의 일을 시시콜콜 간섭할 수 없는 종부네로서는 신경이 쓰이는 것이 여자관계였다. 그 훤한 이목구비하며 지식인으로 대변되는 이지적인 성품과 대인관계의 부드러움은 주위의 여자들을 사로잡았다. 마을 아낙네들도, 자네 낭군님과 하룻밤만 지새웠으면 원도 한도 없겠다고 농담 섞어 부러워하였다. 소문으로는 유학길에 머무는 부산의 신식물이 든 처녀와 결혼 전부터 보통 사이가 아니라는 말들을 하였다.

해심이 큰딸을 업고 대문을 들어섰다. 큰딸을 낳은 뒤부터 마땅히 수발해 줄 사람이 없어 친정동생을 부른 것이다. 층층시하에서 연달아 딸을 낳은 주제에 시가집 사람들에게 의존할 수는 없었다. 친정동생은 형부가 좋아서, 친정어머니의 잔소리를 피할 수 있어, 얼씨구나 달려왔다. 남편도 곱상하고 정갈한 처제를 귀여워하였다. 어쩔 때는 친정동생의 반만큼 아내를 위해주고 사랑해 준다면 얼마나 좋을까, 시샘이 일기도 하였다.

"금세 메뚜기를 많이도 잡았다."

"아주 토실해서 정신없이 잡았구만. 몽선이 좋아할 거여."

해심은 이슬 맺힌 논에서 잡은 메뚜기를 쳐들어 보였다. 몽선은 가마솥에 불을 지피며 메뚜기를 구워먹을 것이었다.

"저도 한몫 끼어야겠소."

표상이 대문을 나서며 한마디 거들었다. 한민서가 처제를 중매 서겠다고 한 것은 은근히 표상의 속내를 떠보기 위한 것이리라. 해심을 처음 대하던 날 표상은 울렁거리는 가슴을 진정시킬 수 없었다. 태깔스럽게 생긴 자태 속에 수줍음과 청순함이 배어 있어 고향에 두고 온 그녀를 연상시켰던 것이다.

"떡고물에도 갱편이 있으니께요."

해심은 입가에 알 수 없는 웃음을 매달았다. 표상은 해심의 저 웃음을 바라볼 때마다 판단이 모호한 비밀스러움을 느끼고는 하였다. 요사한 웃음도 아니고, 성숙한 웃음도 아니며, 그렇다고 천진난만한 것도 아니었다. 저 웃음을 대하면 그 뒤에 깃들어 있는 음영을 헤아릴 수 없어 혼란스러웠다.

"허리 아픈디 애나 내려놓거라."

"제법 컸다고 허리가 묵지근 하구만."

종부네의 말에 해심은 등에 업고 있던 큰딸을 마루에 내려놓았다. 날 때부터 토실하여 시어머니는 장차 부잣집 맏며느리감이라고 엉덩이를 토닥거렸다.

"밭에 좀 나갈텐께 집 보거라이."

종부네는 머릿수건을 찾았다. 오늘은 큰동서와 시제답 목화밭 김을 매기로 하였다.

"형부는 오늘도 안 오실께?"

"보고 싶으냐?"

"성은 안보고 싶은가?"

"보고 싶다고 곁에 있을 사람이라면 얼마나 좋겠냐."

종부네는 남편에 대한 그리움을 훨훨 털어버리듯 대청마루를 내려섰다. 대문을 나서려는데 한장서가 들어섰다. 종부네는 옷매무새를 바로하며 인사를 하였다. 한장서는 졸업을 일 년 남짓 남겨두고 학도병 등살에 집에 내려왔다. 시아버지의 보호막 아래 하는 일없이 낚시로 소일하며 친구들과 어울려 술판이나 벌였다. 가끔 술자리에서 사상논쟁을 하다 일본순사의 감시 대상이 되기도 하였지만 그저 세상을 태평스레 쓸어 보았다. 큰동서인 도암네를 하녀처럼 대하면서도 종부네는 좋아하였다. 어쩌면 종부네가 솜씨껏 빚은 술 때문인지도 몰랐다.

"동생은 아직 안돌아 왔어요?"

"들어오겠지라우."

"뭣이 그리 바쁜지……. 해장술 한잔 주실라요?"

한장서는 대청마루에 털썩 주저앉았다. 보나마나 어젯밤 농탕지게 술을 든 모양이었다. 종부네는 부엌에 들어 술상을 내왔다.

"술안주가 변변치 못한디라우."

"언제는 안주보고 술 들었소. 허허, 술맛 한번 좋다. 제수씨의 손끝은 그저 깊은 바다 맛이요."

한장서는 시원스럽게 술잔을 들이켰다.

"그럼, 술 드시시요."

"염려 놓으시고 일보러 가십시오. 어따, 그 녀석, 귀엽기도 하다."

한장서는 무릎위에 오르는 큰 딸애의 엉덩이를 토닥거렸다. 바다에 나가던 무공이 담장 너머로 그 모습을 보고 싱긋 웃었다.

"자네 혼자 무슨 맛으로 해장술이여?"

"아, 잘됐소. 이리 오시오. 술맛이 기가 막히오."

"그럴까……."

무공은 멈칫거리며 대문을 들어섰다. 무공은 항일농민운동 마을책임자로 활동하다 일제 검거단속에 걸려 광주까지 연행되어 주리를 틀 듯한 고문을 받았다. 주동자급 몇 명 실형언도를 받는 선에서 마무리되어 각서를 쓰고 풀려나와 근신을 하고 있었다.

"자, 한잔 들시오. 지금도 고문 받은 자리가 안 좋소?"

"아무래도 개똥을 먹어사 될랑가……."

"그것보다 이 녀석 똥물을 약으로 쓰시오. 그게 더 효과가 있을 것이요."

한장서는 조카딸을 무릎에서 내려놓았다.

"그놈들 독종들이여. 사람을 초죽음으로 만들어 놓다니."

무공은 천정에 거꾸로 매달려 고춧가루 물을 먹으면서 몽둥이 찜질을 당하던 생각을 하면 몸서리가 쳐졌다.

"고문을 이겨 나온 형님이 더 독종 아니요?"

"그거사 나 혼자 죽을 각오를 했응께. 그리고 나만 당했는가."

"다시 일으켜 세워야지. 좌절해서야 쓰겠소."

"자네들 지식인들이 아우른다면 되겠제. 인자 많들이 의식이 깨쳤네. 무지랭이들이 아니란 말시."

"끊임없는 저항이야말로 우리가 살아있다는 존재의식을 고취시키는 것 아니겠소."

"아무렴. 그런디 자네는 술잔 속에 너무 빠져 지내는 것 같으이."

"그렇다고 의식까지 놓아버리겠소."

"그려. 우리 다시 한 번 조직을 일으켜 보세나. 같이 바다에 안 나갈랑가? 물때가 됐네."

무공은 술잔을 부딪쳤다. 한장서는 결연한 빛이 떠도는 무공의 관자놀이를 바라보며 스스로 소원한 느낌을 안았다. 주위에서 겉도는 한량기를 버리지 못한 터였다. 이제라도 저들 속에 섞여들어 나의 존재를 쏟아 볼까……?

"갑시다. 나야 맨날 낚시질 아니요."

"바다에서 몇 사람이 기다리고 있을 걸세."

"아, 그래요?"

한장서는 긴장감을 가슴으로 안으며 자리에서 일어났다.

2

　읍내에서 일을 마친 한민서는 선창가로 나왔다. 술을 삼가는 터라 선술집을 외면하고 곰삭은 파도가 일렁이는 선창가에 앉아 잔잔한 파도 위에 미끄러지는 햇살을 바라보았다. 신라시대 장보고가 해상왕국을 건설하였던 곳인지라 깊고 푸른 바다 빛은 빛바랜 역사의 숨결이 깃들어 있었다. 장보고의 죽음과 함께 바다에 수몰된 왕국. 이유야 어떻든 분수에 넘친 욕심을 부린 것이다. 자신의 욕망을 죽이며 자신이 건설한 왕국을 신명을 다하여 지켰더라면 역사는 달랐을 것이고, 좀 더 오랜 세월을 가슴에 묻었을 것이다. 역사는 항상 그 시대를 이끌어온 자의 울타리를 뛰어넘는 욕망과 지나친 과신 내지는 자만으로 전도되거나 몰락의 길을 자초한다. 그러한 역사적인 사실을 교훈으로 받아들인다면 지금의 전쟁은 일본제국의 과신 내지 이성을 잃은 과욕이 아닐까. 다나까 교장도 그 점을 직시하였다. 이미 패망의 운명에 처해 있다고.

　"동생, 여기서 뭘 하는가?"

　누군가 생각에 젖어있는 한민서의 어깨를 두드렸다.

　"형님께서 어인 일이시요?"

　한민서는 깜짝 반겼다. 이상석이었다. 키는 작달막해도 강단지기가 어느 상머슴 못지않았다. 완력도 센 터라 학생 씨름꾼으로 이름을 떨쳤다. 입심도 배포만큼이나 좋아서 남 앞에서 일장 연설도 마다하지 않았다. 한민서와는 이종사촌지간이었다.

　"해남 좀 다녀오는 길일세. 여기서 동생을 만날 줄은 몰랐구만. 이리 오시게. 술이나 한 사발하면서 배 떠날 시간을 기다리세나."

　이상석은 한민서의 사양지심은 생각지도 않은 채 앞장섰다.

　"곧 배가 뜰 것이요."

"그건 염려 말게. 내가 일러 놓을 테니."

이상석은 떡 벌어진 가슴을 내밀고서 단골집을 찾아들었다. 한민서는 무넘스레 뒤따랐다. 어차피 술은 못하는 거고, 그 입심이나 즐겨 들자고 마음을 정하였다. 술집여자들이 이상석을 반겨 맞았다. 부잣집 외동아들로 배포가 넉넉하고 한량기질이 다분한지라 그럴 것이었다.

"어디를 다녀 오신가라우? 목을 길게 늘어뜨리고 기다리는 우리들을 금세 잊어뿌리고 딴눈 파는 줄 알았구만이라우."

"허허, 요년들이 새살이 좋기가. 날씨도 덥고, 마음도 울적하고 하여 이웃 고을을 다녀온다. 모래판에서 웃통을 벗어부치고 씨름 한판을 붙고 오는 길이야."

이상석은 호탕하게 웃으며 술집여자들을 쓸어안았다. 곧바로 미어지게 술상이 들어왔다. 이상석은 목이 말랐다는 듯 연거푸 처올리는 술잔을 시원스럽게 들이켰다.

"술잔 들이키는 것을 보아하니 무슨 시빗거리가 있었는가 싶소."

"눈치 하나 빠르기는. 명경지수처럼 따지지 말고 어여 술잔이나 들이켜. 맨 날 샌님처럼 행세하지 말고. 한잔 술을 들이킬 때도 됐지 않나."

"며칠 전 다나까 교장과 한잔 하였더니만 죽다 살았어요."

한민서는 사양하였다. 그때만 생각하면 목에서 쓴물이 올라올 것 같았다. 자신은 아무래도 풍류남아가 아닌 듯싶었다.

"일본교장과? 무슨 일로?"

이상석은 술잔 너머로 한민서를 건너다보았다.

"나중에 이야기 하지요."

"그래? 알겠네. 시간이 웬만하면 우리 집에 함께 가지 않으려나."

이상석은 한민서의 말끝을 낚아 올렸다. 분명 그만한 이유가 있었을 것이다. 더구나 한민서와 마주 앉으면 모든 분야에서 두루 이야기를 나눌 수 있었다. 지기상합이라고나 할까.

"그럽시다. 마음도 울렁거리고, 이모님 뵌 지도 오래 됐고요."

한민서는 선뜻 응하였다. 그렇잖아도 뜻 맞는 사람들을 만나고 싶었다. 다나까 교장의 암시적인 말이 맞다면 그저 앉아있을 수만은 없었다. 무언가 대책이 필요하였다.

"마음이 울렁거린다? 그 속에 굉장한 무엇이 있는 것 같네."

"그럴 때는 감성이 너무 예민합니다."

"감성이야, 박해수에게 비할 바가 아니지. 한 달 전 신지도 명사십리에서 박해수와 파도를 탔었네. 시인은 역시 다르더군. 해당화를 보고 시 한수를 읊조리는데 어떻게나 가슴을 울리던지 나도 모르게 눈물이 핑 돌더라니까."

"저도 들었습니다. 씨름꾼과 시인. 아이러니한 우정이오."

"그 친구와 마주치면 동서양의 사상을 바늘로 꿰듯 이야기할 수 있어 좋아. 일제에게 빌붙어 지식을 팔지 않겠다고 고향에 처박혀 약방문을 연 것도 존경할 만하고. 지식인들은 행동이 허약하고 지조를 잃기 쉬운데 칼날 같은 고집이 서려있어."

"동지애를 그렇게 표현하는가 보지요?"

한민서는 입가에 웃음을 사려물었다. 남을 칭찬하는데 인색한 이상석이 아닌가.

"때로는 감정이 부딪치기도 하지만 좋은 친구야."

"저는 큰처남이 정치적인 신념보다는 문학적인 토양 위에서 저항했으면 합니다."

"행동하는 지성인, 그게 이 시대가 요구하는 것 아닌가?"

"예술의 혼으로 저항하는 사람들이 얼마나 많습니까."

"하긴, 그렇지."

이상석은 머리를 끄덕였다. 술집 마름이 배 떠날 시간이 다 됐다고 알렸다.

"못다 한 이야기는 집에 가서 하기로 하고, 일어나세."

이상석은 아쉬운 표정을 지으며 자리에서 일어났다. 선창가 뱃머리에 이르렀을 때, 일본순사가 두 사람 앞을 가로막았다. 정복을 한 순사는 읍내에 근무하는 사람으로 이상석이나 한민서도 얼굴을 아는 사이였는데, 사복을 한 사람은 낯설었다.

"당신이 이상석이오?"

사복을 한 형사가 물었다. 눈매가 사나왔다.

"그렇소."

이상석은 불퉁하게 대답하였다.

"잠깐 물어볼 말이 있소."

"술집이요, 아니면 경찰서요?"

"가만있자……. 조용한 곳이 좋겠소."

"제가 안내하지요."

정복한 순사가 앞장섰다. 한민서도 뒤를 따랐다. 이 양반이 또 무슨 실언을 하였나? 한민서는 큰일이 아니기를 바랐다. 이상석은 입심이 센만큼 어느 좌석에서나 직설적인 언사와 과격성을 드러냈다. 그래서 학교 다닐 때도 말썽을 일으켰고, 일인들에 대해 노골적으로 반감을 드러내어 주시의 대상이 되었다. 퇴학을 당한 뒤로는 비밀결사에 가담하여 그들의 리스트에 올라 있었다. 정복한 순사는 부둣가에 있는 여관 뒷방으로 안내하였다. 이상석을 보고 여관주인이 깍듯이 인사를 하였다. 출입이 잦았는가 보았다.

"리상, 간단명료하게 묻겠는데, 해남에서 무슨 회합을 가졌소?"

자리에 앉자마자 사복한 형사는 대뜸 본론으로 들어갔다.

"회합이라니요. 모래판에서 웃통을 벗어부치고 한판 씨름을 했지요."

"그거야, 술 마신 뒤의 눈속임인지 모르지……."

형사는 미간을 잔뜩 찌푸리며 밀어내듯 말하였다.

"친구를 만나러 갔다가 한잔 술김에 씨름판이 벌어진 것인데 거기에 무슨 비밀스러움이 있겠소."

"우리 사나이답게 말합시다. 나도 리상처럼 직설적인 것을 좋아해요. 내 말 뜻을 알겠지요?"

"좋습니다. 무얼 캐내고 싶으시오?"

"내가 알기로는 단순히 친구를 만나기 위해 해남에 가지 않았다는 것이오."

"상갓집을 갔었지요."

"조문을 하고 어디를 갔었소?"

"대흥사를 둘러보고 밤새워 술을 마셨지요."

"혼자?"

"지집년들의 치마폭에 싸여 질탕하게 마셨지요."

"내가 알고 싶은 것은 어느 장소에서 누구와 술을 마셨으며, 무슨 이야기가 오고갔는지, 그거요."

"이미 뒷조사를 해서 알 것 다 아는 것 아니요?"

이상석은 짐짓 심각한 표정을 지었다. 한민서는 그 모습이 어딘지 모르게 웃음을 추스려 물게 하였다.

"나는 리상의 인격과 양심을 최대한 존경하는 바요."

"고맙소. 내 말하리다."

"우선 누구와 이야기를 나누었소?"

"그건 말하지 않아도 잘 알지 않소."

이상석은 한조각 구름처럼 불쾌한 그림자를 양미간에 그렸다.

"좋아요, 좋아."

형사는 어깨를 들썩해 보였다.

"우리는 무모하게 벌어진 이번 전쟁에 비판적이었소. 일본이 아무리 군사력이 강하다 할지라도 중일전쟁과 러일전쟁과는 근본적으로 그 성격이 다르다는 것이었소."

"그래서요?"

형사의 눈썹이 꿈틀 치커 올라갔다. 연일 승전보가 날아드는 대일본제국을 과소평가 하다니.

"다음 말은 뻔하지 않소."

이상석은 내뱉듯 말하였다. 갑자기 방안의 공기가 싸늘하였다.

"뭐, 뭐요? 좁쌀만 한 좀들이 나중에 기둥뿌리를 갉아먹는다 하더니 대일본제국의 성전을 가차 없이 모독해?"

"아하, 흥분하지 마세요. 어차피 우리는 지배자와 피지배자, 압제와 반항, 주권회복과 침탈, 그러한 대립관계에 놓여있지 않소."

"이게 점점⋯⋯. 황국신민의 은총을 입은 것만도 영광인데, 그러한 불충한 사상을 갖다니."

형사는 당장이라도 이상석의 목에 권총을 들이댈 기세였다.

"물과 기름은 아무리 휘저어도 혼합될 수가 없다는 것을 잘 알 것이오. 무얼 망설이시오. 내게 죄가 있다면 쇠고랑을 채우시오."

"내가 가만 두는가 봐라. 절대로 내 손아귀에서 빠져나갈 수 없을 것이야. 곧 너희들의 은밀한 공작을 파헤쳐 일망타진할 거야."

"허허, 좋도록 하시오. 더 이상 심문할게 없다면 이만 보내 주시오. 뱃길이 멀잖소."

이상석은 배포 좋게 웃으며 자리에서 일어났다. 감옥구경까지 한 이상석이고 보면 두둑한 배포가 생길 법하였다.

"오늘은 이대로 보내주지. 한마리만 잡아서는 소득이 없을 테니까. 일당 모두에게 몸 사리고 있으라고 하는 게 좋을 거야."

형사는 이상석을 놓아주었다. 이상석은 흔연한 얼굴로 선창가로 향하였다.

"역시 배짱 한번 좋소. 무슨 냄새를 흘렸기에 그러시오?"

한민서는 바다바람을 깊숙이 들이마셨다. 신선하기 그지없었다.

"제깐놈이 냄새는."

이상석은 심각하게 받아들이지 않았다. 한민서는 그런 이상석이 오히려 비밀스러움을 간직하고 있다는 것을 짐작하였다. 뱃머리에 이르렀을 때 두 사람을 기다리던 배가 막 선창가를 떠나려고 하였다.

"우리를 버려두고 가면 어쩔 셈이요?"

이상석이 다급하게 손짓해 불러 배에 올랐다.

"아따, 우리는 순사놈들한테 붙들려 간줄 알았제. 그놈들이 무슨 인정사정 봐주간디. 용케도 풀려났는디, 뭣땜시 붙들려 갔어?"

"그건 알 것 없고, 석양 놀빛 한번 좋다. 동생, 안 그런가?"

"그래서 바다는 언제나 살아 숨 쉬는 무한대요."

"이럴 때는 시인이 됐어야 했는데."

"시인이 어디 따로 있는가요."

한민서는 이상석의 마음이 어디에 있는가를 알았다. 이상석은 지금 아무 것도 얻은 게 없다. 그저 젊음이 지니고 있는 울분과 설움이 발길에 채인다. 울분을 아름다움으로 산화시킬 수 없는 게 오늘의 현실이다. 피를 흘리는 저항과 투쟁. 그것이야말로 자신의 존재를 확인한다. 그게 나라 잃은 젊은이의 현주소인지 모른다. 한민서는 불현듯 자신을 쓸어

보았다. 왠지 모르게 쓸쓸함이 배어들었다. 지배자의 본토에서 지식을 쌓으며 얼마나 회의하고 절망하였던가. 스스로 즐기고 스스로 이르는 땅이 있어야 그것이 정해(正解)라고 하였다. 아무리 많은 지식을 쌓을지라도 즐거움보다 한숨과 절망이 가슴을 들이친다면 무슨 보람이 있으며, 어떻게 미래가 열릴 것인가.

"동생, 저 고기새끼들이 왜 저렇게 자유스럽게 보일까?"

이상석은 유리알처럼 맑은 바닷물 속에서 헤살스럽게 유영하는 치어들을 가리켰다. 치어들은 배가 물살을 가를 때마다 놀람으로 흩어졌다가 한데 뭉치고는 하였다.

"거기에 약육강식의 논리가 전개되고요."

"그거야 자연현상 아니겠는가."

"저는 때때로 우리나라가 일본을 지배하였다면 어떠하였을까, 부질없는 생각을 해봅니다."

"지배자와 피지배자의 논리는 다르지 않을 걸세. 그보다는 역사적 힘의 우위가 빚은 과학적 현실을 나는 절감하네."

"첨단 무기를 가진 자가 세계를 지배할 수 있다는 그 속도감은 이번 전쟁으로 더욱 절실하게 와 닿을 겁니다."

"결국 과학의 발달은 첨단무기의 개발과 맞물려 세계의 제패를 위한 힘의 도구로 인식될 소지가 다분해."

"어떻게 보면 정신적인 발전 단계도 강대한 정복욕에서 이루어지는지 모르지요. 그리스 로마시대의 정치사상이라든가, 중세의 종교관, 중국의 유교사상 등이 약소한 강토에서는 거대한 둥지를 틀 수 없었잖아요."

"하긴, 그러하이. 약소국가는 한참 뒤에서야 그 가지들을 이식, 분재하기 마련이니까. 우리나라만 봐도 그렇고……."

이상석은 팔짱을 끼며 생각에 잠겼다. 석양놀빛은 배 뒷전에서 이는 파도에 부서지며 점점 붉게 물들었다.

"저녁연기가 그만이오."

배가 신지도를 돌아 고금도에 접어들었다. 어둠에 묻혀가는 마을이 저녁연기로 둘러싸여 있었다.

"참 평화롭게 보이네."

이상석은 뱃전에 부서지는 파도를 한 움큼 손으로 떠서 눈자위를 씻었다. 그 모습이 오랜만에 고향에 돌아오는 천진난만한 소년의 모습이었다. 돛폭이 내려지고, 배가 서서히 선창머리에 이르자 선창가에 매달아 놓은 고깃배에서 그물을 손질하던 어부가 이상석을 먼저 알아보았다.

"해남까지 씨름하러 갔다면서 어째 빈손치고 온다냐? 황소 코뚜레라도 꿰차고 올 것이제."

"이번 판은 황소랄 놈이 애시당초 없었소."

이상석은 웃음을 머금으며 대답하였다.

"시상에 그런 씨름판이 어디있당가."

"글쎄 말이오. 나도 빈손치고 올 줄은 생각도 못했어요."

"일부러 씨름판에 나간다고 소문을 낸 것 아닙니까?"

한민서는 이상석의 이번 나들이가 철저한 보안 속에 감행되었다고 생각하였다.

"그래야 어머님 허락을 쉽게 받아내지. 요즘은 어떻게나 집에서 감시가 심한지 외출도 마음대로 할 수가 없네."

"저와 함께 들어서면 이모님 마음이 큰 바다 같이 풀리겠습니다."

"말씀이라고 하는가. 횟감이나 몇 마리 사세나."

이상석은 고깃배에 배를 갖다 붙이도록 하였다. 배는 살포시 고기배의 옆구리를 들이받았다.

"좀 잡았소?"

"별로 재미가 없어이."

그물을 손질하던 어부는 고깃간을 열어 보였다.

"먹음직한 걸로 주시요. 귀한 손님도 왔응께."

이상석은 파닥이는 고기를 점찍고 나서 한민서를 돌아보았다. 더 먹음직한 생선이 있느냐는 눈빛이었다. 한민서는 웃음을 지었다. 어부는 고기를 그물조각에 싸주었다. 한민서는 선창에 발을 내딛으며 오랜만에 이모님 동네에 온다고 생각하였다. 일본 유학을 가기전만 하더라도 일 년에 서너 번은 이곳을 찾았다. 이상석과 노는 재미도 그랬지만, 이모님께서 청춘에 홀로 되어 외동아들을 바라보고 살아온 외로움을 덜어주라는 어머니의 배려에서였다. 자주자주 찾아뵙고 형제의 정을 나누어야 한다. 아무리 친형제라도 거리가 소원하면 마음이 멀어지기 마련이다. 어머니는 늘상 청상으로 세월을 숨죽이는 이모님을 마음 아파하였다.

선창을 돌아 나와 마을로 들어섰다. 갯바람을 안고 있는 들머리 집에서 백구랄 놈이 사납게 짖어댔다. 무너진 담장 너머 토방마루에 널려진 신발들이 가족사를 말하였다. 해풍과 연기에 시커멓게 그을린 삼간초옥. 한 무더기 마파람만 불어쳐도 날아갈 것 같았다.

고샅길을 더듬어 올라 이상석의 집에 이르렀다. 담장이 넝쿨로 뒤덮여 있는 돌담은 짭짤한 바닷물이 배어있어 정겨웠다. 누렁개가 이상석을 발견하고 꼬리를 치고 달려 나와 반겼다. 대문간에 딸린 외양간에서 여물을 퍼주던 머슴이 허리를 펴며 인사를 하였다. 이상석은 부엌에서 마주쳐 나오는 부인에게 생선을 넘겨주었다. 한민서는 이모님에게 큰절을 올렸다. 언제 보아도 단정하고 깔끔하였다.

"두 사람이 만나기로 약속을 한 게로구나. 나이가 들수록 우리 조카

귀공자여. 느그 엄니는 복도 많제. 너 같은 자식들을 다섯이나 내뽑았으니 말이다. 얼마나 오지겠냐."

이모님은 뜻밖의 방문에 반겨하였다. 자신도 모르게 눈가에 맺히는 눈물을 한손으로 찍어 눌렀다.

"집에만 계시지 말고 한번 놀러 오시지 않고요. 어머님이사 오고 싶어도 농사일이야 가대가 워낙 널려있어 몸을 뺄 수가 없잖습니까."

"마음이사 하루에도 열두 번 오고가지야. 나이가 든께 점점 집 나서기가 쉽지만은 않다. 들자니 느그 큰 성도 집에 와 있담시러야?"

이모님의 그 말속에는 큰 형님에 대한 섭섭함이 깔려 있었다. 처갓집이 이 마을과 얼마 떨어지지 않은 거리인데도 이모님을 찾아뵙지 않은 탓일러라. 아니다. 한장서는 처갓집을 반갑게 찾아들지 않는다. 속담에 마누라가 이쁘면 처갓집 소 말뚝 보고도 절을 한다고 하였는데, 한장서는 아무래도 부인에게 듬뿍 사랑을 느끼지 못하여 처갓집을 외면하는지 몰랐다.

"형님은 낚시질이나 하면서 소일하고 있습니다."

"술과 곁들여서 말이제? 술 마시는 사람만 보면 넌더리가 난다."

"학도병이야, 징용이야, 술이라도 마셔야 숨통이 트이지요."

이상석은 자신을 변명하듯 말하였다. 이상석의 부인이 생선을 장만하여 저녁상을 차려왔다. 싱싱한 회가 잇속에 끼었다.

"형수님 음식솜씨는 항상 갯내음이 납니다."

"저 같은 솜씨야 섬 아낙네라면 누구나 손끝에 익었지요."

이상석의 부인은 딸아이에게 젖을 물리기 위해 정지방으로 건너갔다. 밖으로만 싸돌아다니면서 호기나 부리는 이상석과는 달리 매차분한 자태로 말없이 집안 살림을 일구어 나갔다. 깔끔하고 정갈한 시어머니의 뜻도 잘 맞추어 마을에서 칭찬이 자자하였다.

저녁을 들고 한민서와 이상석은 선창가로 나왔다. 더위를 피하여 마을사람들이 모닥불을 피워놓고 끼리끼리 모여앉아 이야기를 헤집고 있었다. 이상석은 선창가에 매어놓은 배 한척을 끌어당겼다. 바다에 박쥐의 날개처럼 거꾸로 처박힌 밤하늘의 별들이 출렁거렸다. 한민서는 뱃전에 걸터앉아 출렁거리는 별들을 건져 올렸다. 이상석은 삐거덕삐거덕 노를 저어 바다 가운데로 나갔다.

"그만 나갈까?"

이상석은 노를 거두었다. 잔여울이 반딧불처럼 뱃전에 부셔졌다. 잔잔한 밤바다는 드넓은 바다에서 일렁이는 전설을 불러왔다.

"형님, 우리가 태어난 이곳이야말로 선택 받은 땅입니다."

한민서는 바다의 잔물결에서 시심(詩心)을 캐는 박해수를 떠올렸다. 농밀한 사고와 이론으로 무장한 박해수는 냉철하면서도 풍요로운 감성으로 세상을 노래하였다.

"천형의 유배지로 버림받은 이 땅이 말이지?"

"그거야 인간의 이기주의에서 비롯된 시대상의 한계설정 아니겠어요. 윤선도를 비롯하여 다산(茶山)에 이르기까지 자연과 어울려 살면서 시심을 불러일으키고 학문을 집대성한 것도 따지고 보면 천혜의 자연이 준 순수하고 거짓 없는 산물이라 할 수 있어요."

"낙루되어 내려온 한과 울분의 부산물인지도 모르지."

이상석은 짤막하게 끊어치듯 말하였다. 태어난 고향이 아름답다는 것은 부정하지 않는다. 하지만 사람이 모여 사는 큰 고을로 나가보라. 참으로 자신이 초라하게 여겨지고, 어느 때는 업수임도 당한다. 그 점을 어떻게 말해야 할까.

"살벌하고 차가운 곳이라면 자신의 이상과 사상을 한편의 글속에 오롯이 담을 수 없을 걸요."

"동생은 학문을 계속해야 하는데, 앞으로 어쩔 셈인가?"

"제 꿈을 버릴 수는 없지요."

한민서는 한숨을 죽였다. 이제 와서 나라 잃은 슬픔을 누구에게 탓할 수 없지만, 얼마나 많은 이 땅의 젊은이들이 자신의 꿈을 실현시킬 수 없어 방황하고 좌절해 왔으며, 쓰디쓴 절망을 씹어 삼켜야 하였는가.

"나는 말이네. 샅바를 거머잡을 때마다 세상을 메다꽂고 싶은 충동을 어찌하지 못하네. 그래서 씨름판에 뛰어들기도 하고……."

"해남은 무슨 일로 갔습디까?"

"사실은 해남경찰서를 습격하기로 하였네. 그곳에 우리 동지들이 두어 사람 갇혀 있거든. 자네도 알만 한 사람들이야."

"항일농민운동에 관계된 사람들이겠군요."

"맞네. 전남농민운동이 와해된 뒤로 지하조직을 지속해온 것은 동생도 외곽에서 지원하는 관계로 잘 알걸세. 특히 조약도는 그 재건운동에 어느 섬보다 치밀하고 열성적이지 않았는가. 그런데 이번에 항일농민운동의 성격에서 보다 비약적이고 실천적인 광범위한 결사조직을 갖기로 하였네. 그런데 발기인격인 그 두 사람이 밀고자에 의해 연행된 거야."

"그러니까 섬 안에서 점조직으로 이루어진 운동을 광범위하게 결집, 하나의 운동단체로 출범시키겠다는 생각이었단 말이지요?"

"당연한 발전단계가 아니겠는가. 그런데 일차 회합에 필요한 문건 때문에 비밀한 날짜에 맞추어 갔다가 그 소식을 들은 거야. 아뿔싸, 큰 일났구나 하고 모래사장에서 씨름판을 벌렸어. 그날 밤 경찰서를 습격하기로 한 거야. 그 사람들의 입이야 어떠한 고문에도 이겨내겠지만, 박해수와 자네도 그 속에 들어있는데……."

"즉흥적인 발상이 아니었을까요?"

"생각보다 경계가 심해서 당분간 기회를 엿보기로 하였어."

이상석은 쓰겁게 내뱉었다. 몽둥이와 총과의 대결은 애시당초 무모한 것이었다. 더구나 울분만으로 성공을 기대할 수는 없으리라.

"아마 하늘이 그 모든 소원을 우리에게 내려주실지 모릅니다."

한민서는 어둠속으로 가라앉은 먼 바다를 바라보았다. 숭어 한마리가 유연한 몸짓으로 뛰어 올랐다.

"무슨 뜬구름 같은 소리인가."

"일본은 패망의 길로 가고 있습니다."

"지금 제정신으로 하는 말인가?"

"다나까 교장이 은밀히 정세를 이야기 하였어요."

"하지만, 믿어지지가 않아."

이상석은 완강하게 머리를 저었다. 일본이 그렇게 쉽사리 무너지지는 않을 것이다.

"저는 믿기로 하였습니다."

"설마……?"

"중요한 것은 일본이 패망한 다음입니다."

한민서는 이상석의 반신반의를 자르듯 밀어냈다.

"문제될게 있겠나."

"우리 스스로 일본의 압제에서 벗어나는 상황이라면 몰라도 오늘의 정세는 그렇지 않다는 것입니다. 우리의 젊은이들이 일본을 위해 징용으로 끌려가 희생당하는 기막힌 현실을 돌아볼 때, 국제적으로 어떠한 위치에 서게 될 것이며, 어떤 대접을 받을 것인가, 심각하게 생각하고 분석해야 됩니다."

"임시정부가 상해에서 독립을 위해 싸우고, 그 밖의 나라에서도 독립을 호소하고 있지 않는가. 그만하면 국제적인 위상은 충분하지."

"그렇게 간단치가 않을 것입니다."

"또 다른 강대국에 의해 주권을 침해 받는다, 그 말인가?"

"바로 그 점입니다. 자주독립국가로 주권을 오롯이 찾을 수 있는가, 그게 문제입니다."

"당연히 찾아야지."

이상석은 단호하게 말하였다.

"저는 염려스럽습니다. 그에 대한 아무런 준비를 하지 않았습니다. 독립운동에만 신명을 다 바쳤거나, 철저히 일제에 물들어 버린 민족이고 보면 독립 이후의 국가건설에 대해서는 무지나 다름없어요."

"맨손으로 이 땅을 일구어온 우리 민족이네. 일본이 패망한다? 오, 천지신명이여, 그렇게만 되소서."

이상석의 목소리는 떨려 나왔다. 생각만 해도 가슴 벅찼다. 별똥별이 길게 은하수를 가로 질러 서쪽하늘로 떨어졌다.

"그리고 또 하나 중요한 것은 우리 민족의 분쟁의 고리가 얽혀있는 사상적인 문제입니다."

"사상적인 문제?"

"독립운동을 하면서도 사상적인 견해 차이와 대립으로 얼마나 많은 갈등을 빚어왔습니까. 그게 해방이 되면 수면 위로 떠오르지 않겠어요. 예로부터 우리 민족은 당파싸움으로 국운을 소진 시켰는데."

"독립만 되어보라지. 모든 게 슬기롭게 하나로 뭉쳐 나갈 걸세."

이상석은 너털 웃으며 닻줄을 뽑아 올렸다. 어느 사이에 밤은 깊어 선창가에서 모닥불을 피워 올리던 사람들이 저마다 집으로 돌아가고 없었다.

3

방죽구미 밭에서 한나절 땀을 비 쏟은 종부네는 갓난아기에게 젖을 물리기 위해 방죽재를 넘어섰다. 통통 불은 젖꼭지에서 흘러 떨어지는 젖은 땀으로 흥건한 속적삼을 끈적하게 하였다. 바람 없는 날씨는 햇살만 쨍글쨍글 하였다. 광생이 묏등께에 이르렀을 때 누군가 만세소리를 목청껏 외쳤다. 어따, 이게 무슨 소리라냐! 종부네는 너무나 놀란 나머지 오두망찰 그 자리에 서 버렸다.

"만세! 대한독립만세!"

그 소리는 더욱 크게 종부네의 심장을 휘때렸다. 종부네는 울렁거리는 가슴을 안고 두려움에 떨며 걸음을 빨리 하였다. 숨이 턱에 닿았다. 집에 들어서기가 무섭게 남편을 찾았다.

"형부하고 표상은 폴새 핵교 운동장으로 갔는디."

갓난아기를 업은 해심이 아기를 넘겨주었다.

"무슨 난리라도 났다고 하디야?"

"형부는 말이 없고, 뒤따라 나간 표상이 일본이 망했다 하드만요. 그게 참말인지 모르겠소."

"뭐시야? 일본이 망해야?"

종부네는 또 한 번 가슴이 무너져 내렸다. 누가 듣지나 않았는지, 자신의 목소리가 턱없이 높다고 생각하였다. 기미삼일운동 때도 독립이 됐다면서 미친 황소처럼 태극기를 휘날리며 만세를 부르다가 얼마나 많은 사람들이 다쳤는가. 관산리 최부자집 머슴은 멋도 모르고 만세를 부르며 지서로 돌진하다가 벌집처럼 총알을 받았다.

"내사 뭘 알겠소만 시상이 어떻게 된 것 같소."

"저, 저것 좀 봐라. 태극기를 휘날리면서 모두들 몰려가지 않냐. 암만

해도 무슨 사단이 난 것 같다."

종부네는 칭얼거리는 갓난아기에게 젖을 물렸다. 젖을 물리면서도 눈은 면소재지 쪽으로 향하였다. 담장 너머로 한장서의 얼굴이 나타났다. 바다에서 돌아오는가 싶었다. 종부네는 얼른 돌아앉았다.

"제수씨, 동생 계시요?"

대문을 들어서면서 한민서를 찾았다. 손에는 세발낙지와 감성돔 몇 마리를 꿰어들고 있었다.

"핵교운동장에 나갔다는구만요."

"나도 저 소리를 듣고 낚싯대를 내팽개치고 황급히 오는 길이요. 이거, 매운탕거리로 장만 좀 해놓으세요. 무슨 일인가 보고 올 테니까요."

한장서는 생선 꼬치를 종부네에게 안겨주고 돌아섰다.

"조심하시시요."

"내 염려는 하지 마시구요."

한장서는 벌써 담장을 돌아 원뚝을 내달았다. 한장서뿐만 아니라 마을 장년들이 도채바퀴를 건너가고 있었다.

학교운동장에는 흥분으로 들뜬 사람들로 뒤엉켰다. 어디서 나왔는지 커다란 태극기가 일장기 대신 펄럭거렸다. 지금까지 위세를 떨치던 일장기는 사람들의 손에 의해 갈기갈기 찢기어졌다.

청년 하나가 연단 앞으로 나갔다. 조그마한 키에 앳된 얼굴이었다. 눈빛이 야무졌다. 연단에 오른 청년은 잠시 흥분을 가라앉힌 뒤 두 주먹을 불끈 쥐었다.

여러분! 우리는 삼십육 년간 일제의 압박과 설움에서 놓여났습니다. 잔혹한 일제의 사슬에서 풀려나 꿈에도 그리던 해방이 되었습니다. 얼마나 눈물겹고 감격스러운 일입니까. 마침내 광복을 맞은 이 기쁨을 무엇으로 다 말하리요. 똑같은 태양이, 바다의 푸른 물결이, 솔바람소리가 왜 이다지도 가슴을 울립니까. 그저 목이 메일뿐입니다. 모두 하늘 높이 만세삼창을 외칩시다.

　운동장을 메운 사람들은 감격과 눈물로 얼룩진 목소리로 대한독립 만세를 불렀다. 어느 사이에 애국가가 울려 퍼지고, 노랫소리는 목울음으로 변하였다. 서로서로 얼싸안고 눈물을 흘렸다.

　"자, 주재소로 갑시다!"

　눈물바다를 이루던 사람들은 누군가의 그 한마디에 분노를 달구었다. 가자, 주재소로! 성난 군중은 곧장 주재소로 향하였다. 일장기를 내달았던 국기게양대가 부러져 나가고, 현관문이 발밑에 짓밟히고, 무기고가 파손되었다. 폭도로 변한 군중들은 일본순사들이 차고 다녔던 군도와 소총을 허리와 어깨에 둘러매고 닥치는 대로 들쑤시고 다녔다. 일본순사들은 사태를 직감하고 이미 도망치고 없었다.

　"이놈의 새끼들, 쥐새끼 같이 잘도 빠져 나갔구나."

　군중들은 주재소며, 어협분소며, 할 것 없이 공공건물을 닥치는 대로 부수었다. 집기가 불타고, 서류들이 흩어져 발길에 밟혔다.

　"서류라든가, 집기들은 해작질하지 마시오. 전부 우리들의 혈세로 사들인 것입니다. 우리 재산이오."

　누군가 목쉰 소리로 만류하였다. 그러나 그 목소리는 허공에 맴돌 뿐이었다.

　"인자, 친일분자들을 처단하러 갑시다!"

　"좋소!"

　군중들은 완전히 이성을 잃은 채 총과 군도와 몽둥이를 울러메고 신작로를 메웠다.

"여러분, 우리는 해방이 되었소. 이성을 찾읍시다. 그래서 해방된 조국의 평화적 질서를 우리 스스로 확립해야 하오."

앞장 서 시위를 주도하던 몇몇 사람이 군중들을 가로막았다.

"비키시오, 비켜!"

"우리는 폭도가 아니오. 제발 이성과 질서를 찾아 나갑시다."

군중들은 드잡이를 하는 가운데 시간이 흐르자 점점 누그러들었다. 다시 학교 운동장에 운집한 군중들은 이성을 되찾았다. 누가 바랄 것 없이 치안유지를 스스로 확립하고자 하였다. 즉석에서 대책위원들을 선출하였다. 인민자치위원회를 구성하고 위원장과 위원들을 가려 뽑았다. 대부분 항일농민운동을 주도하였거나 학생운동에 연루되어 투옥 내지 요주의 인물로 일제의 감시를 받은 사람들이었다.

섬 치안 유지는 전적으로 인민자치위원회에서 담당하였다. 더 이상 일본인들을 핍박하거나 가해하지 말도록 하였으며, 공공건물의 난입과 고조된 감정을 앞세워 사적으로 친일행각을 한 사람들에게 보복하지 못하게 하였다. 모든 의견을 인민자치위원회에서 수렴, 공명정대하게 처리해 나갔다. 그리고 한편으로는 분면(分面)운동을 전개하였다.

분면은 일제가 전쟁의 광분 속에서 행정편의를 위해 주민들의 불만과 불편을 외면하고서 인접한 고금도와 통합한 것을 본래의 독립성을 되찾자는 것이었다. 호적등본 한통을 떼기 위해 물살 드센 해로를 나룻배로 건너가야 하였고, 이래저래 꼬박 하루 품을 들여야만 하였다. 도무지 섬사람들을 생각하지 않은 획일적인 행정편의였다.

"정말이지, 이참에 분면을 하지 않으면 안 되지."

인민자치위원들은 숙의 끝에 나룻배를 타고 건너가 모든 행정서류를 보따리에 싸들고 돌아와 분면 이전의 본래의 면사무소에서 행정을 펼쳐 나갔다. 행정서류를 탈취하는데 있어 멱살잡이와 약간의 마찰이 있었으나, 그게 오히려 훈장처럼 여겨졌다.

"확실히 세상이 달라졌구만."

"해방이 이래서 좋제."

섬사람들은 새롭게 해방의 기쁨을 실감하였다. 그동안 얼마나 불편하였던가. 하찮은 서류를 하나 떼자고 아침 일찍 몸단장을 하고 집을 나서 시오리 길을 발 부르트게 걸어 삐그작거리는 나룻배를 타고 바다를 건너 일을 보았다. 한마디로 하루를 몽땅 소진하였다. 더구나 날이라도 궂거나 때 아닌 바람이라도 불라치면 지척간인데도 물살이 드센 터라 나룻배를 움직일 수가 없었다. 주민들 위에 군림하는 공무원들은 그러한 사정을 전혀 귀담아 듣지 않았다. 일본인들이야 그렇다 치고, 거기에 빌붙어 공무를 집행하는 친일분자들의 거들먹거리는 꼬락서니라니.

인민자치위원들이 한바탕 분탕질을 치듯 몰려가 서류뭉치를 탈취하여 싸들고 돌아올 때도 자칫하였더라면 물귀신이 될 뻔하였다. 흥분으로 고조된 사람들이 나룻배를 타고 바다 가운데 나섰을 때 갑자기 쏙솔이 바람이 휘때리면서 파도가 날을 세웠다. 물살은 드세지, 사람들은 많지, 나룻배는 파도 속에 까무라쳤다.

"노를 놓치면 안 돼. 모두가 그 자리에 붙박혀 있으라고."

경험 많은 사공은 평소 느릿한 행동과는 달리 목청껏 소리치며 파도를 타고 넘었다. 사투였다. 겨우 나루터에 닿았을 때는 모두가 물먹은 송아지처럼 초죽음 상태였다.

"아이구, 큰일 날 뻔 하였네. 이제 막 해방을 만났는디 지지리 복이 없는 줄 알았지 뭔가."

"면을 가져오는디 그만한 대가는 치루어야제. 죽을 욕은 봤지만 어따 시원하다."

"이가 덜덜 떨릴 만큼 시원하다, 그 말이제?"

사람들은 후줄그레 물에 젖은 몰골들을 서로 바라보며 한바탕 웃음을 쏟았다. 어느새 나루터에는 사람들이 풍물을 치며 마주쳐 왔다. 서류 뭉치를 가슴에 한 아름씩 안은 사람들은 풍물을 앞세우고 천동 고개를 넘어섰다.

지잉, 꿩메꿩, 지잉, 꿩메꿩, 얼시구, 둥둥…….

풍물은 고개를 넘으면서 더욱 신명이 올랐다. 화가리에서도, 새터사람들도 여동, 관산에서도, 장용리와 구성물, 가래, 죽선, 신흥, 당목, 어두리 사람들도 마주쳐 나와 덩실덩실 춤을 추었다. 누가 제안한 것도 아닌데 돼지를 잡고 고사를 지냈으며, 흥겨운 잔치는 밤이 깊도록 이어졌다.

"꽹과리는 아무래도 밤생이가 최고여. 북장구는 놀랭이네가 고수고."

"어따, 저 김 꼽추 땅재주 넘는 것 보소. 얼쑤, 그래. 잘 넘는다!"

섬사람들은 밤이 깊어가는 데도 불을 밝히고서 풍물을 놀았다. 밤생이, 놀랭이네, 김 꼽추만 재주가 있는 것이 아니었다. 거렁뱅이로 떠돌다 이곳에 눌러앉은 또실이, 판소리 한마당으로 좌중을 후려잡는 김 한량 등도 어느새 놀이마당에 뛰어들어 제 기량을 뽐냈다. 그렇다고 그들만의 독무대는 아니었다. 섬사람들 모두가 제 흥에 겨워 남녀노소 할 것 없이 밤새워 지신을 밟듯 춤을 추고 노래하였다.

"저것이 개벽인갑소. 나도 똑 달려가서 구경을 하고 싶네."

해심은 대청마루에서 건너다보면서 발을 굴렀다.

"지금이라도 가라하고 싶다만, 니 혼자 보내기는 좀 그렇다."

종부네도 새근새근 잠든 갓난아기를 안은 채 저 속에 섞여들고 싶었다. 사당패들이 들어오면 몰래 구경 갔던 추억이 떠올랐다.

"형부 오면 이야기나 들읍시다."

해심은 금방 주질러 앉았다.

"느그 형부가 언제 말재주 있게 이야그 해 주디야?"

"그럼, 표상 더러 해달라지."

"참, 표상은 언제 섬을 떠난다 하디야?"

"그런 말 못 들었는디요."

"인자, 해방도 됐고, 고향을 찾아가야지야."

"정말 고향이나 있을께……?"

"자기가 태어난 안태고향이 없는 사람도 있다더냐?"

"그 사람은 고향을 잊어뿌렸는가 싶습디다."

"니가 어쩌코롬 아냐?"

"느낌이지라우."

"너, 혹시 표상을 은근히 좋아하지는 않냐?"

"워메, 워메, 그것이 뭔 말이다요."

해심은 얼굴을 붉혔다. 표상이 좋기는 좋았다. 하지만 표상은 언제나 흰구름 한 자락을 바라보듯 하였다.

"느그 형부가 은근히 마음을 떠보더라."

"형부 마음에 든다고 내가 결혼할까 부요. 세상에 형부 같은 사람이 있으면 얼마나 좋을까?"

"저것이 나를 보면서도 그러네."

종부네는 실눈으로 흘겼다. 가장네라고, 남들은 부러워하지만 종부네로서는 언제나 한숨을 깨물게 하였다.

"성이 어째서?"

해심은 종부네를 돌아보다말고 아차, 하였다. 너무 잘난 사람을 모시고 사는 까닭일까, 남모르게 눈물을 머금었다.

"너는 더 구경하거라. 나는 자야겠다."

종부네는 갓난아기를 안고 안방으로 들어갔다. 해심은 대청마루에 서서 모닥불이 타오르는 면사무소를 바라보았다. 풍물은 더욱 흥겹게 들려와 자신도 모르게 옴죽옴죽 어깨가 들썩였다. 저녁 밥숟갈만 놓으면 잠속에 빠져드는 몽선도 구경 가고 없고, 이웃들도 모두가 몰려가 마을은 쥐죽은 듯 고요한데 흥겨운 풍물소리는 지축을 울렸다.

"밤이 깊었는데 거기서 바라보고만 있소?"

대청마루 아래서 표상이 해심을 올려다보았다. 에구머니나, 해심은 화닥닥 몸매를 추슬렀다.

"구경이 끝났는가요?"

"조용히 마음을 정리하고 싶어서요."

"아, 참. 고향에는 안돌아 가시요?"

"돌아갈 때가 되면 가야지요. 내가 고향에 돌아갔으면 좋겠소?"

"해방이 됐응께 당연히 가야지라우."

"내, 그때가 되면 말하리다."

표상은 지그시 그녀를 바라보았다. 곱상하다. 마음도 참하다. 하지만 그녀 때문에 눌러앉을 수는 없을 것이었다. 고향에 돌아가 가야할 길을 정하고, 그런 다음에 정말 그녀를 못 잊어 그리워한다면 그때 다시 찾아도 늦지 않으리라.

"우리 형부는 안 온다 합디요."

"쉽사리 빠져나오겠어요. 주무시요."

표상은 행랑방으로 들어갔다. 해심은 한동안 더 지켜보다가 부엌방으로 향하였다. 이불을 둘러썼다. 쉽사리 잠이 오지 않았다. 형부는 더욱 바빠지고, 그렇게 되면 집을 비우는 날이 많게 되겠지. 언니의 독수공방. 그 한숨서린 가슴을 어찌 바라볼까. 형부가 높이 우러러 보일수록, 그리고 남들이 흠모할수록, 언니는 점점 형부로부터 멀어져 불행해지지 않을까. 형부는 언니를 사랑하지 않는다. 그것을 피부로 느껴볼 수 있다. 되도록이면 언니로부터 달아나고자 한다. 그런데 형부가 언니를 가슴에 담지 않는다는 것을 아는데도 어째서 형부가 좋은 걸까? 한마디 말, 바람결 같은 미소가 이마에 닿으면 가슴을 모두었다.

한민서는 사흘이 지나서야 집으로 돌아왔다. 옷을 갈아입기 위해서 였다. 서류뭉치를 탈취하여 분면운동을 전개한 뒤로 거기에 매달려 바쁘게 돌아갔다. 그 위에 면 인민자치위원들은 활동방향을 넓혀 나가고자 하였다. 군(郡)단위 결성체가 필요하다는 것을 인식하였다.

"마땅히 그래야 해요. 면단위의 활동으로는 활동방향이 자칫 고립될 수밖에 없을 뿐더러 정통성을 잃을 수도 있어요."

그들은 바다에 흩어져 있는 8개 섬에 사발통문을 보냈다. 곧장 답신이 왔다. 모두가 같은 인식과 공감대를 지니고 있었다. 날짜를 정하여 8개 면의 대표들이 읍내에 모였다. 그 가운데 이상석의 얼굴도 보였는데 이상석은 박해수를 발견하고 반가움으로 얼싸안았다.

"민서는 참가하지 않았구먼."

"분면이 되어 거기에 매달려 있네. 그리고 정치적인 야망이라든가, 위상은 본인 스스로 자제한 터라……."

"정말 반갑고 기쁘이. 이제 자네 시가 떠오르는 햇살처럼 감격에 넘치겠네."

"해방된 기쁨은 누구나 시인으로 만들었네."

"하하, 그런가."

두 사람은 웃음을 터뜨렸다. 8개 면 대표들은 곧바로 일본인이 경영하던 여관을 무혈입성하듯 접수하여 임시 연락사무소로 정하고 관내의 자치질서를 펴나갔다. 그리고 행동지침을 하달하였다.

1.거주 일본인에게 보복적 행동을 삼갈 것.

1.치안을 확립할 것.

1.행정공백을 메꾸어 나갈 것.

그 같은 행동지침은 전국인민위원회와 맥락을 같이 하였다. 이상석은 치안행동대장으로 거리의 질서를 바로 잡았고, 박해수는 문화선전담당을 맡았다.

한민서는 거주지에 살고 있는 일본인들의 안전과 귀국을 책임졌으며, 한편으로는 만주로, 일본으로 끌려갔거나, 살아 돌아온 사람들의 환영과 인적사항을 관장하였다. 강제징용으로 끌려갔다가 돌아온 사람들은 그래도 순박한 일면을 잃지 않았는데, 만주등지로 떠돌다 빈손으로 돌아온 사람들은 독립운동가로 행세하려는 데서 실소를 머금게 하였다.

그 가운데 가장 사람들의 입에 오르내리며 화젯거리를 제공한 사람은 충조 아버지였다. 워낙 풍신이 좋아 어디를 가더라도 핍박을 받을 위인은 아니었지만, 자식 둘을 남겨놓고 마누라가 병고 끝에 죽자 가슴속에 바람이 들어 무작정 만주로 나갔다. 산란한 마음도 진정시키고 돈도 벌어 오겠다는 것이었는데, 조상들이 물려준 가대를 온전히 지켜 나가기만해도 살림살이가 넉넉한 터였다.

그렇게 만주로 나간 충조 아버지는 떠나는 그날로 소식이 없었다. 집에서는 틀림없이 무슨 변괴가 일어났다고 근심에 싸여 지냈다. 한해 두해가 지나자 충조 아버지는 마을사람들의 기억 밖으로 버려졌다. 해방이 되고나서도 돌아오리라고는 아무도 생각하지 않았다.

"충조 아부지가 살아왔다고?"

다 떨어진 거지꼴로 나타나자 사람들은 무덤 속에서 살아나온 귀신인양 반문하였다.

"내 눈으로 봤단말시. 하이구메, 그 꼴이라니. 거지도 상거지든마. 몇 날을 굶었는지 허기가 져 입술이 바싹 말라붙어 말도 제대로 못하고, 헤어진 옷이며, 냄새나는 머리에서는 이가 득시글하고, 지옥에서 돌아온 사람도 그런 꼴은 아닐시."

"살아 돌아온 것만도 천운이 돌보고 조상이 품안아 준 것 아니겠는가."

마을사람들은 무슨 구경이나 난 것처럼 충조네 집으로 몰려갔다. 그들의 호기심을 부추긴 것은 상거지 꼴로 돌아온 충조 아버지보다도 비렁뱅이 됫박처럼 옆구리에 꿰차고 온 여자였다. 눈도 파랗고 머리도 하얗고 콧날도 뾰족한 러시아 여자라는 데서 문지방 안으로 머리를 들이밀었다.

"워메, 저건 또 무슨 귀신형상이란가."

"러시아까지 들어가 저 여자와 살림을 차렸다지 않는가."

"살림을 차렸기로서니 그까짓 것 내뿔고 올 것이제 무슨 원수 났다고 수천리 길을 거지꼴로 끌고 올 것이여. 미쳐도 단단히 미쳤구만."

"사람 정이라는 게 어디 그런가. 더구나 배가 남산만 하지 않는가."

"어떻게 저 배를 안고 올 수 있었을께?"

마을사람들은 화제가 여자 쪽으로 기울자 조금은 동정과 안쓰러움을 담은 눈으로 바라보았다.

"저 몰골을 보면 모르겠는가? 죽을 고비도 몇 번을 넘고, 칡뿌리 풀뿌리로 허기진 배를 달래면서 밤길도 마다하지 않고 왔다지 않는가."

"서양 것들도 열녀가 있는 모양이네."

"여자의 마음이란 어디나 다 같제. 그만큼 진저리나게 부른 배를 안고 왔는데도 유산이 안 된 것 보면 보통 아기가 아니겠네."

"속으로 골병이 들었겠제. 보면 봐도 온전하지 못할 거구만."

마을사람들은 의식을 잃고 몸져 누워있는데도 러시아 여자를 구경하기 위해 날마다 기웃거렸다. 의식을 되찾으면 자상하고 꼼꼼스레 두 사람이 만나게 된 운명과 여기까지 걸어온 역경을 물어보리라 마른 침을 삼켰다.

한민서도 그냥 지나칠 수 없어 위로 겸 들여다보았다. 무엇보다 놀란 것은 웬만한 장정보다 키가 큰 러시아 여자가 짚동만하게 부른 배를 안고 누워있는 전경이었다. 코는 뾰족하고 하얀 머리는 산발로 흐트러져 그야말로 서양귀신이었다. 살아 돌아온 것을 진심으로 축하한다고 말하자, 충조 아버지는 간신히 자리에서 일어나며 한민서의 손을 잡았다.

"자네가 이리저리 고생하네. 부친께서는 건강하신가?"

"잘 계십니다. 한번 들여다보겠지요. 그래, 어떻게 러시아까지 가게 되었습니까?"

"발길이 거기에 이르렀네. 운명 아니겠는가."

충조 아버지는 내면에 감추어 둔 말을 선뜻 꺼내려하지 않았다.

"아무리 그렇지만 사연이 있었을 게 아닙니까."

"왜, 없겠는가. 처음 만주를 건너갔을 때는 그저 바람이나 쏘이자고 가벼운 마음으로 압록강을 건넜네. 빈둥거리며 몇 달을 보냈지. 돈이 떨어진 게야. 무일푼으로 전락하자 세상이 달라지더군. 품팔이, 리어카꾼, 막노동, 닥치는 대로 일을 하였네. 에라, 나라를 위해 독립운동이나 하고 죽을까, 생각도 해보다가 우연히 러시아에 들어가 녹용을 손에 넣으면 큰돈을 번다는 말을 들었지."

"그래서요?"

한민서는 풀쑥 속으로 마른 웃음을 삼켰다.

"네 사람이 러시아로 향하였네. 삼동 겨울이라 눈 속에 빠져 죽을 고생을 하였네. 거기다 국경 근처에 이르렀을 때 마적 떼들에게 무차별

총격을 받았구만. 두 사람은 눈밭에서 붉은 피를 흘리며 숨을 거두었고, 나와 한사람은 간신히 살아남아 방향도, 지표도 없이 무작정 국경을 타고 넘었네. 그리고 추위와 굶주림으로 의식을 잃고 쓰러졌어. 눈을 떠보니 고지대 산림이었네. 저 여자가 간호를 하고 있더구만. 나를 살려준 은인이여.”

충조 아버지는 연민어린 시선으로 러시아 여자를 돌아보았다. 한민서는 잠자코 다음 말을 기다렸다.

“우리 두 사람은 두어 달 동안 저 여자의 간호를 받으며 통나무집에서 지냈어. 저 여자는 그때 처녀가 아니었네. 결혼 일 년도 안 되어 남편으로부터 버림을 받은 거여. 참 불쌍한 여자였어. 그렇다고 사랑을 느끼고 자시고 하지는 않았네. 그저 고마울 뿐이었지. 그런데 두 달이 지나자 함께 간호를 받던 친구가 자리를 박차고 떠났어. 자신은 기어코 녹용을 얻어 고국으로 돌아가 따뜻이 살겠노라고. 난 떠날 수 없었어. 자신이 없었을 뿐만 아니라 그녀를 두고 매정하게 떠나버린다는 게 인정머리 없다고 생각한 거여.”

충조 아버지는 지그시 눈을 감았다. 그녀와 그렇게 동거가 시작되었다. 건강이 어느 정도 회복되자 그녀를 도와 사냥도 하고, 땔감도 장만하였으며, 서로가 의사소통을 하기 위해 자기 나라 말을 가르치고 배웠다. 그러다보니 자연스레 보이지 않는 장벽이 무너지고 한 몸뚱이가 되어 서로의 체온을 나누게 되었다. 사랑은 그렇게 시작되는가. 점점 그녀의 향기가 아름답게 배어들었고, 계절의 변화 속에 고향을 잊어갔다. 달콤한 사랑이 아닌데도 산 너머로 흘러가는 구름자락을 무심히 바라보며 세월을 망각하였다. 그러던 어느 날엔가 가라, 고향으로 돌아가라는 소리가 들렸다. 그 소리는 몇 날이고 계속되었다. 그녀에게 하소연하였다. 누군가 고향으로 자신을 떠밀고 있다고. 그녀는 짚동만한 배를 안고 흔연히 따라 나서겠다고 말하였다. 어떻게? 충조 아버지는 놀란 눈으로 그녀를 바라보았다. 갈 수 있어요. 세상이 우리를 배반하지 않는다면 당신과 함께 갈 수 있어요. 그녀는 결연히 따라 나섰다.

"일본이 패망한 것을 알았군요."

"아니여. 전혀 몰랐어야. 만주에 도착하여 압록강을 건너 밤길을 내달려 황해도쯤 왔을 때 시상이 달라졌다는 것을 알았어."

"하늘이 인도하셨어요."

"이렇게 살아온 것이 꿈만 같구먼. 깊은 밤 산길을 오르내리며 벼랑 아래로 뒹굴고 천정 높이에서 떨어진 것을 생각하면 인도환생을 한 것 같으이. 저 여자도 보통 독한 여자가 아니고……."

"고생 많으셨습니다. 몸조리 잘 하세요."

한민서는 서푼어치 말로 위로할 성질이 아니어서 자리에서 일어났다. 그 길로 아버지를 찾아뵈었다. 한장서는 서울을 다녀온다면서 이틀 전에 집을 나섰다. 해방도 되었고, 서울에서 할 일이 있을 것이었다. 한대진도 선선히 큰아들을 서울로 보냈다.

"오늘은 시간이 좀 난 게로구나."

한대진은 한민서가 들어서자 자리를 고쳐 앉았다.

"충조네 집에 들렀다 옵니다."

"나도 소식은 들었다만, 오나가나 엉뚱한 구석이 있다."

"좋은 체험 아니겠습니까."

"그렇기도 하겠다. 제깟 놈이 언제 만주며, 러시아를 구경하겠느냐. 더구나 러시아 여자까지……."

"전생의 인연쯤으로 생각하면 되지요."

"하긴, 그렇다만. 일본인들은 언제쯤 간다 하더냐?"

한대진은 눈썹을 꿈틀거렸다. 짙은 눈썹을 꿈틀거릴 때면 심기가 별로 좋지 않다는 증거였다.

"곧 떠날 겁니다."

"그 사람들 개개인들이야 다들 예의 바르고 품절을 안다만, 어디 그렇느냐. 너무 모질게 우리를 핍박하였은즉."

"몽둥이를 들고 보복 할 수는 없지 않습니까."

"우리는 동방예의지국 아니냐. 똑같이 행동해서야 되겠느냐. 불상사 없도록 잘 보내 주거라. 그리고 앞으로 어찌할 셈이냐?"

"저야, 주위가 정리되면 학업을 계속해야겠지요."

"아직도 그 꿈을 버리지 못하였느냐?"

"아버지께서 등 떠 밀줄 알았는데요."

한민서는 확답을 받아내려는 듯 말하였다. 아버지께서 먼저 말을 꺼낸 것은 무언가의 암시가 아니겠는가.

"네 결심을 말릴 수야 없겠지. 또 하나, 해방정국이 생각보다 어지럽고 심각할 것 같다. 어느 한쪽으로 줏대 없이 휩쓸리지 말고 처신을 잘하여라. 자칫 잘못하다가는 자신은 물론 집안까지 화를 입힌다."

"정치 따위는 관심이 없습니다."

"자의든 타의든 자신도 모르게 빠져드는 것이 정치판이다."

"염려 마십시오."

한민서는 힘주어 말하고 자리에서 일어났다. 아직도 아버지는 자신을 붙들어 매려는 것은 아닐까? 아니다. 무언가를 기대하고 있다. 누구보다도 자식의 내면을 잘 알고 있지 않는가. 한민서는 면사무소를 둘러보고 학교 사택으로 향하였다. 다나까 교장이 초췌한 모습으로 반겨 맞았다. 그 사이 몰라보게 삭아져 내렸다.

"무엇보다 한 선생께서 우리의 신변을 책임 맡아 준데 대해 감사를 드리오."

다나까 교장은 돌아가는 상황을 예의 주시한 끝에 한민서가 일본인의 안전을 전담하였다는 소식을 듣고 적이 마음을 놓았다. 한민서라면 지난날의 우정을 생각해서라도 안심할 수 있었다.

"이런 날이 올 줄은 꿈에도 몰랐는데 상전이 벽해가 된 기분입니다."

"당연한 귀결 아닌가요? 내 나라가 너무 오만방자한 결과지요."

"이로써 팽창주의라든가, 식민지배논리가 영구히 이 땅에서 사라졌으면 합니다."

"암, 그래야겠지요. 어차피 세계의 역사는 강대국의 영향을 무시할 수 없겠지만."

다나까 교장은 차를 권하였다. 차향기가 그윽하였다. 차가 귀하여 잘 마실 수 없을 뿐더러 바쁘게 돌아가다 보니 다나까 교장을 만나본지도 오래되었다. 일본인 가운데 차를 제대로 마시는 사람은 다나까 교장밖에 없었다.

"이제 미국과 러시아가 세계의 블록을 설정하겠지요."

"적어도 아시아의 영역은 그러겠지요."

다나까 교장은 창밖으로 시선을 던졌다. 러.일전쟁에서 일본에게 쓴 잔을 마신 러시아가 이번 전쟁으로 공산블록을 형성하다니. 일찍이 나폴레옹도 참담하게 패퇴한 곰의 나라. 일본이 조금만 겸손을 알고 만용을 부리지 않았더라면 오늘의 참담한 결과는 없었을 것이다.

"고국에는 언제 돌아가시겠습니까?"

한민서는 잔잔한 시선으로 다나까 교장을 바라보았다. 어제의 대일본제국의 선택 받은 신분과 오늘 패전국으로 전락한 모습은 낮과 밤의 그 무엇이었다.

"내일이라도 당장 돌아가고 싶소만, 그저 착잡하고 불편스럽소. 귀국조치가 있을 때까지 짐 정리를 할 수밖에요."

"가지고 갈게 많습니까?"

"되도록이면 홀가분하게 몸만 가고 싶소이다. 설마 굶어 죽기야 하겠어요."

"그래도 소장품은 가지고 가셔야지요."

"아니오. 이 땅에서 모은 것은 이 나라 것이오. 밥그릇 한 개, 옷가지 하나라도 내가 소장하고 소유하고 있는 모든 것은 당연히 내주어야지요. 한 선생에게 일임할까 해요. 그리고 한 선생께서 필요한 물건이 있으면 말하시오. 내 한 선생에게 다 주고 싶어요."

"안될 말입니다. 저는 그렇게 파렴치한 사람이 아닙니다."

"이럴 때 겸손과 사양은 값진 게 아닙니다. 어차피 다른 사람들이 갈가리 찢어갈게 아니오. 동물들의 세계를 보시오. 지금까지 힘센 짐승에게 쩔쩔매다가 병들고 허약해지면 사방에서 몰려들어 뜯어 발기는 거. 그걸 상상하면 마음이 저려요. 한 선생께서 좋은 일에 쓰신다면 여한이 없겠어요."

"아무리 그래도 저는 욕심낼 수 없습니다."

한민서는 다나까 교장의 마음을 헤아렸다. 많은 일본인들을 상대해 보았지만 이렇게 양심 있는 사람은 드물었다. 그렇기에 배일감정이 팽배한 살벌한 분위기 속에서 다나까 교장만은 시시비비를 가리고 따지지 않았다. 섬사람들이 교육자로서 그의 인품을 가슴에 새기고 있는 것이다.

"한 선생의 그 마음을 왜 모르겠어요. 하지만 큰일을 하자면 욕심도 부릴 줄 알아야 할게요. 탐욕과 이기와 억지논리가 때때로 세상을 지배하잖아요. 그게 정의를 능가할 때가 있다는 것을 잘 알잖아요. 그 점을 생각하면 한 선생은 너무 고지식하고 정직해요."

"정 그렇다면 그간의 우정을 기념하는 뜻에서 서가에 꽂혀있는 책이나 몇 권 선물 받겠습니다."

"역시 학구파다운 물욕이시오."

다나까 교장은 입가에 웃음을 머금었다. 한민서는 다나까 교장이 아끼던 장서를 몇 권 기념으로 받았다. 손때가 묻어 있었다.

"앞으로 당분간 현해탄을 자유롭게 넘나들 수 없겠지요?"

"그렇겠지요. 내 나라에 대해 많은 원한과 적대감을 버릴 수 없는 역사적 현실을 돌아볼 때 난관이 많겠지요. 더구나 조선 스스로가 해방을 맞은 것이 아니고, 강대국의 승리의 부산물로 얻은 것이기에 또 다른 지배논리 속에 대일감정을 삭혀야겠지요. 싫든 좋든⋯⋯."

"삼십육 년간의 지배는 너무 많은 희생을 강요하였고, 교활하고 지능적으로 착취를 하였어요. 잔혹성이 곳곳에 핏물로 배어 있다고나 할까요. 표현이 다소 감정적일지 모르지만."

"아니오, 아니오. 인정합니다. 먹살을 잡힌들 무어라 하겠어요."

다나까 교장은 손사래를 쳤다. 예전에 볼 수 없었던 과장된 표현이었다. 한민서는 그 모습을 보며 새삼 일제의 사슬에서 벗어났다는 것을 실감하였다.

"이번 기회에 완전한 독립을 해야겠는데 걱정입니다. 그게 온 국민의 열망이고, 그렇게들 하나로 뭉쳐 나아가야 하는데 말이지요."

"조선민족의 그 열망은 알지만 강대국의 힘을 배제할 수 없을 것이오. 그렇게 나아갈 조짐이 보이고요."

"일본과는 다르잖아요."

"물론 다르지요. 하지만 전쟁에서 패전한 일본은 강대국의 속국은 되지 않을 것이오. 패전에 따른 여러 문제들이 많은 고통을 주겠지만."

"벌써 미국이 진주하지 않았습니까."

"국가대 국가로서 동등개념이 설정된다는 것이오. 다시 말해서 패자와 승자의 대등한 위치설정이 부여되었다는 것이오. 조선은 그렇지가 않아요. 일본의 식민지로서의 영향권에 든다는 것이오. 한마디로 발언권이 없어요. 미군이 이 땅에서 일장기를 그대로 넘겨받은 것부터가 그렇지 않은가요?"

"그게 문제라는 것입니다. 지도상에 엄연히 조선이라는 나라가 있는데도 그걸 무시하려는 전략적인 숨은 그림자가 엿보인다는 것입니다. 그렇지 않고서야 어떻게 이 나라를 두 동강으로 나눌 수 있습니까".

"힘의 논리라는 게 그런 것이오."

"하지만 우리의 힘으로 하나 된 국가를 건설할 것입니다."

한민서는 마음속으로 다나까 교장의 냉철한 분석을 쓸어버리지 못하였다. 자유진영과 공산진영의 블록 형성은 그것이 군사분계선이라 할지라도 한반도를 가로 질러 설정하였다. 이것은 장차 어떠한 운명을 낳을 것인가. 아직은 해방의 기쁨으로 미처 깨닫지 못하고 있으나, 곱씹어 보면 심각하지 않는가.

"전쟁의 승자는 반드시 그만한 대가를 원한다는 것을 알아야 해요."

"쉽게 말하자면 전리품이겠지요."

"지정학상 조선은 일본의 지배하에 있었고, 그들은 한반도를 전리품으로 분할할 생각이오. 두 강대 진영이 마주친 곳이 한반도가 아니오."

"그게 염려스럽습니다. 한반도를 경계선으로 전쟁을 끝내자. 그러한 묵시와 협상은 서로가 손해가 없는 것 아닙니까."

"맞는 말이오. 공산진영은 사할린까지 팽창하였고, 독일의 절반을 가로 질러 동유럽을 그 영향권에 두게 되었고, 한반도 절반을 차지하였으니 흡족한 거지요. 자유진영도 일본열도를 비롯하여 대서양과 태평양을 우방국으로 삼았으니 더 이상 바랄게 없겠고요."

"어쨌거나 한반도가 전리품으로 떨어지게 해서는 안 되지요. 얼마나 많은 설움과 고통을 받은 가운데 자주독립을 열망하였습니까."

한민서는 두 주먹을 불끈 쥐었다. 아무리 지배논리가 강하고 냉정할지라도 나라 잃은 설움을 대물림해서는 안 될 것이다.

"나는 조선이 독립된 국가로 오천년 역사와 전통과 문화유산을 다시금 복원하고 새로운 역사발전으로 나아가기를 비오. 속죄하는 마음으로요. 또 그만한 저력과 정신력이 담겨져 있고요. 허나, 염려스러운 것은 조선민족의 고질적인 파쟁의식과 우물 안 개구리식의 세계정세에 대한 맹목성이오."

"그 점은 인정하나 이번만은 대동단결, 조국광복의 기쁨을 하나로 뭉쳐 나아갈 것입니다."

"지켜봅시다. 시퍼런 칼날은 혈육을 도려내지 못하지만, 이데올로기는 형제와 부모 자식 간에도 적으로 돌아서게 하지 않는가요? 세계의 역사가 그걸 증명하고, 조선의 유구한 파쟁의식이 그러한 피비린내를 풍기지 않았어요?"

다나까 교장의 말을 부정할 수는 없다. 더구나 국민의 칠 할이 넘는 문맹률을 생각한다면 이성의 차가운 분별력을 잃고 맹목적인 선동심리에 휩쓸려 자신의 지향점을 망각해 보라. 참으로 난망할 것이다. 누가 또 알랴. 극단은 극단을 불러올지.

"무엇보다 이성을 잃지 말아야 하고, 대의를 위한 자기희생이 필요한데 그게 문제입니다. 권력에 대한 욕망과 출세지향은 자신도 모르게 지난날 독립만세를 부르며 목숨을 아끼지 않았던 투쟁정신을 저버릴 염려가 다분하니까요."

"그리고 유교 중심주의에서 갑작스러운 서구 이데올로기에 휩싸이게 되면 지성인들도 자기중심을 바로 세우기가 어렵지요."

"그러한 양상은 항일운동 전개 과정에서부터 노출된 분열상인데, 이제 그 모든 대립과 갈등이 한데 녹아 어우러질 것입니다."

"글쎄요. 나는 상당히 회의적입니다."

다나까 교장은 차를 새로 다루었다. 다기(茶器)를 다루는 손끝이 정성스러웠다. 저들은 우리나라에서 가져간 생활문화를 아주 정갈스럽게 일구고 가꾸어왔다. 그런데 정작 우리는 어떠한가? 아무 것도 없다. 계급사회의 권위의식에서 오히려 피폐하게 만들었다.

"회의적이라고요? 그럴 바에는 차라리 어느 한쪽이든 그 속에 완전히 지배당하든가, 아니면 그 영향권에 놓이는 것이 낫다, 그 말인가요?"

"어쩌면 그게 좋을지도 모르지요. 일본은 패전국으로 전락하였지만 자유진영 아래 놓이게 되었습니다. 이것은 상당한 의미를 부여한 것이오. 적어도 자유진영의 우산 아래 민주사회를 건설한다는 것이오. 물론 패전국가로서 제약이 많겠지만 경제 분야라든가, 사회건설에 있어 보다 발 빠른 발전이 있으리라 예견됩니다. 그만큼 세계를 지배한 국민적인 우월감과 자신감이 내포되어 있다는 것이오. 그러나 한반도는 그렇지가 않아요. 강대국의 두 세력이 맞닿아 이쪽저쪽의 영향을 받게 아니오. 어쩌면 그런 조짐들이 싹트고 있기도 하고요."

"두 세력을 몰아내고 순수한 자주독립국가로 나아가기는 어렵다, 그 말인데……"

"이데올로기를 앞세운 지배논리가 곳곳에 스며들 것이오. 그렇게 국민감정을 이끌어 낼 것이고. 어느 국민이건 단순한 점이 있잖아요."

"그래서 국민의 이성과 감정을 하나로 비끌어 매야겠지요."

한민서는 그렇게 말하면서도 가슴속에 허전하고 차가운 바람이 들이치는 것을 어찌하지 못하였다. 모두가 해방된 조국이 자주독립국가로 나아가기를 열망한다. 하지만 강풍처럼 몰아쳐오는 냉전이데올로기 앞에 과연 허리를 꼿꼿이 세울 것인가.

"한 선생, 그런데 말이오. 내 고민을 하나 들어 주시오. 마지막 부탁으로 생각하시고."

다나까 교장은 대화를 자신의 개인문제로 전환시켰다.

"무슨 부탁인데요?"

"한 선생도 알다시피 고국 떠나 이곳으로 부임해 오면서 줄곧 독수공방으로 지내지 않았소."

"부인과는 사별하였다는 말을 들었는데요."

"부인을 사랑하였지요. 그 아픔을 잊기 위해 이곳으로 부임해 온지도 모르지요. 헌데 알 수 없는 게 사람의 마음이라고, 이곳에서 피치 못할 일이 생겼어요."

"저에게 호기심을 안겨줄 때도 있습니다, 그려."

한민서는 웃음을 지었다.

"내 집에서 일하는 가정부 있지 않소."

"여동네 말이지요? 매사가 깔끔하고 조용한 여자지요."

한민서는 가정부로 일하는 여동네를 잘 알고 있었다. 남편을 폐병으로 일찍 여의고 아들 하나를 데리고 살았다. 주위에서 그녀를 천거하여 말없이 사택을 돌보았다. 신식교육은 받지 않았으나, 이해심이 깊고 사리가 분명하였다. 다나까 교장도 평상시 그녀의 그 점을 신뢰하고 흡족해 하였다.

"이 나이에 겸연쩍은 고백이오만 나도 모르게 정이 들었어요."

"허허, 로맨스로군요."

"흐르는 물처럼 정이 가는 걸 어찌합니까. 그리고 서로가 외로운 처지 아니오. 하지만 육체적인 관계설정은 아니오. 마음 가는 대로 외로움을 나누어 가졌을 뿐이오."

"서로가 외로움을 나누는 데는 죄가 될 수 없지요."

"그래, 이 지경에 이르고 보니 그간의 수고도 있고 하여……."

"제가 어떻게 힘써 주었으면 좋겠습니까?"

"응분의 재산을 줄까 하는데, 한 선생께서 거기에 대한 공증인이 되어 주십사 하고요. 내가 떠나고 나면 분명 일본 놈에게 빌붙어 얻은 재물이라고 손가락질 받게 뻔한 일, 여자의 연약한 힘으로 어찌 감당하겠어요."

"어차피 몰수당할 재산이라면 한 여자를 위하는 것도 좋을 듯합니다. 제가 힘닿는 데까지 공증인이 되어 드리겠습니다."

한민서는 기꺼이 다나까 교장의 제의를 받아들였다.

"고맙소. 내 한 선생만 믿겠어요."

다나까 교장은 그녀에게 줄 재산 목록과 토지문서를 한민서에게 맡겼다.

4

바람이 부는 곳을 어느 누가 알까? 아무도 모른다. 하지만 흔들리는 나뭇가지에서, 살결에 와 닿는 체감에서, 바람의 방향과 풍속은 물론, 차갑고 더운 기류를 가늠한다. 지금의 시국이 그러하였다. 분명 감격스러운 바람이 골목골목을 비질하여 저마다 환희로 들떠있는데, 장차 어느 곳으로 불려갈 것인지 아무도 예측할 수 없는 가운데 연일 환영대회가 열렸다.

그런 가운데 예분례네 밀무역선이 귀환동포를 싣고 온 것은 또 다른 환호성을 불러일으켰다. 누군가 나들이 끝에서 야아, 무역선이 돌아온다! 소리쳤을 때, 예분례네 밀무역선은 회진포를 지나 망여섬 너머에 모습을 나타냈다. 해방 전 섬사람들의 김과 놋쇠그릇 따위를 공출해 걷어 들인 전쟁 물자를 싣고 현해탄을 건너갔는데 이제야 돌아온 것이다.

예분례네 할아버지 김도치는 일찍부터 상술에 남다른 안목이 있었는지라 일본인 상인과 손을 잡고서 현해탄 뱃길을 열었다. 아무도 생각할 수 없었던 모험을 산 것인데 현해탄을 한번 건너갔다 돌아올 때마다 신색이 달라졌다. 각종 정보까지 제공해주어 섬에 거주하는 일본인들도 함부로 대하지 못하였다. 위세가 드높은 만큼 무역거래도 활발하여 섬에서 나는 해산물을 도맡아 싣고 일본을 드나들었다.

밀무역선은 망여섬을 지나 할미섬을 비껴 감탕나무께에 이르렀다. 배에는 일본에서 가져올 물건 대신 일본으로 강제로 끌려갔거나 현해탄을 건너간 귀환동포들로 가득하였다. 감탕나무께는 그들을 환영하는 플래카드가 바람에 펄럭이고 즉흥적이랄 수 있는 환영대회가 열렸다. 귀환동포들은 몇 날 동안 바다에 떠다니다시피 하였는지라 몰골들이 말이 아니었다. 그리고 경상도, 충청도, 강원도사람들이 뒤섞여 있었다.

"얼마나 고생들이 많으셨소?"

"말도 마시오. 죽음직전까지 다녀왔으니께. 뱃멀미는 기본이고, 그나마 운이 좋아 배를 타고 왔소만, 아직도 귀환동포들이 항구마다 새까맣게 몰려들 있어요."

그들은 조국에 돌아왔다는 기쁨으로 목이 메었다. 그리고 뿔뿔이 흩어져 고향으로 향하였다. 썰물처럼 감탕나무께를 떠났다. 마을사람들은 그때서야 밀무역선에 올라 이곳저곳을 둘러보았다.

"아니, 예분례 할아부지가 아니요?"

사람들은 그 소리에 이층 선장실로 우르르 몰려갔다. 선장도, 선원들도 자취를 감춘 가운데 예분례 할아버지가 긴 장죽을 물고 게슴츠레 눈을 뜨고서 비스듬히 앉아 있었다. 의식이 몽롱한 상태였다.

"아편을 피우고 있지 않는가베."

"집안 망할 징조구만."

"그나저나 우리들한테서 외상으로 싣고 간 해태 값은 어쩔 셈이제? 주문한 물건은 하나도 실어오지 않고 아편만 피우고 자빠져 있으니."

"집 있고 논밭 있겠다, 물어내라고 하면 되제."

"밀무역선도 별 볼일 없을 테고, 좋은 시절 다 가버렸구만."

사람들은 침을 뱉듯 한마디씩 하였다. 누군가 예분례 할아버지를 끌어내어 등에 업었다. 그런데도 장죽만은 놓질 않았다. 사람들은 그 뒤를 따랐다. 외상으로 가지고 간 김 값을 받기 위해서였다. 항상 잠겨있던 대문이 활짝 열리고 마당은 사람들로 가득하였다.

"어쩔라요? 우리들에게서 가져간 외상 해태 값을?"

사람들은 아들인 김공개에게 따지고 대들었다. 김공개는 난감해 하였다. 자신은 그런저런 상거래를 잘 모르고 있었다. 밀무역선을 부리는 덕분에 그저 돈을 쓰는 재미로 살아온 위인이었다. 뭍에 나가 술판 아니면, 반반한 여자들 치마폭이나 들추고 다녔다. 돈 잘 쓰는 오입쟁이로 이력이 나고 소문이 난 사람이었다.

"한 푼 에누리 없이 보상해 드리리다."

김공개는 마을사람들의 위세에 눌려 몸을 움츠렸다.

"어떻게 말이오?"

"여러분들께서 보상대책 위원회를 구성하여 정식으로 보상을 요구하시오."

"좋소. 만약에 조금이라도 허튼 수작을 할라치면 친일분자로 매도하여 가만두지 않을 것이오."

"아이구, 친일이라니요. 그저 무역선을 부렸을 뿐인데⋯⋯."

김공개는 친일분자라는 말에 더욱 몸을 움츠렸다. 사람들은 그 자리에서 보상대책위원회를 구성하였다.

"민서, 자네가 총 책임자로 수고를 해 주었으면 좋겠네."

"그려. 한민서가 적임자여."

사람들은 만장일치로 한민서를 책임자로 등 떠밀었다. 한민서는 난감한 표정을 지었으나 하는 수 없이 일을 하나 더 떠맡게 되었다. 개개인의 명단을 확보하고 보상액을 확인하였다. 김공개는 아버지를 대신하여 논밭 등기를 내놓았다. 매일 북새통을 이룬 가운데 서로가 눈치껏 더 좋은 논밭자락을 차지하려고 이마를 짓찧었다. 한민서는 그들을 설득해 가며 제비뽑기 식으로 말썽 없이 일을 처리해 나갔다.

"자네도 상당한 보상을 받아야 하는디, 좋은 몫은 다른 사람들에게 다 돌려주고 어쩔 셈인가?"

공수아범이 자기 몫까지 챙길 것 다 챙기고 난 다음에 생색을 내듯 말하였다.

"맞네. 자네도 어디 한 자락 잡아사 쓰것네."

누군가 곁에서 장단을 치듯 거들었다.

"물방죽 같은 개간답이 남아있지 않소. 그거면 충분하지요."

한민서는 쓰겁게 웃었다. 그들의 물욕에 환멸을 느꼈다. 아무도 거들떠보지 않는 개간답은 저수지처럼 물이 들어차 찰랑거렸다. 지금까지 물방초만 무성하여 뜸부기나 물오리의 서식처로 버려져 있었다.

"원, 사람이. 아무려나 저걸 논이라고 보상을 받는단 말이여? 아직도 내놓지 않은 문전옥답들이 있잖은가."

"그만하면 됐어요. 다들 자기가 원하는 논밭 등기를 챙겼지요?"

한민서는 자리를 털고 일어섰다. 그들과 여러 날 실랑이한 피로감이 덮쳐눌렀다. 예분례네 밀무역선은 감탕나무께 모래밭에 버려졌고, 예분례 할아버지는 사랑방에 처박혀 일본에서 들여온 아편에 파묻혀 세상 돌아가는 줄 몰랐다. 김공개는 살림살이가 그만큼 떨어져 나갔는데도 여전히 제버릇을 못 버렸다. 아직도 살림살이가 풍족한 때문일 것이었다.

"오늘은 어쩔라고 집에 있는가라우?"

종부네는 점심상을 들여놓으며 다른 때보다 늦게 일어난 한민서를 바라보았다. 가장네에게 말 붙이기가 어려운 종부네였지만, 오늘은 심기가 사나웠다. 남들에게는 실컷 좋은 일 해 주고 기껏 아무도 거들떠보지 않는 물방죽 같은 개간답을 보상으로 받다니. 말이나 되는 소리인가. 남들은 희희낙락하며 말인즉 입에 발린 소리들을 하지만 그게 몇 날이나 갈 것인가. 두고두고 누구 애간장을 녹이려고 저걸 논이라고 보상 받아?

"머리가 좀 지근거려서……."

한민서는 말끝을 흐리며 숟가락을 들었다. 자기도 입맛이 쓴가 보구만. 종부네는 속으로 눈을 흘기며 아기를 안고 대청마루로 나갔다.

"형부는 뭣 땜새 놈 좋은 일만 한대요?"

해심이 갓난아기의 볼기짝을 살짝 때리며 한민서 들으란 듯 물었다.

"모르것다."

종부네는 퉁명스럽게 대답하였다. 눈 아래 보이는 물방죽 같은 논이 오늘따라 더욱 황량하고 드넓었다. 시상에 저걸 논이라고 보상받다니. 시살백이도 웃것다.

"가만. 저기 오는 게 큰오빠 아니여?"

해심은 원뚝을 가리켰다. 박해수가 수문을 돌아 나오고 있었다. 곱슬 머리카락이 바람에 날렸다. 해심이 마주쳐 나가고, 한민서는 점심을 들다말고 댓돌을 내려섰다.

"점심상을 다시 차려야겠구만."

한민서는 대문을 들어서는 박해수를 반가이 맞아들였다. 종부네는 갓난아기를 해심에게 안겨주고 부엌으로 들었다. 서둘러 쌀을 일구고 반찬새를 장만하였다.

"허허, 이 집은 따순 냄새가 나는구랴. 어따, 이 녀석 많이 컸다."

박해수는 가슴 드넓은 소리로 큰딸의 머리를 쓰다듬었다.

"몸을 빼낼 수 있었던가 보지요?"

한민서는 박해수를 아랫목으로 모셨다. 박해수는 읍내에서 대민 홍보와 선전 책임자로 바쁠 것이었다.

"상황이 좋지 않아."

박해수는 머리를 벽면에 기댔다. 어떠한 일이 있어도 이념 대립이 있어서는 안 되는데 서서히 충돌의 조짐이 싹트기 시작하였다. 미군이 상해임시정부를 인정하지 않을뿐더러 인민자치위원회마저 무시해 버리고자 하는데서 또 다른 의문부호가 분출되기 시작한 것이다. 사람들은 미군의 저의를 우려하였다. 겉으로는 풀뿌리민주주의를 지향하면서 새로운 지배개념 내지 블록형성을 획책하지는 않는가. 조선을 전리품의 희생양으로 생각하지는 않는가. 민족의 염원은 하나의 통일국가를 염원하는데, 무언가 기류가 이상하였다.

"인내를 가지고 나아가야지요."

"그래야겠지. 점심이나 먹고 이야기 할까."

박해수는 종부네가 점심상을 들여오자 시장하다는 듯 밥상 앞에 다가앉았다. 한민서도 거들었다. 종부네는 팬스레 오라버니가 어려워 수건을 둘러쓰고 강녕들로 나갔다. 오라버니와는 세 살 터울인데도 늘상 대하기가 어려웠다. 도암네와 작은 동서가 일꾼과 함께 피를 가리고 있었다.

"집에 손님이 오시는가 보던디 오는가?"

도암네는 허리를 펴며 말하였다. 일밖에 모르는 큰며느리. 시어머니

외에는 집안 식구 모두가 큰동서를 일꾼처럼 생각하였다.

"처남 매부끼리 이야기하라고요."

"그래이. 이제는 저 물방죽을 논이라고 잡았다면서?"

"어디 물정을 아는 양반입디요."

"근께 말이시. 쟁기머리를 들일라치면 소 앞다리 먼저 허우적거리겠네."

"오리나 잔뜩 키우라 하시오."

작은동서도 한마디 거들며 벼포기를 헤쳐 나갔다. 종부네는 그 옆 고랑을 타내려가며 피를 가렸다.

한민서와 박해수는 점심상을 물렸다. 한민서도 혼자 점심상을 받을 때는 입안이 까실하였는데, 반찬으로 오른 병어랄 놈이 입맛을 돋우었다.

"너는 형부 집에서 아주 눌러 살 작정이냐?"

종부네 대신 점심상을 들고나가는 해심을 보고 박해수가 말하였다.

"처제가 조카들을 돌보니까 집안이 한결 잘 돌아가는데요."

"시집갈 때 혼숫감이나 단단히 챙겨 주게나."

"그보다 신랑감을 구해 주려고 하는걸요."

"마땅한 신랑감이라도 있던가?"

"있기는 한데, 인연이란 불가지변수라서요."

"그건 그렇지. 참, 다나까 교장은 잘 갔는가?"

"고국으로 돌아가는데 잘못 갔겠어요."

다나까 교장은 다시는 이곳을 찾을 수 없을 것이라며 그동안 정들었던 구석구석을 돌아보았다. 한민서는 그 마음을 헤아렸다. 하지만 살아 고국으로 돌아가는 것은 선택받은 운명일 것이다. 징용으로, 학도병으로, 정신대로, 강제로 끌려가 돌아오지 못한 원혼들을 생각해 보라. 그러한 감정이 묻어나겠는가.

"그 사람은 그런대로 처신을 잘한 덕분으로 떠남을 아쉬워했을 거야."

"일본인치고는 양심적인 사람이었지요. 교육자다웠다고나 할까요."

"그것은 인정해야겠지. 조선인이라 차별하지 않고 많은 인재를 지성껏 길러냈어. 학문의 깊이도 있었고. 하지만 식민지정책의 최일선에 나선 사람이라는 점을 알아야할거구만."

"상석이 형님과는 뜻이 잘 맞는가요?"

한민서는 화제를 돌렸다. 여동네의 장래를 잘 부탁한다는 다나까 교장의 마지막 말이 가슴 깊이에서 맴돌고 있었기 때문이었다.

"그 친구, 너무 혈기방장해서…… 공과 사는 분명한데 말이야."

대인관계라든가, 새로운 계획은 항상 명분과 거기에 합당한 타협의 여지를 염두에 두어야 하는데, 이상석은 혈기왕성한 씨름꾼의 샅바 잡기 식으로 매듭을 지으려고 하였다. 하여 때때로 충돌과 감정의 찌꺼기를 남길 가능성이 농후하였다. 예를 들어 일제에 아부하였거나, 빌붙어 살아온 친일분자들을 그 가볍고 무거움과 사정을 세세하게 알아보고 참작하여 단죄하여야 하는데도 불문가지 단두대에 매달고자 하였다. 따지고 보면 이 땅에 살면서 일제의 눈치를 보지 않은 사람이 몇이나 되는가. 피지배민족의 설움은 거기에 있는 게 아닌가. 그리고 의분을 느끼게 하는 친일분자는 스스로의 양심과 주위의 따가운 지탄을 받기 마련이어서 가리고 따질 것 없이 추려질 터였다.

"그래도 그 형님만큼 의리 있는 사람은 드물 것입니다."

"의리는 사나이 기개 아니겠는가. 세상은 말일세. 문무가 곁들여 잘 조화를 이루어야 하네."

"남자와 여자가 왜 이 세상에 존재합니까. 형님의 그 지혜로움과 상석 형님의 기개가 하나로 어우러져 조화를 이룬다면 보다 큰 세상을 가꾸는데 좋지 않겠습니까."

"그거야 세상을 경영하는데 필요하지 않겠는가."

박해수는 시원스레 입가에 웃음을 말아 올렸다. 그런 점에서 이상석과는 오래전에 뜻이 맞아 우정을 키워왔다.

"큰아부지가 오시는 갑소."

해심이 숭늉을 떠들고 들어오며 말하였다. 한장서는 낚싯대와 고기꼬치를 꿰들고 대청마루 앞에 섰다.

"동갑나기 사돈 들어오게나."

박해수는 자리에서 일어나 활달하게 한장서를 맞았다.

"십년지기 사돈이 왔다기에 내 숨이 턱에 닿도록 달려왔지."

두 사람은 투박하게 악수를 나누었다. 한사람은 시인으로 자처하며 구석진 곳에서 약방을 경영하면서 야학을 열었고, 한사람은 삐뚜름하게 학생모자를 쓰고 세상을 초월한 듯 술과 낚시로 소일하고 있다. 사돈관계 이전에 우정이 깊었다.

"난, 아무래도 자네가 좋네. 이 사람은 샌님처럼 술을 할 줄 아나, 풍류를 제대로 익혔나. 머리 싸매고 그저 공부밖에 모르니. 내 시 한수 읊조릴 공간도 주지 않아."

"너무 좋아도 투정이라네. 내 아우야 철리를 규명하고 헤아리는 사람이 아닌가. 나와 비교가 안 되지. 마을 일이야, 세상사를 참 명석하게 잘 처리하거든. 삼국지에 나오는 방통을 능가한다고나 할까."

"이왕이면 제갈량으로 비유하지 그러나."

"그 재주가 그 지혜 아니겠는가."

두 사람은 웃음을 나누었다. 해심이 한장서가 낚아온 생선을 장만하여 술상을 차려 올렸다.

"서울에서 언제 내려왔습니까?"

한민서는 두 사람에게 술잔을 돌리며 한장서에게 물었다. 간다는 말도 없이 서울 가더니만 바람처럼 내려왔다.

"한 이틀 됐는가? 동생께서 워낙 바쁜 몸이라 잘 모를 수밖에."

한장서는 덤덤하게 대답하였다.

"마음속에 한 생각을 품고서 올라갔을 텐데 그 보따리 풀지도 않고 왜 내려온 거야?"

"모든 사람들이 분별심을 잃고, 아수라장만 같았어. 모두들 독립투사라고 자칭하는데, 내가 보기에는 꼭 주먹패들이나 할 짓들을 내남없이 하더구만……."

"이해는 가네만. 자, 한잔 들세나. 진한 곡주를 대하니 시 한수가 절로 떠오르네."

박해수는 한장서와 술잔을 부딪쳤다. 한민서도 어정쩡하게 술 한 잔을 받았다.

"한수 읊게나. 이 광명한 세상에 얼마나 좋은가."

한장서는 흔쾌히 맞장구를 치며 술잔을 들이켰다.

  ─ 피맺힌 장막이 걷히니

   떠오르는 태양도 눈 부셔라

   삼단머리, 무명치마를 입으시고

   목 메이던 임이시여

   오늘은 환한 미소로

   걷힌 장막 밖으로 나오시어

   가슴에 따 담으소서

"이렇게 좋을 수가!"

한장서는 술잔을 높이 들었다. 역시 시인의 감정과 열정은 그 표현이 달랐다. 해방의 기쁨을 우쭐우쭐 노래하고 춤추고 싶은데도 마음뿐, 낚시 바늘이 끝 모를 바다 깊이로 가라앉는 기분이었다.

"자네는 어떤가?"

박해수는 입가에 웃음을 베어 물고 있는 한민서를 돌아보았다.

"향가를 생각게도 합니다만, 저는 오래 묵혔으면 합니다."

"허어, 선문답이군."

박해수는 한민서의 말이 어디에 있는지 알아 차렸다.

"하긴, 시는 된장이나 간장쯤 될 수도 있지."

한장서는 박해수가 읊조린 시를 술잔 속에 휘젓고 있었다. 곰삭아야 한다? 그것도 틀린 말은 아니지만 비릿하면서도 푸성귀 맛이 나는 게 더 좋잖은가.

"마음 항아리에 담을 수는 있지 않겠습니까."

"됐네. 마음 항아리에 가득 담아 두겠네."

박해수는 호방하게 웃으며 한장서에게 술잔을 건넸다.

"나는 벌써 술잔 가득히 담아 놓았네."

"이태백의 마음으로 말이지. 이제 자네도 나라를 위해 일을 해야 할 게 아닌가. 그런 포부로 서울 나들이를 했겠지만."

"여부가 있겠나. 나라를 위해 젊은 기개와 포부를 내보여야겠지."

"강태공이 빈 낚싯대를 걷어 올리듯 말인가요?"

한민서는 살가운 표정으로 반문하였다. 무위도식. 매일같이 낚시와 술로 소일하는 그 속내를 도대체 가늠할 수가 없었다. 서울에 올라가서 볼일 없이 내려온 것도 따지고 보면 술로 소일할 친구들이 없어서 그랬는지 모를 일이었다.

"동생, 나를 너무 꼬집지 말게나. 나라고 어디 쓰일 데가 없을라구. 모두가 길거리에 나서면 독립투사요, 애국지사인데."

"누가 뭐라 해도 자네는 지식인으로서 세상을 품 안고 있지 않는가. 나는 자네가 지니고 있는 내면의 세계를 어느 정도 아네."

"고맙네. 하지만, 나로서는 현재의 상황이 불만스럽다는 것이네. 어디를 둘러보아도 명확한 해답이 없네. 보이지 않는 거대한 바위 덩어리가 우리 앞을 가로막고 있는 기분이야."

한장서는 서울에서 몇 날을 보내면서 느낀바가 적지 않았다. 남들처럼 이곳저곳을 기웃거렸으나, 한장서를 실망스럽게 하였다. 길거리에 나서면 모두가 애국지사요, 모여 앉으면 패거리 정치였다. 서울로 올라간 것은 이런 섬구석에서 술과 낚시로 소일하느니 나라의 중심부에서 미력하나마 젊음을 헌신하기 위해서였다. 그러나 가던 날로 쓸쓸함을 안았다. 친구들의 권유로 따라간 곳마다 패거리 집단을 형성하여 서로가 견제하고 반목하였다. 더러는 이곳저곳을 기웃거리면서 자신들의 입지를 도모하였다. 하여 뿌리치듯 내려왔다.

"우리 앞을 가로막는 바위 덩어리를 우리 스스로 들어내면 되잖는가."

"그걸 왜 모르겠는가. 하지만 이곳까지 파벌행위가 조성되고, 좌와 우라는 극단의 블록이 형성되어 가지 않는가. 어찌 생각하면 남세스러운 노릇일세."

"우리의 역사는 파쟁의 역사라 해도 과언이 아니지만, 나는 지금의 상황을 비관적으로는 보지 않네. 파쟁과는 다른 혼돈이랄까……."

"장자가 말한 혼돈 말인가?"

한장서는 술잔을 들며 입가에 웃음을 비죽이 담았다.

"해방조국의 건설은 곧 새 시대의 개벽과도 같은 게 아닌가?"

박해수는 스스로 자문하듯 말하였다.

"나는 아직 거기까지는 잘 모르겠네. 국가건설은 어느 개인이나 단체의 영달이나 당략을 위한 것이 아니지 않는가. 한 마음으로 뭉쳐도 뭣한데 모두가 나라를 위한답시고 기실은 자신들의 기득권이나 분파의 조성을 위해 행동하지 않는가."

"허허, 방관자의 틀을 언제 깰 것인지."

"나는 당분간은 회의적인 시선으로 비켜나 있겠네."

"하지만 세상은 자네를 그렇게 내버려 두지는 않을 걸세. 두고 보면 봐도."

"그래, 그래. 술잔이나 비우게나."

한장서는 술잔을 박해수에게 건넸다. 한 무더기 바람이 마당을 비질하였다.

"나도 한때는 무정부주의자였네. 절세(絶世)의 이상향을 꿈꾸었지. 사돈 자네 원뚝 밑에 갯벌이 몇 자 깊이인줄 아는가?"

"조개가 알맞게 숨 쉬고 살지 않나."

"갯벌의 깊이가 문제겠습니까. 저는 이만 면사무소에 가보겠습니다. 두 분께서 술을 더 즐기십시오."

한민서는 자리에서 일어났다. 대문을 나서면서 앞산을 바라보았다. 앞산 큰 굴을 답사할 때가 생각났다. 주위에 바다에서 살았을 조개껍질들이 발에 밟혔다. 여기가 해발 몇 미터인가? 이런 높이의 산위에서 조개가 살았다니. 어쩌면 전설로 전해져 내려오는 대홍수 때 이 섬은 바다에 잠겨 있었는지 모른다. 오늘 일제강점기라는 암흑의 세계에서 해방을 맞은 것은 대홍수로 잠겨있던 섬이 본래의 모습으로 하늘을 보았을 때와 같지 않을까?

반전의 시류(時流)

1

겨울로 가는 계절의 길목은 유난히 밤이 깊었다. 사람들은 밤이 깊으면 그 해 겨울은 짙은 눈보라와 두꺼운 얼음장으로 몸을 움츠리게 한다고 믿었다. 실지로 어둠이 빨리, 깊게 내리덮는 해는 매서운 찬바람이 눈보라를 몰아왔고, 앞벌 논은 꽁꽁 얼어붙어 개구쟁이 아이들의 세상이었다. 그런가 하면 바닷가에는 성애가 산처럼 쌓여 시커먼 갯벌을 하얗게 뒤덮었다. 그런 겨울에는 아무래도 겨울 한철 김 생산으로 일 년의 생계를 의지하는 섬사람들로서는 막대한 손실을 입었다.

"지겹도록 밤이 깊은디 너는 어짜냐?"

"금메 말이요. 한숨 푹신 자고났는디도 아직도 깜깜 자정이요."

"가을걷이도 끝나고, 피로로 찌든 녹작지근한 몸뚱이가 깊은 밤을 새울 줄 모르니 참말로 지랄이다야."

"저그, 광세네 집에 불을 밝힌 것을 보니께 제사라도 지내는 갑소. 몽선이를 시켜 단자나 보낼께라우?"

"어따, 처녀가 무슨 제사떡이라냐."

종부네는 젖가슴을 더듬는 갓난아기에게 돌아누워 젖을 물렸다.

"그란디 형부는 아직 안 들어 왔소?"

"시끌벅적한 속에서 내몰라라, 당신만 빠져 나오것냐. 해방이 되고 난께 뭔 시상이 시골 장터맨치로 시끌북적거리는지……."

"일본교장 사택에서 일하던 여동네 말이요. 초죽음이 됐것지라우?"

"그거사, 니가 직접 눈으로 그 광경을 봤응께 더 잘 알 것 아니여."

"아따, 사람들. 그 말없는 여자를 마치 도살장에 끌려나온 소 다루듯 하는 꼴이라니……."

해심은 진저리를 쳤다. 모르긴 몰라도 낮에 보았던 일들이 악몽으로 되살아나 잠을 깨웠지 싶었다. 김발을 돌아보러 바다에 나간 표상과 몽선에게 새참을 갖다 주고 방죽재를 막 넘어서는데 면소재지 쪽에서 북소리가 둥둥 울리며 한 무리 사람들이 마을 쪽으로 옮겨갔다. 또 뭔 굿이라냐. 해심은 좀 더 자세히 구경하기 위해 새참 그릇을 대문 안에 내려놓고 건너 마을로 내달았다. 몽둥이와 총칼을 앞세운 시위대가 아니어서 무서움이 호기심으로 변하였던 것이다. 북소리는 규칙적으로 들렸고, 마을 골목골목을 돌았다.

아니, 저건 뭣이란가? 해심은 사람들 속에 섞여들며 눈을 질끈 감았다. 금방이라도 넘어질듯 한, 머릿결을 산발한 여인네에게 북을 짊어지우고서 그 뒤를 사람들이 뒤따르며 온갖 욕설을 해대고 있었다. 참으로 처참한 광경이었다.

"일본 교장의 가정부로 일하며 이 땅의 아녀자들의 정절을 헌신짝처럼 내버린 이 불결한 여자를 보시오."

북소리를 울릴 때마다 젊은 무리들이 합창하듯 소리 질렀고, 그 뒤에는 험상한 욕설들이 그녀의 뒤통수에 돌멩이처럼 쏟아졌다.

북을 매달고서 동네를 돌게 한 것은 정숙해야 할 아낙네가 남몰래

사통하였을 때 그 본보기로 우사를 시키는 행위였다. 해심이 알기로는 쪼깐네 여편네가 그랬고, 시집오기 전부터 행실이 곱지 않은 처수네가 징벌을 받았다. 쪼깐네 여편네는 그날로 북을 맸던 끈으로 목을 매달았고, 처수네는 섬을 떠나 종적을 감추었다.

사람들은 쪼깐네 여편네의 자살에 대해서는 한 가닥 동정심을 나타냈다. 북돌림을 하지 않아도 된다는 것이었다. 그 상대가 일본순사를 능가한 사내였기 때문이었다. 보나마나 강제로 추행을 당하였을 것이라는 것이었다. 집안이 제법 법도가 있어서 모든 사람들에게 경각심을 불러일으키자는 생각에서 북돌림을 한 것인데, 결국 자살로 몰고 갔다는 것이었다.

처수네의 행실에 대해서는 워낙 남정네가 등신이어서 시집올 때부터 염려스러웠다. 반반한 얼굴하며, 생긋 눈웃음치는 모습하며, 건장한 사내들은 누구나 그녀의 눈웃음에 혼란을 일으켰다. 아니나 다를까, 등신 사내일망정 분기는 충천하여 한마을 총각과 사통한 현장을 덮치고 나서 북을 매달았다. 그리고 정작 여편네가 바다를 건너 행적을 감추자 이제 갓 젖 떨어진 딸아이를 안고 날이면 날마다 선창가에 나가 돌아오라고 눈물을 질금거렸다. 숙덕거리는 소문으로는 시집오기가 무섭게 내지른 딸아이도 등신 남편을 전혀 닮지 않았다고 하였다.

소물이 식으로 면내 마을을 한 바퀴 돈 여동네는 다음 마을로 향하였다. 섬 전체를 돌 모양이었다. 새로 불어난 군중들 앞에서 청년 하나가 일장 성토를 하고나서 그녀를 앞세웠다. 여동네는 마치 사형장으로 끌려가는 죄인의 몰골이었다. 마을 당상나무께에 이르렀을 때, 뒤따르던 무리들이 둥둥둥, 등 뒤에 매단 북을 울렸다. 고사라도 지내겠다는 걸까? 그 순간, 여동네가 허물어지듯 주질러 앉았다. 더 이상 감당할 수 없는 수치심과 절망감이 그녀의 육신을 누질렀다. 뒤따르던 사람들도 멈칫하였다. 그때, 누군가 사람들을 헤치고 여동네를 안아 일으켰다. 그리고 그녀를 들쳐 업고 바람처럼 사라졌다.

"성에, 그만한 일로 사람을 그렇게 죽여사 쓸께? 목매달게 하는 것보다 훨씬 더 하데."

"사람들의 감정이란 군중심리에 휩쓸리기 마련 아니냐. 개개인을 대하면 이 좁은 섬구석지에서 어떻게 그렇게 허것냐. 사람을 만만하게 보고 그런 것이제."

"그래도 그 여자 정상을 참작해야제. 일본교장이야 어차피 짊어지고 갈 재산도 아니지 않는가."

"사람들은 자고로 결과만 보들 않더냐. 일본인 교장이 모은 재산도 일종의 착취 아니냐. 대리보복 차원이자, 본래 주인들의 시기심도 뒤따랐을 것이다. 또 잠이나 한숨 자두자."

종부네는 아기에게 젖을 물린 채 잠을 청하였다. 어디서 개 짖는 소리가 요란하였다.

"성님, 업어왔는디, 어쩔께라우?"

면사무소 회의실에 들어선 한우균은 숨 가쁘게 말하였다.

"어디에 있는가?"

한민서는 다나까 교장의 가정부로 일하였던 여동네가 기습적으로 끌려 나가 그런 곤욕을 치를 줄은 미처 예상하지 못하였다. 친일분자를 처단한다는 소리는 높았어도 여동네가 그 첫 번째 대상이 되리라고는 생각하지 못하였다. 더구나 여동네는 엄밀히 따져 친일행각을 한 것은 아니었다. 다나까 교장의 인품에 이끌려 마음으로나마 서로의 외로움을 나누어 가진 것이다. 그리고 그 대가로 다나까 교장으로부터 재산을 물려받았다. 그걸 두고 사시의 눈초리로 바라본 것이다. 아까운 처녀들이 정신대로, 군수공장으로 끌려가 영혼과 육신을 저버렸는데, 일본인 교장과 그렇고 그런 사이가 아니라면 어찌 그리 선심을 썼겠느냐는 것이었다.

하지만 여동네를 친일분자 제1호로 내몬 것은 일반적인 사고의 틀을 무시한 너무 격한 감정에 치우친 부산물이 아닐까. 그녀는 맨 나중에 다루어도 충분할 터였다. 어쨌거나, 다나까 교장과의 약속을 저버릴 수 없는 한민서로서는 그녀의 신변이 염려되었다. 북을 매달고서 등 떠민 것은 죽음보다 더한 치욕이라는 점에서, 무슨 불상사가 일어나지 않을까, 마음이 쓰였다. 그래서 한우균을 시켜 기회를 보아 그녀를 안전하게 데리고 오도록 부탁하였다.

"지금 우리 집에 있는디, 정신을 놓아 버렸구만요."

"충격이 컸겠지. 대추영감 좀 불러오게."

"성냥쟁이 대추영감도 긴요하게 쓰일 데가 있네요."

한우균은 대장간을 하는 대추영감 집으로 향하였다. 대추영감은 대장간을 하면서 불에 달군 쇠붙이를 다루듯, 경기 난 사람이나 의식을 놓아버린 사람을 일으켜 세우는 재주가 있었다. 자부심도 대단하여 어디서 주워들었는지 선사시대부터 농기구를 만든 터에다 대장간을 지어 연장을 달구니 선사 이래의 전통과 맥을 이어받았다고 너스레를 떨었다.

여동네는 의식을 잃고 송장처럼 누워 있었다. 한우균의 안사람이 물수건으로 이마를 훔쳐내는데도 깨어날 줄을 몰랐다.

"시상에 말없이 얌전한 사람을 이렇게 만들다니. 죄는 미워해도 사람은 미워하지 말라는 옛말이 있는디, 정신이나 온전히 돌아올란가 모르겠구만이라우."

"글쎄요. 다들 감정을 죽여야 하는데……."

한민서는 마음이 무거웠다. 인간이 인간을 벌한다는 것은 감정의 지배논리로 성립될 수 없다. 어버이가 어린자식에게 회초리를 드는 것도 얼마나 많은 정당성을 회초리 끝에 실리는가. 조금 있자 한우균의 뒤를 따라 대추영감이 들어섰다.

"허허, 평소에 정결하다 혔는디, 하필이면 일본교장과 외로움을 달랬을꼬이. 허기사, 일본교장 인품이사 존경할만 했제. 남녀의 정이란 가까이하면 깊어진다고 했지만 나는 그 말을 액면 그대로 안 믿네. 안 그런가? 자, 이리 나오시게."

대추영감은 찬물을 입으로 머금어 여동네 얼굴에 뿜은 다음 가슴과 등 뒤를 어루만지며 두드렸다. 꼭 불에 달군 쇠붙이를 다루듯 하였다. 그러자 그녀가 한숨을 토해내며 의식에서 깨어났다.

"거, 제법 인술을 지니고 있구만요."

"아, 이 사람아. 반평생 넘게 불에 달군 연장을 두드려 오면서 냅다 망치질만 해온 줄 아는가? 사람이나 쇠붙이나 그 숨 쉬는 결이 있는 법이여."

한우균의 말에 대추영감은 진지한 얼굴로 응대하였다.

"그러니께 장자가 허는 말 같소."

"난 장자가 무슨 씨나락 까묵은 소리를 했는지는 몰라도 불에 달구어진 쇠붙이의 숨결소리는 제대로 듣는 사람이여. 간호나 잘허소. 정신이 안 돌구로. 그만큼 충격을 받았는디 온전허겠는가. 난 가네."

대추영감은 풀무질을 하다 나온 사람처럼 횡하니 방문을 나섰다. 한민서는 한우균의 부인에게 간호를 맡기고 댓돌을 내려섰다.

"어떻게 하실 생각이시요? 인자 이곳에서는 얼굴 들고 살 수 없을 것인디."

한우균이 뒤따라 나오며 염려스러워 하였다.

"맞는 말이네. 그렇다고 당장 뾰족한 수는 없고, 방법을 추슬러 봐야겠지. 어느 곳에서도 길은 열려 있으니까."

한민서는 한우균의 말이 아니더라도 그녀를 어딘가로 보내어 새롭게 삶을 일구게 하는 수밖에 없다고 생각하였다.

"집안에서도 보나마나 외면할 것이고, 난망하요만, 성님께서 책임을 져야겠소."

"알고 있네. 다나까 교장과의 약속도 있고……."

한민서는 면사무소로 돌아왔다. 그리고 여동네에 관한 문제는 접어 두어야만 하였다. 무언가 소란스러웠고, 어수선하였다. 친일행위를 한 자들의 처벌에 관해 중구난방으로 목소리를 높이고 있었다. 법에 의해 처벌해야 한다는 신중론과 즉석에서 인민재판식으로 처벌을 강행해야 한다는 강경론으로 양분되어 고성이 오고갔다. 결국은 강경론이 군중의 감정을 앞세워 신중론을 밀어냈다. 한민서는 새벽녘에야 집으로 돌아왔다. 며칠 잠을 제대로 이루지 못한 피로가 엄습하였다. 벌겋게 한낮이 되어서야 자리에서 일어났다.

"처제, 표상 좀 불러 오시오."

"일어나자마자 표상은 왜 찾는다요?"

"긴히 할 말이 있어서요."

해심은 표상을 찾으러 나갔다. 그녀는 갑자기 표상을 찾는 까닭이 어디에 있는지, 궁금해 하였다. 굳이 찾지 않아도 밥 때가 되면 돌아올 것이었다. 혹시? 해심은 자신도 모르게 얼굴을 붉혔다. 언제부터인가 좋은 사람을 중매해 주겠다고 농담처럼 말해 왔는데, 그 장본인이 표상이라는 것을 최근에 알아 차렸다. 그녀도 해가 갈수록 표상이 싫지 않았다. 무엇보다 멀리 바라보는 눈빛이 마음에 들었다. 멀리 바라본다는 것은 생각이 깊다는 증거였고, 미래의 꿈을 지니고 있다는 것이다. 형부가 사람을 제대로 본 것일 거야. 해심은 머리를 살래살래 가로 저으며 표상을 찾았다. 표상은 수문께에서 갯벌 묻은 종아리를 씻고 있었다.

"거기서 뭣 한다야. 형부가 찾는디."

"낙지를 잡았거든. 문저리도 몇 마리 잡고."

표상은 잡은 고기를 쳐들어 보였다.

"눈먼 낙지겠제."

"맞아. 선창머리에서 나오는데 이놈이 제 구멍을 찾지 못하더라니께."

표상은 해맑게 웃었다. 해심은 그 모습을 보자 가슴이 설레었다. 표상은 그녀의 마음을 아는지 모르는지 웃음을 거두고 앞장섰다.

"표상은 해방이 됐어도 여기서 아주 눌러 살거제?"

"몽선이처럼 머슴살이나 할까?"

"고향에 가고 싶은 게로구먼."

"내게 고향으로 돌아갈 명분을 줄 거여?"

표상은 아득히 먼 곳을 바라보는 눈빛으로 그녀의 속눈썹을 들여다보았다.

"음마, 그것이 뭔 소리다냐? 해석하기가 아리송하네."

"결코 아리송하지가 않어."

"해방이 됐는디 명분은 무슨 명분이여."

"그래도 명분이 있어야지. 거기는 내가 고향에 갔으면 좋겠는감?"

"시원섭섭하달 수는 있겠지만……."

해심의 눈 가장자리가 자신도 모르게 붉어졌다.

"됐네, 됐어."

표상은 걸음을 빨리 하였다. 한민서는 나들이옷으로 갈아입고서 표상을 기다리고 있었다.

"낙지도 잡을 줄 알고, 섬놈이 다 됐구만."

한민서는 바짓가랑이를 걷어 올리고서 들어서는 표상을 보고 웃음을 지었다.

"제게 무슨 특명이라도 내릴 일이 있는가요?"

"특명이라면 특명이지. 고향에 좀 다녀와야겠어."

"고향요?"

"자네 고향을 잊은 것은 아니겠지?"

"그럴 리야 없지만 너무 느닷없는 말이라서……."

"주저 없이 고향에 가라는데 놀라기는."

"저는 그저 까닭을 모르겠어요."

"내 처제를 두고 갈 수 없어서인가?"

"농담은 거두시고, 자세히 특명을 하달해 주시지요."

"자네 힘으로 한사람을 구제해줘야겠어. 자네 고향 근처에 안주케 하여 새롭게 삶을 꾸릴 수 있도록."

"점점 모를 소린데요."

표상은 들어서는 해심을 흘깃 곁눈질 하였다. 한민서의 말은 듣기에 따라 많은 생각을 불러일으키게 하였다.

"떠날 때 상세히 이야기 할 테니까 내일 당장 준비를 하게나."

한민서는 거두절미 한마디를 남기고 대문을 나섰다. 알 수 없는 양반이야. 표상은 한동안 가닥을 잡지 못하고 우두커니 서 있었다.

"내일 당장 고향으로 가라니, 섭섭한 일이라도 저질렀는가요?"

해심은 표상보다 더욱 놀랐다. 일방적으로 이곳을 떠나라니. 평소 형부답지 않았다.

"모르겠어요."

표상은 시큰둥하게 일별하고 방안에 틀어박혔다. 그동안 말없이 정이 들었다. 어쩌면 고향보다 더 비릿한 무엇이 가슴에 배어든 곳이다. 쫓기어 도망 다닌 사람을 따뜻이 안주케 하였고, 스승보다 더 많은 것을 깨우쳐 주었다. 한사람을 안주케 하여 새 삶을 이루도록 하기 위해 고향에 가야한다? 그게 누구란 말인가. 표상으로서는 길고 지루한 하루였다. 밤은 더욱 침잠하고 깊었다. 그런 표상을 한민서는 동이 트기도 전에 일으켜 세웠다.

"이것은 노자야. 해방되고 나서 생사가 어떻게 되었는가, 가슴 저미고 있을 부모님께 선물도 잊지 말고. 일주일 말미를 줄 테니까 집 한 채와 논밭 몇 두락을 살 수 있는지 충분히 알아보고 오게나."

한민서는 간략하게 이르고 몽선더러 채취선으로 표상을 갠바우까지 실어다 주도록 하였다. 몽선은 뜨막한 얼굴로 표상을 앞세웠다. 한민서는 원뚝 수문께에서 두 사람을 지켜보았다. 몽선은 선창머리에 매어진 닻줄을 끌어 당겼다.

"갑자기 어째서 떠나는 거여?"

몽선은 노를 저으며 궁금증을 풀고자 하였다.

"나도 무슨 내막인지 확실히 모르겠어."

"가는 사람이 그것도 모른디야?"

"아주 떠나는 것은 아니여."

"다시 온단 말이여?"

"그렇게 하라는구만."

표상은 조금씩 조금씩 가깝게 다가서는 뭍을 바라보며 마음은 벌써 고향 동구 밖까지 내달렸다. 섬에서 숨죽이며 살 때는 한달음에 건너 뛸 수 있는 뭍이 그저 아득하고 멀게만 느껴졌는데, 새삼 감회가 깊었다.

"아무래도 무슨 밀명을 받들고 가는 것만 같구먼."

몽선은 의구심이 풀리지 않는다는 듯 듬성 물었다.

"······그보다는 심부름이겠지."

"어떤 심부름?"

"나중에 차차 알게 되겠지, 뭐."

표상은 고향으로 달려가는 감회에 젖어 건성으로 대답하였다. 배는 물살이 드센 옹암 모퉁이를 돌아 갠바우에 닿았다. 힘이 세기로 소문난 몽선이도 후줄근 땀에 젖은 채 고물에 주질러 앉았다.

"아따, 되다. 꼭 온나이? 사내새끼들 정도 정인가? 무지허게 섭섭허다."

"다녀올께. 혼자 노 저어 가자면 맥이 탁 풀리겠다."

"인자, 쉬엄쉬엄 물결 따라 흘러가제."

"그려. 올 때 선물 잊지 않을게."

표상은 손을 흔들고 나서 갠바우를 돌아 나갔다. 한민서의 큰 누님이 이곳에 살기에 나머지 육로는 그쪽에서 알아서 해 줄 것이라며 편지를 써 주었다. 한민서의 매형 집은 찾기 쉬웠다. 그 마을에서 제일 번듯하게 대문이 달려 있었다. 품에 지니고 온 한민서의 편지를 펼쳐본 한민서의 매형은 표상을 데리고 읍내로 향하였다.

2

여동네의 앞뒤에 북을 매단 분노의 행보는 거기서 끝나지 않았다. 관산과 신흥 두 부잣집을 아수라장으로 만들었다. 그들이 치부한 것은 순전히 일제에 빌붙어 아부하였거나, 그 비호 아래 이룬 것이었다. 세도가로 군림하며 떵떵거리며 살던 그들이었는지라 도리 없이 비켜날 수는 없었다.

"소작인들한테는 주리를 틀듯 한 사람들 아니여? 왜놈들에게 얼마나 아부하였으면 놋그릇 공출로 그 난리를 피웠는데도 숟가락 몽둥이 하나 내가지 않았을께. 천하에 죽일 작자들."

군중들은 가축을 끌어내듯 네거리에 끌어내어 온갖 폭언을 하였다. 해방이 되기 전에는 목구멍이 포도청이라고 그 집 문전을 기웃거리며 빌어먹던 사람들이 더 분노를 터뜨렸다. 하여 인심은 조석변이라고 하던가. 비지살이 오른 사람들을 개 패듯 하고 그것도 분이 풀리지 않아 방안등물을 짓밟고 집어던지는가 하면 곳간의 곡식들을 퍼내어 자루쌈을 하였다. 자칫 폭도로 변할까 위태로웠다. 그러나 그들은 불을 싸지른다거나 피를 흘리지는 않았다. 가장 악질적이었던 친일분자들의 집을 아수라장으로 만들어 놓은 군중들은 방향을 바꾸어 각 마을마다 원성이 자자한 친일행위자들에게 돌팔매질을 하였다. 예분례네라고 예외일 수는 없었다. 밀무역선을 부리며 일본과 내통한 그 전력을 씻어낼 수는 없었다.

"언 손 불어가며 뼈 빠지게 생산한 해태야, 미역, 그밖의 해산물을 외상으로 가져가 얼마나 많은 이문을 보았는가. 기회만 있으면 왜놈들 밑구멍이나 씻어주고."

"지금도 세상이 어떻게 된 줄도 모르고 아편을 입에 물고 방 아랫목에 자빠져 있는 꼬락서니를 보소."

사람들은 예분례네 할아버지가 아직도 아편을 입에 물고 있다는데 분노하였다. 해방이 되어 모두가 기쁨으로 들떠 있는데 제정신을 차리지 못하다니. 사람들은 예분례네 할아버지를 끌어냈다. 예분례네 할아버지의 모습은 참으로 가관이었다. 지그시 실눈을 한 채 담배 대통을 입에 물고서 몽롱한 기분에 취해 있었다. 사람들이 둘러선 가운데 비스듬히 누워 완전히 딴 세상을 누리고 있었다.

"허허, 몰골 한번 보기 좋네. 얼씨구, 무릉도원을 꿈꾸고 있나, 천상의 복숭아밭을 거닐고 있나."

"남은 인생이 불쌍하고 가련하이. 저게 무슨 꼴인가. 예부터 아편은 노름보다 더 해 살림 기둥뿌리마저 뽑아든다는디, 나머지 가족들의 앞날이 문제로다."

더러는 혀를 차는 사람들도 있었다. 성난 갈기를 세우며 내달았던 사람들이 동물원의 원숭이를 바라보듯, 측은한 눈길로 내려다보았다.

"저게 다 지은 죗값이제. 가만 내버려둬도 죄 값을 허겠네."

사람들은 저마다 한마디씩 침을 뱉듯 내던지고 돌아섰다. 맨 마지막으로 심판대에 세운 사람은 일본 밀정 노릇을 한 조동이었다. 수협에 근무하면서 민심의 동태라든가, 항일노동운동에 연루된 사람들의 행적을 감시, 밀고하여 많은 사람들을 고통스럽게 하였다. 곁들여 치부도 제법 쌓아올렸는데, 그로 하여 해방이 되기 전에도 몇 번이나 테러를 당하였다. 그때마다 조동은 더욱 악랄하게 무고한 사람들을 붙잡아 들여 보복을 하였다.

"맨 먼저 저놈을 끌어내어 목매달아야 했는디, 어째서 인자 끌려왔당가? 천하에 죽일 놈."

"쥐새끼같이 숨어 있었어라우. 처녀를 겁탈하여 아이를 낳게 한 그집 마룻장 밑에 숨어 있지 않겠소."

"참말로 볼품없구먼. 독사 대가리맨치러 머리를 꼿꼿이 치켜들고 위세를 떨칠 때는 보기만혀도 간담이 서늘하더니만 이런 꼬락서니라니. 못 보것네, 못 보것어."

"어쩔까요? 이놈의 인사를 뱀 껍질 벗기듯이 가죽을 벗겨 매달까요? 아니면 개새끼맨치로 거꾸로 묶어놓고 몽둥이찜질을 할까요. 그것도 아니면 이 인사가 자주 써먹던 고춧가루 물을 먹이고서 덕석말이를 할까요?"

"제일 좋은 방법은 여그 모인 사람들이 지근지근 짓밟은 다음 까마구 밥이 되게 하는 게 속이 풀릴 거구만."

"가만있으시오. 이놈은 내가 처리할라요. 똥물에 튀겨 발겨도 속이 안 풀릴 놈."

군중을 헤치고 팔소매를 걷어붙이며 나선 사람은 재 너머 사는 운도였다. 운도는 서른 넘은 건장하고 우람한 장년이었다. 그의 아버지가 어렵게 고생하며 서울에서 야간중학교를 다니다 학생운동에 연루되어 강제 퇴학을 당한 뒤 요주의 인물로 감시를 받자 지하로 숨어들어 활약하였다.

그의 부친의 영향은 이곳에도 지대하게 미쳐 항일농민운동의 배후에서 정신적인 지도자로 모든 이론과 행동지침을 전수 받았다. 그러한 동정을 탐색하여 고발한 사람이 바로 조동이었다. 직접 고문도 자행하여 운도네에게 참혹한 고통을 안겨 주었다. 운도 아버지가 숨어있는 곳을 대라고 가족들을 잡아다 주리를 틀듯 하였으며, 그로인하여 운도는 한쪽다리를 약간 절었다. 더 이상 고향에 붙박혀 살 수 없어 유랑걸식하다시피 뭍에서 떠돌다 해방과 더불어 고향으로 돌아왔다.

"자네의 분김은 알것는디, 너무 사감을 앞세우는 것도 좋지 않어. 좀 더 대의적인 명분을 지녀야제."

운도의 당숙 되는 이가 운도의 감정을 달랬다.

"당숙은 이 자의 독사 같은 눈을 비껴 날 수 있었소? 아주 생매장을 시켜도 시원찮을 것이요."

운도는 성한 한쪽다리로 조동을 지근지근 밟았다. 아무도 말리는 사람이 없었다. 그때였다. 갓난아기를 업은 새파란 여인네가 운도의 바짓가랑이를 붙들었다. 조동이 겁탈하다시피 하여 아이를 낳은 처녀였다.

조동은 그녀네 집 마룻장 밑에서 숨어 지내다 붙들려 나왔다.

"살려주시오. 안 그래도 나라에서 죄를 물을 것인디 사람을 벌레 짓 뭉개듯이 죽일락 하요."

사람들은 느닷없는 그녀의 출현에 마음들이 출렁거렸다. 아무도 예상치 못한 일이었다.

"허허, 처녀 열녀 하나 났네, 그랴. 처녀 몸을 버린 것만 생각혀도 치가 떨리고 이가 갈릴 것인디, 무슨 억하심정으로 살려달란당가?"

운도는 어이없다는 듯 웃음을 터뜨렸다.

"근게 말이여. 여자 속은 종시 알다가도 몰른당께. 암만혀도 처녀과부 될까봐서 그런가 보이."

주위 사람들도 실로 맹랑하다는 표정을 지었다. 그러거나 말거나 그녀는 운도의 바짓가랑이를 붙들고 늘어졌다.

"지발 한번만 분김을 참으시요. 지은 죄가 있으면 스스로 혀를 깨물든지 하것지라우. 이렇게 쉽게 짓밟아 죽이면 뭔 재미가 있것소. 두고두고 고통스럽게 죽어가는 꼴을 봐야지라우. 나도 왜 미움이 없것소. 곁에서 고통스럽게 죽어가는 꼬락서니를 볼라고 그요. 그러니께 숨만은 쉽게 해 주시요."

"참말로 요상헌 말이네."

"그렇게 하소. 보아하니 반은 죽은 목숨이고, 앞으로 저 낯짝으로 이곳에 발붙이고 살 수는 없을 텐게."

운도 곁에 있던 사람들이 운도의 어깨를 붙들어 내렸다.

"내 오늘은 이것으로 참는다만 기어코 내 손으로 작살을 낼 것이다."

운도는 한 번 더 우지끈 밟고 조동의 얼굴에 침을 뱉았다. 사람들이 물러났다. 피투성이가 된 채 의식을 잃고 쓰러진 조동과 갓난아기를 업은 그녀만 먼지를 둘러쓴 채 버려졌다. 한식경이 지나 조동이 의식에서 깨어나자 그녀는 조동을 일으켜 세웠다. 그리고 조동을 부축하여 그의 집으로 향하였다.

그렇게 들어간 그녀는 후실로 들어앉아 조동을 간호하였다. 갈빗대가 부러지고 코가 짜부라진 조동은 그녀의 극진한 간호에 개똥도 마다하지 않았다.

"보통내기가 아니여. 본처가 어엿하게 안방을 차지하고 있는디 사랑채를 차지하다니. 큰마누라 심기가 뒤틀리겠구만."

"큰마누라야 본시 예의 바르고 법도가 있지 않은가. 우격다짐 식으로 장가를 들어서 그렇제 어디 어울릴법한가."

"억지 시집이었제. 그래서 항상 얼굴에 수심이 가득하지 않던가."

"조동이 저 작자 죽일 인사여. 저 처녀뿐만 아니라 얼마나 많은 아녀자들을 농락하였는가. 보기는 족제비같이 생겼는디도 꼴에 여색은 밝힌단 말이여."

"그나저나 앞으로 볼만 하것네. 과연 처녀마누라 말대로 두고두고 복수하기 위해 똥물까지 멕여가면서 살려놓고 보자는 그 심사 말일세."

"위기를 모면할 심사로 무슨 말을 못 하것는가. 자네는 그 말을 액면 그대로 받아들이는가?"

"아니면?"

"자고로 여자란 요사한 동물이여. 지 뱃속으로 난 자식새끼를 생각허면 이가 갈릴 만큼 미워도 어짜겠는가. 장차 그 아이 장래를 내다보자면 그래도 애비가 살아 있어야 하지 않겠는가."

"허긴, 그렇기도 하네만 두고 볼 일이제. 보통내기가 아닌 것만은 사실이여."

주위 사람들은 흥미롭게 조동의 집을 바라보았다. 조동의 집으로 뭇사람들의 시선이 쏠릴수록 조동의 집 대문은 굳게 닫혀 찬바람이 돌았다.

섬사람들이 친일분자들을 타매질하듯 응징하는 시위가 어느 정도 스러질 무렵 표상이 돌아왔다. 고향을 다녀와서인지 확실히 윤기가 흘렀다.

"그래, 부모님들은 잘 계시던가?"

"깜짝 반기더군요. 죽은 줄만 알았던 아들이 살아 돌아왔으니 말하여 무엇 하겠습니까. 그간의 이야기를 하나도 빠뜨리지 않고 상세하게 들려주었습니다. 아버님께서 무엇으로 은혜를 갚아야 좋을지 모르겠다면서 손수 병풍 한 벌을 쳐 주셨습니다."

표상은 한민서에게 팔 폭 병풍을 내놓았다.

"문체가 단아하면서도 활달하구먼. 이런 선비 집안인 줄은 몰랐네."

한민서는 병풍을 펼쳐보며 퍽 만족해하였다. 내용도 마음에 들었다.

"아버님께서 할 일이 없어 그동안 붓으로 세월을 보냈다 하더군요."

"이해가 가네. 내 부탁은 잘 되었는가?"

"아버님께 말씀 드렸더니 염려 마시라 하였습니다."

"수고했어. 좀 쉬게."

한민서는 그 길로 대문을 나섰다. 하루도 지체할 수 없는 상황이어서 여동네를 찾아 나선 것이다. 표상은 행랑채로 내려갔다. 몽선이 방 바로 곁에 표상의 방이 딸려 있었지만 그동안 사람이 들지 않아 썰렁한 기운이 표상을 맞았다.

"올 줄 알았으면 군불이라도 때놓을 것인디 그랬구먼."

몽선은 반가운 웃음을 비죽이 흘리며 아궁이 쪽으로 돌아갔다.

"놔두어. 내가 땔께. 다른 일도 많을 것인데."

표상은 옷을 갈아입고 몽선이 지피려는 아궁이불을 밀어 넣었다.

"고향에 다녀오던마는 얼굴이 쪼깐 훤하요."

해심이 쪼르르 달려 나와 아궁이 앞에 섰다.

"나보다는 그쪽이 나 없는 사이에 꽃이 피었구만."

"나사, 이뻐질 일이 하나도 없었응께."

"왜, 그랬을까?"

표상은 일부러 짓궂은 얼굴을 하였다. 아궁이에서 불꽃이 날름거렸다. 한 무더기 연기가 굴뚝으로 빨려들지 못하고 눈물을 매달게 하였다.

"이팔청춘에 재미있는 일이 있어야 말이제."

"물 찬 제비처럼 생겨 가지고 그게 무슨 소리여?"

"지금은 가을도 지났는디 제비가 있을까?"

"그 나이에 계절을 찾기는. 눈 속에 피는 꽃인데. 나중에 나 좀 만나 줄 거여?"

"시방 나보고 했는겨?"

해심은 금세 화들짝 얼굴을 붉혔다.

"그럼, 누가 있는가. 저녁 묵고 잠깐 만나."

"고향에 다녀오더니만 없는 숫기가 생겨났구만이."

"약속할 거여. 말 것이여?"

"몰라, 몰라."

"내가 말이여. 원뚝에서 휘파람을 세 번 불면 나오라구."

표상은 붉어진 얼굴로 돌아서는 해심의 뒤통수에 대고 조근하게 말하였다. 모르긴 몰라도 이곳을 아주 떠날 날이 며칠 안 남았다. 모든 사람들은 몸은 비록 떠날지라도 만날 수 있는 기회가 있겠지만, 해심은 예외일지 모른다. 결혼을 하고, 주부로서 가정사에 묻히게 되면 만나고 싶어도 만날 수 없을 터였다. 떠남에 앞서 그녀의 마음이 어디쯤 와 있는지, 그간의 감정을 정리해야만 될 것 같았다.

한민서는 면소재지를 지나 관산재 밑에 사는 여동네 집으로 향하였다. 관산재는 가팔랐다. 동학교도의 분소를 빌어 야학을 열었을 때, 모닥숨을 내쉬며 올랐던 것과는 사뭇 다르게 느껴졌다. 이곳은 선사시대 유적인 조개무덤이 흩어져 있는 곳으로, 섬의 유구한 역사를 그로서 추출해 낼 수 있었다. 그러니까 이곳에 뿌리를 내린 조상들은 바닷물이와 닿는 냇가 비탈진 곳에서 간단없는 삶을 영위한 것이다.

한민서는 가만한 걸음으로 여동네 집을 들어섰다. 차가운 정적이 처마 끝에 감돌고 있었다. 인기척을 하였다. 한참 뒤에야 여동네 아들이 삐쭈름히 방문을 열었다. 잔뜩 겁을 먹은 얼굴로 경계의 빛을 드리우고 있었다. 한민서는 말없이 방안에 들어섰다. 여동네는 아랫목에 처연한 몰골로 누운 채 한민서를 눈으로 맞이하였다.

"아직도 거동이 불편한가 봅니다."

"가슴이 답답하고, 밖에만 나서면 숨이 막힐라 해서……."

여동네의 볼에 주르르 눈물이 흘러내렸다. 중죄인처럼 모두가 돌아서고 외면한 현실 속에서 까닭 없이 세상이 부끄러워 스스로 혀를 깨물고 죽으려고 하였으나, 모진 게 목숨이라고 어린 자식을 두고 차마 그럴 수도 없었다.

"제가 새로운 곳에서 마음 다잡고 살 수 있도록 준비를 하였으니까 기력을 찾으시오."

한민서는 침중한 목소리로 그녀를 위로하였다.

"어디서 어떻게요……?"

"다나까 교장께서 떠나면서 따로 몫을 챙겨 제게 맡겼습니다. 오늘의 처지를 미리 예견이라도 하였나 봅니다."

"워낙 용의주도하신 분이라서……. 그라고 이런 상황에서 다른 사람 같았더라면 이렇게 마음을 쓰실 리가……. 그저 고맙고 고마울 뿐, 무엇으로 보답을 해야 할지…….”

그녀는 목이 메이는지 고개를 돌렸다. 다나까 교장은 그렇다 치더라도 다나까 교장과의 우정을 저버리지 않은 한민서의 그 마음씨가 바다 깊이로 다가왔다.

“어쨌건 준비를 하시요. 한 사흘 말미를 드리다. 우리집에서 일하는 몽선이가 데리러 올 것이요.”

“준비랄 게 있는감요. 지긋지긋한 이곳을 오늘이라도 뚝딱 떠나고 싶구만이라우. 빈 몸으로 간들 굶어 죽기야 할랍디요.”

“그 심정 왜 모르겠어요. 그럼, 갑니다.”

한민서는 자리에서 일어났다. 아들 녀석이 토방마루까지 따라 나와 꾸벅 인사를 하였다. 한민서는 아이의 머리를 쓰다듬어 주었다. 비탈길을 내려왔다. 산 너머에서 진을 치고 있는 구름장들이 갈기를 세우고 있었다. 시월 도지바람이 한차례 불어칠려나.

한민서는 지난번 박해수와 한장서가 나눈 대화를 문득 깨물었다. 박해수는 해방과 더불어 밝고 힘찬 기운으로 나아가고 있다. 시심(詩心)을 베어 물고서 의욕적으로 세상을 경작하고자 한다. 정치적인 야심 또한 한낱 지방의 경계에 머물기를 거부한다. 박해수의 야심대로라면 지방을 발판으로 하여 중앙의 무대에서 보다 큰 정치를 펼치는 가운데 자신의 농축된 철학을 드러낼 것이었다.

그와는 반대로 한장서는 세상을 단순하게 보지 않았다. 회의적인 눈으로 되도록이면 절망을 삼가하며 오늘의 무질서한 해방공간을 바라보고 있다. 어찌 보면 박해수보다 더 좋은 입지를 누릴 수 있는데도 중앙무대에서 스스로 내려왔다. 귀거래사일 수 없는, 생리적인 현상이나 성격 탓이라고 하기 보다는 무언가 또 다른 자기 이상에 젖어 있다.

나는 어쩔 것인가? 한민서는 속으로 실소를 머금었다. 일본이나 중국으로의 유학길은 막혀 버렸다고 해도 과언이 아니다. 신천지나 다름 없는 미국이나 유럽 쪽으로 눈을 돌려야 한다. 그러자면 그 길을 가기 위해 마음의 준비가 필요하다. 더구나 처자를 거느린 가장으로서 상당한 결단이 필요하다. 신혼초의 행동과는 사뭇 다른 처지가 아닌가.

집으로 돌아온 한민서는 표상에게 사흘 후에 떠날 수 있도록 준비하라고 일렀다. 표상은 묵묵히 받아들였다. 이제 아주 이곳을 떠난다고 생각하니 만감이 교차하였다. 저녁을 들고 원뚝으로 나갔다. 초승달이 서녘에 걸려 있었다. 바람 끝이 제법 쌀쌀맞았다. 휘파람을 세 번 불었다. 휘파람소리가 차가운 칼날처럼 느껴졌다. 수문께 모래밭을 쓸어안는 파도를 내려다보았다. 저 파도에 실려 이곳에 왔을 때가 언제였던가? 두려움과 초조함으로 메어지던 초췌하고 피로한 정황이어서 뱃전을 치는 파도가 어찌 그리도 가슴을 에이었던가.

일본경찰에 쫓겨 뭍의 끝, 읍내 선창가에 이르렀을 때, 표상은 이제 막 떠나려는 뱃전에 몸을 내던지듯 뛰어 올랐다. 배에 타고 있던 사람들은 난데없이 뛰어오른 표상을 죄를 짓고 쫓기는 사람이 아닌가 의심스러운 눈길로 바라보았다. 그때 한민서가 따뜻한 눈길로 어디서 오느냐고 물었다. 표상은 그 따뜻한 눈길을 보는 순간 마음을 놓았고, 배가 바다로 나아가자 어느 틈에 무릎 사이에 머리를 처박고서 꾸벅꾸벅 졸았다. 허기지고 피로하였던 것이다. 그리고 마땅히 갈 곳이 없었던 표상은 배에서 내리자 염치불구하고 한민서의 뒤를 따랐다. 한민서는 그러한 표상을 기꺼이 머물게 하였고, 오늘에 이르기까지 불편 없이 숨어 지내게끔 하였으며, 부족한 점을 일깨워 주었다.

"사람이 곁에 온 줄도 모르고 뭔 넋을 놓고 있디야?"

해심이 가슴을 잔뜩 웅크린 채 상념에서 깨어나게 하였다.

"배타고 바다에 나가겠소?"

"워따메, 노나 제대로 저을 줄 알면서 그라시요? 인자 본께 숫기를 넘어 으멍하기가."

해심은 경계심을 가지며 한발 물러섰다.

"내가 인자 이곳을 아주 떠날 것이요."

표상은 자신의 감정을 누지르며 수문 콘크리트 좌대에 엉덩이를 내려놓았다.

"떠나면 떠난거제, 따따스럽게 불러낼 건 뭐라요?"

해심의 말속에는 눈 흘김이 깃들어 있었다.

"내, 그냥 눈 딱 감고 묻것는데, 날 좋아하지 않소?"

"워메, 점점……. 그러다 나중에는 보쌈허겠소이."

"여기 앉아요. 새우맨치러 톡톡 쏘지 말고."

표상은 해심의 치마폭을 잡아 곁에 앉혔다. 해심은 치마폭이 터질까 보아 새침스럽게 앉았다.

"……인사가 늦었는디, 고향은 여전합디요?"

해심은 침묵이 두려워 떠듬 말문을 열었다.

"태어난 곳은 누구나 그립고 아름다운 법, 여전하다말다요. 내가 태어난 고향을 상상이나 한번 해 보았어요?"

"나는 한 번도 섬을 나가보지 못했응께요."

"뭍을 구경하고 싶지 않소?"

"맘이사……."

해심은 가만한 한숨을 쉬었다. 건너뛰면 이마를 짓찧을 것만 같은 뭍을 바라볼 때마다 무한한 동경심으로 애달해하였다. 나는 왜 하필이면 이 조그마한 섬에서 태어났을까? 저 드넓은 육지에는 어떠한 사람들이 둥지를 틀고 있을까? 그녀는 늘상 바다를 건너뛰고 싶은 마음으로 가슴을 여미었다.

"이번 기회에 우리 집에 가지 않을래요? 형부께서 승낙할 거요."

"우리 형부가요?"

"형부께서 누군가를 위해 우리 고향에 터전을 잡지 싶어요. 그래서 내가 고향을 다녀온 거라고요."

"뭣 땜새요?"

"차차 그 의중을 알겠지요."

"우리 언니도 모르게 그런 일을 추진한다면 필시 거기에 무슨 비밀스러움이 있는 성 싶으요."

해심은 불안한 그림자를 안았다. 언니와 집을 버리고 또 다른 살림살이를 꿈꾸고 있단 말인가? 설마 허니 그런 일이야 없겠제. 해심은 머리를 가로 저으며 표상의 말이 어디까지 진실인지 몰라 하였다.

"그러니까 처제께서 한번 답사해 보라는 겁니다."

"인자본께 꼬드기는 방법도 지능적이구만이라우."

"내가 형부께 말해 볼게요."

"안하는 게 낫겠구만요. 언니가 허락할 것도 아니고……."

표상을 따라가게 되면 도리 없이 그곳에 살아야 할 운명에 놓이게 될지도 모른다. 그것은 포대쌈과 다를 바 없을 터였다. 가만. 혹시 형부께서 평소 농담처럼 하던 말을 은밀히 실천에 옮기려는 것은 아닐까? 해심은 후두둑 가슴을 움츠렸다. 표상에게 중매해 줄까, 처제? 형부의 웃음기 머금은 얼굴이 다가왔다.

"내가 도둑 심뽀라도 지니고 있단 말이요?"

"사내는 다 날도둑 심뽀를 지니고 있다고 하드만요."

"날 그렇게 모르겠소?"

표상은 용기를 냈다. 초승달이 어느 사이 서산에 숨어들고 없었다.

"나를 그냥그냥 여자라고 생각하면 안되라우."

해심은 후두둑 자리에서 일어났다.

"나를 기다려 줄 수 있겠소?"

"……몰라라우."

"믿겠소."

표상은 순간 그녀의 손을 거머쥐었다. 해심의 심장은 참새처럼 콩닥거렸다. 워메, 워메, 뭔 사람이 이런당가. 해심은 표상의 손을 떨치고자 하였다. 하지만 어찌된 일인지 힘이 쭉 빠졌다.

"……이, 이라면 안 되라우!"

해심은 표상의 강렬한 눈빛을 의식한 순간 퍼뜩 정신을 추스르고서 표상으로부터 달아났다. 표상은 멀거니 그녀의 뒷모습을 바라보았다. 이렇게까지 진전되리라고는 자신도 예상하지 못하였다. 표상은 고향으로 돌아가기 전만 하더라도 해심을 가슴에 품는다는 게 부담으로 받아들여졌다. 하여 한민서가 농담 삼아 해심에게 중매를 서주겠노라고 말할 때도 건성으로 들어 넘겼다. 언젠가 고향에 가게 되면 어린 시절의 소꿉신부가 기다리고 있을 거라고 가슴을 쓸어 내렸다.

그런데 고향을 찾은 표상은 제일 먼저 소꿉신부에 대해 절망감을 안았다. 위안부로 끌려가지 않기 위해 윗동네 총각과 서둘러 결혼한 것이다. 물동이를 이고 가는 그녀와 마주쳤을 때 표상은 말문을 잃었다. 그녀 또한 마찬가지였다. 살아있었다면 소식이라도 전해 줄 것이지, 왜놈 순사에게 붙들려 죽은 줄만 알고 체념한 것이다. 하기야, 집에서도 표상이 죽은 줄 알고 있었으니 누구를 탓하랴. 한민서에게 자신의 속내를 고백하고 해심과 이곳에 백년 세월 눌러 살까? 표상은 허정한 걸음으로 대문을 들어섰다. 몽선이 방에 불이 켜져 있었다. 여느 때 같으면 코를 골며 잘 시간이었다.

"아직 안 자?"

표상은 몽선의 방문을 열었다.

"어디 갔다 오는겨? 깜박 잠이 들었는디, 요상헌 꿈을 꾸었구먼. 들어오드라고."

몽선은 이부자락 한쪽을 걷어냈다.

"무슨 꿈?"

"처제하고 표상이 말이시. 배를 타고 가는디 갑자기 드센 파도가 뱃전을 휘때리자 처제가 물속에 빠지드란 말이여. 내가 어쩌겠어. 발을 동동 구르며 동네방네 왜장을 쳤제. 처제를 살려달라고."

"그거, 참 묘한 꿈이네. 몽선이 해심을 좋아하는 것 아니여?"

"내가 좋아한다고 혀서 입 맞추고 자시고 할 건가. 부질없는 짝사랑이제. 에이, 생각만혀도 꿈이 지랄이시."

몽선은 선하품을 하였다. 표상은 그런 몽선이가 새삼 친근하게 느껴졌다. 단순한 사고와 행동은 푸성귀 같은 인정미를 나타냈다.

"몽선은 해방이 됐는데도 고향을 잊은 건가?"

"고향이 어디 있어."

몽선은 부질없다는 듯 퉁명스레 말하였다. 몽선은 어려서 어머니 등에 업혀 이곳으로 흘러들어 왔다. 그때가 지독한 흉년이어서 해산물이 풍성한 이곳에 주질러 앉았다. 한장서의 집에서 잡일을 도와주며 컸는데, 한민서가 분가하고부터 종부네 머슴으로 내려왔다. 아버지가 누군지 모르는, 어찌 보면 슬픈 운명을 짊어졌는데도 천성이 단순하여 자신의 비애를 애써 떠올리지 않았다.

"내가 아픈 곳을 건드렸는가 보네."

"아픈 곳이랄 수도 없제. 그런디 표상은 뭘라고 고향을 찾는가. 웬만하면 이곳에 눌러 살제. 이곳만큼 풍족하고 아름다운 곳은 없을거구만."

“그 말은 맞는데, 사람은 자기가 태어난 곳을 저버릴 수 없는 거여. 한 선생님의 심부름도 있고⋯⋯.”

표상은 아차 싶어 얼른 얼버무렸다. 절대 비밀이라고 씹어 이르지 않던가.

“하기사, 고향 싫다는 사람 없것제.”

몽선은 목침을 찾아 머리에 베었다. 멀리서 노망 든 수탉이 자정을 일깨웠다.

사흘이 지난 새벽녘, 표상은 한민서가 흔들어 깨우는 바람에 모둠으로 일어났다. 서둘러 옷을 입고 선창가로 나갔다. 종부네와 해심에게 작별 인사를 할 여유를 주지 않았다. 깊이 잠들어 있을 해심의 방으로 자꾸만 눈길이 갔다.

“남겨놓은 미련일랑 이다음에 차분히 와서 안고 가게나. 내 그 심중을 훤히 알고도 남으니까.”

한민서는 뒤처져 돌아보는 표상을 재촉하였다. 선창머리에는 채취선이 기다리고 있었고, 몽선이 표상을 맞았다. 그리고 배안에는 낯모르는 여인네와 코흘리개를 갓 벗어난 사내아이가 앉아 있었다. 여인네는 몸이 불편한지 뱃전에 비스듬히 기대어 있었다.

“인자, 배를 몰까요?”

몽선은 삿대를 들었다.

“겐바우께로 배를 몰아라.”

한민서는 짤막하게 말하고 배 고물에 걸터앉았다. 표상은 뱃창에 엉거주춤 앉았다.

“이 분들은⋯⋯.”

“네가 고향까지 모시고 갈 분이다. 자, 여기 이걸 가지고 가거라. 이 분들이 살 집과 논밭을 장만할 돈이다. 아버지께 드리면 불편 없이 마련해 주겠지. 편지도 동봉하였으니까. 그리고 표상이 고향에 있을 때까지 나를 생각해서라도 잘 돌봐 주거라. 이 아이 공부도 곁에서 지켜봐 주고."

"한 선생님과는 어떤 관계인지……."

"그것은 아버지께 드리는 편지에 상세히 적혀 있다. 섬을 떠나 살아야 할 운명을 짊어졌다고나 할까."

표상은 더 이상 묻지 않았다. 절박하게 섬을 떠날 사람이라면 보통 사정이 아닐 것이다. 더구나 건강이 좋지 않은 여인네임에랴. 몽선은 말 없이 노를 저었다. 썰물 때인지 물살이 드세게 거슬렀다. 먼동이 터오고, 바다빛이 새초롬한 새악시 모습으로 번져갔다.

"새날은 언제 보아도 신선해."

한민서는 혼잣말처럼 중얼거렸다.

"내가 노를 좀 교대해 줄까?"

표상은 무거운 마음에서 벗어나고자 손바닥에 침을 뱉었다. 앞으로 책임져야 할 여인네의 생활 터전을, 그리고 한마디 작별의 말도 못한 해심에 대한 연민을, 어싸, 어싸, 잊고 싶었다.

3

새해 들어 집안에 경사가 들었다. 지난 초가을 장가를 든 한성서가 분가를 하였고, 새색시인 상정네가 결혼과 동시에 입덧을 하더니만 돌아오는 여름에 몸을 풀 예정이었다. 그에 시샘이라도 하듯 종부네도 산기가 들었다. 그리고 춘삼월에는 넷째인 한옥서가 약혼식을 올렸다. 한대진은 슬하에 7남매를 두었는데, 내리 4대째 독자로만 내려오던 고적한 집안인지라 그 기쁨은 말할 나위 없었다. 더구나 아들들이 모두 기대를 저버리지 않아 풍족한 재산에 걸맞게 뭍으로 유학을 보냈다.

"이번만은 지발 덕분에 아들을 낳아야 할 것인디 어쩔께?"

도암네는 은근히 부러운 눈으로 종부네의 몸 매무새를 매슬러 보며 염려하였다. 도암네는 시집오던 해 학재를 낳고나서 그 밑으로 연거푸 딸 둘을 보았고, 종부네 또한 덩달아 내리 딸을 생산하였는지라, 4대 독자로 이어왔다는 불안감이 머리를 짓눌렀다.

"삼신할미가 점지해 준대로 낳아야제, 억지로 바란다고 될랍디요."

종부네도 이번만은 아들이기를 간절히 바랬다. 아랫동서가 시집오자마자 떡억 하니 아들이라도 낳아보라. 그렇잖아도 남편은 해방과 더불어 기회만 있으면 중단하였던 학업을 다시 하기 위해 떠날 생각만 하는데 차제에 딸이라도 낳는다면 종부네의 위치가 어찌되는가. 남편의 바짓가랑이를 더 붙들 수도 없을 뿐만 아니라 친정 쪽에도 어떻다 하소연할 수가 없을 터였다. 종부네는 하루하루를 천지신명께 기원하는 마음으로 보냈다.

"하여간 정한수 떠놓고 날이면 날마다 북두칠성님께 비소."

"그러지라우. 옥서 아제는 언제쯤 장개 보낸다 합디요?"

"곧 보낼 모양이데. 장본인이 요펭계 저펭계 뜸을 들이고는 있지만."

"한사코 맞선을 고집한다메요?"

"충분히 그럴 만 하재. 어디 한구석 부족한 구석이 있는가. 솔직히 말해서 우리들이 맞선을 봤다면 그날로 퇴짜를 맞았을거구만."

도암네는 호미를 거머쥔 채 홋홋하게 웃었다.

"소박맞지 않은 것만도 다행이요만, 성님이나 나나 잘난 가장네 모시고 산께 무척이나 마음 편하고 행복하요?"

"누가 아닌가만, 못난 가장네 모시고 산 것보다는 낫제."

"나는 차라리 땅이나 파 뒤집으며 땀 흘리며 사는 농투산이 가장네였으면 좋겠소."

"자네 그 속을 왜 모르겠는가. 해방이 되고나서도 마음 편할 날이 없으니. 들자 허니 읍내에선 총질이 벌어졌다는디, 무슨 일이라 하든가?"

도암네는 한민서를 염려하는 마음으로 들리는 풍문을 귀담아 들었다. 남편인 한장서는 서울을 다녀온 뒤부터 강태공 낚싯대 드리우듯 더욱 낚시에 매달려 세상 돌아가는 것과는 동떨어진 듯하였다. 도암네로서는 그 점이 마음을 놓게 하였다.

"내가 뭘 알겠소."

종부네는 남편보다 친정 오빠의 신변에 대해 신경이 쓰였다. 해방과 더불어 읍내에 줄곧 나가 있었다.

"해방이 됐으면 서로서로가 마음을 하나로 모아 나라 건설에 힘 쓸 것이제, 무슨 원수지간이라고 총질일까?"

"우리나라 남정네들은 꺼떡하면 패거리 쌈질 아니요."

종부네는 박해수뿐만 아니라 남편까지도 어느 편에 가세하여 자신의 발목을 상하게 할까봐 그게 걱정이었다. 발목이 다치면 걸음걸이가 불편하다. 행동의 자유를 잃게 되고, 뒤뚱거리며 뒤처지기 마련이다. 요즘 남편의 행동이 전 같지 않았다. 무언가 모를 긴장감이 깃들어 있었다. 표상을 보내고 나서부터 비밀스러움을 안고 있는 듯하였다. 아녀자의 얕은 느낌인지는 모르겠으나, 새해가 되자 말수가 적었다. 집을 비우는 날도 많아졌다. 부락사도 서서히 손을 떼었고, 사랑방에 진을 치듯하던 청장년들도 발길이 뜸하였다. 무슨 꿍꿍이 계획을 세우고 있는 걸까? 못다 한 학업을 위해 준비를 하는 걸까? 아니면 나라 세우는 단체에 더 깊이 빠져 든 걸까. 종부네는 남편의 심중을 도저히 꿰뚫어 볼 수 없었다. 그러던 차에 읍내에서 총성이 울렸다. 좌우충돌이라고들 하는데, 과연 좌는 무엇이고, 우는 또 어떤 것인가?

"시상이 갈수록 어수선하기만 하니. 우리 같은 사람들이야 땀 흘려 일하고 흡족하게 풍년이 들면 그만이제."

도암네는 호미질을 해나갔다. 보릿고개를 넘자면 있는 집이나 없는 집이나 봄채소 한포기라도 정성스레 가꾸어야 하였다. 의식주 걱정 없는 집안이라서 춘궁기가 되면 남을 적선해 왔지만 그래도 보릿고개는 다 함께 타고 넘는 법이었다.

읍내에서의 총격전은 느닷없이 일어난 것이 아니었다. 모스크바삼상회의에서 한반도 신탁통치 안이 결정되었다는 소식을 뒤늦게 들은 군민들은 인민자치위원회의 주도 아래 반탁의 기치를 내걸었는데, 갑자기 인민자치위원회의 긴급회의에서 보류 쪽으로 돌아섰다. 거기서 좌우충돌은 불가피하였고, 마침내 총격전까지 전개되었다. 총격전은 좌익 쪽이 절대 우위였다. 인민자치위원회가 사회질서와 치안을 책임지면서 일본경찰서의 무기를 인수하였고, 순찰경비정까지 보유하고 있어 우익 쪽에 비할 바가 아니었다.

급기야 제45미군정 중대가 진압작전에 나섰다. 일제가 보유하였던 총기와 미군의 화기는 비교가 되지 않아 며칠 버티지 못하고 좌익인사들은 뿔뿔이 도망치거나 생포되었다. 자연 인민자치위원회는 그 기능을 상실하였고, 미군정이 임명한 군수와 경찰병력이 치안책임과 공무를 맡았다. 다수의 살상자가 난 좌우충돌은 그때까지 숨죽이며 관망하고 있던 우익의 활로를 열어 주었고, 그 속에는 일제에 아부한 친일분자들과 기회주의자들이 상당수 참여하여 신선함을 주지 못하였다. 더구나 일제 앞잡이 노릇을 하였던 밀정이나 경찰들이 고개를 들고 다니며 항일운동을 하였거나 거기에 동조 내지 지원하였던 인사들을 좌익이라는 이름으로 붙잡아 들이는데서 인심을 잃었다. 세상이 얄궂게 돌아가는 것은 아닌지, 사람들은 고개를 갸우뚱하였다.

이상석과 박해수도 검거대상에 올랐다. 이상석은 행동대장으로 일선에서 진두지휘하였고, 박해수는 선전부장으로 대민홍보를 담당, 민심의 향배를 이쪽으로 돌리는데 공헌을 하였다. 사태가 반전되자 잽싸게 위기를 벗어날 수 있었던 것은 이상석이 경비정을 총괄 지휘한 때문이었다. 이상석은 동료 몇 사람과 우선 급한 대로 사람이 살지 않는 무인도로 피신하였다. 워낙 섬들이 많은데다가 치안이 그런 곳까지 미치지 못하여 피신하기에는 적합하였다.

"왜놈들에게 쫓겨 다닌 것만도 가슴에 불꽃이 일었는데 해방이 되고서도 죄인 취급을 받다니……."

이상석은 배를 몰며 분통어린 소리를 하였다.

"과도기가 아닌가. 곧 진정되겠지."

"느긋한 소리하지 말게. 이건 우리가 바라던 해방이 아니야."

이상석은 박해수의 말을 성깔 사납게 받아쳤다. 시간이 흐를수록 기본적인 해결과제인 자주 독립국가 건설, 철저한 토지개혁을 중심으로 한 반봉건적 제관계 타파, 식민지적 통치기구의 해체가 멀어져가는 느낌이었다. 무엇보다 이번의 충돌과정에서 절망감으로 다가선 것은 식민지적 통치기구의 해체였다. 신탁이 뭐고 반탁이 뭔가. 반만년 유구한 역사를 자랑하는 이 나라가 삼십육 년간 일제의 압제를 받았다 해서 독립 국가를 건설할 수 없단 말인가? 말도 안 되는 소리였다. 그 내면 속에는 또 다른 지배세력의 독과점식 발상이 깃들어 있지는 않은가. 그리고 거기에 부화뇌동하는 기회주의자들의 행태는 또 무언가 말이다.

"빌어 묵을, 이럴 줄 알았으면 미군이고 뭐고 다 쓸어버리는 건디 후회막급이네. 이제 보니 해방군이 아니라 새로운 식민지배자들이랑께.

더구나 일제에 아부한 자식들을 은근히 두둔하는 꼴이라니. 울화통이 터질라 해서 똑 죽겠구만."

박해수 곁에 있던 동지가 뱃전 너머로 가래침을 뱉었다. 그는 신지도 출신으로 해방 전 항일농민운동에 참가하였다. 입심이 걸죽한 만큼 의리가 있어 이상석이 친근하게 수하로 두었다.

"어쨌거나 자주적 민족독립국가 건설은 물 건너 간 것 같으이. 죽자고 독립운동을 한 대가가 이것이라면 모두가 자결해야 쓸 것이여."

"인내심이 없는 자가 울분을 토로한다고 하였어. 세상을 지긋하게 지켜보는 자가 나중에 승리한다고 하였네."

"시방 이렇게 도피처를 찾아 나서는데 나중은 무슨 나중이여."

"세상을 일으킨 사람들은 다들 파란만장한 세월을 보내지 않았는가."

"그려. 어디 숨을 곳이나 눈여겨보아. 속에서 천불이 나서, 원."

이상석은 신지도를 지나 냅다 동쪽으로 배를 몰았다.

"저기, 갈매기 섬이 어떨께?"

생일도에서 온 동지가 고즈넉이 바다에 떠있는 섬을 가리켰다.

"그런 섬도 있는가?"

"일반 사람들은 잘 모를 것이구만. 구무섬이 가로 막고 있고, 신지도와 조약도에서 식량을 손쉽게 구할 수 있겠고……."

"좋기는 헌디, 묵을 물이 나올까, 몰라."

"그보다 더 작은 섬도 샘물이 나오는디 묵을 물이 없겠는가. 거기라면 낚시하기도 좋고, 바위굴도 몇 개 있어 숨어 지내기도 안성맞춤일 것이여."

신지 동지가 갈매기 섬을 환히 알고 있다는 듯 동조하였다. 더 이상이의가 없었다. 이상석은 곧장 갈매기 섬으로 배를 몰아갔다.

"정말 바다빛깔 한번 곱네. 한동안 바다를 잊고 지냈어."

"시인 아니랄까봐 그런가?"

이상석은 박해수를 향하여 퉁명스레 내쏘았다. 괜스레 심기가 사나왔다. 나라를 위한답시고 젊음을 불살라온 게 기껏 도망자의 신세라니.

"아닌 게 아니라 한수의 시가 저절로 가슴을 치는구만. 한번 들어볼텐가? 그래야 자네 마음이 진정되겠네."

"어따, 싫으이. 나중에 처량한 기운이 스밀 때 맘껏 읊으게."

"사람은 말일세. 이럴수록 여유를 가져야 하네. 우리는 어쩌다 민족고유의 풍류정신을 잃어 버렸네."

"시방 누가 그걸 몰라서 그러는가? 생각해 보게. 우리가 무슨녀러 죄인인가. 나라를 건설하는데 초석이 되고자 한 것도 죄인가 말일세."

"조선조 당쟁으로 밀려난 유배자들을 가늠해 보게나. 한결같이 죄인이었는데도 역사는 죄인으로 기록하지 않았네."

"유배와는 성격 자체가 다르지 않는가."

"유배도 정치 이데올로기의 희생양 아니면 그 부산물 아니던가? 우리도 냉전이데올로기에 의한 물리적, 사상적 충돌이 아니었는가."

"이런 제길……. 자네와는 탁상공론을 하지 말아야지. 앞 이물에 앉은 자네 말일세. 암초가 있는지 잘 살펴보게."

이상석은 바싹 키를 움켜잡았다. 그리고 배의 속력을 줄이고서 섬을 천천히 한 바퀴 둘러보았다.

"절경이야. 그냥 무넘스레 한평생 은거하며 살아도 되겠어."

박해수는 이런 비경이 있었던가, 새삼 감탄하였다. 바위와 동백나무가 잘 어우러져 파도에 씻기운 새악시 숨결을 지니고 있었다. 파도에 씻기고 닳아져 뚫려진 바위동굴은 수평선에서 이는 전설을 안고 있었다.

"열흘만 지나면 코 째기 내기를 해도 자네가 제일 먼저 뭍 타령을 할

걸세."

"난 말이네. 이제 세상만사를 놓아버리고 싶네. 불현듯 모든 게 부질없다는 생각이 드네."

"자네답지 않게시리. 회의는 사형선고나 다름없다는 것을 모르는가?"

"누구보다도 잘 알고 있네만, 같은 형제끼리 총부리를 겨누었을 때, 참으로 난망하였네."

"나도 그랬네. 운명치고는 참 더럽다고. 이 나라에 태어난 것을 오늘만큼이나 저주해 본적은 없네. 하지만 회의는 금물이야."

이상석은 섬을 한 바퀴 돌아보고 나서 가장 안전하게 배를 댈 수 있는 해저동굴 쪽으로 나아갔다. 배를 숨겨 놓기에는 제격이었다. 배에서 내린 동지들은 섬이 안겨주는 절경에 취해 어느 사이에 긴장감을 놓았다. 쫓기는 신세라는 절망감에서 벗어나 짙푸른 정감에 휩싸인 것이다.

"두 말할 것 없이 천혜의 은신처야."

동백나무와 바위로 둘러싸인 정상은 분지가 움푹 자리하고 있어 너끈히 오두막 초가를 짓고 살만하였다.

"여기다 초막을 짓기로 하지. 해변가 바위동굴과는 삽살개가 뛰어다닐만한 거리밖에 안되겠고……."

그들은 일본군도로 쓸 만한 목재를 베어와 분지에다 초막을 지었다. 기둥을 세우고 평상처럼 기거할 자리를 만들고 지붕을 이었다. 억새풀과 나뭇가지로 잔뜩 위장을 하고보니 쉽사리 눈에 띌 것 같지가 않았다.

"이번에는 바위동굴을 살펴보기로 하지."

이상석이 앞장섰다. 박해수는 그런 이상석이 듬직해 보였다. 어디서나 자신만만한 배짱을 지니고 있었다. 좌절과 절망을 모르는 뚝심의 사나이였다.

"일본군도도 이가 빠지는구랴."

길을 내기 위해 나뭇가지를 치던 신지동지가 히끗 웃으며 일본 군도를 들어 보였다.

"나무를 자를 때는 톱보다 못혀."

그들은 가까운 바위동굴로 통하는 길을 냈다. 바위동굴은 파도가 넘실거리는 수평선을 향하고 있었다.

"여기에서 밤이면 보초를 교대로 서야겠어."

"낚싯대를 드리워 놓고 말이제?"

"배에 낚시 도구라도 있는겨?"

"경비정이 한가할 때는 뭘 하였겠는가. 낚시질 아니겠어? 내가 찾아 옴세."

생일도 동지가 낚시도구를 찾으러 갔다.

"저녁노을 한번 장관이다."

"자네는 매일같이 시를 쏟아낼 수 있어 좋겠네."

이상석은 박해수의 귓부리를 바라보며 빈정거렸다. 저 친구는 학생들을 가르치며 시나 읊조려야 하는데 어쩌자고 난장판 같은 정치판에 뛰어들어 결 고운 감성을 어지럽힐까.

"정말이지, 시를 써야겠어. 이런 기회가 다시없을 거야."

박해수는 노을로 물들어가는 저녁바다에 넋을 잃었다. 마치 자신들이 노을바다 위에 홀연히 떠있는 듯하였다. 노을빛을 토해내는 파도가 발밑을 때릴 때마다 수평선 너머로 나아가는 듯하였다. 바다에서 태어나 바다와 벗하며 살아왔지만 바다는 언제보아도 사람의 넋을 수심 깊이로 내몰았다. 바다의 깊이만큼 하늘이 열려있어서 일까……

"바다 가운데 감정을 담금질하지만 말고 이번 기회에 토론도 하고, 앞으로의 가는 방향에 대해서도 논의하자고."

이상석도 모처럼 석양 노을빛 속에 자신의 얼굴을 묻었다. 말없이 지켜보는 아내보다 수심에 잠겨있을 어머니의 모습이 노을로 번져 가슴이 아릿하였다.

"자네에게서 그런 말을 들으니 기분이 좋군. 내 생각이네만, 자네는 적당한 기회에 집으로 돌아가는 게 좋겠어. 무엇보다 외아들 아닌가."

"외아들이라고?"

이상석은 박해수의 말을 무질렀다. 외아들은 장부의 기개를 접어두란 말인가? 일제치하에서도 그런 의식을 전혀 지니지 않았다.

"노모께서 얼마나 마음 고생하겠는가."

"그게 오늘만의 일인가."

이상석은 바위에 엉덩이를 내려놓았다. 세상의 영웅호걸들이 평탄한 길만을 고집하였는가. 낙락장송이 봄비만을 맞고 자랐는가. 시련의 질곡은 더 큰 것을 얻기 위함이다.

한민서가 이상석과 박해수로부터 연락을 받은 것은 그들이 갈매기 섬에서 은신한지 한 달이 지난 뒤였다. 좌우충돌이 있고나서 미군이 주둔하고, 대대적으로 거기에 연루된 좌익인사들을 검거하는 가운데 대부분 붙잡히거나 뭍으로 피신하였다.

한민서는 제일 먼저 이상석과 박해수를 염려하였다. 붙잡히지 않은 걸 보니 뭍으로 피신하였을 것으로 생각하였다. 그즈음 한민서도 부락사와 면사무소 일을 그만 두고 집에서 독서로 소일하였다. 기회를 보아 유학길에 오르자면 그동안 소홀히 하였던 책을 가까이 할 필요가 있었다. 그리고 무엇보다 난세를 방불케 하는 세태에 실망한 터였다. 도대체가 반듯한 신작로가 보이지 않았던 것이다. 한장서가 낚시로 소일하는 그 저의를 어느 정도 헤아릴 수 있었다.

그날도 한민서는 일찍 저녁을 들고 책을 펼쳐 들었다. 푸르동에 대해 한 번 더 음미하고 싶었다. 마르크스주의가 일신교에 해당된다면 아나키즘은 다신교에 이름 붙일 성질이어서 그에 대한 분석은 상당한 흥미를 유발시켰다.

"이 사람, 인자 도리 없이 책상물림 선비로 돌아왔구만."

임 서기가 사랑방문을 두드렸다. 그는 한민서와 막역한 사이였다. 임시 면서기로 일하면서 여러모로 고생을 나누었다.

"이 시간에 무슨 일인가?"

한민서는 반갑게 맞아들였다. 그동안 임 서기를 보지 못하였다. 그만큼 외출을 삼가한 것인데, 임 서기가 이렇게 찾아오리라고는 예상하지 못하였다. 면 행정이 얼마나 어수선하고 바쁜가.

"두문불출한다기에 일부러 찾아 왔네."

"밖에 나갈 일이 있어야지. 피곤해 뵈는군."

"일제 밑에서 일하다 이제 제대로 일하려는가 보다 신명이 났는데, 가닥은 잡히지 않고 마음이 심난허이."

"곧 나라가 서겠지."

"그런데 말일세. 자네 큰처남과 이상석의 소식을 아는가?"

임 서기는 한참 뜸을 들이다 말을 꺼냈다.

"매우 궁금하네. 어디로 갔는지 행방이 묘연해서 말일세. 헌데 자네가 느닷없이 왜 묻나?"

"내가 시방 그 소식을 가지고 왔네."

임 서기는 한껏 목소리를 낮추었다.

"자네가? 붙잡히기라도 했는가?"

한민서는 임 서기에게 바싹 다그쳐 앉았다.

"아닐세."

"어디 있던가?"

임 서기가 어떻게 두 사람의 소식을 알게 되었을까?

"오늘 새벽, 갈매기섬에서 사람이 다녀갔네."

"갈매기섬이라니?"

"어허, 거 있잖은가. 구무섬 바로 앞쪽에 있는……."

"웅, 그게 갈매기섬인가?"

"내게서 반찬새와 양식을 좀 조달해 갔네. 너댓 사람이 그곳에서 은신해 있다는구만."

"허허, 가깝고도 먼 곳에 피신해 있네, 그랴."

"앞으로 나를 통하여 자네와 연락을 취하겠다고 하였네."

"공무를 집행하는 자네에게? 그로인하여 불이익이 돌아온다면 어쩔 셈인가? 그게 염려스럽네."

"사실이 드러나면 좋을 리가 없겠지. 하지만 친구의 의리가 더 중요하지 않는가. 더구나 박해수로 말할 것 같으면 누가 뭐라 해도 이 섬이 낳은 인재 아닌가. 그냥저냥 속절없이 희생양이 되게 할 수는 없지."

"고마우이."

한민서는 임 서기의 남다른 우정이 가슴을 벅차게 하였다.

"자네는 앞으로 어찌할 건가? 미군정에 협조하여 질서를 바로 잡지 않겠는가?"

임 서기는 한민서가 그래 주기를 바랬다. 미군정으로부터 일할 만한 사람을 추천해 달라고 하였을 때, 망설임 없이 한민서를 입에 떠올렸다.

"아닐세. 기회 보아 학문을 계속할까 하네. 무엇보다 시야를 넓혀야 하지 않겠는가. 먼 미래를 위해서 세계로 나가야 하네."

"하긴, 자네 같은 사람이 오늘에 안주해서는 안 되겠지. 서울로 올라 갈 건가?"

"미국이나 구라파쪽으로 나가고 싶네. 내 욕심인지는 몰라도. 한동안 내 조국을 뚝 떠나 살고 싶기도 하고…….

"이제 보니 무서운 계획을 품고 있구만. 가족과 집은 어떻게 하고?"

임 서기는 한민서가 품고 있는 청운의 꿈을 무서운 살기로 받아들였다. 그렇지 않고서야 처자식을 냉정히 버릴 수 있겠는가.

"당분간 희생이 필요하겠지."

한민서는 짤막하게 말하였다.

"유학을 가기 전에라도 미군정에 자문을 해주면 안 되겠는가?"

"사양하겠네. 거기에 또 얽매이게 되면 붙들리게 되네."

한민서는 더 이상 말을 못하게 하였다. 가슴 벅찬 해방의 열기가 자주독립으로 나아가지 못하고 무언가 암초에 걸린 듯한 난망함이 가슴속에 똬리를 틀었다. 신탁통치는 무엇이고, 남북의 분할점거는 또 무슨 운명인가. 강대국의 전쟁 논리에 의해 이분법으로 적용되려는 세계사적인 이데올로기에 어떻게, 무엇으로 대처한단 말인가. 이미 비극적인 정치논리로 나아가는데, 거기에 편승하여 서로가 편을 지어 암투를 벌이는 현실이 얼마나 어리석은가.

"자네가 그렇다는데 무어라 하겠는가. 그건 그렇고, 일본인 교장 집에서 일하였던 여동네 말일세. 자네가 다른 곳으로 뚝 떠나 살도록 선처하지 않았는가?"

"왜, 무슨 말을 들었는가?"

"다들 그 점을 수수께끼처럼 말해서. 난 자네를 의심했거든."

"이곳에서는 얼굴 들고 살 수 없는 노릇, 부인하지는 않겠네."

"잘했네. 자네다운 배려였네."

임 서기는 머리를 끄덕였다. 다른 사람 같으면 비난을 무릅쓰고 그런 인정을 베풀 수는 없을 터였다.

"사람들이 이성을 찾아야 하는데, 너무들 감정이 지배하는 것 같아."

"바람에 흩날리는 꽃잎처럼 여론에 민감하고 말이야. 이만 가보겠네."

"잠깐 기다리게. 갈매기섬에 있는 사람들에게 양식을 좀 보내 주어야겠네."

한민서는 몽선을 불렀다. 뒤룩한 눈으로 방문 앞에 서는 몽선에게 쌀 반 가마와 멸치 한 봉지, 그밖에 밑반찬 몇 가지를 챙겨 짊어지도록 하였다.

"누가 또 굶어죽는가 보지요?"

몽선은 득암까지 가라는 말에 찌뿌듯한 표정을 지었다. 지겟짐이야 이골이 나서 무겁다고 할 수는 없지만 가파른 관산재를 넘어 돌멩이가 발길에 채이는 자갈밭 같은 길을 십 리 남짓 간다고 생각하니 벌써부터 돌부리에 채이는 듯하였다.

"암말 말고 다녀오너라."

한민서는 몽선을 앞세게 하고 임 서기와 헤어졌다.

"큰처남에게 따로 전할 말은 없는가?"

"더없이 좋은 휴양처라 생각하고 미래를 설계하라 하게나. 내 한번 시간나면 가보겠네."

"그렇게 전하겠네."

임 서기는 몽선의 뒤를 쫓았다. 한민서는 그 뒷모습을 오래도록 지켜보았다. 사람이 한없이 선량하다는 것, 세상을 그저 정직하게 살아가는 그 모습에서 믿음을 주었다.

새벽녘에 불어 닥친 드센 바람은 갈매기섬을 흠씬 바닷물에 적셨다. 번차례로 바닷가 바위동굴에서 보초를 서다가 깜박 잠이 든 박해수는 꼼짝없이 바닷물에 나뒹구는 꼴이 되었다. 허옇게 갈기를 세운 파도가 산더미처럼 밀려와 암벽을 때릴 때마다 갈매기섬은 중심을 잃고 몸부림쳤다. 박해수는 갈매기섬이 신음소리를 낼 때마다 크나큰 생명의 소리를 들었다. 어느 시대를 막론하고 대지를 울리는 장엄한 소리를 들어보았는가. 한낱 피를 흘리는 전쟁터에서, 황금빛 보료 위에서, 자신을 과신하였을 뿐이다. 그것은 세계를 지배한 포효가 아니다. 한 마리 맹수가 자기 영역을 지키기 위한 갈기 사나운 울음소리에 지나지 않는다.

박해수는 노장자와 달마의 그 심오한 우주관을 헤아릴 수 있었다. 조금은 늦게 얻은 것이었지만 아직은 젊은 가슴에 감지된 그 무엇이었다. 나는 너무 한 곳에 머물러 있었고, 한길을 가기 위해 집착해 있었다. 이제 벗어나야 하고, 그러기 위해서는 또 다른 탈출구를 모색하거나 세계관을 정립해야 한다. 박해수는 두 주먹을 불끈 쥐며 빗살로 들이치는 파도를 온몸으로 둘러썼다.

"아니, 시방 여기가 어딘 줄 알고 넋 나간 사람처럼 그러고 있는 거여? 빨리 나오더라고. 사람 환장하겠구만이."

신지 동지가 동굴 입구에서 소리쳤다.

"알았어. 가자고."

박해수는 사념에서 깨어나며 바위동굴을 벗어났다. 파도는 바위동굴 너머 동백 숲을 휘때렸다.

"우리는 파도에 휩쓸려 간 줄 알았구만."

"동백나무는 말일세. 성난 파도가 휘때리는 데도 말라비틀어지지 않고 어째서 더욱 푸르지?"

"아, 시인 같은 소리 작작하고 어서 따라 오더라고."

신지 동지는 짜증스럽게 소리쳤다. 박해수는 수평선 너머에서 성난 몸부림으로 갈기를 세운 파도를 바라보며 가슴을 여몄다. 성난 파도여, 이 실망스럽고 혼란스러운 강토를 말끔히 씻기어 새롭게 태어나게 하

라. 나는 순종의 미덕으로 바다의 진인이 행하는 대로 따르겠노라. 박해수는 신기루처럼 거대한 파도를 타고 달려오는 남해의 진인, 그 위대한 모습을 맞이하기 위해 두 팔을 벌렸다.

"저 사람이 갑자기 실성한 겐가?"

신지 동지는 박해수의 행동을 이해하지 못하였다.

"절망을 씹어 삼키고 있네. 절망을 넘어서면 무엇이 나타나는가?"

박해수는 파도가 산을 이룰 때마다 그 파도를 타고 넘기 시작하였다. 성난 파도는 그 어떤 장애물도 거침없이 타고 넘었다. 바람이 불어칠 때마다 제 성깔과 자존심을 앞세우고서 포효하였다. 사나이로 태어나서 저렇듯 세상을 집어 삼켜야 한다. 세 치 혀로 세상을 주유한 자라도 바다의 저 크나큰 위용 앞에서는 한낱 참새의 혓바닥에 지나지 않을 것이다. 박해수는 초막에 몸을 묻고 나서 깊은 사색에 잠겼다. 생각의 깊이는 성난 파도를 타고 수평선으로 나아갔다.

"저 친구가 파도에 한 방망이 맞고 나더니 말을 잃어 버렸어."

이상석은 박해수의 침묵이 별로 유쾌하지 않았다. 이 답답하고 적막한 유형지에서 한사람의 침묵은 모두의 마음을 침울하게 가라앉혔다. 웃고 떠들고 입씨름이라도 해야 숨통이 트이지 않겠는가.

"무식헌 나도 바다를 가만히 내려다보고 있으면 수평선으로 마구 달려 나가고 싶은디, 그 심정 이해해야제."

신지 동지가 심통스럽게 말을 받았다.

"자네도 그런가?"

이상석은 평일도 동지를 돌아보았다.

"금메 말이여. 이러다가는 모두들 정신이 어떻게 되는 것 아닌지 모르겠네."

"어떻게 되긴. 마음이 산란할 때는 운동이 그만이야."

이상석은 박해수가 침묵을 지킬수록 떠벌리고 싶었다. 마음 같아서는 웃통을 벗어부치고 한판 씨름판이라도 벌리고 싶었다.

"그보다 양식을 구해야겠는디."

"바다가 잠잠해지면 득암마을을 다녀오면 될 것 아닌가."

이상석은 술 생각이 간절하였다. 청정한 바다 위에서 맨숭한 정신으로 지내자니 얼마나 마음이 스산한지.

"우리가 있는 이 갈매기섬 말일세. 가만히 있는 게 아니라 가만가만 수평선으로 나아가이."

"이 친구도 정신이 어떻게 되어가는구만."

이상석은 자리를 차고 일어났다. 돌멩이를 집어 들고 냅다 바다를 향하여 던졌다. 팔이 아프고 숨이 가쁘도록 돌멩이를 던지고 또 던졌다. 그리고 지쳐 쓰러졌다.

바다를 불끈 뒤집은 파도는 하룻밤이 지나자 숨을 죽였다. 아침 일찍 바위 끝에 나앉아 낚싯대를 드리운 이상석은 정말 자연의 조화는 오묘하다고 한숨을 내쉬었다. 박해수가 명상에 잠긴 것이나, 자신이 돌팔매질을 한 것이나 자연의 변화가 주는 심리상태였다. 박해수는 왜 사색에 잠겼을까? 사람이 감옥에 들면 철학자가 된다고 하던가?

"어디다 정신을 놓고 있는 거여? 괴기랄 놈이 입질을 하는디."

신지 동지가 뒤에서 소리쳤다.

"요놈이 미련스럽게 제대로 물었구랴."

이상석은 낚싯줄을 잡아챘다. 그것을 신호로 계속 입질을 하였다. 이상석은 신바람 나게 고기를 낚아 올렸다. 햇살이 이마를 부시었다.

"쌀은 떨어지고, 이걸로 점심을 때워야겠어."

"횟감을 보니 술 생각이 간절하군."

"그러게 말일세."

"저녁 무렵 득암마을을 다녀 오세나. 한 병 술이 있을 것이네."

"너무 자주 다녀도 재미가 적을 건디."

"세끼 목구멍을 생각해야 쓸 것 아닌가."

이상석은 점심을 낚아 올린 고기로 때우고 오후에도 낚싯대를 드리운 채 해지기를 기다렸다. 낮잠도 한숨 훔치고, 고기도 몇 마리 낚아 올리는 동안 시간이 흐르고, 석양노을이 바다에 번지기 시작하였다.

"박해수 말처럼 노을빛은 언제 보아도 사람의 마음을 황홀하게 한단 말이야."

이상석은 낚싯대를 거두었다. 바다 깊이로 물든 놀빛을 바라보노라면 어느 사이에 넉넉한 여유로움 속에 비애가 서렸다. 그래서 마음이 쓸쓸해지고 누군가를 그리워하는지 몰랐다. 이상석은 평일도 동지에게 횟감을 장만해 놓으라 이르고 신지 동지와 배에 올랐다. 갈매기섬이 멀어지고, 어둠살이 노을을 지워갔다. 하늘의 별들이 쏟아져 내렸다. 이 아름다운 밤바다를 찌들고 두려운 마음으로 노 저어 가다니. 갑자기 울분이 뱃전을 때렸다.

"지금 찾아가는 친구, 무작정 믿고 신뢰해도 되는 거여? 들자니께 면서기라면서?"

"믿지 않으면 이렇게 갈 수 있겠는가. 노나 힘차게 저어."

"박해수는 한잔 술이 들어가면 입을 열것제?"

"지가 무슨 벙어린가?"

이상석은 괜스레 목소리를 높였다. 이놈의 세상을 삳바를 잡고 들방구리로 업어 치듯 메다꽂아도 시원찮을 것인데 이 무슨 떨거지 신세인가. 지금이라도 내달려가 죽이 되던 밥이 되던 왕창 때려 부숴버리고 싶었다.

"물살이 제법 쎈디. 배꾸레가 허기져서인지 숨이 차네."

"이리 줘. 내가 교대할 테니까."

이상석은 손바닥에 침을 뱉고 나서 울화통을 터뜨리듯 노를 저었다. 소리 나지 않게 가기위해 노를 저어 가자니 힘들었다. 등허리에 땀을 비쏟고 나서 선창머리에 뱃전을 들이댔다. 득암마을은 워낙 구석진 곳인지라 세상의 질서가 와 닿지 않은 듯하였다. 이상석은 가만한 걸음으로 임 서기 집을 찾아들었다.

"임 서기 계신가?"

"이게 누구요? 어서 방에 듭시다."

임 서기는 방금 퇴근해 돌아와 밥상을 받으려다말고 두 사람을 맞았다. 일이 밀려 늦게 퇴근한데다가 십리 남짓한 길을 걸어오자면 항상 저녁이 늦었다. 이상석은 한민서 집에서 두어 번 만나 뵈었는지라 형님처럼 대하였다.

"하두 술 생각이 나서 이렇게 왔네."

"얼마나 적적하고 외롭겠습니까. 유배된 것도 아니고……."

임 서기는 부인더러 새로 저녁상을 차리라 하였다.

"수고 끼칠 것 없네. 그냥 밥 두 그릇만 올리라 하게."

"그럼, 그럽시다. 찬이 변변치 못 하오만."

임 서기는 마루방에서 삼지구엽초로 담근 술을 내왔다.

"이건 정력주 아니오?"

신지 동지는 술병을 보자 깜짝 반겼다.

"저는 술을 못 하오만 손님 접대용으로 즐겨 담습니다."

"술부터 한잔 따라보게."

이상석은 술에 굶주린 사람처럼 사발로 들이켰다. 향긋한 술 향기가 목줄기를 적셨다.

"아따, 십년 묵은 체증이 한꺼번에 내려간 듯하네."

"십년 체증이 뭐여? 하늘로 나는 새만 같구만."

신지 동지는 금방 생기가 도는 얼굴로 입술을 훔쳤다.

"가슴이 후련하이. 그래, 한민서 동생은 만나 보았는가?"

"기회 봐서 한번 만나 보겠다고 합디다. 쌀과 반찬새를 챙겨 주면서요."

"술은 빼놓고?"

"술이야 제가 얼마든지 드리지요."

"그게 아니라, 그 제수씨가 빚은 술이야말로 세상의 시름을 한꺼번에 잊게 하거든."

"그걸 미처 생각 못했군요. 다음번에는 그 술을 조달하지요."

"아닐세. 그 동생은 신변에 아무런 징후가 없던가?"

"칩거로 들어갔더군요. 유학 준비를 위해 그런다나요."

"당연히 그 길로 가야겠지. 세상 돌아가는 정세에 환멸을 느꼈을 것이고……."

"미군정에서 필요로 하는데도 일언지하에 사양하고, 여러모로 세상사에 실망스러움을 느끼는가 봅니다."

"그 동생이 함부로 행동하거나 지조를 팔 사람인가. 아따, 한잔 술이 들어가니까 밥맛이 그저 꿀맛이네.

"더 드릴까요?"

"이 친구나 더 드리게. 노 저어 가자면 배꾸레가 툭 튀어 나와야 할 것인게."

"그럼, 술이라도 더 드시지요."

"아니, 됐네. 가서 동지들과 마셔야지. 자, 일어나세."

이상석은 밥공기를 두 그릇째 비운 신지 동지를 일으켜 세웠다. 임서기는 한민서가 보낸 식량과 반찬새 말고도 술병과 장조림을 더 보태

주었다.

"박해수 형님은 시라도 읊조리며 시름을 잊던가요?"

"그 친구, 사색에 잠겨 말문을 닫아 버렸네. 위대한 사상가가 될 모양이야. 잘 있게나."

이상석은 임 서기를 뒤로 하였다. 올 때와는 달리 밤바다는 출렁거렸다. 한잔 술이 들어가서일까, 파도를 타고 넘는 뱃길이 느릿한 진양조로 젖어 들었다.

"임 서기 그 사람, 마음이 곱드구만."

"쓸만한 사람이지. 밤바다가 좋구나. 한 세상 은둔지사로 사는 것도 괜찮을 성싶으이."

"오랜만에 한잔 술이 들어가니께 세상만사를 다 잊고 싶은가 보구만."

"이놈의 세상이 어디 장부의 뜻대로 돼야 말이지."

"우리 하시절 이러고 있지 말고 중앙과의 연락을 터서 이곳을 벗어나면 어떨까?"

"그것도 좋지만 좀 더 관망하는 게 좋을 거여. 지금 당장 무작정으로 상경하여 동가식서가숙 할 수야 있나."

"이 기회에 중앙으로의 진출을 꾀하자는 것이제."

"나는 생각이 다르이. 지방에서 뿌리를 단단히 내린 다음에 중앙으로 나아가도 늦지 않네. 나는 적어도 내 고향을 대표하는 사람이 되고 싶네."

이상석은 자신이 나아갈 길을 확고히 굳힌 터였다. 지방에서 튼실하게 민의를 얻은 다음 당당히 중앙에 진출하여 뜻을 펼치리라 다짐하였다. 결국 자기 기반을 충실히 닦아야만 웅지를 펼 수 있는 것이다. 삼국지에 나오는 유비 같은 영웅도 어디서부터 출발하였는가.

"다들 뜻은 크고 장애물은 발길에 채이고, 어떻게 난관을 헤쳐 나가야 할지 독립운동보다 더 어렵고 고통스럽지러."

"그러게 말이야. 아닌 말로 미국이 한반도를 해방시키든지, 아니면 소련이 공산주의 사상을 온 누리에 심든지 할 것이지 이게 무슨 운명인가. 반쪽으로 갈라놓고 치고 박고 쌈박질을 하라니."

"참으로 고약한 냉전논리의 부산물이여."

신지 동지는 문득 한밤을 하얗게 지새울 마누라가 보고 싶었다. 어부의 마음으로 따뜻하게 가정을 돌보았더라면 얼마나 좋을까. 백성들은 정치 이데올로기 따위는 아무런 흥미도 관심도 없다. 좌가 어떻고 우가 무엇이고, 그놈의 씨나락 까먹는 사상에 대해서는 알고 싶어하지도, 알지도 못한다. 어쩌자고 내 운명을 스스로 엉뚱한 곳으로 내모는가. 처음에는 무식을 면하기 위해 나이 들어 야학에 다녔고, 눈을 떠가는 동안 일제의 강압에 항거하고 분노하였다. 농투성이일지라도 그대로 소처럼 지낼 수 없었다. 그리하여 항일농민운동에 가담하였고, 해방을 맞았다.

"배를 제대로 모는 건가, 어쩌는가?"

"미안허네. 나도 모르게 신지도로 향했네, 그려."

신지 동지는 얼른 뱃머리를 바로잡았다.

"자네, 빤히 보이는 집이 그립제?"

"솔직히 말해서 마누라 생각을 했네."

"그럼, 그쪽으로 뱃머리를 잡게나. 내 아무 말 않고 내려줄 테니까."

아니여. 이것도 한때 고행이라고 달게 받아들여제. 듣자 허니 일자무식꾼인 동학 교주는 온갖 시련과 기도 끝에 남다른 득도를 하였다고 하지 않던가."

신지 동지는 북두칠성을 찾았다. 어머니께서 북두칠성님께 기도를 드린 끝에 자신을 낳았다고 하였다.

"모범적인 생각일세."

"북두칠성은 말일세. 가는 방향과 서있는 위치를 알려 주네."

이상석은 대꾸 없이 뱃전에 부서지는 별들을 헤아렸다. 어린 시절 가슴에 얼마나 많은 별들을 따 담았던가. 별똥별이 떨어질 때면 그 긴 꼬리를 부여잡고 소원을 빌었다. 바다에 거꾸로 매달린 별 하나를 손안에 따 담을 수 있다면 내 기꺼이 그 별 속에 큰 뜻을 새겨 넣을 수 있을 것을. 외동아들을 귀엽게만 키운 어머니. 수십 길 물속에 들어가 별 하나를 따 올리리까!

"다 왔구만. 닻 내릴 준비를 허게."

이상석은 신지 동지의 말에 솟구치듯 자리에서 일어났다. 배에서 내린 두 사람은 양식과 반찬새를 짊어지고 비탈길을 차올랐다. 밤은 깊어 돌멩이가 발부리에 채였다.

"이제사 오는겨?"

평일도 동지가 기다리기에 지쳤다는 듯 반겨 맞았다.

"쉬엄쉬엄 오느라고."

"우리는 무슨 일이라도 생겼는가 했제."

"아무소리 말고 생선이나 몇 마리 회 떠 오소."

"준비는 다 해놨네."

평일도 동지는 잘게 회를 친 생선을 내놓았다. 그리고 찌개까지 끓여 놓았다.

"자, 한잔 들세. 한민서가 쌀을 좀 보냈더군. 언제 기회 봐서 찾아 온다더구만."

"앞으로 상황이 좋아질 때까지 행동을 신중히 해야 할 거야."

박해수는 술잔을 받고나서 말문을 열었다. 제일로 한민서가 보고 싶었다. 처남매부 사이지만 정신적으로 걸맞는 우정을 나눌 수 있어 마음 든든하였다. 더구나 정치판에 휩쓸리지 않고 초연한 자세로 학문을 추구하는 그 자세가 또 다른 경계를 엿보게 하였다.

"그렇기는 한디, 마냥 바다위에서 언제까장 단절된 생활을 할 수는 없잖겠는가. 상황을 알아 볼 수 있는 길을 열어야제."

"조금 지나면 길을 가늠할 수 있을 거야."

박해수는 평일도 동지에게 위무하듯 말하며 술잔을 이상석에게 건넸다.

"하여간 반전을 시도해야 하는데 자네 생각은 어떤가?"

"미군의 점령지로서의 역할이 좀 더 구체화 될 거야. 그렇게 되면 또 다른 형태의 지하운동이나 비밀결사가 필요할지도 모르지. 아니면 백기를 들고 투항하듯 그 영향력 아래 흡수 동화되거나."

"어떻게 맞은 해방인데 주인이 주인 노릇을 제대로 못한단 말인가?"

"그래서 모두들 새로운 고민과 위기감에 빠져있지 않는가. 세상을 단순논리로 받아들일 수 없는 것도 그 때문 아닌가."

한잔 술이 들어가자 박해수의 달변은 이어졌다.

"이거, 원. 분통이 터질라 해서……."

이상석은 거푸 술잔을 들이켰다. 한판 승부라면 볼 것 없이 들배지기로 메다꽂겠는데, 갈수록 치막한 안개가 사위를 가렸다. 먼 산 바래기로 구름안개가 둘러쳤을 때는 봄날의 녹작지근한 기운으로 느껴지던 것이 어느 사이에 방향을 분간 할 수 없는 안개로 뒤덮혔다. 치막한 안개 속에서 마주치는 적은 보이지 않는데 분명 뭇갈림을 하는 목소리가 귓전을 울리고 신경을 곤두서게 하였다.

"암만 혀도 시국이 평탄할 것 같지가 않구만. 설날 돌팔매 싸움을 하듯이 이쪽저쪽 머리빡에 피가 터질 성 싶으이."

"논리와 순리가 역행하는 시류를 어떻게 바로 잡아가느냐, 그게 문제일세."

박해수는 신지 동지의 말을 곱상스레 한 차원 높이 끌어올리고자 하였다.

"나는 이렇게 생각하네. 힘의 우위는 논리가 별로 소용에 닿지 않는다고. 하나의 조합된 논리는 평탄하였을 때, 즉 이성의 눈들이 반짝일 때 설득력을 얻지만, 지금은 그렇지가 않네. 사상적인 심오한 논리야 이쪽을 따를 수 없네. 그런데도 힘에 밀리고 있네. 그 힘이 어디서 오는 건가?"

"그야, 삼팔 이남에서는 미군 아닌가."

"그들은 설득한다거나 당위성을 인정하지 않네. 임시정부를 인정하지 않는 것이 그 사례일세. 점령군으로서 임무와 강권을 행사하려 하지 않는가. 일제 밑에서 행정을 맡았던 친일분자들을 다시금 불러들여 편의를 도모하는 것부터가 사리에 맞지 않네. 순수한 자치역량을 부여해야 하는데 이건 뭔가?"

"자네 말이 맞네. 해방공간에서 가장 필수적인 것은 일제의 잔재를 말끔히 쓸어내고 새롭게 단장하는 것이네. 그런데 그러한 국민적 열망과 소원을 역행하는데서 새로운 지배논리와 반대급부가 생겨나고 있다는 것이네."

"하여간, 이대로 주저앉을 수는 없네."

이상석은 주먹을 불끈 쥐었다. 살아남는 자만이 투쟁에서 이길 수 있다. 어떻게 이 위기를 벗어나 살아남을 것인가.

"술이 좋기는 좋구만. 자네들 이야그를 들으니께 가슴에 피가 용솟음치네."

평일도 동지가 술잔을 든 채 허허, 웃음을 쏟아냈다. 황당하고 공허로운 웃음이었다.

"세상은 반전의 미학이야. 뒤집히고 일어서고, 또 뒤집히고 다시금 일어서고……."

박해수는 술기운이 올랐다. 푸짐한 안주와 나긋한 계집이 쳐올리는 술보다 훨씬 가슴을 적셨다. 하늘에 걸린 달과 별은 변함 없는데, 높고 낮은 질곡에 따라 그 빛깔이 다르다. 아, 오늘밤의 별빛은 어떠한 색상이냐? 은하수가 쏟아진다. 별들이 춤을 춘다.

"술잔 돌리지 않고 무엇하는 겐가. 시라도 한수 떠오르는가?"

"시라도 떠오르면 얼마나 좋겠는가."

박해수는 이상석에게 술잔을 건넸다. 어찌 보면 산다는 자체가 그렇게 덧없고 허무로울 수가 없다. 그런데도 하찮게 옳고 그름을 따지며 멱살을 틀어잡는다. 무엇이 옳고 무엇이 그른 것인가.

"시상이나 책략은 궁핍하고 곤궁할 때 절실하게 떠오른다고 하지 않던가?"

"그 말은 맞네."

박해수는 기분을 전환하기로 하였다. 이럴 때일수록 밝은 기운이 필요하다. 우울이라든가, 참담한 빛은 전염이 빠르다. 술잔을 들고서 노래를 불렀다.

"어절시고!"

신지 동지가 무릎을 치며 술잔을 부딪쳤다. 벽돌림으로 한차례 노래가 돌아가고, 어느덧 밤은 깊어 자정을 넘어섰다. 술은 바닥을 드러냈고, 모두가 거나하게 취하였다. 바다를 다 들이켜도 취할 것 같지 않은데 모두가 세상을 놓아 버렸다. 이상석은 바윗돌을 들고 한바탕 용을 쓰다가 곯아떨어졌고, 박해수는 혀 꼬부라진 소리로 시를 읊조리다말고 정신을 잃었다. 귀기어린 파도소리가 바위굴을 울리며 새벽을 일깨웠다.

박해수는 목이 타는 갈증으로 눈을 떴다. 햇살이 이마 위를 내리비
쳤다. 눈이 부셨다. 주위에는 아무도 없었다. 박해수는 갈증부터 풀자고
바위샘으로 내려갔다. 이상석이 샘가 바윗돌을 베개 삼아 큰댓자(大)로
누워 있었다. 이상석도 어지간히 목이 탔던가 보았다.

"정신 차려. 이 사람아."

박해수는 샘물로 목을 축이고 이상석을 흔들어 깨웠다.

"머릿골이 도끼날로 짜개듯 하는구먼."

"그런데 두 사람은 어디 갔지?"

박해수는 주위를 두리번거리며 신지 동지와 평일도 동지를 눈으로
찾았다.

"산위 아니면 바닷가에 있겠지."

"느낌이 이상해."

"그건 무슨 소리야?"

이상석은 후적후적 샘물을 얼굴에 끼얹었다.

"찾아보자고."

두 사람은 그들이 갈만한 곳을 더듬어 찾았다.

"없잖아."

"배가 있는가 몰라."

박해수는 앞장 서 배를 숨겨놓은 구멍바위굴로 내달았다.

"저런, 배가 없어졌어."

"배를 타고 사라졌네. 배신자들……."

"배신자들이라고 말하지 말세나. 어쩌면 용기 있는 행동인지도 몰
라."

"괘씸하지 않는가. 백기를 들고 집으로 돌아가고 싶으면 말이나 하
고 갈 것이지."

"우리는 이제 완전히 고립된 신세네. 바다의 짠물이나 마시며 백이숙제처럼 살세나."

"헤엄을 쳐서라도 가야겠지."

이상석은 분통이 터졌다. 술김에 아무리 집이 그립기로서니 사나이 의리를 저버리다니.

"길은 걷는 자에게 무한하게 열려있지. 이럴수록 자족하는 마음으로 지내노라면 구원자가 올 거야."

"허허, 은자 하나 나왔네."

이상석은 박해수의 말에 너털 웃으며 바다에다 오줌을 내갈겼다.

한민서가 임 서기와 갈매기섬을 찾았을 때 박해수와 이상석의 몰골은 말이 아니었다. 양식은 떨어져 바다에서 낚아 올린 고기로 허기진 배를 달래고 있었다. 옷은 소금기에 절어 있었고, 머리칼은 쑥대머리였으며, 턱수염은 햇볕과 바다바람에 그을려 지저분하기 이를 데 없었다. 눈빛만은 맑고 빛났다.

"예사 일이 아니군요."

한민서는 웃어야 할지 쓰거움을 머금어야 할지 미묘한 감정에 젖었다. 임 서기도 난감한 표정을 짓고 있었다.

"도리 없이 고도에 버려진 것이네."

박해수는 더부룩하게 헝클어진 머리칼을 쓸어 넘겼다.

"우선 허기진 뱃속부터 채우시오."

임 서기는 준비해 간 술과 음식을 내놓았다. 아무리 생각해도 생떼 같은 고생이었다. 잘못을 저지른 아이들처럼 저 몰골이 뭔가.

"구수한 향기가 뱃속을 자극하네."

이상석은 제삿날 떡본 아이처럼 음식을 우겨넣었다. 박해수도 덩달아 술잔을 단숨에 들이켰다.

"술만 있어도 몇 년은 바다빛에 절어 살겠어."

"자네야 여름날 매미처럼 시를 읊을 수 있어 그렇겠지만 나는 술이 넘쳐나도 못 살겠네. 사람은 사람 사는 곳에서 눈쌀 찌푸리며 아옹다옹 다투어 가면서 살아야 하는가봐."

이상석은 금방 술기운이 눈언저리에 돌았다. 한민서는 가만한 눈길로 바다를 내려다보았다. 햇살로 뒤채는 바다는 비단결보다 더 매끄럽고 고왔다. 바다를 사랑함은 은자의 마음이라고 하였는데, 바다의 빛깔, 그 투명한 깊이는 계절과 때에 따라 다르게 변하는 하늘의 그 무한한 색채를 품안고 있었다.

"임 서기도 한잔 하지."

"저는 워낙 술을 못해서요."

임 서기는 동백나무 가지를 어르다가 사양하였다.

"그래서 두 사람이 죽이 맞는가 보구만."

이상석은 멀거니 바다를 내려다보고 있는 한민서를 곁눈질하였다.

"지금 돌아가는 정세는 어떻던가?"

박해수가 임 서기에게 물었다. 언제까지 이곳에서 지낼 수는 없는 법, 탈출구를 모색해야 한다.

"많이 가라앉았습니다. 그래서 모시러 온 것 아닙니까."

"흙탕물이 가라앉듯 말인가?"

이상석이 반문하였다. 한바탕 샅바를 잡고 힘겨루기를 하듯 세상 속으로 나아가야 한다. 세상은 뒤집기와 역전의 연속이 아니던가.

"대부분 숨어버리거나 내빼버린 데다, 세상과 멀리 떨어진 도서지방이다 보니 그렇지 않겠어요."

"맞는 말이네. 괜히 도둑놈이 제 발 저린다고 아까운 시간만 허비하였네."

"굳이 아깝다고는 할 수 없겠지요. 핍박하고 곤궁한 처지에서 자신을 성찰하고 미래를 설계할 수 있었다면 그보다 더한 수확이 어디 있겠어요."

"하긴, 많은 걸 얻었어. 그렇지 않은가?"

박해수는 한민서의 말에 공감을 하며 이상석에게 술잔을 안겼다.

"마음의 위안으로 삼아야겠지."

이상석은 비릿한 눈으로 안주를 집어 삼켰다.

"망설일 것 없이 해질 무렵에는 돌아갑시다. 형님들을 잡아다 곤장을 칠 사람은 아무도 없을 테니까요."

"동지들과는 연락이 가능할지 모르겠어."

"위치가 곤궁할수록 서로 의지하려는 마음들이 앞서는 것 아니겠어요?"

"이 사람, 임서기!"

박해수는 한민서의 말에 엉뚱하게시리 임 서기에게 얼굴을 돌렸다.

"예? 시방 저를 보고 말했는가요?"

"술안주로 장만해 온 것이 염소고기렸다?"

"그런데요?"

"염소고기가 너무 질겨."

"난 또 뭔 말인가 했구만요. 그거야 나이 든 염소라서 그러겠지요. 일부러 애송이를 잡으려다 몸에 좋을 듯 하여 늙은 놈을 잡았어요."

임 서기는 느닷없이 염소고기 타령이냐고 한민서를 돌아보았다.

"그걸 탓하자는 게 아니고, 염소고기가 왜 질긴 줄 아는가?"

"글쎄요. 푹 고아 삶으면 연해지겠지만……."

"아닐세. 풀을 먹기 때문일세."

"풀이야 아침이슬에 젖은 잎새가 얼마나 연해요."

"그게 일반적인 관념일세. 소나 염소가 어째서 되새김질을 하는지 아는가?"

"이가 제대로 튼실하지 못혀서 그러는 것 아닐까요? 그래서 위에 잔뜩 저장했다가 한가할 때 되씹는 것 아니겠소."

"위가 네 개라는 생태학적인 견해로 본다면 틀린 말은 아닐세. 근데 사실은 풀이 얼마나 억센 줄 아는가? 우리의 살을 사정없이 할퀴지 않는가."

"저는 무슨 말인지 얼른 이해를 못하겠소."

"저, 친구. 능청은. 아, 바다 짠물을 먹고 자란 생선은 전혀 짜지 않는 이유를 모르는가?"

이상석은 나름대로 박해수의 말을 받아들이며 퉁명스레 내쏘았다.

"듣고 보니 딴은 그렇소만……."

임 서기는 머리를 끄덕이면서도 찜찜한 표정을 버리지 못하였다. 한민서는 박해수의 그 깊은 뜻을 금방 헤아렸다. 풀을 먹고 자란 염소고기는 질기다? 박해수가 갈매기섬에서 얻은 한 가닥 선지식일 것이다.

"형님께서는 앞으로 무엇을 할 거요?"

"약방문이나 다시금 열까?"

"좋은 생각이시요. 듣자니 강증산이란 이는 약방문을 열고서 구제창생의 미래를 밝혀 줄 종교를 열었다 합디다."

"그럼, 나도 신흥종교 교주나 될까?"

"발상치고는 고약하구만. 혹세무민의 그 죄업을 어디다 갚을라고."

이상석은 되먹지 않은 소리라는 듯 눈을 흘겼다.

"종교의 시작은 그렇게 출발하였네."

"그래도 그렇지."

"따지고 보면 말일세. 해방정국에서 구국일념으로 만세삼창을 하는 사람치고 혹세무민의 성질이 농후하지 않은 사람이 있는가. 모두가 국가와 민족을 위하는 교주네."

"그거야, 일시적인 신기루 현상이고, 좀 더 엄숙해질 필요가 있어야 하네."

"다들 십자가를 짊어지고 골고다로 오르는 구세주처럼 행동하는데서 상당히 회의적이네."

"자네가 시방 아무리 회의적인 눈으로 바라본다 할지라도 어느 시기가 되면 최일선에 나설 것이야."

이상석은 박해수의 속내를 환히 꿰뚫어 본다는 듯 불퉁하게 말하였다.

"입씨름은 그만하고 가십시다."

한민서는 붉게 물드는 서녘하늘을 가리켰다.

"가세나. 그간 정들었다고 선뜻 일어서기가 뭣하군."

박해수는 눈을 지그시 내려뜨리며 주위를 둘러보았다.

발목을 적시는 암울한 소리

1

때 이르게 장맛비가 찾아왔다. 보릿고개는 해방의 기쁨으로 그런대로 어려움을 넘길 수 있었지만, 보리타작 시기에 찾아온 장맛비는 낙숫물로 얼룩지게 하였다. 본격적인 여름 장마라기보다는 때늦은 봄장마라 해야겠다. 보리타작이 끝나면 모내기철인데 낭패였다.

"이놈의 비가 올려거든 모내기 때나 올 것이제, 이 무슨 심술이랑가."

"금메말시. 보리타작이라도 배불리 해야 모내기를 성깔지게 할것인디, 입맛이 쓰구만."

마을사람들은 도리 없이 일손을 놓은 채 끼리끼리 모여 잡담을 풀었다. 처음에는 며칠 가겠느냐고 고된 일손에서 놓여난 해방감마저 맛보았다. 종부네도 예외는 아니었다. 오랜만에 마을 아낙네들이 안방을 차지하고서 그동안 못다하였던 이야기들을 나누었다. 한민서가 출타하고 없었기 때문이었다.

"자네 서방님은 어디를 행차하셨단가?"

공수네가 관심 있게 물었다.

"내가 어떻게 알겠는가."

"안방마님이 남편 행선지를 모른다니?"

"자네가 내 사정을 더 잘 알면서 그런가?"

종부네는 심기 사납게 말막음을 하였다. 아지랑이 지피는 들판에서 입덧으로 그 고생을 하였는데도 따북하게 위로 한마디 없었던 남편은 보리타작을 하다말고 장맛비로 잠시 일손을 놓자마자 온다간다 말 한마디 없이 집을 나가고 없었다. 으레 그러려니 체념하였는데도 하루 이틀 지나자 꾸역꾸역 부아가 치밀었다. 서운한 마음이 빗줄기에 젖어 든 것이다.

"근디, 여동네 있잖은가. 감쪽같이 행방을 감추었다면서?"

동천네가 새삼스럽게 여동네를 떠들렸다. 그녀의 일은 이미 봄날 아지랑이 속에 증발되었다.

"자네는 간혹 가다 씨나락 까 묵던 일을 되새김질 하데이."

수굿네가 찔벅 핀잔을 주었다.

"아니여. 암만 생각해도 무슨 조화만 같어."

동천네는 수굿네의 핀잔에도 아랑곳하지 않고 종부네를 곁눈질 하였다.

"하기사, 그 점은 그려. 혹시 밀항이라도 하지 않았을께?"

"그렇다면 더욱 수수께끼 아닌감. 지금으로서는 밀항하기가 쉽지만은 않을 테고, 하여간 어딘가 낯선 곳에 둥지를 튼성 싶으네."

"밀항을 전제로 말인가?"

"암만. 아니면 새 살림터를 장만 하였던가."

동천네는 나름대로 추리력을 발휘하였다. 종부네는 동천네의 말을 귀담아 듣지 않았다. 동천네가 겨냥한 곳은 분명 한민서일 터였다. 종부네도 남편 일에 관심을 기울이지 않았지만 여동네의 일에 대해서만은 한민서가 어느 정도 개입하였을 것으로 짐작하였다.

"모진 게 목숨이라 그 수모를 당하고서도 살길을 찾아 나서는 것을 보면 마음이 찡허네."

"누가 아닌가. 일본인 교장에게 땅문서를 좀 받았기로서니 그 우사를 시킨 것은 너무하였제. 진짜 왜놈들 간에 붙었다 쓸개에 붙었다 한 사람들은 뒤로 제치고 말일세."

"울타리가 없는 탓이여. 번듯한 그늘이 있어 보소. 그랬겠는가."

아낙네들은 한동안 여동네의 비참하리만큼 처참한 몰골을 떠올리며 말을 잊었다. 낙숫물 소리가 대청마루를 들이쳤다.

"저, 몽선이 있는가라우?"

밖에서 누가 헛기침을 하고나서 조심스럽게 물었다. 방문고리에 뒤꼭지를 짓찧고 있던 원산네가 방문을 펄쩍 열었다. 한장서네 일꾼이었다. 눈가가 수츠레 하였다.

"행랑채에 없디야?"

종부네가 뜨막한 얼굴로 반문하였다.

"없은께 묻지라우."

"지놈도 모처럼 일손을 놓았는디 방구석에 처박혀 있을라든가."

동천네가 삐죽 내뱉았다.

"지금 한가하게 있을 때가 아니란께요."

"뭔, 일인디야?"

"즈그 엄니가 질 바닥에 넘어졌어라우. 사태가 심상치 않구만요."

"늘그막에 눈까지 어두워 발을 잘못 디딘 건가?"

"뒤축 없는 신을 신고 가다 그랬어라우."

"그럼, 싸게 찾아봐라."

142

"알 것구만요."

한장서네 일꾼은 우장을 고쳐 쓰고 대문을 나섰다.

"노인네가 무슨 뒤축 없는 신이여?"

"금메말시. 신이 하두 귀해논게 그랬는가 보네만, 빗속에 넘어졌다면 보통 일이 아닐세."

"명도 길어이."

"원래 가난한 집안 명 길다 안하던가. 그나저나 초상이나 안 칠랑가 모르겠네."

"눈물 째죽거리며 보리 낟가리 줍는 모습을 보면 그저 짜안하던마는."

"그래도 몽선이 장가드는 것을 보고 죽어야제."

아낙네들은 혀를 끌끌 차며 걱정스러워 하였다. 해심이 보리를 볶아 왔다. 아궁이불에 얼굴이 벌겋게 달아올라 있었다.

"어따, 얼굴이 복숭아 빛으로 물든게 더욱 이뻐 보인다이. 보리도 깨소금 맨치로 볶고, 어느 총각이 물어갈지."

"참한데 중매라도 스소."

"그럴까? 놈 주기는 아깝고, 우리 친정 쪽에 한번 알아볼까?"

"저 여편네 욕심은 곳곳에 묻어나."

동천네의 말에 수굿네가 눈을 흘겼다.

"근디, 부잣집 자기 집을 놔두고 왜 형부집에서 밑자리 깔고 산당가?"

"내가 얼마나 편하다고."

"자네 시집살이 절반은 동생이 짊어진 셈이제. 종부네보다 몇 배 조신하고 깔끔혀."

공수네가 종부네의 말을 덥석 받았다.

"어따, 아부도 능갈치네."

수굿네가 볶은 보리를 한줌 입안으로 가져가며 눈을 흘기댔다.

"그나저나 비가 이렇게 계속되면 도리 없이 방안에서 보리목을 따야 할 것 같네."

"비에 썩히는 것보다는 낫것제. 쉬엄쉬엄 홀태로 따는 재미도 있잖은가. 두엄더미처럼 썩어나는 속에 보리 싹이라도 나 보소."

아낙네들은 당장이라도 각자 집으로 돌아가 보리목을 따기로 하였다. 동천네가 먼저 자리에서 일어났다.

"아니, 저건 무슨 억머구리 소리란가?"

방문 고리를 열어 잡은 동천네가 소리쳤다.

"몽선이 울음소리구랴."

"하이구메, 그럼 기어코 노인네가 눈을 감은 것 아녀?"

"그런 모양이구먼. 사람이 갈 때가 되면 도리 없이 가야지만 그 살아온 이력이 불쌍하고 가련하네."

수굿네가 치마폭에 콧물을 훔쳤다.

"집도 절도 없는 몸이 초상은 어찌 치를고?"

"종부네 시아버지께서 어련히 알아서 하것제."

"우리도 가보세. 동네 초상이 아닌가."

아낙네들은 한장서네 집으로 몰려갔다. 종부네도 뒤따랐다. 흉년으로 주린 배를 안고 코 흘리게 몽선을 안고 흘러들어와 한장서네 집에서 잡일을 거들며 몽선을 키웠다. 그리고 몽선이 어느 정도 성장하자 종부네 머슴으로 주었다. 그게 은혜를 갚는 길이라 하였으나, 종부네는 몽선의 새경을 꼬박꼬박 저축하였다. 몽선이 장가라도 들게 되면 집칸이라도 장만해 줄 계산이었다.

시신이 안치된 곳은 그네가 거처하던 행랑채 한갓진 곳이었다. 닭장 곁에 있는 비좁은 방으로, 그네가 늘그막에 가는귀가 먹어 말을 잘 들을 수 없으면서부터 새벽녘 수탉이 홰를 치는 바로 지척의 그 방을 수리하여 들었다. 닭 울음소리에 잠에서 깨어나 새날을 맞겠다는 것이었다. 몽선은 시신이 안치된 방안에서 비에 젖은 몰골로 악머구리 같은 울음을 내쏟고 있었다.

"아야, 너는 거기 들지 말거라."

시어머니가 종부네를 황급히 이끌어 냈다.

"맞네. 자네는 자칫 부정 타기 쉽네. 안 그래도 손이 귀한 집인디."

공수네의 시선이 종부네의 아랫배에 머물렀다. 종부네는 얼른 알아차리고 물러났다.

"종부네는 집에 가 있거라. 여기서나 집에서나 애도의 마음은 마찬가지일 게다."

장례 절차를 지휘하던 한대진도 종부네의 뱃속 아기를 염두에 두었다. 종부네는 시아버지의 말을 거역할 수 없어 지치적 집으로 돌아왔다. 해심을 대신 상가에 보냈다.

"사돈네 집에서 치르는 초상까지 뒤치다꺼리하란 말인가?"

생콩하게 모눈을 흘기면서도 해심은 몽선을 생각해서 상가로 향하였다. 행랑채 뒤뜰에 차일이 쳐지고 마을사람들이 모여 장례 준비를 하였다. 몽선이 잠긴 목울음으로 제법 곡을 하며 손님들을 맞았다. 옛말이 정승집 개가 죽으면 문전성시를 이룬다고, 한대진의 낯을 보고 조문객들이 줄을 이었다. 돼지도 큰놈을 잡고, 음식도 푸짐하게 하였다. 구질스럽게 내리는 비로 빗물 고인 마당이 진흙 밭으로 질척였다.

"살아서는 고생했어도 죽어서는 호상일세. 장승같은 상주 있겠다, 음식 푸짐하겠다, 비록 공동묘지 신세를 질망정 누울 복은 있네."

"공동묘지가 자고로 명당이라 했네. 거적쌈을 해도 무엇 할 것인디

관도 두툼하기가."

"한대진 어른 인정 아니겠는가. 성두아제 어디 갔는가? 상여소리나
한번 매겨보제."

"암만. 삼일장이라 했으니 격식은 차려야제. 밤생이 당숙도 한몫 거
들어야 신명이 날 것인디."

마을사람들은 후두둑 빗방울이 듣기는 차일 밑에서 술빛으로 농익
었다. 상두꾼들이 정해지고, 두건과 행건을 친 상두꾼들은 빗줄기가 어
둠을 몰아오자 환하게 횃불을 밝히고 한바탕 상여소리를 하였다.

　－어널, 어허널, 어이가리넘차, 너화널
　　어이가리, 어이가리
　　황성 천리를 어이가리
　－어널, 어허널, 어이가리넘차, 너화널
　　오늘은 가다가 어데서 자며
　　내일은 가다가 어데서 잘까.
　－어널, 어허널, 어이가리넘차, 너화널
　　황성천리가 멀다고 하더니
　　이다지 먼 길인 줄 내몰랐네
　－어널, 어허널, 어이가리넘차, 너화널

"이 사람들아, 상여소리가 어찌 그리 감칠맛인가. 무엇이든지 부족
타 말고 구성지게 짜 맞추게나."

한대진은 상두꾼들을 독려하였다. 상두꾼들은 한잔술로 목을 축이고
나서 또 다시 성두아제의 선소리를 따라 신명을 올렸다. 밤이 깊어갈수
록 상여소리는 구성지고 우렁찼다. 새벽녘에야 상여소리는 고요롭게

잦아들었다.

"뒤축 없는 신도 가지고 가야겠제."

밤생이 당숙이 빗물에 씻긴 뒤축 없는 신을 관속 고인의 발치 아래에 넣었다. 몽선이 어미는 일본인 상인이 내버리고 간 고무신을 주어와 끔찍이도 아껴 신었다. 뒷굽이 닳아지고, 나중에는 뒤축이 없어졌다. 그런데도 내버릴 줄 모르고 끌고 다녔다. 숨을 거둔 그날도 미숫가루를 한 그릇 얻어들고 변소 길을 가다가 미끄러진 것이다. 비오는 날 뒤축 없는 신을 끌고 변소 길을 가다니, 지혜롭지 못한 일이었다.

"이것도 넣어 주시요. 우리 엄니가 이 염주 때문에 마지막 복을 입었어라우. 죽거들랑 좋은 세상으로 보내주라고 매일같이 빌었응께요."

몽선은 손때 묻은 염주를 넣어주며 울음을 내쏟았다.

"그만 울어라. 네놈 말대로 복 받아 가는 고인 아니냐."

"살아온 이력이 너무나 고달프고 슬퍼서 그래요."

"누가 아니냐. 실컷 울고도 남것다."

성두아제가 요령을 흔들며 상여꾼들을 일으켜 세웠다. 장례 날에도 비는 쉬임없이 질금질금 내렸다. 상여도, 상두꾼들도, 뒤따르는 마을사람들도 비에 젖었다.

"꽃상여가 비에 젖은께로 마음이 더욱 슬프네."

"불쌍한 죽음은 날도 알아주네."

"그러게 말이네. 진땅에 묻히는 첫날부터 얼마나 꿈꿈하고 토심스러울께?"

"죽은 송장이 뭘 알다든가마는 땅속에 들어가면서도 찬밥 신세만 같아 몽선이 마음이 더 찢어지겠네."

아낙네들은 빗길에 공동묘지까지 따라 나설 수 없어 무덤재로 넘어가는 상여를 눈으로 쫓으며 부디 극락왕생하기를 빌었다.

상여 행렬은 진창길을 즈려밟으며 장지에 도착하였다. 그리고 서둘러 봉분을 올렸다. 상주인 몽선이도 바지게를 을러메고 담뿍담뿍 흙을 져날렸다.

"몽선이 장개라도 보내고 눈을 감았더라면 좋았을 걸 그랬다."

성두아제가 뗏장을 다독이는 몽선을 내려다보며 목 쉰 소리로 안쓰러워하였다.

"지복에 그런 효심이 있을 리 없지라우."

몽선은 비에 젖어 지쳐버린 상두꾼들을 돌아보았다. 모두들 고마웠다. 타관객지 이곳에 어머니가 묻힐 줄이야. 빗속에서 장례를 치르고 삼우제를 지낸 몽선은 완전히 넋 나간 사람이었다. 목도 쉬어 막힌 데다 근력 좋은 그 큰 덩치는 피로와 슬픔에 찌들어 허정허정하였다. 누가 위로의 말을 해도 멍한 눈길만 주었다.

"뭐, 좀 묵고 원기를 찾거라."

종부네가 측은한 눈길로 몽선을 붙들자 입안에서 뭐라고 웅얼거릴 뿐 말이 되어 나오지 않았다. 나중에는 방구석에 틀어박힌 채 낙숫물 소리만 헤아렸다.

"슬픔이 크것제."

천애고아가 된 몽선의 그 마음을 어찌 모를 것인가.

"그 좋던 먹성이 어디로 갔는지, 바지락국만 훌훌 마시고 밥그릇은 그대로요."

"입성이 돌아오면 묵것지야."

종부네는 해심의 말을 무심하게 들어 넘겼다. 몽선의 슬픔도 슬픔이려니와 뒤늦은 봄장마에 젖어 새싹이 움 솟는 보릿단이 염려되었다. 초상을 치른 종갓집은 도암네와 시어머니가 일꾼들을 모아놓고 아침부터 저녁 늦게까지 홀태로 보리목을 땄다.

"점심때는 나박죽을 좀 써줄께?"

"그렇게 하거라. 그라고 우리 홀태 있지야?"

"보리목을 따게?"

"노느니 염불이라고, 저렇게 비에 젖어 썩히느니 한줌이라도 홀태질을 하는 게 낫겠다."

"알것네."

해심은 광속에서 벌겋게 녹이 슨 홀태를 찾아왔다. 종부네는 홀태 발목을 세워 고정시키고, 발판을 한쪽발로 밟고서 보리목을 땄다. 해심은 곁에서 낱가리를 떼어 주었다.

"나오소. 내가 교대를 할텐께."

"그래라. 제법 힘들다야."

종부네는 해심과 교대하였다. 뱃속의 생명이 아랫배를 묵지근하게 하였다. 해심은 젊은 혈기답게 보리목을 죽죽 훑었다. 힘을 줄 때마다 댕기머리가 좌우로 흔들렸다.

"형부는 이럴 때 도대체 어디를 갔을께?"

"너나 나나 모르기는 마찬가지 아니냐."

"참말로 누가 성에 심정을 알아줄까."

해심은 격에 맞지 않은 결혼이 얼마나 참담한 것인지 언니를 통해서 알 것 같았다. 형부의 이상은 너무 높았다. 언니는 형부의 이상과 감성을 헤아리지 못하였다. 물과 기름과도 같다고나 할까. 그런데도 해심은 형부의 인품 그 자체가 말없이 좋았다.

방구석에 틀어박혀 국물만 비워내던 몽선은 닷새가 지나자 부수수한 모습으로 방문을 열고 나왔다. 우장도 쓰지 않은 채 원뚝머리 수문께에서 비를 맞고 한동안 서 있었다. 눈길은 어머니가 묻힌 무덤재 공동묘지를 향하고 있었다.

"몽선이 아니냐?"

수문 아래서 우장을 쓰고서 낚시질을 하던 한장서가 강성돔을 낚아 올리며 몽선을 올려다보았다.

"야, 저구만이라우."

몽선의 쉰 목이 많이 트였다.

"슬픔이 크겠다만 꾹꾹 눌러 버려라. 사람은 본래로 돌아가기 마련이다. 생과 사가 따로 없다."

"……."

"죽음은 또 다른 운명을 노래한다. 죽음 앞에서 목 놓아 우는 자와 죽음을 받아들이는 자의 그 차이를 아느냐?"

한장서는 미끼를 낚싯바늘에 달았다.

"지가 그 깊은 뜻을 어쩌고롬 안다요."

몽선은 싱거운 사람이라고 들어넘겼다. 허구헌날 낚싯줄을 던져 넣는 그 까닭은 어디에 있을까? 몽선으로서는 시간이 한가하게 남아도는 한량으로 밖에 보이지 않았다. 그보다 더 배우지 못한 사람들도 해방의 열기에 떠밀려 한자리 차지하려고 동분서주하지 않는가.

"생과 죽음은 별개가 아니란 말이다."

"그거야, 학식이 높은 사람들에게나 해당된 말이지라우."

몽선은 한장서를 일별하고 돌아섰다. 그 길로 무덤재를 타넘어 공동 묘지를 횡허니 돌아보았다. 빗물에 씻긴 묏잔등을 손질하였다. 엄니, 지가 왔구만이라우. 몽선은 눈물을 훔쳤다. 드넓은 세상에 홀로 버려진 듯하여 황량하기만 하였다. 오냐, 내 새끼. 어쨌거나 튼실하게, 풍요롭게 살거라. 주인집 은혜도 잊지 말고. 몽선은 어머니의 그 말을 뒤로 하고 산을 내려왔다. 점심을 게 눈 감추듯 두 그릇을 비우고 홀태 앞에 다가가 신들린 사람처럼 보리목을 아드득아드득 훑었다.

2

한민서가 돌아온 것은 집을 나간 지 꼭 열 하루만이었다. 때늦은 봄 장마비도 걷힌 뒤였고, 빗속에서 보리목을 딴 것들을 마당에 널어놓고 도리깨질을 할 때였다. 물이 벙벙한 논들은 이제 곧 모내기를 할 채비를 하였다. 산골 옹챙이 논들은 벌써 모포기를 꽂아 놓았다.

"몽선이 어머니가 돌아가셔?"

한민서는 들어서는 길로 몽선이 어머니가 운명을 달리 하였다는 말을 듣자 옷을 갈아입으려다 말고 눈을 휘둥그렇게 떴다.

"형부는 어디를 가면 언제 올 것이다, 말 한마디 하고 가면 누가 뒷덜미라도 잡아챈다 합디요?"

해심이 종부네를 대신하여 원망어린 말투로 내쏘았다.

"입이 열 개라도 할 말이 없소. 몽선의 마음을 무슨 말로 위로하지?"

"괜찮구만이라우."

몽선은 야속한 감정을 내비치지 않고 도리깨질을 하였다. 보리 알갱이가 도리깨를 휘두를 때마다 톡톡 튀어 나왔다.

"내 산소에라도 다녀와야겠다. 불쌍한 노인네……."

한민서는 옷을 갈아입고서 무덤재를 치어 올랐다. 공동묘지, 몽선 어미의 묘를 한눈에 알아 볼 수 있었다. 몽선이 묘소를 깔끔하게 잘 다듬어 놓았다. 그래서 아들 낳기를 바라는지도 몰랐다. 한민서는 절을 올린 다음 잠시 몽선 어미를 떠올렸다. 행색은 꾀죄죄하였어도 마음씨 하나는 오리털보다 더 부드럽고 고왔다. 법없이 살 수 있는 그런 사람들이 세상을 불편 없이 살았어야 하였는데, 지지리 한스럽게 한 생을 마감하였다. 한민서는 올 때와는 달리 약낭골로 돌아나왔다. 눈 아래로는 바다가 열려 있었고, 동쪽으로 아슴하게 크고 작은 섬들이 숨 쉬고 있었다.

돛단배 한척이 한가하게 회진목을 향하고 있었다.

"성님, 오랜만이요. 나 쬐끔 봅시다."

한우균이 바지게가 미어터지도록 꼴을 베어 짊어지고서 한민서를 불러세웠다.

"소품이라도 앗은 모양이구만."

한민서는 걸음을 멈춘 채 한우균이 다가오기를 기다렸다.

"내일 지풍골 논 자락에 모를 꽂을까 하고라우."

"감탕나무께로 갈까?"

"거기가 좋것소. 약낭골은 뭣 땜시 왔소?"

"몽선 어머니가 돌아가셨다 해서 묘소에 다녀오는 길이네."

"난 또 무슨 약초라도 캐러왔다고. 비속에서 한바탕 장례를 허걸판지게 치렀구만이라우. 어디를 댕겨왔는가요?"

감탕나무께에 이르자 한우균은 바지게를 내려놓고 작대기로 고정시켰다. 그리고 옷섶으로 이마의 땀을 훔쳤다.

"여동네 있잖은가."

한민서는 모래자갈 위로 험상궂게 뿌리를 드러낸 감탕나무 밑둥에 등을 기댔다. 서늘한 기운이 등허리를 어루었다.

"그럼, 표상한테 다녀왔단 말이요?"

"다른 곳도 두어 곳 다녀오고……."

한민서는 뒤늦게 찾아온 봄장마비로 보리타작을 마저 할 수 없게 되자 불현듯 세상을 돌아보고 싶었다. 그동안 쓰잘데 없이 바쁘게 돌아가며 섬 안에 갇혀 지냈다. 그동안 뭍 구경을 한 번도 못한 것이다. 세상이 어떻게 변하였는지 눈으로 확인하고 싶었다. 처갓집을 둘러보고 회진목을 건너뛰었다. 장인어른은 그저 사위가 좋기만 하여 며칠 묵고가기를 바랬으나, 큰처남도 없는 처갓집에 할 일 없이 며칠 빈둥거리기가 무엇하였다. 장인어른이 손수 잡아온 생선회도 술을 못하는지라 한끼로 족하였다. 장인어른은 그런 사위를 자신이 부리는 돛단배에 실어 회진목에 건네다 주었다.

"자넨 계속 집에 머물 위인이 아니고, 장차 어찌할 것인가?"

강처럼 띠를 두른 회진목을 거슬러 올라가면서 슬쩍 떠보듯 물었다. 그 속에는 딸의 장래를 걱정하는 마음이 담겨 있었다.

"집사람이 조금 더 참고 고생해야겠습니다."

한민서는 간결하게 대답하였다.

"그렇다면 알겠네."

장인어른도 더 이상 말을 삼갔다. 사위가 믿음직스럽고 자랑스러운 만큼 딸년이 염려스러웠다. 애초에 기운 혼사라고 여겼을 때는 이미 혼례식을 치른 뒤였다.

한민서는 장인어른과 작별하고 곧바로 표상을 찾아보았다. 밤이 늦어 순천에서 하룻밤을 지샌 뒤 표상이 사는 마을을 찾아 든 것이다. 그곳도 비에 젖어 보릿단을 두엄더미처럼 쌓아놓고 있었다. 선암사 아랫동네에 사는 표상 집은 고요로웠다. 여수와 광주, 그리고 하동과 진주로 열려있는 곳인지라 자못 번잡스러울 것 같은데 그렇지가 않았다.

"아니, 어인 일입니까?"

표상은 한민서의 출현에 황당함을 감추지 못하며 깜짝 반겼다.

"비도 오고, 그냥 집을 나섰네."

"어서 들어가십시다."

표상은 사랑채로 안내하였다. 표상의 아버지는 오십대 중반으로 접어든 시골 선비였다. 방안에는 묵향이 가득하였고, 횃대에 병풍 글이 두툼하게 걸려 있었다. 손마디는 손수 농사를 지은 마디진 손이었다.

"반갑습니다. 아들애가 너무 많은 은혜를 입었다지요?"

수인사가 끝나자 표상의 아버지는 겸양의 미덕을 보였다. 한민서는 오랜만에 때 묻지 않은 시골선비의 수수함을 대하여 기뻤다. 스스로 자족할 줄 알며, 주어진 삶을 넉넉한 마음가짐으로 쓸어안는 사람이 몇이나 되는가.

"불시에 찾아온 실례를 이해하십시오. 비도 내리고 하여 신산한 마음으로 집을 나선 김에 이곳까지 오게 되었습니다."

"별말씀을 다 하십니다. 부담 갖지 말고 선암사며 두루 구경 하십시오."

"고맙습니다. 필력이 대단하시더군요. 일전에 선물한 병풍은 두고두고 잘 간직하겠습니다."

"필력이랄 것까지 있습니까. 어려서부터 익혀온 것이라서 취미 삼아 동네 지방이나 비문을 써 주는 정도지요."

"아닙니다. 필명을 날리는 몇몇 서예가들의 허세보다 훨씬 문기가 넘칩니다. 사사한 분이라도……?"

"사사라니요. 그럴만한 스승도 주위에 없었을 뿐더러 욕심이 없었어요. 선암사에 계시는 노스님께서 학문과 서체가 반듯하여 한 번씩 찾아 뵙는 정도입니다. 노구인데도 대들보를 울리지요."

표상의 아버지는 겸양지심을 내보이며 점잖게 말하였다.

"선암사는 예로부터 뛰어난 학승들로 그 전통을 이어 나온다고 들었습니다."

"왜놈들이 이민족의 정신을 훼절시킬 요량으로 승려 세계까지도 간섭허고 핍박하여 억지 결혼을 시키고, 그 뿌리를 상하게 하였지만 본래의 근본까지는 손상시킬 수 없었어요."

"조선조의 성리학과 불교의 선사상은 중국의 노장철학과 공자의 사상이 어깨를 나란히 하였듯이 서로 다투며 나아갔더라면 좋았을 텐데

억불정책으로 너무 한쪽이 홀대를 받았지요. 일제가 그 점을 비집고 들어와 우리의 정신적인 토대라 할 수 있는 화쟁정신을 멋대로 이용하였습니다."

"옳은 말씀이십니다. 이제 해방이 되었으니 모든 것이 평등하게 복원 되었으면 합니다."

"일제의 혹독한 핍박 속에서도 그 명맥을 유지해 왔는데 여부가 있겠습니까. 삼일운동을 앞장서 일으킨 그 정신이 어디 가겠습니까."

"하긴, 그렇습니다만, 또 다른 사대주의가 도래할까 걱정입니다."

"서구문명의 차입을 말씀하시는 것 아닙니까?"

"바로 아셨습니다. 그로인하여 예상치 못한 혼란이 올지 모릅니다."

"감내해야지요. 더구나 우리 민족은 쉽게 동화되는 냄비의 속성을 지니고 있다지만 내면의 자존심과 긍지를 잃지 않아야겠지요."

"허어, 세상사가 어디 원론에 부합된 적이 있소이까?"

표상의 아버지는 헛웃음을 쳤다.

"이야기를 바꾸겠습니다. 제가 보낸 여인은 어찌 삽니까?"

"이제 다소 안정을 찾은 듯합니다. 그 근황이 궁금하여 오신 게 아닌가요?"

"그런 건 아닙니다만, 상처 받은 여인네가 고향을 떠나 산다는 게 어디 그리 쉬운 일입니까."

"한번 가서 만나 보시지요."

표상의 아버지는 표상을 불렀다. 한민서는 표상과 함께 여동네를 찾아보았다. 여동네는 웃마실 끝머리에 살고 있었다.

"오메야! 이게 뭔 일이다요?"

여동네는 너무 뜻밖이라는 듯 밀대궁이를 따던 손길을 놓으며 황망해 하였다. 농사짓는 아녀자로 변해 있었다.

"살만합니까?"

한민서는 조금은 농담 섞인 어투로 말하였다.

"내 집 있고, 농사지을 땅 있는디 못살게 뭐겠소이. 참말로 마음 푸근하요."

여동네는 한민서의 마음 씀이 고맙기만 하여 눈물을 찍어냈다.

"다행입니다."

한민서는 방안을 둘러보았다. 도배를 한 벽과 장판은 아직 사람 때가 많이 묻지 않았다.

"술도 못하시고, 뭘 좀 대접해야 쓰겠는디……."

"아니오. 외로움을 타지 않고 사는 걸 보니 마음이 놓입니다."

한민서는 그녀에게 되도록이면 부담을 주고 싶지 않았다.

"인심들이 좋아 괄세를 안 하구만이라우. 품앗이로 인심을 나누어 주네요. 쟁기질이야, 힘든 일은 표상이 아부지가 소를 끌고 와서 당신 일처럼 해 주고라우. 그 보답을 어떻고롬 갚아사 할지……."

"은혜는 차차 갚으면 되지요. 애는 어디 갔습니까?"

"절에 갔구만요."

"절요? 동자승으로 보냈단 말이오?"

"아니라우. 스님께 한문을 배우구만요."

"학교를 보내야 할 텐데……."

"내년 봄쯤이나 보내자고 표상이 말하더구만이라우."

"어쨌거나, 이제 이곳이 고향이거니 생각하고 사십시오."

"그 지독한 수모를 거울삼아 자근자근 입술을 깨물며 살라요."

"그럼, 이만 가보겠습니다."

"저녁이라도 잡숫고 가셔야지요."

"저녁은 표상 집에서 들기로 하였습니다."

"어쩌그나, 서운해서……."

여동네는 사립문 밖까지 따라나오며 섭섭해 하였다. 아랫마을 표상네 집에서는 기다리고 있었다는 듯 저녁상을 내왔다.

"찬은 없지만 드시지요."

"산나물이 향기롭기 그지 없습니다."

한민서는 표상 아버지의 정성스러운 권고에 저녁을 흡족하게 들었다. 소박한 저녁상이었다.

"어째 안정되어 보입디까?"

표상의 아버지는 여동네를 물었다.

"워낙 조신한 여인네라서 야무진 구석이 보입디다. 낯설어함도 가시구요. 모두가 따뜻하게 마음 써 준 덕분 아니겠습니까."

"처음에는 상당히 염려되었는데, 금방 친숙해집디다."

"앞으로도 여러모로 잘 부탁드립니다."

"염려 놓으십시오."

표상 아버지는 저녁을 더 권하였다. 여동네가 가만한 걸음으로 씨암탉을 잡아들고 나타났다.

"살림 밑천을 잡아 오다니요."

"그보다 더한 것도 대접해 드려야지라우. 아뭇소리 말고 드시지요."

여동네는 그래야만 마음 놓인다는 표정이었다.

"이왕 잡아온 것, 따뜻허게 드십시다."

표상 아버지는 여동네의 그 마음이 고맙다는 듯 먼저 닭다리를 뜯어 한민서에게 권하였다. 닭다리를 뜯고 난 저녁은 포만스러웠다. 어디를 가나 산수 좋고 인심 후한데 왠지 모르게 찌눌려 살아왔다. 불현듯 그 말이 숭늉 그릇에 떠돌았다.

"해방되고 나서 이곳은 어떻습니까?"

저녁상에서 물러난 한민서는 한가하게 말문을 꺼냈다.

"모두가 너도 나도 정치꾼으로 변모하여 어수선합니다."

"차차 질서가 잡히지 않겠습니까."

"글쎄요. 무언가 인심이 역류하는 듯 한 기운이 들어요."

표상 아버지는 더 이상 깊고 자세한 말을 삼갔다. 워낙 소박한 분이라 그럴 터였다.

"피곤하실 텐데 쉬시지요."

표상이 잠시 침묵이 흐른 틈을 타서 조심스럽게 한민서를 일으켜 세웠다. 한민서는 사랑채 뒤칸 방에 마련한 잠자리로 돌아왔다.

"자네는 농사꾼으로 눌러앉을 셈인가?"

한민서는 아랫목에 앉으며 표상을 바라보았다. 그전보다 훨씬 성숙한 그늘을 지니고 있었다.

"당분간은 고향을 지킬 수밖에 없겠어요. 세상이 어수선해서요."

"그것도 좋겠지."

"정말 그냥 바람 쐬러 오셨는가요?"

표상은 자세를 고쳐 앉았다. 한민서 성격상 그저 한가롭게 집을 나설 사람은 아니었다.

"이 사람아, 무슨 목적이 있겠는가. 비도 곰살맞게 내리고 하여 집을 나섰어. 잊고 있던 친구도 만날 겸."

"친구 분이 이 근처에 사십니까?"

"일본 유학시절 친구로, 집이 통영인데 근황이 궁금해서……."

한민서는 집을 나설 때는 뚜렷한 여행길이 정해진 것은 아니었다. 장흥을 지나자 느닷없이 표상과 여동네의 안부가 염려되었고, 순천에 이르자 섬진강 너머로 마음이 갔다. 통영을 거쳐 부산을 둘러보고 서울을 구경한 뒤 내려오리라 작정하였다.

"그간 그곳은 아무런 일이 없었습니까?"

"한차례 좌우충돌이 있었지."

"인자 알겠습니다. 바람이라도 쐬고 싶은 그 심정을."

표상은 그러면 그렇지 하는 얼굴로 지레 넘겨짚었다.

"자네, 우리 처제 안부는 묻지 않는가?"

"잘 있겠지요."

"싱겁기가."

"집에서는 은근히 결혼을 강요하는데, 아직은 내키지 않아요."

"내 온 김에 자네 부친더러 우리 처제를 며느리 삼으라 할까?"

"아이구, 그런 말씀 하지 마세요. 인연이 닿으면 맺어지는 것 아닙니까. 억지로 잡아맨 결혼치고 행복하지 않더군요."

"인연은 억지로 잡아맬 성질도 아니지만, 용기 없는 마음가짐으로는 얻을 수 없네. 젊음이 지닌 용기와 열정이 필요한 법이야."

한민서는 표상의 말이 자신을 예로 들어 하는 소리만 같았다. 한민서는 용기와 열정이 부족하여 부모들이 비끌어 맨 부부인연을 감수 하였던가?

"저는 앞날을 확실히 설계한 다음 결혼을 생각하겠습니다."

"무엇보다 미래를 다지는 일이 용기 있는 일이지."

한민서는 머리를 끄덕였다. 하루 종일 비에 젖은 때문인지 갑자기 피로가 몰려들었다. 표상이 눈치를 채고서 이부자리를 폈다.

다음날, 한민서는 여동네와 작별하고 마을 동구 밖을 나섰다. 비가 어느 정도 그친 뒤에 가라고 표상이 한사코 붙들었다.

"저도 마음 같아서는 함께 여행이라도 떠나고 싶습니다만, 아버지께서 엄하게 눌러 앉히는지라 마을을 벗어나지 못합니다."

"부모의 마음은 울안에 자식이 있어야 안심하는 법일세. 자네가 집을 떠나있는 동안 얼마나 가슴이 닳았겠나."

한민서는 표상의 어깨를 다독였다. 신실한 청년이었다. 표상은 한민서가 보이지 않을 때까지 붙박혀 서 있었다. 순천을 일별하고 하동 섬진강을 지나치는데, 강물이 불어나 넘쳐흘렀다. 쉬엄쉬엄 진주를 지나 마산에서 하룻밤을 지새우고 난 한민서는 통영을 찾아들었다. 바쁠 것도 목마를 것도 없는 여행길이었다. 친구, 오강윤은 그 사이 변두리 한적한 곳으로 이사를 가고 없었다. 여기까지 왔다가 돌아서기도 무엇하고 하여 물어물어 이사 간 집을 찾았다. 오강윤은 미륵도와 마주한 곳에 살고 있었다.

"아니, 이게 누구야?"

오강윤은 한민서의 뜻밖의 출현에 깜짝 놀랐다.

"난 집을 비워둔 채 어디 갔으면 어찌할까 했어."

"어디를 가겠나. 반갑고 반가우이."

두 사람은 얼싸 안았다. 달라진 게 있다면 구레나룻이 무성하다는 것이었다. 부인이 수줍게 인사를 하였다. 유학시절 방학을 맞아 억지로 친구에게 이끌려 통영을 방문하였을 때는 앳된 새색시였는데 부인 티가 물씬 났다.

"자, 들어가세. 설마하니 도망쳐 나온 것은 아니겠지?"

오강윤은 한민서의 마음을 누구보다도 잘 아는지라 농담 삼아 의중을 떠보았다.

"현해탄도 건널 수 없고, 그렇다고 만주 여행도 할 수 없잖은가. 뛰어봤자 벼룩이지."

"비도 오고, 심란한 마음을 달래기 위해 김삿갓이 되어 친구도 만나보고, 겸사겸사 옛님도 보고 싶은게로구만."

"그런가 보네."

한민서는 오랜만에 친구를 만난 감회에 젖어 추억을 곱씹었다. 누구보다도 가슴에 지닌 비밀을 잘 알고 있었다. 오강윤과는 첫 만남부터 마음이 통하였다. 한민서는 성격상 교우관계가 그리 드넓지 못하여 신고식이나 다름없는 유학생 모임자리가 아무래도 낯설었다. 자연 서먹할 수밖에 없었는데, 그때 오강윤이 한민서에게 다가와 말문을 텄다. 상당히 열정적이면서도 논리정연한 면을 지니고 있어 금방 마음을 주고받았다. 그날 이후로 서로가 하숙집을 왕래하며 우정을 나누었는데, 오강윤은 여러모로 한민서보다 사교의 폭이 넓었다. 한민서의 성격이 차분하고 말수가 적은 편이라면, 오강윤은 술을 즐겨 마시고 토론을 좋아하였다. 깊은 내면의 성찰보다 다방면에서 예리한 잣대로 신선하게 재단하기를 즐겼다.

"비에 젖은 시가지를 보니 정취가 감돌아."

"예로부터 산자수명한 곳 아닌가. 천천히 몇 날 지새게 되면 자네 같은 사람도 한량기가 발동할 걸세."

"농촌은 보리 낱알들이 비에 젖어 썩어 가는데 풍류를 즐겨서야 되겠는가."

"허허, 언제부터 자네가 농사일에 묻혀 지냈는가? 우리 민족은 흉년이 들면 드는 대로 허리띠 졸라매고 즐길 줄 알았네. 내년의 풍년을 기원하면서."

"그 때문에 얼마나 많은 사람들이 가난을 대물림 하였는가. 결국에는 나라 잃은 설움으로 치닫게 하였고."

"아닐세. 그것은 통치자들의 잘못일세. 자신들의 이익과 영달만을 위해 파당이나 지어 자리다툼이나 벌이고 감투싸움을 한데서 나라가 망가진 것이었네."

"꼭 치자들의 잘못으로만 돌릴 수는 없네."

"만나자마자 입씨름이라니."

오강윤은 부인이 술상을 봐오자 억지로 한민서에게 술잔을 권하였다. 한민서는 한잔 술이 들어가자 사지가 녹작지근하게 풀렸다.

"술은 여전히 금기 사항이구만."

"좀 누워도 될까?"

"여행의 피로도 무시 못 하겠지. 한숨 자라구."

오강윤은 혼자 술잔을 들며 지긋이 눈을 감고 있는 한민서를 내려다보았다. 이 친구는 지쳐 있어. 육신의 피로보다 정신적인 피로에 절어 있어. 이 친구를 피로하게 만든 것은 무엇일까? 지식인들이 갖는 시대적 불만과 회의 내지는 방황인가? 그럴지도 모르지. 누구보다도 자신에게 정직하니까. 정직하고 순결한 자일수록 세상의 추악상을 바로 질타하지 못하고 절망부터 한다. 아니야. 이 친구는 신념이 있어. 자신이 가야할 길을 뚜렷이 지니고 있지. 그렇다면 무엇이 이 친구를 피로하게 하는 걸까?

한민서는 뱃고동소리에 잠에서 깨어났다. 깜박 잠이 든 것이다. 열려진 창문으로 비릿한 바닷바람이 들이쳤다. 안개비가 시야를 가로 막았다. 언제 화창하게 날이 갤런 지…….

"일어났나? 우리 남망산에나 오르세나."

오강윤이 혼자 자작을 하다말고 뒷산을 가리켰다.

"그보다 미륵도를 산책하는 게 어떨까?"

"하여간 집을 나서 보세나."

오강윤은 한민서에게 작업복을 내주었다. 두 사람은 골목을 휘돌았다.

"우리 산을 오를게 아니라 부둣가로 나가지."

"그럴까? 배가 출항할까 모르겠는데."

한민서의 제안에 오강윤은 방향을 바꾸었다.

"잠결에 뱃고동 소리를 들었거든."

"들어오는 배보다 떠나는 배가 마음을 더 설레게 하지."

부둣가는 질척거리는 비 때문에 지저분하고 비릿하였다. 이제 막 연안연락선이 뱃고동을 울리며 뒷걸음질쳤다. 선술집에서는 다음 배 시간을 기다리는 사람들이 투박한 입심으로 술잔을 비우고 있었다. 아제요, 들어오이소. 쉬었다 가이소. 교태를 지으며 술집 작부들이 두 사람을 잡아끌었다.

"살내음 피어나는 항구야."

"자네도 그런가? 난 말일세. 이 비릿한 모둠살이를 보는 것이 좋아 고향을 떠나기 싫은가봐."

"내, 거나하게 취할 수만 있다면 술집 작부들에게 마음도 주고 하겠는데, 내가 생각해도 한심하이."

"그런 날을 기다림세. 모름지기 늦게 배운 도둑질 날 새는 줄 모른다고, 자네라고 왜 그런 날이 없겠나."

"나도 순간순간 진정한 풍류를 느끼고 싶어. 타락과는 다른……."

"진정한 풍류라……?"

"왜? 걸맞지 않은가?"

"고대로부터 내려온 풍류는 증발된 지 오래여서 말이야."

"풍류라는 게 술 마시고 기생들과 질탕하게 놀아나는 유희가 아니지."

두 사람은 조용조용 부두를 애무하는 너울을 내려다보았다. 쉬임없이 살짝살짝 간지럼을 태우는 바다빛깔이 젖비린내를 풍겨 음산하다고 할 수는 없었다. 자그마한 객선이 물살을 가르며 입항하였다. 갯내음을 둘러쓴 승객들이 내렸다. 가까운 섬에서 장을 보러온 사람들이었다. 날씨 때문인지 어깨들이 축 쳐져 있었다. 하루를 살아가는 서민들은 해방이 됐는데도 여전히 일상의 고통스러운 삶으로부터 벗어나지 못한 걸까? 아니다. 분명 해방의 그 벅찬 기쁨을 맛보았다. 그러나…….

"무얼 그렇게 깊은 생각에 잠겨 있어? 금방이라도 바닷물에 뛰어들려는 사람 같구만."

"우리 배를 타고 바다를 건널까?"

"섬사람 아니랄까봐서 배야?"

오강윤은 웃으며 매표소로 향하였다. 방금 들어온 객선은 삼십분 가량 지체하다 항구를 벗어났다. 하늘의 안개구름을 삼베옷처럼 가슴에 두른 바다는, 그러나 맑고 깊고 푸르렀다.

"이곳의 바다는 또 다른 색상과 숨결을 지니고 있어."

"나는 쪽빛 바다빛을 무척이나 좋아하네. 가만히 바다를 들여다 보고 있으면 천년의 숨결이 느껴지고, 꼭 우리네 어머니의 치맛자락에서 이는 미래의 역사가 물들어 있거든."

"자네야말로 고향 바다를 제대로 아네."

"난 말이네. 세상사람 모두가 바다빛깔을 지녔으면 하네. 그러면 저절로 다툼이 없는 평화로움을 구가할걸세."

"그거야 하늘을 닮은 때문 아니겠는가."

배는 곧바로 바다를 가로질러 한산도에 닿았다. 섬은 안개구름을 둘러쓴 채 적요하였다. 숲속에서 비에 젖은 새소리가 파도를 찍어 발랐다. 무척이나 외로움을 안고 있었다.

"너무 조용하군."

"임진왜란 때 전사한 혼백들이 잠들어 있어서일 거야."

"자네는 임진왜란과 일제식민지배를 어떻게 분류하는가?"

"흥미 있는 질문이군. 세월의 간격을 두고 일본이 정복의 야욕을 품고 쳐들어 왔는데, 임진왜란은 이순신이라는 빼어난 수군과 백성들의 강렬한 저항에 부딪쳐 위기를 넘겼다면, 을사보호조약으로 시작된 일제 삼십육 년간의 침탈과 지배는 부패할 대로 부패한 조정의 모리배들에 의해 저항 능력을 잃고 무혈입성하다시피 하였다는 점일세."

"어쩌면 임진왜란이 실패로 돌아간 그 원인을 장구한 세월 분석하고 재정비한 일제식민지배가 아니었을까?"

"전혀 근거 없는 말은 아닌 성 싶네. 조선은 그와 반대로 임진왜란의 뼈저린 교훈을 거울삼아 보다 튼실한 국가 경영을 했어야 하였는데, 술 마신 뒷날처럼 망각해 버리고서 당쟁과 외척에 의해 실정을 거듭하였으니 말이야."

"그리고 의병장 못지않은 독립투사들이 있었지 않았는가."

"사후 약방문 격으로 나라 잃은 울분으로 집합된 항거는 아니었는가, 반문해 보지 않을 수 없네. 나라를 송두리 채 내어준 뒤의 독립투쟁과 성곽을 굳건히 지키고서 저항한 정신무장과는 완연히 다르네."

"이제 새로운 조국을 일으켜 세우겠지만, 조선이 망하게 된 것은 나라의 운기가 다한 것 아닌가? 그 모든 징후들을 볼 때 말일세."

"아무려면 항상 얕잡아보던 일본에게 나라를 내주어?"

"세상사가 눈 아래로 내려다보는데서 오류가 생기지. 그래서 하늘을 우러러보며 부끄러움을 알라고 하였지. 숨겨져 내려온 비기(祕記)라든가, 예언서는 국운의 쇠망이 이미 예견되어 있다고도 하였고……."

"운기라는 것도 인간의 심성으로 되돌릴 수 있네. 홍수가 범람한 것을 두고 하늘의 재앙이라고 넋을 놓기 전에 치수를 바로 잡아 피해를 입지 않는 것과 마찬가지로 나라의 쇠운을 바로 잡았더라면 어찌 일제 삼십육 년간의 치욕을 맛보았겠는가. 어디 삼십육 년만으로 끝날 일인가? 몇 세기를 두고 그 오욕과 정신적인 피해를 어떻게 극복해야 할 것인지……."

"남의 힘으로 해방은 되었다고는 하나 냉전논리에 의한 좌우 블록이 형성되어 가는데 국민적 충족감을 이루어낼지 모르겠어."

한민서는 철늦게 피어나 수줍게 빗방울을 담고 있는 철쭉꽃을 손으로 어루었다. 두루미 한 쌍이 소나무 가지 끝에 앉아 조는 듯 바다를 내려다보고 있었다.

"자네는 지금 어느 쪽에 서 있는가?"

오강윤의 눈빛이 진지하였다.

"난 어느 쪽도 아닐세. 좌도 아니고 우도 아니야."

"전형적인 지식인의 회색빛인가?"

"그것도 아닐세. 불만과 회의는 갖네만 순수한 민족주의를 지향하네."

"우리의 심성이랄까, 인간성은 중도를 가장 이상으로 삼으면서도 그 길을 걷는 데는 인색하네. 왠지 아는가?"

"제일로 어려운 길이지."

"그렇네. 인간은 욕망으로 들어찬 경제적 동물이라서 이익이 되는 쪽을 택하게 되네. 거기에 변절도 따르고, 야합과 부정부패가 접목되지. 오랜 당쟁이 그러하였고, 지금도 마찬가지네. 어느 한편에 서라고 자꾸만 팔을 잡아끄네. 때로는 협박도 불사하면서."

"고민스러운 현실이네. 자네는 어느 편에 서있는가?"

이번에는 한민서가 웃으며 오강윤을 돌아보았다.

"나 역시 어느 편에 치우치지 않았어. 목숨을 걸고 독립운동을 했다는 사람들이 하는 짓거리를 보면 울화통이 터져서 말이야. 이전투구, 정상모리배들로 전락했어."

"지식인들은 회색 눈으로 바라보고 말이지?"

"그들의 갈등이 무엇보다 크네. 사상으로 말할 것 같으면 현재로서는 마르크스를 능가할 사상이 없고, 민족과 민주주의의 신념을 생각하면 발걸음이 떨어지지 않고……."

"자네도 썩 고민하는 것 같으이."

"왜, 아니겠어."

"기분을 전환하세나. 해변가 오솔길이 너무나 좋군."

한민서는 돌멩이가 차이는 오솔길로 접어들었다. 은근하면서도 잔잔한 송뢰바람이 마음을 축축하게 적셨다. 이 땅위에 뿌리를 내리고 자란 나무는 세월의 풍상을 묵묵히 나이테 속에 간직한 채 그 어떠한 고난도 이겨 나왔다. 좌절보다 하늘로 향하고자 하는 강인한 생명력으로 우람하게 자랐다. 이 땅을 갈고 가꾸어온 백성들도 가장 낮은 자리에서 말없이 이 땅을 사랑하였다.

"자넨 고향에 틀어박히지 않을 테고, 계획은 서 있겠지?"

"이렇게 바람을 쐬고 나서 행동으로 옮길까해."

"궁금하군."

"유럽 쪽으로 방향을 정할까봐. 망각하고 훼절한 우리의 민속학을 복원하여 세계 속에 조명하자면 아무래도 인류문화사를 무한대로 집약한 유럽 쪽이 나을 것 같아."

"미국이 더 나을 텐데? 한쪽 블록을 형성한 거대한 국가로서, 무한한 학문의 자유가 열려있을게 아닌가."

"난 조금은 보수적이고, 그러면서도 사상의 흐름을 주도하는 유럽이 맞지 싶어. 특히 역사와 철학, 진화론의 실체와 인간의 변천과정, 그리고 유물사관에 이르기까지의 사상의 흐름을 제대로 파악하자면 뿌리깊은 학문적 공간이 더 낫지 않을까?"

"자네다운 결정이야."

"자네는 어쩔 셈인가?"

"이곳에서 후학들을 가르칠까 해. 그게 최선의 선택인 것 같아. 벌써 고등학교에 자리를 마련하였어."

"축하하네. 우리의 청소년들을 지금부터 깨우쳐 주어야 해. 훌륭한 인재들을 길러내는 일이 무엇보다 소망스러운 일이지."

"자네도 여건이 안 되면 방황하지 말고 교편을 잡는 게 어때? 내가 한번 알아볼 테니까."

"아니야. 처음부터 우직하게 나가야 해. 발목을 잡히게 되면 마음대로 되지 않아."

"그 점은 이해하네."

오강윤은 한민서의 은근한 고집이 슬며시 부러웠다.

"그러자면 자네의 도움이 필요하네. 외국을 나가자면 통로를 열어야겠기에……."

"이제 자네가 나를 찾아온 이유를 분명히 알겠구만. 그거라면 미군 통역을 맡고 있는 친구에게 부탁해 줌세. 무엇하면 내일이라도 직접 그 친구를 만나보든지."

"그게 좋겠네. 바다가 그림같이 고요하네."

"그러면서도 한없이 열려 있지 않는가."

"정말 아름다운 금수강산이야. 가는 곳마다 절경이 아닌 곳이 없으니."

"언제 보아도 마음 푸근하고 넉넉하지. 그만 돌아가세나."

두 사람은 왔던 길을 되돌아 나왔다. 올 때와는 달리 돌아가는 승객은 두 사람뿐이었다.

"바다에서 바라보는 항구는 절세가인을 닮았군."

한민서는 바다를 감싸 안고 있는 항구가 아늑한 여인네의 품처럼 느껴졌다. 안개구름이 깔린 산허리하며, 저녁연기가 자우룩이 깔린 촌마을처럼 고즈넉하고 정겨웠다. 배에서 내린 두 사람은 간단한 요기를 하고 남망산 허리춤을 산책하였다. 그리고 미륵도로 발길을 돌렸다. 남망산은 비에 젖은 아낙네의 모습으로 반겼는데, 거기서 내려다보는 바다는 한산도에서 마주하였던 바다와는 또 달랐다. 조화라고나 할까, 열린 공간은 그렇게 무상한 색채를 드리우고 있었다.

"이 해저터널 말일세. 일제의 산물이지만 그들의 정교한 장인정신은 본받을 만해. 영구적인 지배를 꾀하였지만."

"그 점은 앞으로 참고삼아야 할 거야. 일본이 우리보다 전쟁의 피해를 훨씬 많이 입었다지만 그들의 장인정신과 사무라이 정신은 우리를 앞지를 걸세."

"우리는 기분에 들뜨기를 좋아하지. 단순논리와 아집에 떨어지기 쉽고. 그 어떤 계획을 치밀하게 세울 줄 몰라."

"아무튼, 일제가 우리의 알맹이는 다 가져가고 빈 죽정이만 남겨놓은 셈이야. 문화재를 비롯하여 우리의 정신유산이며, 물질적인 자원을 앗아가 버렸어. 그들은 경제가 무엇인지 알고 있어. 그게 우리와 달라."

"그건 지배자들의 기득권 아닌가? 그리고 패전국으로 전락한 충격을 만회하기 위해 옛날의 지배정신을 되찾고자 하는 노력이 뒤따를 게고."

두 사람은 용화사에 이르렀다. 동자승이 방금 노스님에게 꾸중이라도 들었는지 우거지상을 지은 채 대웅전 앞 당간주에 기대 앉아 있었다.

"미륵은 다가올 당래세계의 구현을 말하는데, 이 섬이 과연 그런 형자를 닮고 있을까?"

"용화세계를 꿈꾸는 우리의 염원은 어느 곳에나 있지 않던가? 바위마다, 산자락마다 아로 새겨진 그 기원은 아예 섬 전체를 미륵 화현으로 본 것이겠지."

"그러고 보면 참으로 많은 핍박을 받아온 백성들이야. 민중의 그 기원이 언제쯤 이루어질까?"

"진인의 출현이 있어야겠지."

"혁세주의 도래라……?"

그로 하여 많은 사람들이 진인으로 자처하며 순박한 백성들을 현혹시켰다. 해방을 맞은 공간속에서 그러한 사람들이 없지 않다고는 말할 수 없으리라. 저마다 붕당의 깃발을 내꽂고, 뱀의 혀처럼 차갑고 창백한 주의주장과 달콤한 미래를 내보이며 진인으로 자처하지는 않는가?

"자네와 하루를 보내니 오랜만에 생기가 도는 듯하네."

"공자도 멀리 있는 벗이 찾아오니 반갑지 않을 손가, 라고 하지 않았나."

두 사람은 밤이 깊어서야 집으로 돌아왔다. 오강윤은 그래도 더 할 말이 있다는 듯 부인더러 술상을 봐오도록 하였다.

다음날 오강윤은 미군 통역을 하고 있는 친구를 불러냈다. 자초지종을 진지하게 귀담아 들은 그는 흔쾌히 힘을 써 주겠다고 하였다.

"샌님께서 오늘은 한잔 드셔야겠어."

오강윤은 한민서의 어깨를 툭툭 치며 앞장서 술집을 찾아 들었다. 한민서는 못 마시는 술을 두어 잔 들이켰다.

"한 선생께서 서구문물을 많이 익히고 배워 오십시요. 앞으로는 미국식 사고라 할까, 그러한 개방식 문화가 우리를 지배하지 싶습니다."

"이 친구는 단순히 익히고 배우자는 목적에서 유학을 가는 게 아니야. 우리 것을 세계의 문화와 역사 속에 올곧이 제대로 심겠다는 의지가 깃들어 있다는 것이네."

오강윤은 일제의 지배논리에 아부한 근성이 어느 결에 아메리카로 향하고 있음을 친구를 통하여 감지하고 있었다. 한민서는 두어 잔 술에 취해 두 사람의 대화에서 밀려났다. 어느 자리에서건 대화는 무겁기만 하여 피곤함을 안겨 주었다.

3

한민서는 오강윤의 만류로 이틀을 더 묵고 나서 부산행 연락선에 올랐다. 출발할 때는 안개구름이 시야를 가리더니 앞으로 나아갈수록 드넓은 바다가 열렸다. 배가 멀어질 때까지 손을 흔들어 주던 오강윤의 얼굴이 뒤따라 왔다. 언제라도 만나고 싶을 때 서로가 우정을 새기자고 악수를 하였으나, 멀리 떨어져 사는지라 쉽지 않으리라. 한 가지 마음 든든한 것은 오강윤이 이곳을 떠나지 않는다는 것이었다.

파도는 깨알처럼 부서지고, 배는 돌고래처럼 파도를 갈랐다. 낙동강 하류에 이르자 물살이 역류하면서 배가 심하게 놀았다. 연약한 아낙네가 뱃멀미로 뒹굴었다. 뱃속의 내용물을 다 토해내도 마음과 육신을 온전히 붙들어 맬 수 없는 게 뱃멀미 아닌가. 한민서도 섬에서 나고 자랐다지만 일본 유학길에 현해탄을 건너면서 열병처럼 뱃멀미에 혼쭐이 났었다.

다대포를 돌아나가자 영도가 보이고, 배는 부산항에 도착하였다. 한민서는 내리자마자 그 어떤 설렘으로 발길을 빨리 하였다. 수정동 비탈길을 올랐다. 항구의 전경이 한눈에 내려다 보였다. 가슴이 시원하게 열리면서 왈칵 그리움이 솟구쳤다. 마음을 진정시키며 낡은 대문 앞에 발길을 멈추었다. 옷깃을 바로 여미고 가만히 대문을 두드렸다. 신발 끄는 소리가 들리고 대문이 열렸다.

"이게, 누구고?"

노친네가 깜짝 놀랐다.

"그간 별고 없었습니까?"

"우리야, 여전하재. 어여 들어오게."

노친네는 금방 흔연한 기색으로 돌아가며 반가움이 떠돌았다.

"따님은 어디 갔습니까?"

한민서는 방에 들어 노친네에게 정중히 큰절을 올리고 나서 물었다.

"집 청소하러 갔네."

"무슨 집을요?"

한민서는 뜨막한 표정을 지었다. 그 사이 신접살림이라도 차렸단 말인가?

"즈그 아부지가 만주로 나가고 난 뒤 대신동 우리 집을 일본 놈들이 강제로 접수하여 살았잖는가. 그 집을 다시 찾아 새로 수리했구마는."

"그래요? 저는 결혼이라도 했는가 싶었습니다."

"그랬으면 얼마나 좋을꼬. 나이는 들어가고, 시집은 죽어도 가기 싫다 하고……."

"할 말이 없습니다."

"시상천지 아무리 둘러보아도 자네만한 사내가 없다고 하니 눈이 삐어도 단단히 삐었는가 보네."

"제가 설득해 보지요."

한민서는 갑자기 가슴이 답답하였다. 일편단심 언약을 한 것도 아니고, 어찌하면 좋단 말인가. 아무리 부정해도 서로를 도리질 할 수 없었다. 한민서가 이렇게 찾아온 것도 그녀가 자꾸만 손짓해 불러서였다. 하지만 남들처럼 조강지처를 버리고 그녀를 선택하기에는 양심상 취할 바가 아니었다. 그래서 더욱 갈등이 이는지도 몰랐다.

남숙과의 만남. 유학생들의 모임자리에서 오강윤과 함께 만났었다.

처음에는 그저 인사 정도로 끝났는데, 두어 번 만나는 동안 그녀는 한민서의 학구적이면서도 조용한 성품을 좋아 하였다. 하숙집이 골목을 사이에 둔 거리여서 더욱 허물없이 마음을 주고받았는지 몰랐다. 더구나 오강윤이 두 사람 사이를 오붓하게 잘 밀착시켜 주었다.

남숙과의 만남은 그렇게 시작되었다. 그리고 방학이 되어 부산에 들릴 때마다 그녀의 집에서 머물렀다. 그런데 예기치 않은 한민서의 결혼으로 두 사람 사이에는 건널 수 없는 강물이 가로 놓이게 되었다. 한민서는 말할 것 없고, 그녀로서는 운명으로 받아들이고 체념하기에는 감당하기 어려운 충격으로 한동안 자제력을 잃었었다.

그 사이 세월이 가고, 서로가 맺어질 수 없는 사랑이라는 것을 잘 알면서도 쉽사리 돌아설 수 없었다. 그녀는 언제나 똑같은 모습으로 예고 없이 찾아오는 한민서를 기다리고 있었다는 듯이 반겼다. 그런 그녀의 모습이 가슴 아파 일부러 멀리 비켜나고자 하였는지 몰랐다.

그녀는 한민서가 옷을 갈아입고 잠깐 수면을 취하는 사이에 들어왔다. 신발을 보고서 한민서임을 알았다.

"언제 오셨어요?"

"한 시간 정도 됐는갑다."

한민서는 그녀의 발자국소리에 깨어나 두 모녀의 대화를 들었다.

"무슨 일로 오셨을까?"

"모리겠다. 니 보러 왔겠제."

그녀의 어머니는 활짝 피어나는 딸의 얼굴을 바라보며 눈을 흘겼다.

"반찬새라도 장만해야겠어요."

"열녀 춘향이가 따로 없구마는."

그녀의 어머니는 한숨을 내쉬었다. 처음 한민서를 대하였을 때, 딸의 장래가 활짝 열릴 것이라고 기대하였다. 어디를 뜯어보아도 나무랄 데가 없었다. 그런데 무슨 운명의 장난인가. 데릴사위라도 보겠다는 기대 감이 한 순간 무너질 줄은. 그녀는 어머니의 한숨 섞인 표정에서 놓여 나 시장을 보러 나갔다. 한민서는 더 이상 멀뚱한 눈으로 누워있을 수 없어 자리에서 일어나 방문을 열었다.

"이번에는 아주 눌러 살 작정하고 온 건가?"

"그랬으면 얼마나 좋겠습니까."

"그년의 실망이 크겠구마는."

"저는 더 가슴이 아픕니다."

"꼭 남 이야기하듯 하는구랴."

"마땅한 해법이 없으니까 그렇잖습니까."

"이번으로 인연을 정리하게나."

"저도 그렇게 생각하고 있습니다. 그래서 왔는지도 모르고요."

한민서는 입술을 지그시 깨물었다. 정말 이번 만남으로 어떤 결단을 내려야 하리라. 사랑은 국경이 없다지만 분명 이룰 수 없는 장애가 가 로 놓여 있음을.

"둘을 보고 있으면 내 가슴이 찢어지네."

그녀의 어머니 역시 가슴이 아프기는 마찬가지였다. 외동딸을 맡기 기에는 어느 한구석 나무랄 데 없는 신랑감이었다. 한민서가 예고 없이 들어설 때마다 사윗감으로 반겨 맞지 않았던가.

"앞으로 그런 고통을 심어 드리지 않도록 하겠습니다."

한민서는 눈 아래로 내려다보이는 항구 쪽으로 눈길을 돌렸다. 그날 도 항구의 바다빛은 저랬지. 그녀는 진솔하였다. 한민서가 마음에 없는 결혼을 하였다는 것을 알면서도 처음 향하였던 그 마음을 허물어뜨리 지 않았다. 그리움과 비례하여 따라오는 고통스러움. 그녀는 그 고통스 러움을 지금까지 가슴에 여미었다.

"지, 아부지가 계시면 이 사실을 우에 할 것인지……."

"아버님께서는 아직도 생사가 확실치 않습니까?"

"여태까지 소식이 없는 걸 보면 포기해야겠제. 그때 함께 간 사람들이 한사람도 돌아오지 않았으니까네."

그녀의 어머니는 바다 멀리로 눈길을 주었다. 남숙이 시장바구니를 들고 들어섰다. 한민서를 보자 걸음을 멈추는가 싶더니 자신도 모르게 두 눈이 젖어 올랐다. 그녀의 어머니는 딸의 그 모습을 보더니 눈을 흘기며 돌아앉았다.

"그동안 잘 지냈어요?"

"염려로 여전해요."

"무신 인사가 그 모양인지……."

그녀의 어머니는 심기 사나운 모습으로 소리 나게 방문을 여닫았다. 어색해진 그녀는 부엌으로 숨어들었다. 한민서는 목석처럼 앉아 항구를 내려다보았다. 배들이 정물처럼 떠 있었고, 뱃고동소리가 긴 여운을 안겼다. 시간이 얼마 지나지 않았다고 생각하였는데, 그녀가 저녁상을 내왔다. 정성스레 장만하였다.

"내사 죽은 낭군이 살아왔다 캐도 이렇게는 못 차리겠다."

그녀의 어머니는 생선찌게를 맛보며 뼈있는 한마디를 하였다. 한민서는 말없이 저녁을 들었다. 농담을 곁들이고 싶었으나, 우중충한 날씨만큼이나 분위기가 가라앉아 수저를 놓았다.

"더 드시지 않고요."

"오랜만에 음식 맛을 제대로 맛본 듯합니다."

"그라고보니 집 떠난 지가 오래 됐는가 보네. 내, 이웃집 할매한테 놀다 올 테니 어디 나가지 말고 집에 있거래이."

그녀의 어머니는 저녁상을 물리자마자 자리를 비켜 주었다. 그녀는 설거지를 끝마치고 방안에 들었다.

"저는 이제 잊은 줄 알았어요."

그녀는 왈칵 눈물을 쏟아낼 듯하였다. 일본 유학까지 한 신식여성치고는 마음이 여리고 곱다고나 해야 할까.

"어찌 잊을 수 있겠어요. 오강윤을 만나보고 오는 길이요."

한민서는 가슴이 알싸하였다. 세상의 인연이란 참으로 얄궂었다. 전혀 인연이 닿지 않는 사람과는 부부라는 삼베올로 묶임을 당하였고, 그립고 보고 싶은 사람은 멀리 나앉아 목마름에 찌들고 있음에랴.

"오선생님은 잘 계시던가요?"

"고등학교에 자리를 잡았더군요. 남숙씨도 길을 헤쳐 나가야 하지 않겠어요?"

"지금 심정은 머리 깎고 절로 들어갔으면 싶은데, 차마 어머니를 외면할 수도 없고……."

"진즉 연락이라도 했어야 했는데 미안해요."

한민서는 그녀의 눈망울을 지그시 내려다보았다. 정말 사랑스러운 여인이었다.

"이렇게 간절한 그리움과 기다림으로 평생을 지낼 수는 없고, 어찌해야 좋을지 모르겠어요."

"그 방법을 찾기 위해 왔는지 모르겠소. 나 또한 언제까지 죄를 짊어진 듯한 고통 속에서 지낼 수는 없으니까요."

"그 마음을 왜 모르겠어요. 저보다 몇 배로 고통스럽겠지요."

대문 여닫는 소리가 들리고 신발소리가 다가왔다.

"어머님께서 오시는가 봐요. 못다 한 이야기는 내일 하지요."

"이부자리를 깔아 드릴게요."

그녀는 옷매무새를 바로 하며 방문을 나섰다. 그녀의 어머니가 습습한 기운을 치맛자락에 매달고 들어섰다.

한민서는 그녀가 이부자리를 깔아놓은 아랫방으로 내려갔다. 쉬이 잠이 오지 않았다. 이번에 어떤 결말을 지어야 하는데 그게 쉽지가 않았다. 머리만 더욱 뻑뻑하게 짓눌렸다.

새벽녘, 남숙은 가만히 일어나 부엌으로 나갔다. 반찬새를 장만하고 아침을 지었다. 사랑하는 사람을 위해 아침을 짓는다는 것은 더없이 행복하면서도 마음 아팠다. 그녀는 가정 형편상 일 년을 유학하고 집에 들어앉아 가사 일을 도우면서 한민서가 일본으로, 또는 고향으로 떠날 때마다 아침상을 차리며 형용할 수 없는 감정을 떨쳐 버리지 못하였다. 한민서가 찾아드는 저녁은 충만감으로 설렌다면, 아침은 늘상 떠남을 예고하였다. 이번에는 몇 날의 아침을 맞이할 것인지…….

그녀의 어머니가 부엌 앞에 서며 숭어 한 꾸러미를 내밀었다.

"시장에 다녀오세요?"

"보리숭어철 아니냐. 가덕도에서 잽히는 숭어 맛을 봐야 니 맘이 안 서운하겠기에 사왔다."

"어무니도…….'

남숙은 얼굴을 붉혔다. 한민서를 잊어버리고 좋은 사람에게 시집가라고 윽박지르면서도 차마 딸의 애틋한 가슴을 어찌하지 못하였다.

"무슨 일로 왔다더노? 몇 날 쉬어갈긴고."

"잘 모르겠어요."

"아주 살러온 건 아닌가 보재?"

그녀의 어머니는 세모꼴로 눈길을 주고 나서 안방으로 들었다. 그녀는 한민서가 자리에서 일어나기를 기다려 아침상을 들였다. 그녀의 어머니는 아침을 들기가 무섭게 마실을 나갔다.

"나 때문에 심기가 사나운가 봐요."

"늘상 저래요."

"바람 쐬러 나가지 않을래요?"

"어디가 좋을까요?"

"송도 아니면 해운대 어때요?"

"범어사를 가고 싶어요."

"불공이라도 드릴 생각이시오?"

"마음속으로 서원을 드리고 싶어서요."

"그렇게 합시다."

그녀의 서원이 무엇일까? 찌릿한 기운이 가슴을 타고 내렸다. 두 사람은 아침을 들고 말없이 집을 나섰다. 팔송에서 내려 범어사로 오르는 산길은 넘치는 계곡물이 물비듬을 일으키며 구름안개와 어우러져 눈 아래의 세상사를 잊게 하였다.

"정말 오랜만에 보는 절경이에요."

남숙은 신선한 경계에 취하였다. 일주문을 들어서자 단아한 목탁소리가 경건하게 가슴을 울렸다. 그녀와 부산에서 두 번째 만났을 때, 오늘같이 범어사를 구경시켜 주었다. 한민서는 신앙심이 깊지 않아 가벼운 기분으로 그녀의 제안에 동의하였었는데, 그녀는 그게 아니었다. 어머니의 영향을 받아서인지 불심이 깊었다.

그녀의 어머니는 남편이 백상상회와 함께 만주로 가고 나서부터 남편의 건강과 안전을 위해 틈만 나면 어린 딸을 데리고 절을 찾았다. 남편이 만주로 나가 소식이 끊긴 뒤로 더욱 신심이 간절하였다. 그녀는 자신도 모르게 두 손을 가슴에 모을 줄 알았다.

한민서는 일주문의 위용을 그냥 지나칠 수 없어 걸음을 멈추었다. 일자 기둥으로 버티고 선 그 모습은 한 점 바람에도 넘어질 것 같은데 장승보다 더 근엄한 자태로 심신이 곤고한 중생들을 맞이하고 있었다. 한민서가 일주문에서 눈을 떼지 못하고 있는 사이 그녀는 사천왕문 앞에서 두 손 모아 합장하고 있었다. 그 모습이 참으로 숙연하고 태깔 고왔다. 한민서는 그녀의 뒤를 따라 사천왕문을 지나쳤다. 부릅뜬, 노기충천한 사천왕의 한쪽 구석에는 가슴을 저미는 듯 한 자애로움이 깃들어 있었다. 마군을 응징하고 선량한 사람에게 자비심을 베푸는 한량없는 법력이 숨 쉬고 있었다.

남숙은 대웅전에 들러 지성껏 절을 올렸다. 한민서는 종루와 삼층석탑과 당간주와 명부전 등을 가만가만 둘러보았다. 한 무더기 바람이 불 때마다 선방 뒤쪽의 대나무 숲이 풍경소리를 실어냈다.

"이쪽 암자로 오르는 길이 좋아요."

법당을 나온 그녀는 한민서 곁으로 다가섰다. 그녀는 북문으로 오르는 바윗길로 들어섰다. 거북처럼 바위들이 숨죽이고 있었고, 흐르는 계곡물이 그 사이를 청아하게 흘러내렸다. 고구려를 세운 주몽이 동부여 왕자 대소에게 쫓겨 강가에 이르렀을 때, 거북들이 다리를 놓아 주었다는 설화를 연상시키듯 거북바위들은 다리를 놓아 저 높은 산성 북문까지 잇대어 있었다.

"거북이 형상을 닮은 바위들이오."

"누운 바위, 앉은 바위, 서있는 바위들이 다 부처님 형상 아닌가요?"

"부처의 눈은 세상만물이 부처로 보인다더니, 나는 섬놈이라 거북으로 보이고, 남숙씨는 부처로 보이는구려."

"그렇다고 경계가 다를 수 있겠어요?"

남숙은 한민서의 맑은 웃음소리에 귓불을 붉혔다.

"이 바위에서 잠깐 쉽시다."

한민서는 흐르는 계곡물에 발을 담가도 좋을 널찍한 바위를 눈으로 가리켰다. 그녀는 다소곳이 한민서 곁에 앉았다.

"흐르는 물이 수정처럼 맑군요. 사람의 마음이 이 물처럼 청정하면 얼마나 좋을까요."

그녀는 두 손으로 물을 떠서 입안을 추겼다.

"남숙 씨의 마음은 더 결이 고울 게요. 부처님께 무슨 소원을 빌었어요?"

"사람들은 이기심이 앞서 자기 소원밖에 빌 줄 모르잖아요."

"모든 것을 다 버리고 한평생 이런 곳에서 지내는 것도 선택 받은 운명이지 싶어요."

한민서는 바위를 베고 누웠다. 습습한 날씨 때문인지 바위가 뱀가죽처럼 서늘하게 등허리에 달라붙었다.

"제가 만약 이런 곳에 묻혀 산다면 어찌 생각하시겠어요?"

"지금 뭐라 하였어요?"

"간밤에도 말했듯이 마음 같아서는 머리 깎고 속세를 버리고 싶어요."

그녀는 양 무릎에 얼굴을 묻으며 입술을 잘근 깨물었다.

"그 말을 하기 위해 여기 온 게요?"

한민서는 하늘을 올려다보았다. 나무숲 사이로 우중충한 하늘이 가슴을 짓눌렀다.

"저는 누구 때문이라고 탓하고 싶지 않아요. 운명이 가라는 대로 당당하게 부딪치며 해법을 구할 거예요."

"하지만 이건 분명 잘못 가고 있어요."

"생각하기에 따라 그 길이 다를 수도 있어요. 제 소원 하나 들어 주시겠어요?"

"소원이 뭐요?"

"이번에 제게 생명을 주실 수 있겠어요?"

생명이라니? 한민서는 벌떡 몸을 일으켰다.

"저도 한 여자로서 생명을 품 안고 싶어요. 그리고 그 생명을 어무니께 드리고 싶고요."

"그거라면 얼마든지 다른 사람을 선택할 수 있잖아요."

한민서는 물기에 젖어있는 그녀의 눈망울을 들여다보았다.

"저는 당신 이외에는 그 누구도 사랑할 수 없어요."

"좀 더 사려 깊게 생각합시다."

"그래서 더욱 못 견디겠어요."

그녀에게 이렇게 고통을 안겨주다니. 한민서는 가슴이 미어졌다. 이성을 가슴에 여미며 그녀를 일으켜 세웠다.

"천천히 내려갑시다."

"제가 너무 마음의 고통을 안겨 주었는가 봐요."

"아니오. 마음 같아서는 아주 여기서 눌러 앉고 싶소만……."

"저 때문에 가정을 버리고, 더구나 큰 꿈을 버리는 것은 용납할 수 없어요. 저만 욕심을 버리면 되는 게 아니겠어요?"

그녀는 되도록 밝은 얼굴을 내보이자고 하였다. 방금 부처님께 한민서의 분신을 가슴속에 심어달라고 기원하였다. 그 분신을 바라보며 한평생을 그리움으로 살고자 하였다. 눈물겨운 욕심인줄 알면서도.

"오강윤 선생님과는 무슨 말씀을 나누었어요?"

"유학 가는 방향을 의논하였어요."

"어디로? 언제요?"

"아직 날짜는 잡지 않았어요. 구라파 쪽으로 마음을 굳혔고요."

"정말 멀리 떠나세요."

"아무리 멀리 떠나도 돌아오기 마련이오."

"유학길에 오를 때 찾아 주시겠어요?"

"그러리다. 그래야만 내 마음도 홀가분할 것 같고……."

두 사람은 간단하게 온천장에 들러 시장을 본 뒤 대문을 들어섰다. 해가 서녘으로 기울고 있었다.

"허어, 들어서는 모습이 신행을 다녀오는 것 같구마는."

그녀의 어머니는 속이 아릿하다는 눈길로 한마디 하였다. 그녀는 귓불을 붉히며 숨어들듯 부엌에 들었다.

"제가 참 밉상이지요?"

한민서는 웃음을 지펴 물며 그녀의 어머니와 마주 앉았다.

"알기는 아는구마는."

그녀의 어머니는 끙, 자리를 떴다. 또 휑하니 마실을 다녀올 모양이었다. 한민서는 팔베개를 하고 누웠다. 저 아래 항구에서 뱃고동소리가 들렸다. 어디로 떠나는 배일까? 바다는 한없이 열려 있다. 바다 너머 저 먼 세계로 나가자. 그곳은 내가 가야할 미지의 세계다.

4

"지는 또 아주 고향을 떠난 줄 알았구만이라우."

한우균은 적이 마음이 놓인다는 듯 말하였다. 철늦은 봄장마로 감탕나무는 더욱 무성하였다. 조금 있으면 아이들이 숲속의 유인원들처럼 낭창거리는 나무줄기를 타고 떠들먹하게 숨바꼭질을 할 것이었다.

"자네도 기회 봐서 뒤늦은 공부를 하면 어떨까?"

"가정까지 두었는디 무슨 늦공부요. 성님같이 용기도 없고……."

한우균은 늘상 많이 못 배운 게 한이 되었다. 처음에는 가난이 원망스러웠으나, 철이 들면서 자신의 용기 없음을 깨달았다. 눈 질끈 감고

도회지로 나간 사람은 나름대로 공부를 하였다.

"저기, 예분례네 밀무역선을 타고 드넓은 한바다로 나갔으면 싶네."

한민서는 자갈밭에 버려져 있는 밀무역선으로 시선을 돌렸다. 제대로 배를 개조하여 고기잡이배로 사용한다면 그 이용이 상당할 것이었다.

"내가 시방 그 생각을 하던 참이었소. 아무래도 성님 감정과 뒤얼크러졌는갑소."

"자네 앞에서는 하품도 못하겠네."

"저 집도 시절이 다 끝났제. 노인은 아편장죽을 물고 있제, 김공개는 아직도 오입질에 이골이 나 있제."

"자네, 저 배를 개조하여 끌방배로 사용해 보겠는가?"

끌방은 지금까지 바람을 실은 돛폭을 이용하여 그물을 당겼는데, 밀무역선을 개조하면 기계로 그물을 끌 수 있어 그만큼 능률이 오를 것이었다.

"아따, 성님은 나보다 더 명도요. 어쩔고롬 내 맘속을 거울 속 같이 들여다 보요?"

"아하, 자네 할 말이 그것이었는가?"

"그랑께 성님이 중간에서 말 좀 세워 주시요. 우리 형제들이 몇이요. 어제 밤에 제사를 지낸 끝에 의견을 모았단 말이요."

"자네 형제들이 힘을 모아 고기잡이를 한다면 볼 것 없이 만선이지. 뜸들일 것 있겠는가. 내 방죽재를 넘는 길로 잘 말해봄세."

"고맙구만이라우. 그렇게만 되면 성님네 괴기 반찬은 내가 책임질 것이요."

한우균은 자리에서 일어나 밀무역선 쪽으로 향하였다. 한민서도 뒤따라 버려진 배를 살펴보았다. 갯강구의 서식처가 되어버린 배는 여기

저기 녹이 슬어 있었고, 아이들의 소꿉놀이로 선장실이고 기관실이고
엉망이었다.

"요 선장실을 드러내고 작업대를 들여놓으면 아주 좋겠소."

"그거야 장 목수더러 부탁하면 어련히 알아서 하지 않겠는가?"

한민서는 한우균이 벌써 선주가 되어 고기잡이를 나가는 흥분된 모
습을 지켜보며 입가에 웃음을 매달았다.

"자네들, 거기서 무슨 좋은 일이 있어 웃음 짓고 있는가?"

한장서가 무릎께까지 바짓가랑이를 걷어 부친 채 약낭골 갯벌에서
걸어왔다. 손에는 팔뚝만한 숭어와 양태, 광어, 장어, 낙지를 꿰들고 있
었고, 코흘리개 학재를 앞세우고 있었다.

"성님은 뭔 괴기를 훔쳐 오요?"

한우균이 빨판을 허공에 내뻗지르고 있는 낙지에게 눈길을 주었다.

"훔쳐 오긴. 석방렴을 더듬어 잡은 거지. 한동안 안 가봤더니 낙지랄
놈들이 신방을 차렸어. 장어랄 놈들이 훼방질을 하고. 낙지발 한입 베어
먹어 볼 텐가?"

한장서는 세발낙지 한 마리를 한우균에게 건넸다. 한우균은 손으로
낙지발을 쭉 훑고나서 한민서에게 한쪽을 건넸다. 한민서가 도리질하
자 한입에 우적우적 씹어 삼켰다.

"동생은 언제 왔는가?"

"무덤재를 오르면서 아버님께 들렀더니 형님은 안계십디다."

한민서는 조카의 머리를 쓰다듬었다. 제법 바탕이 의젓하였다.

"아, 어디를 가면 제수씨께 행선지나 말하고 갈 것이지, 그 무슨 걱
정을 그렇게 끼치는가?"

한장서는 은근하게 나무랐다. 술맛을 제대로 우려내는 종부네고 보
면 한장서는 누구보다 든든한 뒷배라고나 할까.

"집을 나서다 보니 몇 날 걸렸어요."

"아버님은 뭐라 하시던가?"

"성님께서 나무라시는데, 당숙님이라고 고운 눈길을 줬겠소."

한우균이 곁에서 거들었다. 세발낙지 맛이 그저 그만이었다.

"석방렴은 손보지 않아도 되겠습디까?"

한민서는 화제를 다른 곳으로 옮겼다. 아버지는 가타부타 말이 없었으나 그 눈길이 호통보다 매서웠다. 곁에 대감할머니만 안계셨어도 몇 마디 꾸지람을 들었을 것이다.

"석장을 더 높이 쌓아야겠드구만. 돌들이 뻘 속에 묻히고 파도에 무너진 곳이 있더군. 언제 우리 일꾼과 몽선이를 시켜 보수해야겠네."

한장서는 무너진 돌담을 원상대로 쌓으려다 힘이 부쳐 마무리를 하지 못하였다. 고기가 흔할 때는 전성기를 이루었는데, 점점 고기가 귀해지고 바다 멀리 어장을 막는 바람에 폐장이 되다시피 하였다. 한장서네 석방렴은 물목이 가장 좋아 아직까지 뜬금때기로 반찬거리를 제공해 주었다.

"일꾼들이 한창 모내기철인디 손이 가것소?"

"그럼, 자네가 좀 도와줄라나?"

"아이구, 혹 떼려다 혹 붙이게 생겼구만."

한우균은 엄살을 떨었다. 세발낙지 한 마리를 더 얻고 싶었다.

"자네들, 혹시 이 밀무역선을 타고 야반도주 하고자 한 것 아닌가?"

"워따, 십만 팔 천리로 빗나갔소."

"우균이 동생이 끌방배로 개조했으면 어떻겠느냐고 해서요."

"햐, 그 생각 정말 기차네. 선진적인 발상이야."

한장서는 미처 거기까지 생각 못하였다는 듯 무릎을 쳤다.

"그래서 이 성님더러 중간에서 튼실하게 다리 역할을 좀 해달라고 했구만요."

"그거라면 내가 적극적으로 나서줌세. 김공개와는 동갑내기 아닌가. 내 말이라면 꼼짝없이 자네 쪽으로 물꼬를 틀 걸세."

"형님께서 나서는 게 더 좋겠어. 난 어쩌면 김값 때문에 재산을 분배당한 감정이 남아 있을지도 모르고……."

"그거사, 성님께서 이쪽저쪽 다 좋은 일 했잖소."

"하지만 사람의 마음이 어디 그런가."

"어쨌거나, 두 분 성님께서 힘 좀 써주시요. 그렇게 믿것소."

한우균은 바지게를 짊어졌다. 발길이 가벼웠다. 네 형제가 힘을 합쳐 끌방배를 한다면 만선은 따 놓은 당상이었다. 세 사람은 방죽재를 넘었다. 충조네 논에서 써레질이 한참이었다. 모내기를 할 모양이었다.

때늦은 봄장마가 그치고, 범람한 물길 속에서 모내기가 시작되었다. 소도, 사람도 진창 논에 빠져 흙탕물을 뒤집어썼다. 한민서는 연일 한장서와 손을 맞추어 못줄을 잡았다. 낚시질에 정신을 놓고 있던 한장서는 모내기만은 외면할 수 없어 옷을 걷어붙였다. 더욱이 논바닥마다 술동이가 출렁거려 신바람이 났다.

못줄은 생각보다 신경이 쓰이고 고됐다. 하루 종일 서서 못줄을 넘기다보니 흥거운 마음은 어느덧 사라지고 허리 다리가 뻣뻣하게 굳어졌다. 논배미마다 물이 넘쳐 못줄 눈금이 잘 보이지 않는데, 꽂아놓은 모포기도 물속에 잠겨 가늠하기가 어려웠다.

"이 사람들아, 못줄 좀 팽팽하게 잡아당겨?"

"그러다 못줄 끊어지게요?"

"못줄이 무슨녀러 썩은 새끼줄인감. 눈금이 보여야 모포기를 제대로 꼽든지 하제."

"또딸네, 모포기 단단히 꽂아요. 죽은 오징어맨치로 둥둥 떴어요."

"어따, 한강물에 괴기잡듯 허니 당최 손바람이 나야 말이제."

"그냥, 그냥 못줄 넘겨. 이러다가는 해 안에 논배미 메우기는 틀렸응께."

"지랄, 중천에 매단 해를 탓하기는. 원산네, 못소리나 하소."

모꾼들은 물속에서 첨벙거리며 손 빠르게 모포기를 꽂았다. 드넓은 강경배미가 하나 둘 새파랗게 메워졌다. 김값으로 예분례네로부터 불하 받은 종부네 물방죽 논을 마지막으로 모내기가 끝났다.

"아직도 갯물이 가시지 않은 물방죽에다 모를 꽂아 몇 섬지기나 수확할랑고?"

"그래도 명색이 논인디 버려둘 수야 없지라우."

종부네는 토심스럽게 논배미를 둘러보았다. 허리 무지근하게 모내기를 하였는데 제대로 벼가 영글런지. 종부네는 홀몸이 아닌지라 몇 날 방구들을 짊어졌다. 그 사이 햇살이 쨍글쨍글 내려쬐자 물불은 보리 알갱이를 마당에 내다 널었다. 간수를 잘못한 보리는 퍼렇게 곰팡이가 슬고 싹이 났다.

"올여름은 무척이나 더울 모양이네."

해심은 보리멍석을 한번 챙겨 널며 이마의 땀을 훔쳤다.

"볕발이 가상가상해야지야."

종부네는 마루에 나와 극성스럽게 날아드는 파리 떼를 쫓았다. 한민서가 가벼운 옷차림으로 사랑을 나섰다.

"형부, 어디 가시게요?"

"가볼 곳이 있어서……."

"근디, 표상은 어쩌코롬 지냅디?"

"그 소리는 어디서 들었소?"

"저도 귀가 있구만이라우."

"아직까지 표상을 못 잊어 하는 걸 보니 심각하구만."

"그런 건 아니고, 그냥 물어본 것인디……."

"편지 하면 올지도 모르지요."

한민서는 빙그레 웃으며 대문을 나섰다. 종부네는 남편의 뒷모습을 말없이 지켜보았다. 해심에게 대하는 만큼이나 따뜻하게 눈길을 준다면 얼마나 좋을까. 남편의 속 깊은 정이 얼마의 질량인지는 몰라도 찬물이 도는 행동거지가 때때로 섭섭하기만 하였다.

"형부, 표상한테 갔다와서부터 그전보다 더 심각해진 것 같아. 어쩔 때는 쓸쓸한 것도 같고 말시."

"모내기로 피곤이 덜 풀려서 그러겠지야."

종부네는 해심의 말을 발뒤꿈치로 방귀 누지르듯 하면서 속으로 한숨을 삭여 물었다. 아무리 생각해도 표상만 만나보고 온 속내는 아니었다. 아녀자의 직감이랄까, 그 무언가가 숨쉬고 있었다. 어디를 다녀왔을까? 아니, 누구를 만났을까…….

"동숭애, 작은동서가 아들을 낳았단 말시."

큰동서인 도암네가 갯바구니를 들고 대문을 들어섰다.

"경사 났소. 산모는 안전합요?"

"워낙 건강하지 않은가. 시어무니가 시원한 조개국물을 원해서 대섬목에 가네."

"함께 갈께라우?"

"동숭애 배도 만만찮고, 몸 조심해야제."

도암네는 손사래를 치며 담장을 휘돌아 갔다. 종부네는 가만있을 수 없어 집을 나섰다. 건강하다지만 탈없이 아들을 낳았다니 다행이었다. 어쩌면 복이 많은지도 모르겠다. 시집 온 첫해에 아들을 낳기가 어디 그리 쉬운 일인가.

"자네, 산모 수발 가는가?"

당상나무께에서 공수네가 종부네를 붙들었다. 공수네 아랫배도 불쑥하니 표가 났다. 공수를 읍내에 나가 배를 째고 낳고나서 한동안 남편과 잠자리를 피한다고 하더니만 기어코 애를 가졌다. 염병할 인사가 부엌에서 설겆이를 하고 있는디, 어디서 술 한 잔 걸치고 들어와서는 다짜고짜 치마를 뒤집어씌우고 나뭇단에 밀어붙인 다음 번갯불에 콩 볶아 묵듯이 일을 치르지 않겠는가. 숨도 제대로 못쉬었당께. 잡것이 딱 한번 그러고 나서 이렇게 배가 불러오지 않는가. 이놈을 또 어떻게 낳아사 할지 걱정이 태산이네. 공수네는 배가 불러올수록 배를 째고 낳지나 않을까 지레 겁을 먹었다.

"자네는 어째 그리 소식이 빠른가?"

"성서 아재가 싱글벙글하며 사립문 앞에다 고추 달린 금줄을 치데. 자네도 아들을 낳아사 쓸디."

"어디 마음대로 되는 건가."

종부네는 지난 봄 분가를 하여 오붓이 신접살림을 하고 있는 한성서의 사립문 앞에 이르렀다. 공수네 말처럼 금줄에 고추가 매달려 있었다. 종부네는 자신도 모르게 한숨을 죽이며 아랫배를 쓸어 내렸다.

"너는 여그 들지 말거라."

시어머니가 물동이를 들고 나오다 종부네를 발견하고 뒤돌아서게 하였다.

"성님도 대섬목에 나가고, 어머님 혼자 수발을 어떻게……."

"아니다. 산모는 나중에 봐도 늦지 않을 것이다. 만에 하나 부정이라도 탄다면 무슨 원망을 들을 것이냐."

"알겠구만이라우. 아기는 잘 생겼습디요?"

"워따, 떡대 같으다."

시어머니는 퍽 만족스러워 하였다. 종부네는 하릴없이 집으로 돌아왔다. 아랫동서는 모든 면에서 복을 받은 몸이다. 아들을 낳은 것도 그렇고, 일 년도 안 되어 분가를 한 것이나, 한민서와는 달리 마누라를 끔찍이 아끼고 위하는 한성서의 사랑까지 종부네와는 사뭇 달랐다. 종부네는 남편의 부재로 시어머니 밑에서 몇 년간 시집살이를 하였는가. 정말 이번만은 아들을 낳았으면 할디…….

"왜, 그냥 오는가?"

해심은 뜨막한 눈길로 물었다.

"너는 몰라도 된다."

종부네는 마루에 엉덩이를 내려놓았다. 오늘따라 몸뚱이가 천근 무게로 느껴졌다. 어디서 시원한 바람이라도 한 무더기 불어올 것이지. 날씨도 덥네라.

한민서는 오랜만에 면사무소에 들렀다. 그전보다 정돈된 상태였다. 임 서기가 반기며 자리에서 일어났다.

"언제 집에 왔는가? 자네가 집 나갔다고 소문이 자자하던데."

"어딜 가겠는가. 바람 좀 쐬고 왔네."

한민서는 쓸쓸히 웃어 넘겼다. 남숙의 모습이 눈앞에 다가왔다. 다시는 못 볼 것 같은 처연한 눈망울. 그 애절한 상사를 떨치며 뒤로 하였다.

"자네도 좋건 싫건 간에 어느 편에 합류할 때가 되지 않았는가?"

"이 사람, 난 정치와는 무관하대두."

"그랬으면 얼마나 좋겠는가마는 세상사 마음대로 되던가?"

"나는 다르네."

한민서는 단호하고 간결하게 말하고 면사무소를 나왔다. 어디를 가나 이야깃거리가 잔칫날 윷놀이 하듯 정치판이었다. 그런 곳을 피하자니 마땅히 갈 곳이 없었다. 많은 사람들 속에서 느닷없이 소외감을 느끼듯, 갑자기 적요함이 발길에 채였다.

"성님, 사람 오는 줄도 모르고 무슨 허방골에 빠져서 걷소?"

바로 눈앞에 한우균이 다가섰다.

"충돌이 따로 없느니."

"갑시다. 안 그래도 찾았소."

"어디로?"

"오늘은 성님과 술 한 잔 나누어사 쓰것소."

"우리가 언제 술독에 빠졌던가?"

"속이 답답허요."

"왜? 예분례네 밀무역선 때문에?"

"그 일은 장서 형님 덕분에 잘 해결 됐구만이라우. 밀무역선을 끌방선으로 개조하여 괴기잡이배로 사용하는 대신 삼칠제로 몫을 나누기로 하였소. 우리가 칠 할이고, 그쪽에다 삼 할을 주기로 했구만요."

"죽은 송장이 살아나듯 자네 때문에 폐선이 다 된 배가 아편 피우는 데 도움을 주겠구랴."

"그런께 부자는 망해도 삼 년을 간다고 안 합디요."

한우균은 뜻밖에도 묏등거리로 한민서를 안내하였다. 동백나무 그늘 아래 돗자리가 펼쳐졌고, 대여섯 사람이 둘러앉아 술잔을 기울이고 있었다.

"동생 보기가 썩 어렵네."

먼저 손을 내미는 사람은 한귀재였다. 항일농민운동의 실질적인 주도자라 할 수 있었고, 해방과 더불어 인민자치위원장에 추대되기도 하였다.

"이제 보니 거물들만 한자리에 모였군요."

한민서는 그들 곁에 앉았다.

"자네가 거물 취급해 주니 즐겁구만."

김경태가 비죽이 웃음을 깨물었다. 그의 형 김경백은 해방이 되었는데도 돌아오지 않았다. 마르크스 레닌 사상에 누구보다도 해박한 김경백은 항일농민운동이 일제의 탄압에 의해 지하로 잠적하였을 때 지옥의 사자처럼 나타나 와해된 농민운동을 재건하는데 지대한 영향을 주었다. 항일농민운동이 그때부터 정식으로 사상무장과 이론학습을 가슴에 새기게 되었다. 김경태는 형의 사상을 본받아 뒤늦게 열성적으로 선전책이라는 임무를 다하였다.

"우리가 여기 모인 이유를 대강 알것제?"

"글쎄요……."

한민서는 한귀재를 돌아보며 말끝을 흐렸다.

"시침 뗄 것 없네. 우리가 여기 모인 것은 언제까지고 가만히 앉아있을 수 없는 노릇이고, 하여 이 시점에서 보다 뚜렷한 노선이 필요하다고 생각혀서……."

한귀재는 잠시 뜸을 들였다. 모인 사람들은 더 이상 설명이 필요 없다는 뜻일 것이었다.

"노선이라면 어느 길이고, 어디메쯤의 경계인데요?"

"근게. 의견이 분분혀서 아직 결론이 나지 않았는디, 대체적으로 가장 민족주의적으로다……."

"그럼, 김구선생이 지향하는 길 말이오?"

"그렇다고도 봐야겠는디, 그것이 말이여."

"아따, 뭘 우물거리요. 분명하게 말할 것이제. 어중간하게 중도적인 노선보다는 확실한 이념이 수반된 냉철한 길을 가자는 거네."

최선일이 한귀재의 말을 대변하였다. 최선일은 서울로 유학을 가서 음악을 전공하였다. 일찍부터 동학에 귀의하여 천도교당을 빌어 야학을 열고서 학교에 들어가지 못한 가난한 아이들을 가르쳤다. 동학가라든가, 항일운동가 등을 교과 과목에 넣어 일제로부터 요주의 인물로 점찍힌 나머지 몇 차례 투옥을 당하였다.

"맞는 말이여. 자고로 중간노선을 따르는 사람치고 기득권을 잡은 사례는 없었응께."

"살아남은 자가 없었다고 해야것제. 우리의 역사가 그걸 증명해 주지 않는감.

김옥도가 맞장구를 쳤다. 김옥도는 마르크스 레닌 사상에 심취한 독보적인 신봉자로, 항일농민운동 때에도 제일선에 나서서 이론 무장을 시킨 과격파로 알려져 있었다. 불의 앞에서는 폭력도 필요하다는 행동주의자였다. 아버지를 따라 강진에 은거하면서 정후균과 더불어 고향에서 정신적인 지도자였다. 해방과 더불어 친일분자를 구국의 이름으로 처단해야 한다며 서울로 올라갔는데, 홀연히 내려왔다. 한민서가 생각하건데 오늘의 모임을 주도한 사람은 김옥도일 것이었다. 지지기반을 다지기 위해 밀명을 받고 내려왔거나, 아니면 김옥도 자신의 영역을 확보하기 위해서가 아닐까?

"하지만 우리는 어디까지나 상해임시정부의 정통성을 저버려서는 안 되네. 민족주체가 무엇인가. 그 정신적인 뿌리랄까, 구심점을 망각해서는 안 될 것이여."

한귀재가 침중한 어조로 단락을 짓고자 하였다.

"무슨 말씀인지 그 뜻을 알겠구만이라우. 하지만도 뜨뜻미지근한 중도적인 입장은 과감히 배제해야 쓸 것이요."

김경태는 형인 김경백이 이럴 때 있었으면 얼마나 좋을까, 문득 형의 존재를 보듬어 안았다. 죽었는지 살았는지. 살아있다면 어디서 무엇을 하는지. 아직까지 소식이 없었다.

"다들 투철한 사상과 행동 양식을 지니고 있는 만큼 결사의 정신으로 결성하세나."

"좋습니다. 강령부터 짚고 넘어 갑시다. 내일이라도 중앙에 보고를 해야 하니까요."

김옥도는 일사불란하게 밀어붙이고자 하였다.

"자네가 초안을 잡아주면 안되겠는가?"

한귀재가 한민서를 돌아보았다. 그들은 두어 차례 회합으로 대체적인 의견 접근을 가진 듯하였다.

"그러기 전에 이게 어떤 성질의 단체인가, 중앙의 무슨 단체 아니면 당파와 연계되는지, 궁금하군요."

"군이 말하지 않아도 알만 하지 않는가?"

"우후죽순처럼 하두 많은 정치단체가 생겨나서요."

"우리는 어디까지나 항일농민운동의 정신을 살려 전농(全農)의 면과 군 단위를 재정비, 남조선노동당의 외곽단체로 재생하자는 걸세."

김옥도가 말하였다. 그 말속에는 투철한 의지가 담겨져 있었다.

"미군정에 의해 약화되지 않았는가요? 그리고 탄압은 앞으로도 계속될게고."

"미군정이 해방군이 아닌 점령군으로 그 본색을 드러낸다면 그에 맞서 투쟁해야 하지 않겠는가. 지금 그러한 국민적 결집과 정신 무장이 필요할 때네."

"나로서는 정신적인 지원은 아끼지 않겠으나 행동대열에 깊숙이 참가하지는 않겠어요."

한민서는 자신이 가고자 하는 지향점에서 발목을 잡히는 것을 원치 않았다.

"의외군. 지식인의 허약함에서일까?"

"모든 점에서 초연해지고 싶어서요."

한민서는 김옥도의 날선 말에서 한 발짝 비켜 나가고자 하였다.

"지금 세상이 어떻게 돌아가는데, 그런 낭만적인 한가함에 젖어 있는 겐가?"

"아니여. 저 동생은 의외로 자기 주관이 확고하네. 자기 세계가 뚜렷허이. 채근대지 말고 시간적 여유를 주는 게 좋겠구먼."

"형님의 성격상 다른 길은 넘보지 않을 것이요."

한귀재의 말에 한우균이 타협조로 거들었다.

"자네를 믿으니께 딴 울안은 생각지 말게. 내려오다 박해수를 만났네. 이상석이 하고도 긴밀히 연락을 취하고 있더군. 자네를 걱정했네."

김옥도는 동지애로서 우정을 나타냈다. 한민서는 대충 초안을 잡아 주었다. 그들은 미군정을 점령군으로 뚜렷이 못 박았다. 그들의 사고라든가, 주의주장이 단순해서 그런 것은 아닐 터였다. 삼십팔도선으로 나뉘어진 미소 블록은 그들의 행동철학을 그렇게 투쟁의식으로 매김한 것이리라. 그렇다면 그들의 말처럼 선택은 분명한 것이다. 제삼의 위치는 마련되지 않았다. 우냐, 좌냐, 두 갈래의 선상에서 하나를 거머잡고서 자신을 내던져야 한다. 민족의 이름으로. 따라서 해방공간에서 이상과 현실은 염려스러울 만큼 괴리현상을 불러일으키고 있다. 좌우의 공존은 이상향에 지나지 않는지 모른다. 벌써부터 첨예한 대립현상으로 치달아 타협을 불허하고 있다.

한민서는 그들과 헤어져 집으로 돌아오면서 깊은 사념에 젖었다. 이 땅에 숨 쉬고 살자니 또 다른 갈등과 고뇌를 불러일으키고, 무언가 모를 웅덩이에 발목을 적시지 않을 수 없다. 해방된 이 땅에서 왜 투쟁을 선언해야 하는가? 옷을 걷어붙이고 이 땅을 경작해야 하는데 한판 승부를 위한 전의에 불타고 있다. 그러한 민감한 현실을 누구보다도 잘 알면서도 뒷전에 나앉아 먹장구름과도 같은 회의를 안고서 방관자연한다는 것은 이쪽저쪽으로부터 돌멩이 세례를 받기 십상이다. 강요. 그들은 어느 쪽이든 분명히 자신의 입장을 밝히고, 거기에 합류할 것을 은근한 눈초리로 회유하고 압박한다.

5

메뚜기 떼들이 유난히 극성을 부렸다. 가을 들어 타작마당까지 메뚜기 떼들이 매달려 도리깨질 속에 사정없이 뭉개지고 으깨졌다.

"뭔, 놈의 재변이 들라고 이런당가."

"금메말시. 메뚜기도 한철이라고 하지만 이건 너무 하다 싶네."

사람들은 뒤늦은 봄장마로 보리 낟가리를 썩히고, 추수기에는 메뚜기 떼들이 극성을 부리는 바람에 그저 웃어넘길 수만은 없었다. 조금만 무슨 일이 벌어져도 앞날을 불안하게 생각하였다. 앞산에 먹장구름이 몰려오면 비바람이 친다고, 하찮은 일에도 의미를 부여하였다.

종부네는 가을 들어 더욱 몸이 무거워 들판에 나가 힘든 일을 할 수 없었다. 집안에서 새참을 장만하거나 가벼운 허드렛일을 하였다. 종부네 대신 해심이가 들에 나가 종부네 몫을 하였다. 처녀인지라 억척스러움을 부릴 수는 없었으나, 그런대로 일꾼들의 농 짙은 농담에 얼굴을 붉히면서도 일손을 거머잡았다. 고마운 것은 한민서였다. 사랑에 틀어박혀 책과 씨름할 수 없었던지 일꾼들 속에 뒤섞여 감독하였다.

"물방선 논이라지만 반절 수확은 한 것 같구만요."

몽선은 아직도 흥건히 빠지는 논에서 퉁퉁 물이 부른 볏단을 울러맸다. 한민서는 겨우 두 단 정도 논둑으로 옮기는데, 몽선은 너댓 단씩 어깨에 짊어졌다. 다른 논들은 수확기가 되면 벼논에 물을 빼고 물고랑을 타 금이 쩍쩍 갈라지도록 논바닥을 말린 끝에 벼를 베어 논바닥에 널어 가상가상 말렸다. 그러나 한민서네 물방죽 논은 사시장철 물잠방이였다.

"다 네 덕분이다."

"그래도 가뭄에 멸구기름을 칠 때는 물방선 논이 한몫 하더만이라우. 물이 많아 후적후적 멸구랄 놈들을 시원허게 수장시킬 수 있었응께요."

"너 같은 마음으로 세상을 산다면 얼마나 좋을꺼나……."

한민서는 몽선의 우직하면서도 성정 바른 마음씨가 고맙기만 하였다.

"그나저나 왜놈들에게 공출을 바치지 않아서 흐뭇허요."

몽선은 볏단을 한바탕 건져내고 나서 벼를 베는 일꾼들 틈에 섞여 들었다. 벼 타작 역시 종부네가 가장 뒤늦게 끝났다. 물방죽 논에서 건져낸 볏단을 논둑에 쌓아놓고 바람과 햇볕에 말리고 저나르는데 다른 사람들보다 갑절 시간이 소모되었다. 벼 타작과 맞물려 밭곡식을 거두어 들였다.

"보리갈이야, 눈 코 뜰 새가 없구나."

한민서는 콩깍지를 추슬렀다. 몽선과 해심은 누렇게 고개를 떨군 서숙을 땅바닥에 뉘였다. 참새 떼들이 바람에 간들거리는 수숫대궁이에 매달려 재잘재잘 수수알갱이를 쪼았다.

"올해는 메뚜기하며 참새 맛을 톡톡히 보겠네이."

몽선은 벌써부터 겨울철 참새구이를 생각하자 입안에 침이 고였다. 눈이 정갱이까지 내려쌓인 밤이면 사다리를 울러메고 고요히 잠이 든 이웃집 처마 밑을 더듬어 참새를 잡았다. 사랑방에서 새끼를 꼬거나 멍석을 삼던 일꾼들의 출출한 배를 채우기에는 더없이 좋았다. 얼큰하고 기름기 번지르르한 참새탕은 천하의 일미였다.

"술 찌깽이로 참새를 잡는 재미도 있잖어."

"그거사 애들 놀이제."

몽선은 해심의 말에 끄응 소리를 내며 서숙대를 휘어잡았다. 술 찌꺼기로 참새를 잡는 방법은 간단하였다. 술 찌꺼기를 흐트러 놓고 그 위에 짚삼태기를 막대로 고정시킨 다음 막대기에 가느다란 새끼줄을 잡아매고 한쪽 끝을 잡고서 두엄간에 숨어 기회를 엿보았다. 참새 떼들이 술 찌꺼기를 쪼아 먹고자 모여들라치면 재빨리 새끼줄을 잡아챘다. 짚삼태기를 받치고 있던 막대기가 쓰러지면서 참새 떼들은 꼼짝없이 갇히기 마련이었다. 술 찌꺼기를 쪼아 먹고 술이 취한 참새들은 그저 짚삼태기 속에서 파드득거릴 뿐이었다.

"자네, 일하는 품새가 여간 어설프지가 않네."

길 아래 밭머리에서 쟁기질을 하던 공수아범이 담배를 재여물며 느릿하게 말하였다. 내일 보리갈이를 할 모양이었다.

"그러니까 가을걷이가 늦을 수밖에."

한민서는 싱겁게 웃었다. 동작 느린 공수아범까지 보리갈이를 하는 것을 보면 힘이 쭉 빠졌다.

"마음이 급하다 해서 너무 무리하지 말게나. 보리갈이야 옛부터 맨 나중 사람은 울력 것으로 해주지 않던가."

"말만 들어도 고마우이."

"자네 집 시향 안에 보리갈이를 끝내는 게 좋을 것이구만. 보나마나 시월 도지바람이 불어칠 것인께."

"내일 모레가 시향인데 그 안에는 암만해도 틀렸네."

"김발도 채종지에서 이식을 해야 하고, 생각만 해도 육신이 흐물흐

물 녹아내릴락 허네."

"김발 채식은 잘 받는가?"

"파래똥이 묻어 있기는 혀도 작년보다 씨가 잘 배긴성 싶네."

"판로가 좋아야 할 것인데……."

"일본 놈들이 해태는 수입해 가것제?"

"글쎄. 입맛은 당길거네만, 세상이 변했는지라."

"일본사람들이 묵어줘사 제대로 값을 받을 것인디……."

공수아범은 흘깃 해를 쳐다보고 나서 다시금 쟁기머리를 잡았다. 멍에를 짊어진 소가 묽은 똥을 싸제끼며 쟁기를 끌었다.

시향전날, 종부네는 한차례 진통이 와 종갓집에서 음식을 장만하다 말고 집으로 내려와 자리에 누웠다. 공수아범 말대로 어제까지만 해도 천고마비 계절답게 하늘 높고 맑은 날씨가 갑자기 쏙쏙이 바람이 불어치면서 먹장구름을 실어왔다. 금방이라도 진눈깨비를 흩뿌릴 기세였다. 고샅길을 헤집는 바람 끝에 내몰린 낙엽들이 구석진 곳에 쓰레기더미로 쌓였다.

"많이 아픈가?"

해심은 불안한 얼굴로 종부네를 내려다보았다. 여자는 무슨 팔자로 태어났기에 저리 고통을 짊어져야 하는지, 해심은 여자의 숙명 같은 것을 잘근 깨물었다.

"이러다 괜찮겠지야. 무슨 날씨가 동짓날 며느리 얼어죽인 시어미 쌍판이라냐."

"성네 시향 날만 되면 날궂이를 한담시러?"

"근께 말이다. 어따, 이것이 감기라도 들면 어쩔라고."

종부네는 코를 훌쩍이며 들어서는 큰딸을 이불속으로 잡아넣었다.

손과 발이 얼음장처럼 차가왔다. 몽선이가 콩깍지를 산더미처럼 짊어
지고 들어섰다.

"이녀러 바람에 실 끊어진 방패연처럼 날아갈 뻔했네."

몽선은 콩깍지를 부리며 모닥숨을 내쉬었다.

"날씨 잠잠해지면 나르거라."

"그래야겠소. 낮참이나 한 그릇 줄랑가?"

"쫌만 기다려."

해심이 부엌으로 나갔다. 몽선은 해심이 차려온 밥상을 받기가 무섭
게 뚝딱 해치우고 바람이 닿지 않는 짚북더미 속에 파묻혀 마름을 엮
기 시작하였다. 행랑채와 김 건조장을 막자면 마름이 수월찮게 들어갈
것이었다. 더구나 물방죽 논에서 자란 짚은 키가 짧고 부실하기만 하여
허드레 짚으로 많이 나갔다.

한민서는 모처럼 형제들과 한자리에 앉았다. 한장서와 한성서는 집
에 있어 얼굴을 대하지만 그 아래 한옥서와 한태서는 시간을 내서 내려
왔다. 한옥서는 해방과 더불어 도청 부근에서 양복점을 개설하였고, 한
태서는 한옥서와 함께 살면서 학업을 계속하고 있었다. 굳이 시향에 참
석하지 않아도 되는데, 아버지의 부름으로 내려온 것이다.

"옥서는 하는 일이 잘 되어가느냐?"

한대진은 한옥서가 양복점을 한다는데 처음부터 별로 탐탁치않게
여긴 터였다. 기껏 가르쳐 놓으니까 여자들이나 할 바느질쌈이라니. 생
긴 것은 귀공자처럼 허여멀끔해 가지고 그 무슨 청승인가 말이다.

"앞으로 전망이 좋은 사업입니다. 서양문물과 함께 본격적으로 양복
을 입는 시대가 될 것이고, 그렇게 되면 그 분야의 선구자적 역할도 부
여되지 싶구요. 아버님 양복을 한 벌 지으려다 어떻게 받아들일까 염려
되어 그냥 왔습니다."

"허허, 내게 양복을? 생각만 해도 거북살스러운 모습이구나. 그보다 느그 형들 옷이나 솜씨껏 지어 주려므나."

한대진은 서양문물의 선봉격인 사업에 손을 댔다고는 하나, 한옥서의 사업을 마음 딱 들어맞게 인정하고 싶지 않았다. 아들 가운데 한민서와 함께 가장 학구적이어서 그쪽으로 기대를 걸었는데 난데없는 방향전환이었다. 한장서와 한민서가 적극적으로 설득하여 허락은 하였으나, 자신의 기대를 저버리는 것 같아 아직도 떨떠름하기만 하였다.

"그거야 어련히 하겠습니다."

한옥서는 아버지의 말뜻이 어디 있는지 짐작하였다.

"결혼 때 양복을 못 입어 봐서 그게 원이었는디, 올 설에는 그 원을 풀 수 있을랑갑다."

한성서가 거뭇한 턱수염을 들어 올리며 함뿍 웃었다.

"헌디, 사내가 바느질을 하고 시침을 한다니 좀 그렇다."

봉창문 아래서 장죽을 입에 문 채 아들과 손자들의 대화를 듣고 있던 대감할머니가 한마디 거들었다.

"할머니, 세상은 나날이 바뀌어 갑니다. 앞으로는요, 일류 남자 요리사가 나오고, 그밖에 섬세하고 정밀한 일을 남자들이 도맡아 할 것입니다."

"으응, 그런 것이 서양문물이다냐?"

대감할머니는 놋쇠화롯가에 장죽을 탕탕 두드렸다. 하란 공부는 접어두고 겨우 바느질이라니.

"할머니, 세상이……."

"그만 하거라. 원래 길쌈하고 바느질하는 것은 아낙네들 몫이니라."

대감할머니는 카랑한 목소리로 내치며 두 눈을 흘겼다.

"어머님, 좀 더 두고 보십시다."

"향교에 드나드는 아범도 하루가 다르게 변하는 시상에는 별 수 없는가 보구나."

대감할머니는 봉창문 쪽으로 돌아앉았다. 대숲에서 이는 바람소리가 칼날처럼 차갑게 봉창문을 때렸다.

"내년에는 너도 장가를 들어야겠다. 사업을 하자면 내조가 무엇보다 중요하다."

한대진은 대감할머니의 심기를 누그러뜨리고자 화제를 돌렸다.

"아버님, 결혼이라니요?"

"아무 소리 말고 따르거라. 다만 느그 형들처럼 강제로 중매결혼은 안 시키겠다. 지금이라도 마음에 드는 색시감이 있으면 말하여라.

"결혼은 아주 먼 거리여서……."

"그럼, 지금이라도 생각을 깊이 접어 두거라."

"암, 당연히 장가를 보내야지야. 객지에서 혼자 몸으로 무엇을 한다는 것은 있을 수 없는 일이다."

대감할머니는 자세를 바로 돌아앉으며 장죽에 담배를 재워 넣었다.

"너희들에게 묻겠다. 어쩔 것이냐? 장서부터 앞으로의 계획을 말해 보거라."

"저는 세상을 좀 더 관망해야겠습니다."

"뭐야? 아직도 그놈의 낚시질에 미련을 떨치지 못했단 말이냐?"

한대진은 한장서의 대답에 발끈 역성을 냈다. 큰아들이라고 은근히 기대하며 서울로 보냈더니 하란 공부는 뒷전이고 친구 사귀기와 술과 낚시로 세월을 허송하다니.

"아버님께서도 잘 아시겠지만 해방정국이 혼미하기만 하여 아직 가닥이 잡히지 않았는지라……."

"그만 됐다. 내년에는 네 몫을 일구고 가꾸어라. 자고로 영웅과 현자는 난세에 난다고 하였다. 지금은 난세가 아니지만 이럴 때 자신이 지닌 역량을 십분 발휘하는 것이 대장부의 기개다."

"저저이 옳은 말이다. 큰애는 이제라도 속 좀 차리고 두 눈을 바닷물에 맑게 씻어야 헌다."

"할머님 말씀은 대학 강론입니다."

"어이구, 저게 아직도 엉덩이를 토닥거리며 귀여워 허니께."

대감할머니는 한장서의 어리광스러운 말이 싫지 않은 듯 장죽을 깊이 빨았다.

"둘째, 너는 어쩔 셈이냐?"

한대진은 한민서가 가장 기대되는 만큼 누구보다도 염려되었다. 또 언제 집을 뛰쳐나갈지 알 수가 없었다. 내 잘못이 크지. 싫다하는 장가를 억지로 보내 제놈 가는 길에 등짐을 짊어지게 하였으니. 며느리야 나무랄 데 없지만 저 녀석에게는 결혼 그 자체가 장애물일 수 있다는 것을 깊이 생각하지 않았다. 한대진은 자신의 짧은 생각을 미안스럽게 여겼다. 하지만 결혼 자체가 전혀 무의미한 것은 아니지 않는가.

"내년에는 떠날까 합니다."

"뭐시야?"

대감할머니가 장죽을 빼물며 눈꼬리를 치떴다.

"동생이야 가는 길을 중도하차할 수는 없지요."

한장서가 두둔하고 나섰다.

"가정을 버리고 어디를 간다는 게냐? 가정을 소홀히 하는 사람치고 잘되는 사람 못 봤다."

"유학을 떠난다 해서 아주 가정을 버리는 것은 아닙니다."

이번에는 한성서가 사족을 달았다.

"그렇더라도 마음이 놓이질 않을 것 같구나."

대감할머니는 한민서에게 눈길을 주었다. 귀골이야. 집안에 가두어 마누라 치마폭에 놔두기에는 인물이 아까워.

"어느 방향으로 갈 것이냐?"

"유럽 쪽으로 방향을 정하였습니다."

"허허, 꿈도 야물구나."

"아버님, 형님은 그래야 합니다."

한옥서가 주저 없이 말하였다. 아버지의 욕심이 지나친 나머지 자식들을 울안에 가두고자 하였다. 거기에는 자식들을 사랑하는 마음과 일제치하의 어쩔 수 없는 상황을 이해해야겠지만. 그러나 지금은 그게 아니었다. 열린 세상으로 나아가 자기 도약이 필요하였다.

"가정을 가진 몸으로 무리하게 자신만을 위할 수가 있느냐. 처자식도 생각해야지. 우리나라에서도 학문할 수 있는 공간은 얼마든지 있지 않느냐."

"가정은 잠시 잊고 형님하고 싶은 대로 한번 해 보시요."

한성서가 투깔스럽게 말하였다. 한성서는 일찍부터 공부와는 거리가 멀었다. 결혼하기 전에는 두 형을 대신하여 종가살림을 총괄하다시피 하였고, 결혼하고 나서도 다른 욕심을 부리지 않고 가정에 안주하였다.

"너희들이 모두 한통속이구나."

한대진은 한 발짝 물러났다. 지금 당장은 한민서의 고집을 꺾을 수 없을 터였다. 하지만 해가 바뀌면 또 모른다. 계획이 바뀔지. 돌아가는 시대 상황도 그렇고.

"아버님, 그럼, 우리는 물러나겠습니다."

"그래라. 느그들끼리 할 말이 있겠지."

한장서를 선두로 형제들이 대감할머니께 인사를 드렸다.

"어이구, 내 오진 것들!"

대감할머니는 그저 손주들이 믿음직스럽기만 하였다. 어디서 저런 놈들이 생겨났는지, 사대 독자의 한을 풀어 흐뭇하기만 하였다. 초여름에 아들을 낳은 셋째 며느리가 조용히 술상을 들여왔다.

"애는 어쩌고 니가 술상이냐?"

"자고 있구만이라우."

"그 녀석, 기특하기가."

한대진은 훈훈한 기분으로 술잔을 들었다. 대감할머니는 여장부답게 아들과 두어 잔 대작을 하였다.

"아범아, 큰애 말이다. 너는 어떻게 여기느냐?"

"그 녀석 마음을 알다가도 모를 때가 있습니다."

"강태공 마음도 아니고, 내가 보기에도 조금 아리숭허다."

"심지가 웅숭깊은 것만은 틀림없는데, 무얼 밖으로 드러내야 말이지요."

"내 기회보아 조근조근 물어보마. 그보다 둘째가 더 위험스럽지 않느냐?"

"그놈이사 제 갈 길만 생각하지 않습니까."

"그녀석 주위의 친구들이 문제 아니겠느냐."

"유학을 떠나면 자연스레 정리가 되지 않겠습니까."

"그렇다면 모를까. 난 그놈이 제일로 염려된다."

"어머님께서 가장 기대를 하고 있어서 그러는 것 아닙니까."

한대진은 두어 잔 술잔을 더 기울이고 나서 물러났다. 아래채 한장서 방에서는 자식 놈들의 웃음소리가 대숲에 부서졌다.

시향 날은 아침부터 서리비가 쏟아질 듯하였다. 먹장구름이 사나운 기세로 뭍에서 짓쳐오고, 파도는 허옇게 뒤채었다. 바람이 처마 끝을 휘 때일 때마다 대숲이 간드러지게 울고, 참새 떼들이 엉덩방아를 찧으며 졸급을 하였다.

"빗줄기가 몰아오기 전에 시향을 올려야겠습니다."

"그래야겠다. 막내 너는 건너 마을 동구 더러 서둘러 제문을 닦아 오라고 하여라."

한태서는 한대진의 말이 떨어지기가 무섭게 툭 튀어나온 입을 석자로 내밀며 대문을 나섰다. 일꾼들과 아낙네들이 제물을 이고지고 무덤재를 올랐다. 매서운 도지바람은 사람까지 날려 보낼 기세였다.

"자네들 시향 날은 하늘이 알아본다니께. 조상이 유배를 와서 목숨을 거두었으니 어찌 그 한이 하늘까지 안 뻗쳤겠는가이."

보리갈이를 하던 성두아재가 허리를 펴며 한마디 하였다.

"시답잖은 소리 그만하고 술이나 마시러 오시요."

한장서가 먼지바람을 피하고자 고개를 움츠리며 말하였다. 다들 가슴을 헤집는 찬바람으로 입술이 새파랗게 질려 말대꾸할 여력이 없었다. 시향은 건듯 바람에 쫓기듯 올렸다. 제문을 읽는 한동구의 목소리가 추위에 떨려 나왔다.

"아따, 동구의 카랑한 목소리도 도지바람 앞에서는 맥을 못 추는구랴."

밭일을 하다말고 모여든 사람들은 보리갈이를 한 밭자락 바람막이 귀퉁이에서 불을 피우며 추위를 잊고자 하였다. 과일과 떡 부스러기를 얻어먹을 요량으로 코흘리개 아이들이 일찍부터 밭둑 아래서 머리를 빼꼼 내밀고서 시향이 끝나기만을 기다리고 있었다. 시향이 파하자 사람들이 모여들고, 음식이 분배 되었다. 추위에 얼었던 몸들을 한잔 술로 녹였다. 아이들은 기다린 보람이 있어 과일과 떡을 얻어들고 추위에 쫓기듯 달아났다.

"음식이 참말로 푸짐해요. 날씨만 좋았더라면 잔치를 베풀어도 손색이 없겠는디."

"잔칫상 받듯 들게나."

한대진은 서둘러 방죽재를 가고자 하였다. 한동구가 그 눈치를 알아차리고 방죽재로 나갈 음식을 일꾼들에게 짊어 지웠다. 한대진은 술잔을 들고 있는 마을사람들을 두고 아들들을 앞세웠다. 매년 혼자 시향을 지내다시피 하다가 자식들을 앞세우고 보니 가슴이 뿌듯하였다.

시향을 지낸 일주일 뒤에 종부네는 해산을 하였다. 밤새워 진통을 한 끝에 아들을 낳았다. 문고리를 부여잡고 몇 번이고 아득한 고비를 넘나들던 종부네는 고추를 확인한 순간 기진한 상태로 의식을 잃었다. 이마에 맺힌 고통의 땀방울과 아들을 낳았다는, 가슴속 깊이에서 솟구치는 환희의 물결이 한데 어울려 스러지는 잿불처럼 육신을 탈진시켰다. 의식이 돌아와 눈을 떴을 때, 제일 먼저 시어머니의 환한 얼굴이 들어왔다.

"수고 했다. 이번만은 삼신할미와 조상께서 너의 소원을 들어주었다. 집안의 경사가 아니고 무어냐."

따스한 손길로 잡아주는 시어머니의 그 눈길에 종부네는 포대기에 쌓여있는 갓난아기를 눈으로 찾았다. 자신도 모르게 눈물이 두 볼을 타고 흘러 내렸다.

한민서는 그러한 경사가 있는 줄도 모르고 오랜만에 박해수와 이상석을 만났다. 시향 날 찬비를 맞아서인지 단단히 고뿔에 걸려 누워 지내다 만나자는 기별을 받고 집을 나선 것이다. 박해수는 이상석이 진을 치고 있는 읍내에 있었다. 그들은 한차례 홍역을 치른 뒤 다시금 흩어진 동지들을 규합하고 있었다. 부수면 고치고 또 부수면 고치듯, 그들은 일제치하 때부터 익혀온 전술적인 동지애를 끈끈하게 유지하고 지탱하고 있었다.

"자네를 보자고 한 것은 다른 정치적 목적이 있어서가 아니니까 마음 놓게나. 나는 사사로이 매부라서가 아니라 되도록이면 자네를 다치게 하고 싶지 않네. 자네는 우리와 가는 길이 다르니까. 물론 어느 정점에 이르면 길은 반드시 만나게 되어 있네만."

박해수는 검게 그을려 있었다. 창백한 시인답지 않은 날카로운 눈매가 그간의 사정을 말해 주었다. 이상석은 거기에 비해 얼굴 전체가 투쟁적인 전사로서의 모습을 지니고 있었다. 한민서는 두 사람의 모습에서 점점 좌우의 사상적 반동과 대립으로 나아가는 성역을 엿볼 수 있었다.

"하지만 시대적 상황은 인식해야 하네. 우리가 보건데 내년이 아주 중요한 싯점이여. 국가의 운명이 달린……."

이번에는 이상석이 주석을 달듯 말하였다.

"무언가 결과가 나타나겠지요. 이분법이든, 합목적이든."

"자네는 언제까지 제삼자의 위치에 서있을 것인가?"

이상석은 질책하듯 말하였다. 현실을 외면한 채 구경자의 시선으로 고집스럽게 자신의 길만을 가고자 하는 한민서가 때로는 서운하였다.

"현재로서는 그저 회의가 뒤따릅니다. 친일파들의 처단부터 이게 뭡니까. 서로 기득권 싸움이나 하고. 저는 그 모든 행태가 마음에 들지 않습니다."

"그건 우리도 인정하네. 그러기에 더욱 마음을 정비하여 민족성을 내보여야 하지 않겠는가."

"형님네들의 행동철학이야 전들 공감하지 않겠소만, 보다 깊고 넓은 공감대가 있어야 합니다. 국가의 장래를 위한 화쟁 정신이 필요하지 않을까요?"

"대승적인 차원 말이지? 그러기 위해 굳건한 하나 됨이 무엇보다 요구된다는 거네. 그런 점에서 자네의 말없는 협력이 필요하네."

"노력해 보지요."

그들은 하나의 사상, 하나의 신념에 모든 것을 내던져 버린 것인가? 한민서는 두 사람이 붙드는 것을 사양하고 집으로 돌아왔다. 드센 파도에 휩쓸려 바닷물을 흠씬 뒤집어쓰고 섬과 섬을 왕래하는 나룻배에서 내렸을 때는 밤이 깊었다. 자정이 넘어 새벽으로 내치는 시월보름 달빛은 창백하다 못해 가슴이 저렸다. 큰밭재를 넘어 마을 삼거리에 이르렀을 때는 희붐하게 먼동이 터오고 있었다. 한민서는 당상나무 우람한 밑동에 엉덩이를 내려놓으며 잠시 쉬었다. 사람은 누구나 시대의 풍랑을 만나게 되고, 비껴날 수 없는 풍랑에 휩쓸리게 되면 숨가빠한다. 그리고 그 속에서 변화를 모색하고 새로운 시대를 꿈꾼다? 한민서는 밑도 끝도 없는 반문을 씹어 삼키며 속으로 웃음을 삼켰다.

성백산에서 햇살이 기웃하게 강녕들을 비추었다.

"어디 다녀오는가? 아들을 낳았네."

집 앞에 이르자 한장서가 대문 위에 금줄을 치고 있었다. 빨간 고추가 신선한 기운을 불러일으켰다.

"득남을 했다고요?"

한민서의 목소리는 건조하였다.

"아무리 무심하기로서니 해산날도 모르고 외출인가?"

한장서는 모처럼 동생을 나무랐다. 마음에 없는 결혼을 하였더라도 가장의 도리는 지켜야 할 것이었다.

"안에는 누가 있습니까?"

"어무니께서 초저녁부터 애를 먹었네. 순산이었네만."

"들어갑시다."

한민서는 여전히 차가운 울림으로 말하였다. 당돌하고 욕심 사납게

도 부처님께 당신의 생명을 심어 주십사 하고 소원을 빌었어요. 순간,
남숙의 목소리가 이명처럼 들려왔다.

"아버님도 와 계시네."

두 사람은 대문을 들어섰다. 사랑에서 한대진은 막 아침상을 물리고
있었다.

"아들 손주를 보아서 그런지 해장술이 썩 좋구나."

"기쁘시겠습니다."

"암만. 손주 이름은 네가 지어라. 그게 좋을 듯싶다."

이제 네놈도 별 수 없이 가정을 외면할 수 없을게다. 한대진의 말속
에는 그런 뜻이 담겨 있었다. 한대진은 올해 들어 마음이 흡족하였다.
농사도 실농을 면하였고, 둘째와 세째에게서 아들 손자를 거푸 보았다.
나이 들어 바랄게 뭐가 있겠는가. 한대진은 아들들에게 자리를 물려주
고 일어났다.

"좀 더 계시지 않고요."

"아니다. 읍내 볼 일도 있다."

"무슨 볼 일인데요?"

"향교를 재정비해야겠다. 일제 때도 왜놈들 억압 속에서 정갈하게
명맥을 이어왔는데, 해방이 되고나서 잠시 버려진 듯하다."

한대진은 한가한 걸음으로 대문을 나섰다. 한장서는 기다렸다는 듯
이 한대진이 남겨놓은 술잔을 들이켰다.

"그렇게도 술이 좋습니까?"

"말 말게나. 어이구, 시원타!"

"큰처남과 상석이 형님께서 안부 전합디다."

"오라. 그 친구들을 만나러 갔구면. 어떤 모임을 추진하던가?"

"형님이나 초연하지 다들 모둠뛰기를 하지 않습니까."

"나도 주당을 하나 만들까? 중국에는 취권이 있지 않던가. 술 마시며 노래하며 시국을 논한다면 그 얼마나 좋겠어."

"김삿갓이나 김시습이 살아있다면 어울림직 하겠지요."

"원효는 왜 빼놓는가?"

한장서는 웃음을 지었다. 술주정뱅이가 아닌 이상 때를 찾아 행동해야 하느니. 모든 일에는 다 때가 있는 법이다.

6

동지를 넘고부터 날씨는 영하로 곤두박이 쳤다. 눈이 무릎께까지 내려 대나무가 튀고, 소나무 가지가 눈의 무게를 이기지 못하였다. 아이들은 눈사람을 만들고 골목을 누비며 눈싸움을 하였다. 앞벌 종부네 방죽 논은 얼음이 두껍게 얼어붙어 썰매장이 되었다. 이 겨울에 제일로 신이 난 사람은 한태서였다. 조무래기 아이들을 거느리고 눈싸움이며, 썰매며, 빙판 위에서의 드잽이며, 아침부터 눈밭에서 살았다. 바닷가 모래밭에서 무릎 깊이로 빠지는 성애더미 속에 묻혀 떠밀려온 오징어며, 추위에 떨고 있는 참새를 잡기도 하였다. 참새 잡이는 몽선도 한몫 거들었는데, 학재는 그 가운데 가장 어렸다.

"좃같이 삼춘이라고 맨 날 심부름만 시키고……."

학재는 입술까지 내려온 콧물을 훌쩍 들이마시며 늘상 불만을 터뜨렸다. 고릿말도 제대로 못 추스리는 학재고 보면 따뜻한 구들장 위에서 할머니 치마폭에 싸여 어리광을 부릴 만도 한데, 한태서는 그러한 행동을 곱게 보아 넘기지 못하였다. 일찍부터 추위에 단련이 되어야 한다면서 학재를 끌어냈다.

"사나이는 말이지, 강건해야 한다고. 책에서 에스키모 아이들을 보면 일 년 내내 얼음 빙판 속에서 물개들과 산다고."

"여기가 무슨 얼음나라인가."

학재는 그때마다 콧구멍을 들락거리는 콧물을 핑 풀어 던졌다. 하지만 눈밭에서 뒹구는 게 그다지 싫지만은 않았다. 어른들은 혹독한 추위에 녹을 줄 모르는 눈이 애물단지였다. 길이 미끄러워 변소길이며, 이웃집 나들이마저 조심스러웠다. 물동이를 이고 물을 길어오던 아낙네들이 내남없이 미끄러져 물동이를 깨뜨리는가 하면 팔이 부러지고 엉덩이에 멍이 들었다.

"해태를 뜯어 말려야 할 것인디, 큰 야단이네."

"잔뜩 얼어있는 해태를 뜯어 말려봤자 등급이나 제대로 나가겠는가."

마을 장정들은 나들이목 양지바른 곳에 모여 앉아 성애로 뒤덮인 바다에 나갈 엄두를 내지 못하였다. 치렁한 김발은 썰물로 동태처럼 얼어 괴기스러운 바람소리를 냈다.

"그래도 한민서 보소. 바다에 나가지 않는가."

"아들을 얻더니만 신바람이 나는가 보네."

"한민서도 인자 집안을 챙겨야제. 부락일도 좀 맡아 주었으면 할디."

"그보다는 선생이 더 낫겠제. 더 못한 사람도 선생을 하는디."

"가만이야 있겠는가. 한자리 허것제. 우리도 노느니 염불이라고 바다에 나가 한줌 훔쳐 오세나."

"나는 싫으이. 날씨 풀리면 자르르 흑공단처럼 뜯어 말리제."

마을 장정들은 하나 둘 자리에서 일어나 나들이목을 뒤로 하였다. 한민서는 써그럭거리는 김을 한 소쿠리 뜯고 나서 나들이목으로 돌아왔다. 바닷물은 벌써 할미섬까지 빠져나가 몽선이 장화를 신고 배를 밀고,

한민서는 삿대질로 몽선을 도왔다.

"가만 있으시요. 낙지랄 놈이 발에 밟히요."

몽선은 배를 밀다말고 발뒤꿈치에 눌려 꼼지락거리는 낙지를 잡아 올렸다.

"그놈 더럽게 운이 없는 놈이다."

"금메 말이요. 한 끼 반찬은 되겠구만이라우."

몽선은 다시금 고물을 가슴팍으로 떠밀었다. 얼었던 갯벌이 쩍쩍 소리를 내며 길을 터 주었다. 선창머리에 배를 밀어 올렸다. 등허리에 촉촉이 땀이 배어났다. 나들이목을 돌아 나와 방죽재를 오르는데 또 한 차례 눈발이 하늘을 수놓았다. 한민서는 김퉁주리를 짊어진 몽선의 뒤를 따르며 옷깃을 세웠다. 궂은 날인데도 바다에 나가 김을 뜯어오는 것은 나름대로 생각이 있어서였다. 내년 봄쯤 외국을 나가려면 충분히 유학비를 장만해야 할 것이었다.

종부네는 뜨끈한 구들장을 짊어지고 설핏 잠이 들었다가 갓난아기의 보채는 소리에 돌아누워 젖을 물렸다. 사내아이답게 힘차게 젖을 빨았다. 귀엽고 흐뭇하기만 하였다.

"느그 형부, 바다에 나가디야?"

"남들은 다들 그냥 돌아오던 마는 한 짐 뜯어올 모양이요. 진즉 아들을 낳았더라면 형부가 부지런을 더 떨었을 것인디."

"아들 낳았다고 그럴라디야."

종부네는 해심의 말에 살포시 웃어넘기면서도 남편의 행동이 미덥기만 하였다. 항상 불안을 안겨주던 사람이 겨울 들어 말없이 부지런하였다. 바깥출입도 삼가고, 오로지 김 생산에 전력을 기울였다.

몽선은 휘파람 소리를 내며 토방마루 한쪽에 지게를 부렸다. 그리고 묵직한 바윗돌로 김퉁주리를 눌렀다. 갯물이 눈 위에 번져 나갔다. 한민서는 사랑에 들어 옷을 갈아입고 몸을 녹였다. 새벽녘, 김을 잘게 부수는 도마소리도 종부네 집에서만 날 것이었다.

추위는 설이 지난 뒤까지 계속 되었다. 설날부터 정월대보름까지 이어지는 지신밟기도 추위로 얼어붙은 눈밭 위에서 벌어졌다. 지신밟기는 작년보다 더 가닥이 잡혀 있었고, 그만큼 신명이 났다. 아이들은 양지바른 둔덕에서 하늘 높이 연을 날렸다. 연을 날릴 때도 설 쇠러 온 한태서의 짓궂은 장난은 학재를 울렸다. 제비를 뽑아 연 싸움 상대를 정한 뒤 싸움을 붙였다. 학재는 매번 연 싸움에 져 공중 높이로 연을 날려버렸다.

"삼춘새끼가 또 내 연을 지붕골로 날려 버렸다."

학재는 서럽고 분하여 땅바닥을 뒹굴었다.

"어이구, 내 새끼. 삼춘이 그랬어. 어련히 알아서 안 만들어 줄까봐서?"

도암네는 학재의 콧물을 입으로 쭉 빨아주며 엉덩이를 토닥거렸다. 정월대보름날은 한낮이 기울기도 전에 쥐불을 놓았다. 서산에 해가 기울자 마을사람들은 풍물을 앞세우고 당산나무에 제물을 올리며 한해의 풍년과 마을의 안녕을 빌었다. 그리고 공동우물에 이르러 마을 샘물이 마를 새 없이 사시장철 샘솟게 해 달라고 빌었다. 행렬은 방죽재를 넘어 감탕나무 아래에서 한바탕 신명나게 지신밟기를 하고나서 나들이목으로 향하였다. 마을사람들은 미리 정해진 제주가 장만한 음식을 정교하게 만든 조각배에 가득 실어 촛불을 밝힌 채 한해의 풍해를 기원하며 바다에 띄워 보냈다. 마을사람들의 기원을 실은 조각배는 차갑게 일렁이는 파도를 타고 넘으며 바다 멀리 옥황상제 앞에 도착할 것이었다. 마을사람들은 조각배가 아무 탈 없이 바다 멀리 나가도록 보름달이 눈 높이로 떠오를 때까지 풍물을 울렸다. 나들이목에서 돌아온 마을사람

들은 이번에는 집집마다 돌아가면서 악귀를 물리치고 한해의 평안을
위해 신명나게 지신밟기를 하였다.

"어이구, 어이구, 몽선이 어깨춤 좀 보소."

"딸만 낳은 또딸네 아범은 또 어떤가? 귀물이시, 귀물이여."

마을사람들은 남녀노소가 그때만은 따로 없었다. 날이 훤히 밝았는
데도 지신밟기는 계속 되었다.

정월대보름이 지나고 나서야 꽁꽁 얼었던 추위가 누그러졌다. 땅속
깊은 곳에서 봄기운이 기지개를 켰다. 마을사람들은 명절 기분에서 놓
여나 욕심껏 김을 채취해와 건조시켰다. 이른 새벽부터 집집마다 김을
잘게 다지는 도마소리가 다듬이소리처럼 온 마을을 울렸다. 새벽닭도
미처 목청을 여미지 못해 꼬르륵거렸다. 먼동이 트고 햇살이 차오를 때
면 김을 말리는 건조장마다 김을 넣어 말렸고, 그것도 부족하면 원뚝이
나 광생이 묏등거리나 보리갈이를 한 양지바른 비탈진 밭뙈기까지
김을 넣어 건조시켰다. 마을 전체가 새까맣게 널려 있는 김으로 벽을
두르고 있었다. 그리고 썰물 때가 되면 밥 한술 선 채로 우겨넣고 바다
로 나가 김을 채취하였다. 한참도 넉넉하게 쉴 틈이 없었다.

"워따메, 허리야. 뭔 해태를 이렇게도 많이 떠 났단 가?"

해심은 한민서와 몽선이 김퉁주리를 짊어지고 바다에 나간 사이 건
조시키지 못한 김을 내널며 투덜거렸다. 한쪽에서는 햇살에 마른 김이
바람에 나풀거리며 공중제비처럼 날렸다.

"암만해도 느그 형부가 때 없이 신이 들린 것 같다."

종부네는 갓난아기가 잠든 틈을 타서 일을 거들어 주었다.

"똑 무슨 한풀이라도 하는 듯 하구면."

"뒷짐 지고 나 몰라라 하는 것보다 낫제."

종부네는 허리를 펴며 질척하게 녹아내리는 눈 쌓인 음지에 시선을

던졌다. 예년에 볼 수 없었던 남편의 부지런함이 고마우면서도 한 가닥 불안의 그림자가 덮쳐눌렀다. 암만해도 그 어떤 목적이 있을 듯하였다.

꽃샘추위가 한차례 지나가고, 음지에 쌓인 눈 더미도 어느새 녹아내려 개울물에 흘러들었다. 한민서는 남보다 앞서 김발을 빼 올렸다. 봄이 다가오자 마음이 바빴다.

"자네는 뭐가 그리 급한 거여? 천천히 느즈막허게 김발을 빼 올려도 될 텐디."

동작 느린 공수아범이 뒤늦게 바다에 나가면서 신통해 하였다. 한민서가 저렇게 부지런을 떨 줄 몰랐다.

"일은 서둘러야 하느니."

한민서는 몽선이 김발 다발을 낫으로 끊어쳐 풀어헤친 댓가지를 홀치기로 훑었다. 그 동작이 백면서생치고는 날렵하였다. 김을 발장에 바르는데도 한다하는 사람보다 재빨랐다. 사람들은 한민서에게 뒤질세라 양지바른 바위마다 자리를 차지하고 앉아 김발을 풀어헤치고, 치렁한 김을 홀치기하기에 여념이 없었다. 마을의 남정네와 아낙네들이 다 나오다시피 하여 도떼기시장을 연상시켰다. 점심때가 되면 술잔이 오고 가고, 우스갯소리가 진동하였다. 그리고 서산에 해가 기울면 댓가지와 김퉁주리를 이고 지고 방죽재를 넘어섰다.

"올해는 겨울 추위가 워낙 맵싸해서인지 영등할미 바람이 시루죽허네. 영 맥을 못 써."

"그래도 시샘은 여전하드만."

"헌디, 감탕나무께 저것은 뭐랑가? 예분례네 밀무역선 같은디."

"우균이 형제들이 해태발 끝나는 대로 끌방을 한다던만. 보아허니 거지반 끌방배로 개조가 된 모양이시. 깃발까장 세운걸 보니."

"씨를 말릴 정도로 괴기를 잡아 올리겠네."

"그렇다고 종자까지야 말리겠는가."

"하여간, 우균이 머리 한번 잘 썼네."

"자네는 공판에 물 마르면 뭘 할 거여?"

"나뭇짐이나 지고, 봄갈이나 하지 뭐."

"노름은 안하고?"

"아따, 인자 딸린 식구가 얼만디 그 지랄하겠는가."

"그 손버릇 어디 갈까? 녹작지근하게 봄 햇살이 토방마루에 비쳐봐야 알제. 벌써 관산부락은 노름꾼들이 원정을 왔다고들 허는디. 보나마나 또 몇 사람 종 칠 것이네."

사람들은 그렇게 김발을 추스렸다. 맨 먼저 김발을 끝낸 한민서는 그동안 밀쳐 두었던 책을 펼쳐 들었다. 나른한 햇살 아래서 독서는 마음을 아늑하게 하였다.

"형부, 손님이 오셨는디요."

한민서는 방문을 열었다. 해심이 뒤에 서있는 사람은 이상석과 한귀재였다.

"예고도 없이 어인 일입니까? 어서 듭시다."

한민서는 두 사람을 맞아들였다. 하릴없이 놀러온 표정들은 아니었다.

"아들도 보고, 한겨울 부지런을 떨었다며? 이모부께서 입이 쩍 벌어지셨더구만."

이상석은 앉자마자 걸쭉하게 말하였다.

"아버님이야 손주 보는 즐거움이 크겠지요. 두 분께서 저를 찾아오신 걸 보니 예사 일이 아닌 듯싶습니다."

"아직도 우리를 요주의 인물로 보는가?"

한귀재는 입가에 잔잔한 웃음을 흘렸다. 해심이 종부네를 대신하여 술상을 차려왔다.

"지난 2월 전국적인 시위를 알제?"

이상석은 술잔을 맛스럽게 비우고 나서 말문을 열었다.

"유엔한국임시위원단의 입국 반대말인가요?"

"알고 있구만. 그로 하여 사실상 남한만의 단독정부 수립이 구체화된 거나 다름없네. 이런 불행한 일이 어디 있겠는가."

"파업과 시위, 동맹휴학으로 많은 사람들이 체포되었다고 들었습니다."

"박해수도 일선에 선 죄로 붙들려 갔네. 조만간 풀려 나오겠지만. 어쨌건 남북이 하나 된 국가건설이 최우선 과제일세. 단독정부 수립만은 우리 손으로 막아야 되지 않겠는가?"

"결사항쟁도 불사하겠다는 결의시군요."

"물론이지. 그래서 최소한 군 단위라도 조직체가 필요하네. 백성의 소리가 무엇보다 중요하네."

"그거라면 기존의 활동사례가 있지 않습니까. 그걸 복원하면 되지 않겠어요?"

"그 때문에 왔잖은가. 자네의 행동반경이 좀 더 분명해야겠네."

이상석은 짚방석을 깔고 앉겠다는 표정이었다.

"저더러 책임소재를 회피하지 말라……?"

"자네가 한귀재 선배님과 중심에 서야겠어."

"저 역시 남한만의 단독정부 수립에는 반대합니다. 어찌 보면 노회한 망명정치가의 야심만 채워줄 단독정부 수립은 국민 모두가 바라지 않으니까요. 허나 문제는 백성들의 의도와는 다른 방향으로 나아가는 시류의 빠른 물살을 어떻게 되돌려 세울 수 있느냐는 것입니다."

"그렇게 투쟁이 불가분하다는 것 아닌가."

이번에는 한귀재가 일침을 놓듯 말하였다.

"미군과 소련군의 힘을 능가할만한 집결체 말인가요?"

"허허, 이 사람. 농사를 짓기도 전에 흉작을 예견하고 탄식하는 농부가 어디 있는가?"

"형님들의 행동철학에 공감은 합니다만, 한 가지 우려되는 것은 이쪽에서 반대투쟁이 격렬할수록 반대급부의 강공책이 나온다는 것입니다."

"그 점은 충분히 감지하고 있네만, 지금은 국민 모두가 한마음으로 투쟁할 수밖에 없네."

이상석은 2월에 있었던 구국투쟁의 슬로건을 문건으로 만들어 내보였다. 유엔한국임시위원단 반대, 남조선 단독정부 수립 반대, 미. 소 양군 동시 철수와 조선인에 의한 통일 민주주의 정부 수립, 친일파 타도, 노동자, 사무원을 보호하는 노동법 및 사회 보험제 실시, 정권을 인민위원회로, 지주의 토지를 몰수하여 농민에게 무상분배, 등이었다.

"사월이 오기 전에 모임을 갖기로 하였네. 왜놈들 앞잡이 노릇을 하였던 순사들을 내세워 우리의 순수한 구국투쟁을 물리적으로 탄압한다면 우리도 거기에 맞서 싸울 수밖에 없네."

"저는 원칙적으로 피를 흘리는 것은 찬성하지 않습니다. 간디의 무저항주의는 아닐지라도 이성을 잃어버린 무력충돌은 상대적으로 감정의 악순환만 부추깁니다."

"인내의 한계를 뛰어넘는 상황으로 내몰지 않는가. 이 땅덩어리가 두 동강 난 마당에서 그보다 더한 피 흘림이 어디 있겠나."

"형님의 감정이 어디에 있는지는 알겠어요. 저에게는 소총을 어깨에 둘러매게 하지는 마십시오."

"허허, 이 사람아. 제갈량이 합죽선을 쥐고서 전장터에 나갔지, 장칼을 들고 나갔는가? 그렇게 알고, 술이나 더 내놓아. 장서도 오라하고.

그 친구가 나서야 하는데, 아직도 낚싯대만 드리우고 있으니."

한귀재는 빈 주전자를 흔들었다. 한민서는 해심더러 술을 더 내오라 하고 몽선을 불러 한장서를 찾아오라고 일렀다. 한귀재와 이상석은 주거니 받거니 거나하게 취기가 올랐다.

"아무리 찾아봐도 없습디다요."

한장서를 찾으러 나간 몽선은 한참 만에 돌아왔다. 몽선은 거짓말하는 게 양심에 찔렸으나, 선창머리에서 낚싯대를 드리우고 있는 한장서의 다짐 때문에 거짓말을 하였다. 나, 없다고 해라. 한장서는 한마디를 내던지고 돌아앉았다.

"어디를 갔을까? 내가 모처럼 왔는디."

이상석은 서운해 하였다. 이상석이 알기로는 한장서와 교분이 두터운 서울의 몇몇 친구들은 사상무장을 한 투사들로, 한장서와는 꾸준히 연락을 취하고 있다고 하였다.

한옥서는 아버지의 부름을 받고 무슨 일인가 궁금하였다. 거역할 수도 없고 하여 하던 일을 밀쳐두고 집으로 내려왔다. 원뚝길로 해서 한민서부터 찾아보았다. 한민서는 아버지가 부른 까닭을 알고 있을 터였다.

"아버님께서 부르신 뜻을 모른단 말이냐?"

한민서는 입가에 웃음을 사려 물었다. 헌헌장부로 자란 아우가 믿음직스러웠다.

"형님은 아실 게 아닙니까?"

"네 신부감을 점찍어 놓은 모양이다."

"맙소사. 기어이 올 것이 왔군요."

"아버님 영을 거스를 수는 없을게고, 적당히 네 의사를 표시하면 될 것이다."

"강제로 결혼을 시키지 않는 것만도 다행입니다."

한옥서는 마음을 추슬렀다. 방싯거리는 갓 난 조카 녀석을 안아보고 나서 한대진을 뵈었다.

"둘째 형 집에 먼저 들렸다니까 내가 오란 이유를 알 것이다. 네 의사를 전적으로 존중할 테니까 피차 상처가 없도록 하거라."

"양가에 피해가 없도록 하겠습니다."

"내일 날을 잡았다. 형들 가운데 누구와 함께 가겠느냐?"

"큰형님과 같이 가지요."

"의외구나. 나는 민서와 갔으면 했는데."

한대진은 머리를 끄덕였다. 그만큼 사리를 안다는 것일 터였다.

다음날 한대진은 두 아들을 앞세우고 집을 나섰다. 넷째아들의 며느릿감을 발견한 것은 실로 우연이었다. 당목 잔칫집을 가기 위해 집을 나선 한대진은 향교를 복원하고자 재력가인 김 생원을 설득하기 위해 집골목을 들어서려다말고 주춤 걸음을 멈추었다. 바로 지척 샘가에서 물을 긷고 있는 댕기머리 처녀가 눈에 들어왔던 것이다. 한대진은 샘가로 걸음을 옮겼다. 그리고 물 한바가지를 청하였다. 처녀는 수줍음을 담으며 물을 떠 주었다. 정숙함이 흘렀다. 한대진은 물 한 모금을 마시고 나서 바가지를 건네주었다. 처녀는 조심스레 물동이를 이고 샘가를 떠났다. 행동거지가 방정하고 정갈스러웠다. 넷째의 배필로는 손색이 없겠어. 한대진은 한동안 처녀의 뒷모습을 바라보다가 지나치는 아낙네에게 누구네 자식이냐고 물었다. 김우봉의 셋째 딸이라고 하였다.

한대진은 김 생원을 만나고 나서 잔칫집에 들렀다. 김 생원은 흔쾌히 한대진의 의향을 좇았다. 마침 한쪽에 김우봉이 잔칫상을 받고 있었다. 한대진은 흔연스레 김우봉과 잔칫상을 같이 하였다.

"거두절미하고, 자네 셋째 딸을 내 넷째며느리로 삼아야겠네."

술잔이 두어 순배 돌고 나서 한대진은 거두절미 말하였다.

"시방 뭐라고 말씀하셨는가라우?"

김우봉은 느닷없는 한대진의 말에 술잔을 놓았다.

"놀라긴. 사돈을 맺자고 하였네."

"소문으로 자제분들이 다들 걸출하다고 들었습니다만, 어찌 감히 엄두나 내겠는가요? 안될 말이지라우."

"인연은 그러는 게 아닐세. 하여간, 그렇게 알고 불원간 넷째를 오라하여 본인들의 의향을 묻기로 하세. 어떤가?"

"저야, 그저 과분하고 황당하기만 해서……."

김우봉은 술잔을 들면서도 도무지 어리둥절하기만 하였다. 그런 김우봉과 한대진은 권커니 자커니 거나하게 취하였다.

큰밭재를 넘어 대생골을 지났다. 진달래가 지천으로 피어난 산야는 마음을 연분홍빛으로 물들였다. 송뢰바람은 잔잔한 파도를 실어오고, 종달새가 머리 위에서 조잘거렸다.

"날씨 한번 기막히게 좋다!"

"술 말이나 안고 봄 소풍이라도 가고 싶은 게로구나."

한대진은 한장서의 감탄사에 지렛대를 놓았다.

"저절로 나오는 것을 어찌합니까."

"형님은 언제까지 집에 계실 거예요?"

"시절이 곧 나를 부를 것이다."

"모두들 선거를 한다, 뭘 한다, 야단들인데 형님은 아직도 태평스러우니 그 속내를 알다가도 모르겠습니다."

"모닥불 위에서 춤을 추는 나방은 그 불에 날개를 잃고 숨을 거둔다. 더구나 우리네 민족은 기다릴 줄을 모른다. 금방 흥분하였다가 언제 그랬냐는 듯이 가라앉는다."

"허허, 너만 군자연 하는구나."

"아버님께서는 제가 정치일선에 나서기를 원하십니까?"

"기대할 것은 없지만, 네가 드리운 낚싯줄은 과연 몇 자 깊이인지 모르겠다."

"아시게 되겠지요."

한장서는 여전히 주위에 매료된 채 대답하였다. 한대진은 무슨 말을 하려다 마주쳐 오는 한귀재가 허리 숙여 인사를 하자 걸음을 멈추었다.

"자네가 바쁘게 생겼구랴."

"제가 바쁜 게 아니라 시절이 숨 가빠합니다."

"그래. 다들 우국지사들인데 나라는 가는 방향을 알 수 없네."

"생각하면 아릿하고 쓰라린 이 땅이지요. 어디들 가신게라우?"

"선거운동하러 가지는 않으니 안심 놓게나."

"며칠 전 장서 자네 좀 만날까 했더니 없더구만."

"이상석과 함께 다녀갔다고 들었네. 나야 언제나 그 자리네. 그리 알게나."

"알것네. 그럼, 잘 댕겨 오시지요."

한귀재는 한대진에게 인사를 하고 멀어져 갔다.

"다들 아까운 인재들이 그놈의 사상이 뭐라고 사분오열 편을 갈라 서로를 질타하니 나라꼴이 뭐가 되겠느냐."

한대진은 걸음을 빨리하였다. 가래를 지나 당숲에 이르렀다. 도라지 내음 같은, 습습한 향내가 갯바람에 묻어왔다. 김우봉의 집에 들어서자 마을 아낙네들이 세 사람을 흥미 있는 눈으로 맞이하였다.

"워따, 헌헌장부네이."

"길순이는 그만 못허는가. 천생연분이네."

"암만혀도 길순이가 쬐끔 부족한 듯싶은디……."

"안 그런당께. 보면 봐도 퇴짜는 안 놓을 것이여."

마을 아낙네들은 한옥서를 보자마자 입방아를 찧었다. 김우봉은 세 사람을 사랑채로 모시고 음식상을 들게 하였다.

"우선 술이라도 들면서……."

"신경을 많이 쓰는구랴. 이쪽은 내 장자고, 여기가 넷째일세."

"저는 둘째 자제분은 알고 있구만요. 어쩌면 자제분들이 이렇게……."

김우봉은 사위될 한옥서를 보는 순간 가슴이 벅찼다. 이런 사위를 본다면 지금 당장 죽어도 여한이 없지 싶었다. 한장서는 김우봉의 그런 표정을 전혀 개의치 않고 술을 들었다. 아버지 앞이라 조심스러웠으나, 감칠맛 나는 술잔을 대하니 자신은 주는 술이나 마시고 구경이나 하자고 밑자리를 깔았다.

"그럼, 당사자들 끼리 맞선을 보도록 하세."

술잔이 한 순배 돌고 나서 한대진은 주위를 긴장시켰다.

"작은방에 들도록 허시게."

김우봉은 한옥서를 일으켜 세웠다. 한옥서는 떨떠름한 기분을 떨쳐 버리지 못한 채 자리에서 일어났다.

"실망을 주지 않도록 해라."

한대진은 방문을 나서는 한옥서에게 꾹 누질러 앉히듯 말하였다. 한옥서는 아무 말 없이 작은방에 들었다. 방안에는 곱게 댕기머리를 한 처녀가 한쪽 무릎을 세운 채 고개를 숙이고 있었다. 한옥서는 가만히 자리에 앉았다. 무어라 할 말이 없었다. 괜스레 시간이 흘렀다. 자리를 박차고 나올 수도 없고, 한마디 말을 건네야 하는데, 참으로 난감하고 답답하였다. 일찍이 경험하지 못한 서먹함이었다. 그때, 방문이 조심스레 열리며 자그마한 술상을 들여왔다. 허, 이건 이도령과 춘향이 만남이로구나. 한옥서는 속으로 웃음을 지으며 술상을 끌어당겼다.

"이왕지사 이렇게 되었으니 술잔이나 채워 주시오."

그러자 그녀의 손이 가늘게 떨리며 술 주전자를 들었다. 한옥서는 그녀가 처올린 술잔을 단숨에 비웠다. 평소 분위기에 따라 한잔씩 하던 모습과는 달랐다.

"부모님들께서 우리 두 사람을 부부의 인연으로 맺어 주고자 이런 자리를 베풀었는가 봅니다. 어떠시오? 내가 하늘이 내려준 낭군으로 보이시오?"

한잔 술이 들어가자 벌겋게 얼굴이 달아오르며 말문이 열렸다. 자신이 생각해도 의외였다.

"……."

그녀는 더욱 고개를 깊이 숙였다.

"걱정하지 마시오. 내가 이 자리에서 퇴짜를 놓는다면 댁의 앞날이 어떻게 되겠소. 그쪽에서 퇴물림을 하시오."

"……제가 감히……."

"그럼, 됐습니다. 좀 더 다정스레 술이나 따르시오. 인연이 이렇게 맺어지는 것인지, 하늘의 조화가 아니고 뭐겠소."

한옥서는 술잔을 들며 새삼스럽게 그녀를 뜯어보았다. 머리에서 발끝까지 나무랄 데가 없었다. 아버님께서 이번 며느리감만은 제대로 골랐구나. 한옥서의 주위를 맴도는 신식교육을 받은 여성들보다 귀품이 있었고, 아름다웠다. 밖에서 기침소리가 들렸다. 한옥서는 흠칫 시간을 일깨우며 자리에서 일어났다. 그녀도 따라 일어섰다.

"정식으로 다시 찾아오리다."

한옥서의 말에 고개를 숙인 그녀의 귓불이 빨갛게 물들었다.

"시간을 오래 끈 걸 보니 한눈에 쏙 든 게로구나."

한장서는 아직까지 술잔과 마주하고 있었다. 한대진과 김우봉은 어떤 대답이 나올지 궁금하였다.

"처음부터 아버님께서 발뺌을 못하게 하였습니다."

"마음에 들더냐?"

"아버님께서 제대로 보셨습니다."

"너의 큰형과 둘째형처럼 후회를 안 하겠다는 말이렸다?"

"그러겠습니다."

"됐다. 이제 자네와는 사돈지간일세."

한대진은 흔감한 표정으로 김우봉에게 술잔을 건넸다.

"아직 철이 덜든 딸년을 가슴에 담았다니 지 마음도 기쁘요."

김우봉도 덩달아 마음 즐거웠다. 경사였다. 감히 한대진과 사돈지간이 될 것이라고는 꿈에도 비쳐보지 못하였다. 저만한 청년이라면 딸년보다 나은 신부감이 지천일 것인데, 천생연분이 아니겠는가. 한장서 역시 괜스레 기분이 좋았다. 처녀가 마음에 안 든다고 문지방을 박차고 나서기라도 한다면 그 낭패감을 어떻게 감당할 것인가.

"가을께 혼례식을 올리기로 하세나. 혼사에 대한 절차는 천천히 의논키로 하고."

"그럽시다요. 그쪽에서 어련히 알아서 하겠지요. 자네도 인자부터 우리 집 사람이 됐응께 고향에 내려오면 부담 없이 들리게."

김우봉은 한옥서를 뜯어볼수록 흐뭇하였다. 마을 아낙네들은 신랑 일행이 떠나자 딸 하나 잘 키워 사윗감 잘 보았다고 부러워하였다.

"어떻드냐. 마음에 들더냐?"

김우봉은 은근히 딸의 의중을 떠보았다.

"아버님도…….'

딸은 얼굴이 벌게지며 뒷방으로 숨어들었다. 한옥서의 웃음 띤 얼굴이 그녀 앞을 가로막았다. 그녀는 숨이 막혔다.

7

모내기가 끝난 논에는 올챙이들이 올망졸망 헤엄쳐 다녔다. 한민서는 모포기 사이를 돌아다니는 올챙이 떼를 관찰하였다. 품에 안긴 아들 녀석이 무어라 칭얼거렸다.

"한가한 모습이 보기 좋구만요."

우체부였다. 교통이 워낙 불편하여 일주일에 한번 정도 우편물을 배달하였다. 등기를 보낸 사람은 오강윤이었다. 한민서는 뜸 들이지 않고 피봉을 뜯었다. 자네가 부탁한 것은 잘 되었으니 만반의 준비를 해 가지고 오도록 하게. 자네의 꿈이 성취되기를 기원하며 기다리겠네. 편지를 다 읽고 난 한민서는 흥분으로 가슴이 마구 부풀었다. 드디어 유학을 가게 되었구나! 아빠가 공부하고 돌아올 동안 무럭무럭 자라야 한다! 한민서는 아들을 꼭 껴안았다. 처음으로 비릿한 부성애를 느꼈다. 한민서는 곧바로 면사무소에 들러 필요한 서류를 뗐다. 임 서기가 궁금해 하였지만 나중에 보자고 바람을 일으키며 집으로 돌아왔다. 그리고 책이며, 옷가지며, 필요한 것들을 챙겼다. 되도록이면 짐은 간편해야겠지.

"형부께서 어디로 떠날 모양이요."

"왜야?"

종부네는 해심의 말에 뜨악한 표정을 지었다. 이 양반도 오빠와 이상석의 설득에 넘어가 부나비처럼 정치판에 뛰어들려는 걸까? 종부네는 불안스러웠다. 이제는 마음잡았는가 싶었는데 그게 아닌 성싶었다.

"이번에는 가방을 챙기고, 여러 날 집을 비울랑가 보네."

해심은 종부네보다 더 염려가 되었다. 형부가 집에 없으면 왠지 모르게 집안이 썰렁하고 마음이 허전하였다. 형부의 듬성한 농담 한마디, 웃음 짓는 얼굴만 보아도 마음이 안온하였다.

"긴히 볼일이 있것지야."

종부네는 말은 그렇게 하면서도 남편의 행선지가 궁금하였다. 아녀자로서 남편의 하는 일에 간섭은 할 수 없다지만 어디를 가면 간다, 아내의 존재를 생각해 준다면 얼마나 좋을까.

한민서는 모든 준비가 끝난 뒤에야 종부네에게 간략하게 유학길에 오른다고 말하였다. 일방적인 통보나 다름없었다. 종부네는 어린 아들에게 젖을 물리다말고 말없이 들었다. 기어코 당신의 앞날을 위해 떠나십니다. 참자. 이제 아들 낳고 딸들 고이 자라는데 무슨 걱정이랴. 성공하고 돌아오면 그간의 고통과 외로움은 흔적 없이 묻어 버릴걸.

"내 몽선에게 단단히 일러두었으니까 처제와 가정을 잘 꾸려 나가시오. 족히 몇 년은 걸릴게요."

"염려 말고 뜻을 이루시오."

종부네는 속으로 입술을 잘근 깨물었다.

"아버님을 뵈옵고, 모레쯤 떠날 것이오."

한민서는 대청마루로 나와 개구리 울음소리에 귀를 기울였다. 비가 올 모양인가? 이 정겨운 개구리 울음소리를 몇 년간 들을 수 없을 테지. 고향을 떠난다고 생각하니 파도소리, 바람소리, 새소리, 심지어는 날벌레 울음소리까지 가슴에 담고 싶었다.

"형님, 계셨구만요."

대문을 불쑥 들어선 사람은 구레나룻이 시커먼 한성서였다.

"그렇지 않아도 너에게 들리려던 참이었다."

한민서는 아버지와 대감할머께 인사를 드리러 가는 길에 한성서와도 작별하려고 하였다.

"형님도 알고 계셨소? 아버님께서 갑자기 쓰러지셨어요."

"뭐, 뭐라고?"

"아버님께서 쓰러지셨다니까요."

"이럴 수가……."

한민서는 앞장서 내달았다. 이게 무슨 날벼락인가. 믿어지지가 않았다. 한대진은 의원의 진맥을 받고 있었다. 의식은 뚜렷하였다. 진맥을 끝낸 의원은 삼형제를 따로 불렀다.

"아버님 병환은 고칠 수가 없을 듯싶으이."

"그게 무슨 말씀이시요?"

한장서가 되물었다. 평소 낚시로 소일하던 얼굴빛이 아니었다.

"병환이 너무 깊었어."

"병명은 무엇이시오?"

한민서는 뜸을 들이는 의원을 다그쳐 물었다.

"그러니께 그 뭣이냐. 황달일세. 워낙 고통을 참을 줄 아는 양반이라서 저 지경이 될 때까지 모른 체하고 있었네."

"아주 가망이 없단 말이오?"

"내 힘으로는 일으켜 세울 수 없네. 아니지. 그 어느 의원이라 할지라도 자신이 없을 걸세."

의원은 가방을 챙겨 들었다. 삼형제는 도리 없이 의원을 배웅하였다.

"황달이라면 아버님 눈만 봐도 그 증세를 알 수 있었을 것인데 우리가 왜 몰랐을까?"

"형님이사 맨 날 낚싯줄에 시선을 집중시키고, 우리야 떨어져 사니께 자세히 보았남요."

한성서가 불퉁하게 내뱉었다.

"아버님이 쓰러져서는 안 되는데……."

한민서는 자신에게 말하고 있었다. 죽음을 눈앞에 둔 아버지를 모른

체하고 집을 나설 것인가?

"살림이 절단 나는 한이 있더라도 아버님을 살려야 쓸 것이요."

한성서는 불끈한 성질로 말하였다. 갑작스럽게 찾아온 한대진의 병세는 가족 모두가 지성으로 간호를 하는데도 차도가 없었다. 나날이 짙어만 갔다. 급속한 내리막길이었다.

"옥서와 태서를 불러라. 암만해도 머지않아 너희들과……."

칠월로 접어든 어느 날 한대진은 머리맡에 앉아있는 한장서에게 일렀다. 한민서는 아버지 병세가 위독하여 외국에 나가는 일을 당분간 보류할 수밖에 없다고 오강윤에게 상세하게 편지하였다. 한옥서와 한태서는 다음날 눈물부터 흘리며 들어섰다.

"아버님, 넷째와 막내가 왔습니다."

"다들 내 말을 듣거라. 내가 이렇게 갑자기 죽음에 직면할 줄은 몰랐다. 그동안 찌뿌드드한 구석이 있었지만 어머님이 계신지라 참고 견디었다. 타고난 운명 아니겠느냐. 겸허하게 받아들여야겠지. 부디 부탁하노니 형제간의 우애를 더욱 돈독히 할 것이며, 서로의 이익에 다투지 말거라. 첫째는 내 대신 가대를 충실히 지켜나갈 것과 네 앞길을 소홀히 여기지 말거라. 네가 품고 있는 웅지가 무엇인지 이 애비는 어렴풋이 알고 있다. 둘째는 네 뜻대로 나아가거라. 세속의 명리와 이익에 아부하지 않는 네 고집을 좋아 한다. 셋째는 고향을 지키면서 너희 형들을 대신 하거라. 넷째는 올가을에 결혼식을 올려야 하는데 다음 해로 넘겨야겠구나. 넷째 며느리를 보았으면 좋으련만. 그래서 네 결혼을 서둘렀는데 어쩔 수가 없구나. 막내는 형들의 말에 성심껏 따르고 열심히 공부하거라. 그리고 너희들 모두 대감할무니와 어머니를 깊이 공경하고 위하여야 한다."

한대진은 아들들을 차례로 둘러보며 유언을 하였다. 이틀을 넘기지 못하고 숨을 거두었다. 기골차고 사리 분명한 한 세대가 그렇게 막을 내렸다. 잔치 끝에 싸움을 하다가도 한대진 영감이 온다고 말할라치면 풍비박산 줄행랑을 쳤고, 놀음판을 벌이면 귀를 잡아 쩼던 위풍당당하던 모습이 병마에 쓰러진 것이다. 한대진의 부음을 전해들은 사람들은 너도나도 슬픔에 잠겼다.

"아직도 기개가 허걸찬 노인네인디 이 무슨 변이랑가?"

"걸출한 인물이 갔네. 듬직한 아들들을 두고 가다니 얼마나 절통할까."

"싸움꾼이고, 놀음꾼이고 그 어르신 덕분에 말끔히 청소가 되는디, 누가 그들을 개도하제?"

"인자 그런 인물은 없을 걸세. 헐벗고 굶주린 사람들을 얼마나 도왔는가. 자기 집에서 일하던 사람을 논밭 챙겨 누이에게 장가들게 한 사람은 아직까지 없었네."

"아, 항일운동을 한 청년들을 감옥에서 빼오지를 않았나, 독립자금을 비밀리에 상해로 보내지 않았나, 큰 버팀목이었네."

한대진의 죽음은 뭍에까지 알려져 문상객들이 줄을 이었다. 하나같이 살아생전의 우정과 굳센 의지와 학식을 떠올리며 고인을 애도하였다. 장례는 읍내의 유림에서 주관, 오일장으로 하였다. 상주들이 뚜렷하고 만장이 마을길을 뒤덮은 장례행렬은 이 근래 처음이었다. 조문객들이 길을 메웠다. 상여소리도 드높게 울렸다.

장례를 치르고 나서 상주들은 대감할머니를 중심으로 둘러앉았다. 모두가 슬픔으로 목이 쉬었다.

"내가 박복하여 영감 일찍 앞세우고, 하늘같이 믿었던 아들마저 앞세웠다. 앞으로 모든 가정사는 장자가 책임지도록 하여라."

구십이 넘은 대감할머니는 손자들을 둘러보며 한숨을 쉬었다. 청춘에 혼자되어 가대를 지켜오며 외아들을 엄하게 길렀다.

"할머니의 재단대로 하겠습니다. 아버님도 그리 말씀하셨습니다. 우리 모두가 한 마음으로 나가겠습니다."

"맞습니다. 할머니께서 이끌어 주셔야지요."

한장서의 말에 한민서가 거들었다. 별명이 대감할머니 아닌가. 한다 하는 사내보다 영걸 찬 여장부였다.

"너희들이 정 그렇다면 내 말에 절대 복종하여라."

대감할머니는 간략하게 잘라 말하고 나서 장죽에 담배를 재여 물었다. 한옥서가 얼른 담뱃대에 불을 붙여 주었다.

한민서는 잠시 세상을 잊고 싶었다. 아버지의 죽음으로 인한 슬픔과 그로 하여 한동안 유학의 꿈이 스러진 탓이었다. 맏상제인 한장서는 즐기던 낚시를 그만 두었다. 그 대신 사랑채에서 위로 차 찾아오는 친구들과 어울려 술잔을 나누었다. 인근 친구들은 말할 것도 없고, 멀리 서울에서 내려온 친구들로 무료하지가 않았다. 서울에서 내려온 친구들은 대부분 정부 수립에 불만을 품은 자이거나 요주의 인물로 잠시 감시의 눈길이 와 닿지 않는 섬으로 피신 온 사람들이었다. 그들의 신분이나 전력이야 어찌됐던 한장서로서는 즐겁기만 하였다. 매일 아침 상복을 입고 제물을 올린다는 것은 번거롭기 이를 데 없었다. 한민서라면 무덤 주위에 움막을 짓고 삼년상을 지낼 터이지만, 한장서는 형식에 얽매인 상례가 답답하기만 하였다. 오후가 지나면 친구들과 어울려 거나하게 술잔을 나누며 숨통을 틔웠다. 한민서 친구들도 때때로 술판에 어울리는 바람에 한민서도 마지못해 자리를 같이 하기도 하였다.

"자넨 상주가 되더니만 더욱 풍류객이 되었어."

"마음을 달래고 기댈 데라고는 술밖에 없지 않은가."

"무정부주의자도 아니지 않는가?"

"그런 자네는 어떤가?"

"난 말일세. 가슴에 나라가 없네."

"현실을 인정해야지."

"그렇게 생각하였다면 뭣 하러 여기까지 내려왔겠나. 어느 놈 비윗살이나 맞추며 한자리 차지하지."

"그러다 혁명이라도 일으키겠네."

"마음 같아서는 좌고 우고 싹 쓸어버리고 진정한 조국을 세웠으면 하네. 이 나라를 둘로 갈라 무엇을 하겠다는 건가. 생선 한 마리를 두 토막으로 나누어 배를 채우자는 것과 무엇이 다른가?"

"비유가 너무 과격하이. 고약하다고나 할까."

"아닐세. 소위 정객들이라는 작자들의 행태를 보게나."

"비판은 자유지만 대개 중심부에서 밀려난 사람들이 신랄하게 물어뜯기 마련이야."

"난 중심부에 들어선 적도, 밀려난 적도 없네."

그들의 대화는 언제나 그런 식이었다. 어떤 통일된 주제도 없었고, 뚜렷한 결론도 없는, 중구난방식의 열변과 울분을 토로하였다. 한장서는 대체로 듣는 쪽이었다. 으레 술좌석에서는 한나라를 일으켜 세우기도 하고, 짓밟아 해체시키기도 한다. 비과학적인 대화고 논쟁이지만 이 나라 젊은이들에게 실망과 좌절과 회의를 안겨준 그 원인은 어디에 있을까? 정치는 이익집단이라고 하였던가?

결혼식을 가을에 올리기로 하였다가 아버지의 뜻하지 않은 죽음으로 대가없이 연기한 한옥서는 아버지의 상방에 들릴 때마다 약혼녀를 만났다. 시간이 흐르자 약혼녀를 만나기 위해 아버지의 상방을 들리는 쪽으로 바뀌어 갔다. 한옥서는 둘째형과는 비밀스러운 진솔한 이야기를 나누었다.

"오늘도 약혼녀의 그리움인가?"

"형님도 농담을 할 줄 알고"

"만나고 온 거야?"

"아무려면 아버님 상방을 제쳐두고 먼저 만나겠습니까."

"상방이 점점 술집으로 변하니, 원."

"큰형님이 철부지입니까. 쉽사리 무리들에게 휩쓸릴 위인도 아니고요."

"크고 작은 사건이라도 터지면 오해를 살 수도 있지."

"지금이 어디 일제치하입니까?"

"상황에 따라서는 그보다 더할 수도 있을 거야. 일제의 수법을 고스란히 물려받은 작자들이 권력의 중심부에 서서 독단을 하는 한심스러운 세태니까."

"하긴, 친일세력들을 제대로 처단해야 나라의 기강이 바로 설 것인데 심각한 사회 문제입니다."

"그러게 말이다."

한민서는 나라의 정신적 주체감마저 상실할 우려가 있다고 판단하였다. 남한만의 단독정부가 수립되자 친일분자들이 슬금슬금 기어 나와 일제치하에서 배우고 익힌 행정 경험을 살려 살신성인, 국가건설에 일익을 담당한다는 미명 아래 자기들 잣대로 행정을 재단하고 평가하였다. 이렇게 나가다가는 친일행각이 훈장처럼 여겨질 것이었다.

"형님은 조금 마음을 잡았습니까?"

한옥서는 누구보다도 한민서의 꿈이 당분간 연기된 데에 마음 아파하였다.

"내게 주어진 시련 아니냐. 한 일 년 지나면 되겠지."

"일 년은 잠깐이지요."

한옥서의 그 말속에는 자신의 결혼식을 기다리는 간절함이 깃들어 있었다.

"너는 어떠냐? 무한정 결혼이 지체되어."

"저야 나름대로 재미있는 걸요. 만남과 기다림. 그 간절한 마음이 사랑을 더욱 영글게 합니다."

"네가 부럽다. 어서 약혼녀에게 다녀오너라."

한민서는 순간 남숙을 눈앞에 떠올렸다. 남숙과는 어떠한 종류의 사랑일까?

"다녀올게요."

한옥서는 해를 가늠하고 큰밭재를 넘었다. 마음은 벌써 약혼녀에게 달려가 발걸음이 더디기만 하였다. 지풍골을 막 접어드는데 담장을 사이에 두고 사는 판봉과 마주쳤다. 판봉은 동갑나기로 어려서는 소꿉놀이 친구였다. 찢어지게 가난하여 먹을 것이며, 옷가지를 나누어 입기도 하였다.

"야, 오랜만인디. 어디를 그렇고롬 쇳소리 나게 가는 거여?"

판봉은 대뜸 시비조로 말하였다. 한옥서에 대해 어려서부터 열등의식을 지니고 있었다. 모든 점에서 한옥서는 선택 받은 사람이었다.

"듣자니 지서에서 일한다며?"

"그렇게 돼얏구만. 이 나이에 지서 급사란 말시."

"직업에 귀천이 있나."

"아니여. 분명 귀하고 천한 것이 구분되더구만. 나하고 자네만 봐도 신색이 다르지 않는가 말이여."

"허허, 이 친구가."

"그건 그렇고, 이 시간에 숨가삐 약혼녀를 만나러 가는 건가?"

"제대로 알아 맞혔네."

"아, 참말로 자네는 행운아여. 어찌 그리 이쁜 처녀와 약혼을 하였는지. 나는 언제 그런 처녀 한번 만나볼까?"

"때가 되면 다 인연으로 만나는 거야."

"때가 되면 만난다? 히잇, 참말로 좋은 말이네이. 어서 가보소."

판봉은 묘한 웃음을 지으며 길을 비켰다. 내가 무던히도 짝사랑하는 처녀를 약혼녀로 빼앗아 가다니. 세상은 왜 이렇게 불공평 하나? 판봉은 뒤를 힐끔 돌아보며 주먹을 말아 쥐었다.

한옥서는 걸음을 재촉하였다. 판봉과의 대화는 금방 잊어 버렸다. 바쁜 걸음으로 가래천을 건너 당숲에 이르렀다. 당할머니에게 합장을 하였다. 당할머니가 두 사람의 인연을 점지해 준 듯싶었다. 마을 우물을 지나 약혼녀의 집으로 들어섰다. 물을 긷던 아낙네들이 무어라 귓속말로 소근 거렸다. 한옥서는 사립문을 가만히 들어섰다. 누렁이가 낯이 익다는 듯 꼬리를 흔들었다.

"어서 오시게."

장인 될 김우봉이 봉창문에서 얼굴을 내밀며 반겨 맞았다. 장모 될 사람이 옷매무새를 바로 하였다. 한옥서는 인사를 올렸다.

"아부지를 잃은 슬픔이 클텐디 잊지 않고 찾아주어 고맙네."

"제가 오히려 마음의 위안을 찾을 수 있어 다행스럽습니다."

"그려. 저녁이나 들면서 이야그 하세."

김우봉은 부엌에 있는 딸을 불러 반찬새를 새롭게 장만하라고 일렀다. 사위 될 사람을 보면 볼수록 마음을 흡족하게 하였다. 약혼녀는 한옥서가 사립문을 들어서기도 전에 오는 줄 알았다. 반가움과 부끄러움이 귓불까지 차올라 저고리 고름을 잘근 깨물었다. 정성스레 저녁상을 올렸다.

"딸년과 따로 할 말을 허시게."

저녁상을 물리며 김우봉이 넌지시 말하였다.

"아닙니다. 그냥 됐습니다."

"자네 얼굴에 그렇게 쓰여 있네. 잠깐 시간을 갖도록 허게."

김우봉은 넉넉하게 마음을 베풀었다. 한옥서는 뛸 듯이 기뻤다. 몇 번 올 때마다 서로 눈빛으로 대화를 나누었고, 돌아갈 때 겨우 인사나 받는 정도였다. 한옥서는 그녀와 마주 앉았다. 무수한 말들이 가슴에 차 있는데 속으로만 맴돌았다.

"우리의 결혼식이 한없이 지체되고, 불안하지 않으시오?"

"……평생 수절할 것도 아니겠고, 불안하다니요."

"나를 그렇게 믿어주어 고맙소. 내게 할 말이 있으면 하시오."

"……."

"가만, 방안이 답답하지 않으시오? 파도소리를 들읍시다."

한옥서는 약혼녀를 일으켜 세웠다. 안방 노인네의 기침소리를 뒤로 하고 당숲으로 나갔다. 그녀는 사람의 눈에 띌세라 조심하였다. 당숲에서 이는 밤공기는 비릿하고 짭잘한 바다내음과 어울려 고요로운 이슬 향기였다. 두 사람은 바닷가 자갈밭 아름드리 소나무 아래 걸음을 멈추었다.

"바다에 떨어지는 별들을 좀 봐요."

"……파도소리도 좋네요."

"하루에도 몇 번씩 이곳으로 달려온다오."

"하늘이 맺어준 인연은 명주실보다 가늘고 닻줄보다 질기다고 하더구만요."

"나는 돌아가신 아버님께 감사를 드리오. 하늘과 땅, 그리고 조상들이 우리를 지켜줄 것이오."

한옥서는 아주 경건한 마음으로 하늘과 땅, 그리고 모든 신들께 사랑이 영글도록 기원하고 싶었다. 침묵이 흘렀다. 자갈을 애무하는 파도소리가 전설을 실어왔다. 개 짖는 소리가 파도소리에 떠밀려 곤두박이 쳤다.

"집에서 찾겠어요."

"그래요. 들어갑시다."

한옥서는 살포시 그녀의 손을 잡았다. 그녀의 손이 가늘게 부끄러움을 탔다. 약혼녀를 집에 바래다주고 돌아섰다. 올 때와는 달리 발걸음이 타박거렸으나, 마음은 사랑으로 충만하였다.

누구를 위한 전쟁인가

1

그 겨울은 유난히 추웠다. 처마 밑에 둥지를 틀고서 한겨울을 나던 참새 떼들이 살을 에는 추위에 견디지 못하고 떼죽음을 당하였다. 참새 떼들이 얼어 죽다니. 참새 잡이를 즐겨하던 몽선이도 막상 얼어 죽은 참새 떼들을 보자 측은한 마음으로 모래밭에 묻어 주었다.

겨울 추위가 봄 햇살에 녹아내리자 사람들은 평화로운 마음으로 겨우내 묵혀진 논밭을 일구고 씨앗을 뿌렸다. 제비꽃이 유난스레 봄빛을 머금어 그 위에서 뒹굴고 싶었다. 그간의 가파른 정세는 섬사람들과는 별개의 일처럼 여겨져 잠깐씩 입에 오르내렸다가 포말처럼 가라앉았다.

한민서 역시 여순반란사건으로 시작된 일련의 사건들을 관심 밖으로 밀어냈다. 박해수와 이상석을 비롯하여 한귀재 등의 비밀스러운 활동과는 연락을 취하면서도 일정한 거리를 두었다. 만에 하나 그것이 빌미가 되어 꼬투리를 잡힌다면 외국을 나가는데 발목이 잡힐 것이었다. 이쪽에서도 면장을 통하여 여러 차례 의중을 타진하였으나 상중이라는 정중한 태도로 거절하였다. 특히 정부 수립과 함께 부임한 면장은 친분이 두터운 터라 기회만 있으면 마음을 돌려세우려고 하였다. 그러나 한민서는 오로지 유학의 꿈만이 지상의 과제였다. 어떠한 달콤한 말에도 귀를 기울이지 않았다. 개중에는 한민서의 태도를 못마땅해 하며 기회주의자, 회색분자, 중도좌파 등등으로 헐뜯고 비방하였다. 한민서는 그들의 곱지 않은 시선을 전혀 개의치 않았다.

한민서에게 봄은 정말 새싹을 움솟게 하였다. 아버지의 상도 벗어던졌겠다, 이제야말로 자신의 꿈이 실현될 것이었다. 여름이 오기 전에 떠나기로 하였다. 오강윤도 한민서의 뜻을 헤아려 차질이 없도록 하겠다고 서신을 보내왔다.

한옥서도 기쁘기는 마찬가지였다. 오는 가을로 결혼식을 올리기로 양가의 동의를 구한 터였다. 벌써 결혼하였을 두 사람이 아닌가. 한장서는 새봄이 돌아오자 사람이 달라지기 시작하였다. 즐기던 술을 자제하고, 낚시 또한 오래전에 잊은 듯하였다. 그 대신 서울로 향하는 나들이가 빈번해졌다. 집안일은 대감할머니와 한성서에게 전적으로 내맡긴 상태였다.

"암만해도 장서가 기지개를 켜는가 보네."

"한자리 할 모양인가? 전과는 사람이 달라졌어."

"재력 있겠다, 학벌 좋겠다, 마음만 묵으면 얼마든지 가능하제."

주위사람들은 한장서가 서울을 다녀오면 궁금증을 불러일으키며 나름대로 한마디씩 하였다. 하지만 본인은 자신의 행동에 대해 일체 속내를 드러내지 않았다. 그저 친구들을 만나 답답한 가슴을 풀어 놓는다는 표정이었다. 한민서에게 만은 자신의 의중을 내비쳤다.

"당분간 비밀이네만, 신문이나 잡지를 창간하려고 하네."

"낚시에 걸린 것이 그것이었어요?"

"우리에게 가장 절실한 것이 언론이라고 생각하네. 나라사람들이 무

엇보다 알 권리가 필요한 때 아닌가. 몇몇 친구들도 동참하기로 의견을
모았고."

"저는 신문보다 잡지 쪽이 나을 듯싶습니다."

"잡지라……?"

"신문은 자칫 감시와 박해를 받기 쉽습니다. 그렇게 되면 언론 본래
의 사명감을 잃기 쉽고요."

"언론의 자유를 박해할 시절이 아니지 않는가."

"풍향계를 알 수 없는 시대적 상황을 고려해야지요. 잡지라고 크게
다르겠습니까마는."

"동생의 고견을 참작해 보겠네."

"잡지는 사상과 교양을 깊이 있게 함께 누릴 수 있잖겠어요?"

"자네 머릿속에 잡지의 틀이 짜여 진 것 아닌가?"

한장서는 싱그레 웃었다. 잡지는 전달과정이 신문보다 늦겠지만 그
대신 사회의 모든 분야를 망라, 심도 있게 궁금증을 풀어 줄 것이었다.
헌데, 문제는 신문을 하자는 쪽과 잡지를 창간하자는 쪽이 팽팽하게 대
립, 고집을 꺾지 않는다는 것이었다.

"형님께서 여러 중론을 모아 좋은 쪽으로 나가십시오."

한민서는 한장서가 오랜 침묵을 깨고 사회일선에 나선다는 점이 마
음을 든든하게 하였다.

"동생은 언제 떠날 셈인가?"

"모내기가 끝나는 대로 떠날까 합니다."

"너무 오래 기다리지 않았는가. 집안 걱정은 접어두고 내일이라도
떠나지 그러나."

"이왕 늦은 것 단단히 준비를 해야지요."

한민서는 아장거리며 걸어와 안기는 아들의 머리를 쓰다듬었다. 어

따, 이녀석. 눈망울 하나 초롱하다. 한장서는 솔개가 병아리를 차듯 번쩍 안아들었다.

"막내 매제, 이쪽으로 전출 왔다면서?"

"해안경비를 책임 진 모양입니다."

"언제 술이라도 나누어야겠구만."

"아버님의 뜻대로 자식들을 결혼시킨 결과가 장차 어떻게 조화될는지요. 제각기 울타리를 둘러치고 있어서요."

한민서는 새삼 아버지의 용의주도한 혼인 정략을 곱씹었다. 한옥서의 약혼녀를 제외하고 며느리들은 동쪽과 서쪽에서 세력기반이 튼실한 집안에서 맞아들였다. 딸들은 뭍의 신분 있는 집안으로 출가를 시켜 섬사람이라면 무조건 눈 아래로 내려다보려는 설움을 씻어 주었다. 그리고 막내딸은 특별히 경찰간부를 택하였다. 물론 사위의 인물 됨됨이가 좋아서 선뜻 맞아들였지만, 일제치하의 순사라는 개념이 자리한 터라 집안의 아녀자들의 반대를 감수해야 하였다.

한대진의 생각은 해방과 더불어 좌와 우의 대립현상이 뚜렷해지자 제일 먼저 집안의 안전을 떠올렸다. 지식인들은 곧 사회주의 사상에 물들었다는 인식은 아버지라고 해서 다를 바 없었다. 아들들의 행동 가짐이 염려스러웠다. 중도라든가, 현실을 초월한 사상이나 행동은 용납되지 않는 세상이었다. 거기까지 생각한 한대진은 막내사위를 경찰간부로 택하였다. 어떠한 상황에 처하더라도 이쪽저쪽 울타리를 넘나들면서 서로서로 힘이 될 것으로 기대한 것이다.

"분명한 성격이라 그 세계에 잘 적응할지 모르겠어. 대부분 윗자리를 차지하고 앉은 사람들이 친일행각을 한 자들이라……."

"잘 하겠지요. 대감할머니 병세는 어떠세요?"

"오늘 아침에는 손수 머리를 빗고 새 옷을 꺼내 입으시더구만."

"뭐라고요?"

"왜, 그리 놀라는가?"

"당신이 가실 날을 알고 있지 않을까요?"

한민서는 가슴이 철렁하였다. 한해만 더 사시면 백 살을 채우시는 대감할머니였다. 해동이 될 때부터 강건하던 분이 자주 자리에 누웠다. 처음에는 환절기 감기쯤으로 여겼는데, 예전에 볼 수 없었던 쇠잔함을 보였다. 자리에 누워서도 집안일을 갈무리 하였으나, 기백이 많이 잦아들었다. 지난 가을 추수 때만 하더라도 봉창문을 열어젖히고 일손이 굼뜬 일꾼들에게 불호령을 내리며 장죽을 내리쳤었다.

"가만. 동생의 말을 듣고 보니 거동이 수상하였어."

한장서는 조카를 내려놓고 신발을 찾아 신었다. 한민서도 뒤를 따랐다. 집안은 조용하였다. 다들 들에 나가고 없었다. 도암네는 임신한 몸인데도 일 욕심이 워낙 많아 잠시도 집에 있지 못하였다.

"형님, 대감할무니께서……."

한민서는 방문 고리를 잡은 채 소리쳤다. 한장서가 뛰어 들어와 대감할머니를 흔들어 깨웠다. 대감할머니는 곱게 머리를 빗고 새 옷을 입은 채 잠들어 있었다. 영원한 잠이었다.

"이렇게 말없이 조용히 가실 수가……."

"정말 평온한 모습입니다."

한민서는 고요히 잠든 모습이 마음을 울렸다. 아흔아홉을 살아오면서 여장부답게 살아왔다. 가장이 일찍 세상을 떠나자 외동아들을 헌헌장부로 키우는 동안 일제의 온갖 농간과 수탈을 정면으로 받아쳤다. 너무도 사리분명하고 당당하여 일본순사들도 혀를 내두르며 감히 넘보지 못하였다. 죽음도 여장부답게 비록 아들을 앞세웠다고는 하나 티끌 한점 묻히지 않고 정갈하게 가셨다.

"장죽으로 봉창문을 두드리던 노인네의 호령소리에 대숲도 바람소리를 죽였는데 인자 전설이 되는 갑네."

마을사람들은 한달음에 달려와 슬픔을 함께 하였다. 호상인지라 누구 하나 눈물을 보이지 않았으나, 노인의 카랑하고 결 고운 한평생을 가슴에 기렸다. 장례는 오일장으로 치러졌는데, 벚꽃보다 더 희고 아름다운 꽃상여가 그간의 삶을 말해 주었다. 장지까지 따라나선 조문객들은 가히 상주들의 위치를 실감하였다. 읍내는 물론 서울에서도 조문객들이 내려왔다. 한장서와 교분이 있는 친구들, 한민서와 가까이 지내던 인사들, 한성서와 한옥서를 보고 찾아온 사람들이었다. 그들은 끼리끼리 모여앉아 세상사를 이야기 하였다.

"농지 개혁 말인디요."

"그건 한참 잘못된 거여."

"아, 거 뭐시냐? 진짜 농민을 위한 개혁이 아니라 대지주들만 위한 농지 개혁이 아니고 뭔가."

"괜히 뜸을 들이다 그렇게 된 거제. 거기에는 정치적인 계산속도 깔렸을 것이고."

"한마디로 무상분배 원칙을 저버린 고약한 배려여."

문상객들은 이번의 농지개혁에 대해 불만스러워 하였다. 남한의 단독정부로 떠넘긴 농지개혁은 해방과 더불어 단행한 북한의 무상몰수, 무상분배 원칙에 의한 전면적인 토지개혁과는 너무나 미지근하고 속보인 개혁이었다.

"보도연맹은 또 뭔가. 진짜 공산주의자들은 콧방구도 안 뀌는디 애매모호한 무지랭이들만 실적위주로 가입케 하고 말이여."

"자네도 가입한 거여?"

"홀림에 넘어갔네."

"이력이 있잖은가?"

"그거야, 해방 전후에는 누구나 공감대를 가졌지 않았는가."

"허긴 그렇네만. 하여간 남북이 하나 되기는 틀려뿌렸네."

"제일로 분통이 터진 것은 독립운동을 한 가족들은 몰락하여 근근이 생계를 꾸려나가는데, 친일행각을 한 사람들은 고개를 처들고 우리들 머리위에서 농간을 일삼는다는 것이네."

"어느 사이에 독립운동을 한 사람들을 좌측으로 묻가림하려 들지 않는가."

사람들은 그 외에도 잡다한 이야기들로 서로의 마음을 풀었다. 남한 만의 단독정부가 들어섰지만 사람들의 가슴속에는 미군의 지배를 벗어나지 못하였다는 것과, 정부에서 하는 일들이 국민 모두에게 흡족함을 주지 못한 불만들로 차 있었다. 정적들을 쓰러뜨리는 놀라움 하며, 국민의 기대와는 거리가 먼 개혁이나 입법 따위가 그러하였다.

상갓집은 삼우제가 지나서야 조용하였다. 상주들과 일꾼들은 피로에 곰삭았다.

"상주 노릇하기 정말 힘들구나."

한장서는 아직도 술에 절은 모습이었다. 한민서는 한쪽 구석에서 골아 떨어져 있었다. 한성서만은 장골답게 차일을 걷고 일꾼들에게 집안 청소를 시켰다.

"한해만 더 살았더라면 백세를 채울 것인디 그랬다."

"어머님도. 그 연세가 되도록 카랑하게 살다간 그 모습을 생각하세요."

"그래도 집안 기둥 하나가 빠진 듯 허전하다. 나도 그렇게 죽었으면 할디……."

"어머님이 어째서요?"

"가지 많은 나무에 바람 잘날 없다고 자식 복이 많으면 근심 걱정 또한 많기 마련이다."

"누가 감히 어머님 눈에 눈물을 고이게 하겠어요."

한옥서는 시어머니의 죽음을 아쉬워하는 어머니를 위로하였다. 성정이 드센 시어머니에게 시집살이가 만만치 않았을 것인데 슬픔을 이기지 못하였다.

2

종부네의 방죽논에 모내기가 끝났다. 쟁기머리를 짊어졌던 소랄 놈이 원뚝에서 콧김을 내뿜으며 우직하게 풀을 뜯고 있었다. 한민서는 원뚝을 가로 질렀다. 파도가 원뚝을 애무하듯 때렸다. 한우균이 비석거리에서 한민서가 오기를 기다렸다. 배에는 뭍에서 열리는 오일장을 보러가는 장꾼들이 타고 있었다.

"많이 기다렸는가?"

"공태영감이 더 늦는가 보요."

한민서가 배에 오르자 한우균은 저만치 잰걸음으로 오고 있는 공태영감에게 빨리 오라고 소리쳤다. 숨이 턱에 닿은 공태영감이 배에 오르자 한우균은 배를 밀어내며 노를 잡았다.

"자네는 어디를 가시는가?"

충조아범이 물었다. 러시아 여자를 아내로 데려온 충조아범은 한동안 화젯거리가 되었는데, 생김새와는 달리 바느질 솜씨가 일품이어서 바느질품으로 수월찮은 수입을 올렸다. 아이들은 파란 눈을 한 여인네의 바느질 놀림을 구경하기 위해 담장을 타고 기웃거렸다.

"통영에 있는 친구 좀 만날까 하고요."

"멀리도 가는구먼."

"러시아보다는 가깝지요."

"허허, 그런가?"

충조아범은 공허하게 웃었다.

"인자 처갓집 가기는 영 글렀는가 보요이?"

"영원히 먼 곳이 되얐구만."

한우균의 말에 충조아범은 물씬 추억을 휘어잡았다. 아내와 통나무 집에서 지냈던 때가 아름다운 시절이었다. 죽음을 무릅쓰고 러시아에서 중국, 만주를 거쳐 고향을 찾아온 험난하였던 길이 꿈결처럼 아득하였다.

"자네 딸아이가 귀염성 있게 자라데."

"지 에미를 빼 닮아서 그렇구만."

공태영감은 허리춤에서 곰방대를 꺼내 듬성하게 썰어 말린 썰거리 풋담배를 재워 넣었다. 공태영감은 곰방대를 빠꼼빠꼼 빨아대며 집 나간 마누라를 떠올렸다. 뒤늦게 부모가 짝지어 준 마누라가 뜬금없이 옹기장이에게 반하여 옹기배를 따라가 버렸다. 의외로 얼굴이 반반하였다. 주위사람들은 공태영감과 어울리지 않는다고 숙덕거렸다. 교태가 잘잘 흘러 남정네들의 눈빛이 예사롭지 않았다.

시집온 삼 년 만에 딸아이를 낳았는데, 이제 막 달덩이처럼 피어나는 딸아이를 놔둔 채 종적을 감추었다.

"마누라 소식이라도 들었소?"

"알면 한달음에 달려가 요절을 내제."

"그럼, 하릴없이 장에 가시요?"

"할일이 왜 없겠는가."

공태영감은 곰방대를 뱃전에 탕탕 두들겼다. 나주 읍내 술집에서 마누라를 보았다는 솥전거리 장돌뱅이에게 사실인가를 확인하기 위해 가는 길이었다.

"형님은 아직도 몸이 불편한가요?"

한민서는 웅숭그린 모습으로 뱃전에 비스듬히 기대앉은 무공의 건강이 염려되었다.

"점점 좋아지고 있네. 강진에 이름난 한약방이 있다 해서 가네. 무엇보다 마음이 심심허이."

"이 책을 드릴 테니 무료를 잊으십시오. 제가 아끼는 책입니다."

한민서는 가방에서 책을 한 권 꺼냈다.

"고마우이. 잘보고 돌려 드림세."

무공은 자세를 일으켜 세웠다. 무공은 항일농민운동 지하조직의 일원으로 활약하다 검거되어 고문받은 후유증을 아직도 지니고 있었다.

"우균이 자네는 왜 끌방을 그만 두었는가?"

"힘이 부치고 번잡해서요. 그보다는 개맥이 그물이 더 나을성 싶으요."

"개맥이야 들물에 그물을 막았다가 썰물에 고기를 잡아넣기만 하면 된께 한가한 고기잡이제."

"민서 자네가 부락사를 맡아할 때 조성한 꼬막장과 바지락장은 마을 경제에 새삼 보탬이 되네."

"내친김에 석화장도 만들었어야 했는데 그랬어요."

"한차례 울력을 하면 되것제. 그러고 보면 대섬목이 보배여."

한우균의 말에 충조아범은 실눈으로 멀어져가는 대섬을 바라보며 말하였다.

"나, 저기다 좀 내려줄 텐가?"

배가 갠바우 끝에 이르자 한민서는 한우균을 돌아보았다. 한우균은 갠바우 끝에다 한민서를 내려 주었다. 한민서는 큰누님 집을 찾아들었다. 마침 두 내외가 토방마루에 앉아 있었다.

"처남이 어인 일인가?"

매부가 깜짝 반겼다. 코흘리개 조카들이 꾸벅 인사를 하였다.

"인사차 들렀습니다."

"기어코 집을 나선 게로구나."

큰누이는 쇳된 소리로 한민서의 의중을 꿰뚫었다.

"더 이상 미적거릴 수 없어서요."

"종부네가 얼마나 가슴 아플까. 생이별이 따로 없네라."

"원, 이 사람이. 처남이 가정을 버리기라도 했는가?"

"버린거나 다름없제. 외국에 나가면 처자식은 금방 잊어버릴 것인디. 사람은 멀리 떨어져 있으면 자연히 멀어지기 마련이요."

"매형께선 신색이 훤한 걸 보니 즐거움이 많은가 봅니다."

한민서는 대화의 물꼬를 다른 곳으로 돌렸다.

"뭐, 신바람이 났는지 집에 붙어있지를 않는다."

"사내대장부가 집구석에 처박혀 맨날 마누라 궁둥이나 두드리란 말이여?"

"워따, 장하요. 다른 사람들은 다들 줄을 대서 한자리씩 허는디 내 돈 들여가면서 읍내 바람이나 쐬러 다니는 게 대장부요? 씨암탉이나 한마리 잡으시오."

큰누이는 텃밭으로 나갔다. 매부는 모이를 줍고 있는 씨암탉 모가지를 비틀어 잡았다.

"입매는 생쿵생쿵해도 처남 위하는 마음은 바다 같아. 자, 들게. 지난번 대감할무니 장례 때는 처남들 그늘이 얼마나 돋보였는지."

아직 해가 서산에 숨어들지 않았는데 씨암탉을 들여놓자 매부는 입이 쩍 벌어졌다.

"누님께서 대감할머니 피를 이어 받았어요."

"십 분지 일도 못 미치네."

"어따, 너무 좋아서 탈이요."

큰누이는 매부에게 눈을 흘겼다. 정분이 또르르 흘렀다.

"우리나라 여성들이야말로 이 세상에서 가장 위대하다고 생각합니다. 그 어느 나라 여성들보다 강인하고 현명해요. 거기에 비하면 남성들은 쓸데없이 허황한 자존심만 강하여 독선적이고 허세가 다분해요."

"왜, 아니냐. 역시 배운 사람은 다르다."

"처남 앞에서는 무어라 반론을 못하겠구만. 어여, 못하는 술이지만 딱 한잔만 받게."

"좋습니다."

한민서는 괜스레 기분이 좋았다. 매형은 확실히 소탈하고 시원스러웠다. 잡다한 이야기를 나누는 동안 자정에 이르렀다. 다음날 한민서는 매형과 읍내까지 동행하였다.

"매형께서 할 일없이 읍내 출입은 안할 테고, 무슨 계산속이라도 있습니까?"

"평범하게 살다 죽을 수는 없지 않는가. 소꼬리보다 닭 모가지가 되라는 옛말도 있고……."

"설마 어쭙잖은 정치는 안하겠지요?"

"정치라는 게 말일세. 구더기가 들끓는 똥통 같은데도 매력이 있단말시. 안 그런가?"

"배설의 미학인가요?"

"처남도 알다시피 너도나도 정치 아닌가. 하지만 나는 아니네. 우리

고장의 역사를 정리하고 있네. 일제의 침탈로 우리 고유의 역사가 왜곡되고 피폐해졌어. 무엇보다 향토문화를 정립하고 역사를 규명하는 게 중요하네. 자네 누님에게 이런 말을 했다가는 밥 빌어묵을 일을 찾아서 한다고 눈총을 맞게 뻔해 말을 삼가고 있네."

"좋은 방향입니다."

"처남은 찬성할 줄 알았네. 사람들은 정치를 들먹여야만 출세를 한다고 하네만 한심스러운 사고가 아니고 뭔가. 정치는 자고로 도박이네. 우리는 거기에 너무 젖어 있네. 정치가 모든 걸 주관하고 해결한다고 바라보네. 얼마나 어리석은가."

"각 분야마다 전문성을 필요로 하고 그러한 길이 얼마나 많습니까. 이 고장뿐만 아니라 우리의 온전한 역사를 힘써 재정립해 주세요."

한민서는 진심으로 찬사를 보냈다. 읍내에 도착한 두 사람은 점심을 들고 헤어졌다. 저녁 무렵 오강윤과 만났다.

"여러모로 슬픈 일이 많았다고?"

"인간사가 그렇지 않은가."

"이제 염려 말고 떠나기만 하면 되네."

"고맙네. 자네의 우정은 잊지 않음세."

"그냥 이대로 보낼 수는 없고, 어디 가서 근사한 작별주나 한 잔 하자구."

오강윤은 한민서를 이끌었다. 오강윤의 단골집이었다. 술집주인은 한민서를 한번 보았는데도 기억하고 있었다. 태깔 있는 몸가짐으로 오강윤에게 술을 처올렸다.

"전쟁이 터졌다는데, 정말이라예?"

"무슨 소리야?"

"듣자니 삼팔선이 총성으로 무너졌다던가……."

"그거야 심심찮게 총성이 일어난다고 하지 않던가."

"이번에는 예사롭지 않다고 들었습니다."

"근심을 미리 당겨할 필요는 없네."

오강윤은 술잔 속에 항간의 소문을 비워냈다. 한민서도 심각하게 받아들이지 않았다. 그러나 전쟁은 두 사람의 예견을 훨씬 벗어나고 있었다. 다음날 혼몽한 잠에서 깨어났을 때 전해진 소문은 간헐적인 국경충돌이 아니었다.

"믿어지지가 않아. 인민군이 서울로 짓쳐 내려오다니."

"좀 더 두고 볼 수밖에."

한민서는 뜻하지 않은 낭패감을 안았다. 이런 빌어먹을. 몇 번이나 미룬 유학의 길이 뜻하지 않은 전쟁으로 흔들리다니. 아니야. 전쟁은 더 이상 크게 번지지 않을게야. 한민서는 애써 마음을 진정시켰다.

3

전쟁의 음산한 비구름이 상가마니를 휘때린 것은 전쟁이 터지고도 한참 뒤였다. 처음에는 설마 이곳까지 전쟁터가 되겠느냐고 염려를 내놓던 기류가 점점 불안과 두려움으로 변하였다. 한장서가 서울에서 도리 없이 피난대열에 휩쓸려 내려왔을 때도 일시적인 상황쯤으로 판단하였다.

"서울까지 총성이 울렸단 말인가?"

"총성이 커지고 있어."

"아무려면 미군이 있는디 곧 반격이 시작되겠제."

"소위 애치슨라인이라는 것을 모르는가?"

"그게 뭔 말이당가?"

"미국 국무장관이 태평양에서의 미국의 방위선은 한국과 대만을 제외한 알류산열도, 일본 오키나와, 필리핀을 잇는 선으로 한다고 발표하였잖는가."

"그렇더라도 저, 뭐시냐. 미국의 뒷배로 단독정부까지 들어섰는디 가만 있을라든가. 곧 진정시키것제."

사람들은 불안에 떨면서도 세계를 양분한 미국의 힘을 은근히 믿었다. 그러나 전쟁의 비구름은 엉뚱한 곳에서 빗줄기를 내리쏟았다. 국민보도연맹에 가입한 사람들을 검속, 잡아들이는데서 전쟁의 빗줄기는 사람들의 가슴을 적셨다.

"그 사람들을 뭣 땜새 잡아들이는 거여? 해방정국에서 상황도 제대로 모르고 좌측 담장을 넘보던 농투산이들 아닌가. 친일했던 사람들이나 숨죽이고 있었을까, 인민위원회에 박수 안 보낸 사람이 몇이나 되는겨?"

"전쟁 마당에 총알받이로 내몰 거라고도 하고, 그 저의를 모르겠지만 조짐이 심상치가 않구면."

사람들은 그때까지만 해도 섬까지 총성이 울리겠느냐고 생각하였다. 하지만 상황은 너무나 갑자기 들이닥쳤다. 한밤중 몇 발의 총성이 회진포쪽에서 아스라히 들렸다.

"한 선생, 한 선생!"

다급하게 대문을 두드리는 소리에 몽선은 놀란 눈으로 대문을 열었다. 면장과 지서주임이었다.

"한 선생, 계시냐?"

"초저녁에 들어오셔서 주무십니다요."

몽선은 지서주임의 어깨에 두른 총신을 보고 찔끔 뒤로 물러섰다. 두 사람은 대뜸 사랑마루에 올라섰다. 한민서는 곤히 잠들어 있었다. 무엇보다 이번 전쟁으로 모든 희망이 산산이 무너져 내렸다는 허탈감과 절망감이 육신을 녹아내리게 하였다. 한민서는 오강윤과 함께 전쟁이 일어났다는 소식을 전해 들었을 때도 자신의 꿈을 저버릴 수 없었다. 전쟁으로부터 도피가 아니라 이 기회를 잃으면 영원히 이룰 수 없을지도 모른다는 강박관념이 지배하였다. 가자. 어느 쪽이든 혈로를 뚫고 나가자. 한민서는 오강윤과 함께 숨 가쁘게 뛰어다니며 여러 통로를 알아보았으나 이미 모든 통로가 막혀 있었다. 밀항이라도 하고 싶으이. 한민서의 절규에 가까운 간절한 말에 오강윤도 할 말을 잃었다. 그러한 오강윤을 뒤로 하고 허정걸음으로 돌아섰다. 집에서 전쟁을 맞겠네. 전쟁이 끝나면 보세나. 한민서의 눈에 눈물이 고였다. 허위허위 달려오는 밀물처럼 하루가 다르게 급변하는 전세에 쫓기듯 집으로 돌아왔다.

"아, 어찌 이다지 태평한가? 어서 일어나게."

면장은 한민서를 흔들어 깨웠다.

"두 분이 어인 일이시오? 태평해서가 아니라 넋이 나가서 그렇네."

한민서는 잠옷 바람으로 두 사람과 마주 앉았다.

"한 선생, 부탁이 있소. 알다시피 전세가 워낙 급박하여 이곳을 철수하라는 긴급명령이 내렸소. 날이 새기 전에 작전상 후퇴를 하게 되었소."

"섬사람 모두가요?"

"아니오. 우리 경찰병력만이오. 가족들을 남겨놓고 몸만 빠져나가는 상황이오. 한 선생께 부탁하고자 하는 것은 우리 경찰가족을 우리가 돌아올 때까지 면장과 함께 잘 좀 보호해 달라는 것이오."

"만일 인민군이 들어오면 우리도 불가분 피난을 가야할 텐데요. 상황이 그렇지 않소?"

"부탁이오. 현재로서는 어쩔 도리가 없소. 면장님과 한 선생께서 책임을 져 주는 도리밖에요. 붉은 기가 나부낀다 해도 두 분께서는 이쪽저쪽 신망이 두터운지라 우리 경찰가족들을 보호해 줄 것이라 믿는 바이오. 더구나 막내 매부께서 해안경비를 맡고 있지 않으시오. 막내 매부를 보더라도 살펴 주시오."

"뜻은 알겠소만 전쟁은 모든 사람들의 이성을 잃게 하지 않소. 면장과 저의 힘으로는 장담할 수 없다는 게요."

"은혜는 잊지 않을 테니 우리의 뜻을 받아 주시오."

"면장은 어쩔 셈이신가?"

"우리 몸을 던져서라도 지켜줘야 하지 않겠는가."

"할 수 없구려. 최선을 다하겠지만 우리의 힘으로는 어쩔 수 없는 만약의 사태가 벌어진다면 원망일랑 하지 마시오."

"고맙소. 서둘러야겠기에 더 긴 이야기는 하지 못하겠소. 다시 뵙도록 합시다."

지서주임은 황급히 떠났다. 한민서는 면장과 한동안 말없이 앉아 있었다. 어떻게 그들을 보호할 것인가, 암담하기만 하였다.

"폭탄을 몸을 던져 막으라는 식이군."

"우리 두 사람이 희생양이라도 돼야겠지."

두 사람은 밤을 꼬박 밝히며 대책을 의논하였다. 상황이 어떻게 전개될지 모르는 전운 속에서 뾰족한 대책이 나올 리 없었다. 동이 트는 새벽, 인민공화국 만세를 부르는 소리가 들리고, 지하에 잠복하고 있던 인사들이 면사무소와 지서를 접수하였다. 그야말로 무혈입성이었다. 경찰병력이 소리 없이 퇴각한 무주공산에서 그들은 어느새 조직을 정비하고 인민군들을 맞이할 준비를 하였다.

한민서와 면장은 경찰가족들의 신변보호를 위해 자리를 박차고 나섰다. 그들을 만나 어떠한 경우라도 보복행위만은 하지 말아달라고 사정하였다.

"당연히 그래야제. 보복은 보복을 낳는다고, 그들도 같은 국민 아닌감. 세상이 바뀌었는데, 적이라는 개념부터 불식해야제. 안 그런가?"

그들은 벌써 무력통일이라도 된 듯 넉넉함을 보였다. 인민해방군은 생각보다 뒤늦게 들어왔다. 머나먼 이곳까지 바다를 건너온 때문인지 행색은 남루하고 지칠 대로 지쳐 보였다. 병력도 의외로 숫자가 적었다. 주민들의 열렬한 환영에 그들은 비로소 해방군으로서의 우월감을 나타냈다. 더러는 살기를 드리웠지만 이제 갓 사춘기를 벗어난 소년병사도 끼어 있었다. 그들이 가장 원하는 것은 먹는 것이었다. 황소 한 마리를 잡아 성대하게 대접하였을 때, 제일로 즐거워하였다. 치안은 인민자치위원회에 전적으로 맡기고 해방군으로서 강령을 실시하였다. 친일반동분자, 악질지주계급, 군경가족을 색출, 분류하였다. 주민들의 인민재판에 의해 소위 친일반동분자 몇 사람을 본보기로 죽창을 꽂았다. 그 이상은 과격한 행동을 보이지 않았다. 그러나 주민들은 그 한가지로 두려움에 떨었다. 언제 어떠한 상황이 일어날지 마음을 놓을 수 없었다. 그러한 가운데 면장과 한민서는 경찰가족들을 무리 없이 보호하였다. 인민군 대장은 한민서와 면장의 말을 신뢰하였다. 지식인다운 면모를 은근히 내비치며 토론도 즐겼다.

"한동무는 매부가 경찰에 몸담고 있어 저 사람들을 몸을 아끼지 않고 돌보는 겝니까?"

"꼭이 그렇다고는 할 수 없습니다. 지나온 역사를 보더라도 양민을 학대하거나 살상한 승리자는 없다고 봅니다. 아무리 적일지라도 넉넉한 마음을 베풀면 인심이 따른다고 하였어요."

"내가 볼 때 한동무는 사상이 깊고 순수하오. 사려가 깊은 것은 좋으나 자칫 오해를 살 수 있습네다. 회색으로 바라보아요. 사상의 칼날은 무엇보다 날카로워야 합네다."

"무딘 몽둥이가 어쩔 때는 더 많은 피를 흘리게 하지요."

"그런가요? 역시 마음에 들어요. 한동무 처남과 막역한 지기들이 우리의 통일과업의 제일선에서 크게 활약하고 있다는 것을 알고 있습네다. 어쨌거나, 우리는 인민을 해방시키려고 왔지 핍박과 억압을 하러 온 게 아니오."

인민군 대장은 틈만 나면 한민서와 대화를 즐겼다. 주민들도 어느 정도 공포와 불안에서 벗어나자 생업에 매달렸다. 그들이 지목한 반동분자들이나 친일분자들은 이미 섬을 떠났거나 나름대로 죄를 물은 터여서 겉으로는 질서가 유지되었다.

다시금 총성이 울린 것은 매서운 추위가 등잔불 심지마저 얼어붙게 한 그날이었다. 새벽녘, 성백산에서 울린 총성은 차가운 대지를 송곳처럼 깨뜨렸다. 그 총소리를 신호로 쌍방 간에 콩 튀듯 한 교전이 벌어졌다. 마구간에서 느슨하게 되새김질하던 황소가 놀라 뛰쳐나오고, 개들이 꼬리를 사리며 마룻장 밑으로 숨어들었다. 총격전은 하루해를 잡아 가두었다. 교전은 어둠살이 내린 뒤에도 계속되었지만 국기게양대에 매달렸던 붉은 기가 꺾어지고부터 전세는 반전되기 시작하였다. 사람들은 공포에 떨며 쥐구멍이라도 찾듯 섬을 탈출하였다.

"우리도 안전한 곳으로 피난을 가세."

한장서는 한성서와 피난 보따리를 들고 재촉하였다.

"경찰가족들의 신변이 염려되어서요."

"그들이야 경찰이 진주하면 무사할 것 아닌가? 그리고 웬만큼 눈치 빠른 사람들은 이미 뿔뿔이 안전한 곳으로 내보내지 않았는가."

"남은 경찰가족들을 만약의 사태를 생각해서 인질로 잡아 두겠다는 겁니다."

한민서는 인민군대장의 고육지책을 듣는 순간 눈앞이 암담하였다.

"면장이 있지 않는가."

"하여간 한번 만나보고 오겠습니다."

"섬목 뿌저리에서 기다리고 있을 테니까 그쪽으로 오시오."

한성서는 속으로 투덜거렸다. 죽느냐, 사느냐, 숨가쁜 화염 속에서 책임이 뭐고, 의리는 또 무어 말라비틀어진 것인가. 한민서는 한성서의 말을 귓결로 들으며 면장을 찾았다.

"나도 인질로 잡혀 있네. 자네라도 섬을 빠져 나가게. 뒷감당은 내가 할 테니."

"안될 말이네. 어떻게 하든 그들을 구해야 하네. 인민군 대장을 만나 담판을 짓겠네."

"지금 제정신으로 하는 말인가? 자네까지 잡아두려고 할걸세. 나는 이 섬의 면장 아닌가. 경찰이 들어오면 질서를 잡아야 하네. 더 많은 보복이 따를지 누가 아는가. 알겠는가? 만일 어떻게 된다면 자네라도 살아남아 증인이 되어야 하네. 우리 집에 몇 사람 가까스로 인질에서 빠져나와 숨어 있으니 그 사람들을 데리고 어서 가게나."

면장은 한민서를 등 떠밀었다. 한민서는 면장의 말을 따를 수밖에 없다고 생각하였다. 숨어있는 경찰가족들을 찾아내어 총알이 반딧불처럼 허공을 가로 지르는 곳을 지나 섬목께로 갔다.

"아따, 빨리 오잖고 뭘 했소. 몽선아, 어서 노를 잡아라."

한민서 일행이 배에 오르자 한성서는 닦달하듯 몽선에게 말하였다. 배는 미끄러지듯 갠바우께로 향하였다. 배에 탄 사람들은 포개듯 엎드린 채 숨을 죽였다. 배가 멀어질수록 총성은 잦아지듯 희미하게 들렸다.

큰누이 집을 찾아들었을 때 그곳은 이미 피난 온 사람들로 발을 내

258

딛을 틈이 없었다. 가까스로 마구간이 딸린 방 하나를 차지하였다. 여자들과 아이들은 방에 들게 하고 남정네들은 마구간 신세를 졌다.

"저희들은 죽으나 사나 고향집으로 가겠어요."

한민서와 행동을 함께 한 경찰가족들은 안심이 되지 않는다는 듯 북적거리는 이곳 공기를 썩 내켜하지 않았다.

"그래도 여기가 안전할 것인데……."

"소문으로 고향집이 인민군 치하에서 벗어났다니까 거긴 안심 놓을 수 있을 것 같으요."

"붙잡지는 않겠소만, 조심들 해야 할게요."

한민서는 더는 붙잡을 수 없어 그들을 고향으로 보냈다.

"집사람이 해산 기미가 있어 큰일이요."

한성서는 만삭이 된 아내가 걱정이었다. 그 사이에도 피난대열은 멈추지 않고 몰려들어 마을 전체가 미어터질 지경이었다. 지리적으로 외진 곳이라 인근 섬지방과 이웃 고을에서 몰려온 것이다. 아무 연고도 없는 사람들은 개울가나 산 계곡 바위틈에서 기식을 하며 추위와 공포에 떨었다. 그렇다고 여기라 하여 안심 놓을 수는 없었다. 바다와 산에서 언제 총알이 날아올지 잔뜩 겁먹은 얼굴들이었다. 어디선가 총성이라도 울릴라치면 아비규환이 따로 없을 터였다.

"가지고 온 양식은 얼마 안 되는디 철딱서니 없는 아이들은 눈만 뜨면 묵을 것을 달라고 저 야단이고, 참말로 죽것소."

"애들은 그렇다 치고 산모가 걱정이요. 이 난장판 같은 곳에서 어찌 몸을 풀어야 할지."

"사돈네 팔촌, 십이 촌까지 몰려와 진을 치고 있으니 사람 미치고 팔짝 뛰것네. 헛간이고 정지간이고 가리고 따질 수 없겄네. 암탉이 알을 낳듯 하는 수밖에."

"성님, 이것 좀 보시요. 뭣이 이렇게 잔뜩 났소."

종부네는 이제 걸음마를 하는 아들의 허리춤을 내보였다.

"옴인 것 같네. 강아지맨처러 걸음마도 잘하는 애가 가려워서 어쩔 끄나? 이 북새통에 약이 따로 있을 리 없고."

도암네는 짜안해 똑 죽겠다는 듯 혀를 찼다.

"악성으로 번지면 어쩨사 할지……."

종부네가 걱정하고 있는 사이 작은동서는 해산 기미가 있었다. 뱃속의 생명이 조금만 참으면 집에 가서 세상 구경을 할 것인데 부득부득 나오겠다고 발로 배꾸리를 차고 거꾸로 용트림하였다. 산모의 신음소리가 점점 급박하였다.

"아이고, 큰일이네. 미역 한 가닥 준비해 오지 않았는디……."

종부네는 고구마 저장 통구미 구석진 곳에다 산모를 누이고 수발을 들었다. 한쪽으로 밀려난 노인네들은 산모의 신음소리에 잠을 이루지 못하고 열심히 비손이를 하였다. 도암네는 큰시누이가 비장해 둔 미역 한 가닥과 쌀 되박을 아이들 눈을 피해가며 국을 끓이고 죽을 쑤었다. 한성서는 시커먼 구레나룻을 일없이 어루만지며 애가 탄 나머지 안절부절 서성거렸다.

"옳지, 좀 더 힘을 쓰소. 좀더……."

산모의 두 손을 움켜잡은 종부네는 산모보다 더 안간힘을 썼다. 전쟁의 공포로 잔뜩 긴장한 때문인지 해산은 힘겹고 더디기만 하였다. 산모도, 종부네도, 도암네와 비손이를 하던 노인네들도 어느 정도 지쳤을 때 울음소리를 내지르며 새 생명이 세상 밖으로 나왔다.

"아들이요, 딸이요?"

그 와중에서도 한성서는 그것부터 물었다.

"고추를 달고 나왔소."

"허허, 그래요. 경사는 분명한디, 이놈의 전쟁이……."

한성서는 동이 터오는 새벽하늘을 쳐다보며 쓰거운 입맛을 다셨다. 술이라도 한 사발 들이키고 싶었다. 아침녘에 눈을 부비고 일어난 아이들은 아기를 낳았다는 신기함보다 산모가 드는 미역국과 죽 그릇에 눈이 박혀 있었다.

"누구를 위한 전쟁이간디 눈 초롱한 저 새끼들 배를 굶길고."

노인네 하나가 역시 마른침을 삼키며 돌아앉았다. 노인네 또한 미역국 한 그릇이 그렇게도 먹고 싶었다. 산모는 건강을 타고났는지라 악조건 속의 산후조리인데도 별 탈 없이 회복되어 갔다. 새 생명은 힘차게 젖을 빨았다.

한 달이 지났을 무렵, 피난 왔던 사람들이 하나 둘 떠나기 시작하였다. 마치 긴 겨울 동면에서 깨어난 사람들처럼 추레한 모습으로 각기 집으로 돌아갔다.

"형님, 우리도 갑시다. 산모도 있고, 어머님 모습이 말이 아닙니다."

"그러기로 하지. 아우님과 몽선이 어머님과 가족들을 모시고 먼저 가게나. 그리고 분위기를 파악하고 나서 몽선을 보내게."

한성서는 한장서의 말을 따랐다. 피난대열이 떠난 마을은 갑자기 썰렁하기만 하였다.

"난리라더니, 모두들 죽을 고비를 넘겼는가 보이."

"전쟁의 후유증은 이제부터 나타날 듯싶습니다."

매부의 말에 한민서는 무언가 불안이 가시지 않았다. 까닭 모르게 한숨이 나왔다.

"어째서?"

"보복이 뒤따르지 않겠어요. 어느 시대나 전쟁의 회오리가 지나친 곳은 그랬으니까요."

"자네들이야 뭐 어쩔려고."

"알 수가 있습니까. 매형도 조심 하세요."

"나야, 새빨갛게 물든 공산주의자가 아니지 않는가. 이쪽저쪽 친구들과 가리지 않고 어울리기는 하였지만."

"재수가 없으면 뒤로 나자빠져도 코가 깨진다고 했습니다."

"허긴, 벌써부터 사적인 감정을 앞세워 보복의 도끼날을 치켜들고 있어. 이 마을은 아직 잠잠하지만."

"사적인 감정을 대의명분에 얽어맸을 때 가장 무섭지요."

한민서는 해방공간을 잠시 떠올렸다. 그때도 사적인 감정을 앞세워 보복을 자행한 일련의 사건들이 있었다.

집으로 돌아간 한성서와 몽선이 한장서와 한민서를 데리러 온 것은 닷새가 지나서였다. 한성서보다 몽선이 핼쑥하게 질려 있었다.

"큰일 났습니다요. 그런께. 거, 뭐시냐……."

"제가 말할 께요. 인질로 잡힌 경찰가족들이 몇 사람 희생을 당했습니다. 그 위에 미리 그곳을 빠져나간 경찰가족들도 생사가 확인되지 않았고요. 그 땜새 형님의 소재를 찾느라 야단입니다."

"면장은 어찌되고?"

"분풀이 대상이 되었지요. 완전히 빨갱이로 몰아 희생양이 된 겁니다."

"거, 참. 낭패로군. 최선을 다 했는데……."

한민서는 잠시 할 말을 잊었다. 그 상황에서 최소한의 희생을 생각하지 않았단 말인가? 면장이야말로 신의가 두터운 양심적인 사람 아닌가. 자기 한 몸을 생각하였다면 끝까지 남아있을 리가 없을 터였다.

"그거사 형님 생각이고, 저쪽에서는 희생당한 가족들을 내놓으라고 눈에 불을 켜고 있어요. 만약 형님이 나타나면 무슨 불상사가 일어날지 몰라요. 형수님이 대신 곤욕을 치르고 있구만요."

"면장보다 동생이 더 괘씸죄로 몰렸는지 모르겠네. 자네 몸만 생각한 나머지 피난을 나왔다고 말일세."

"함께 피난하였던 그들의 가족들이 증인이 아닙니까."

"눈에 핏발이 선 채 이성을 잃은 그들의 귀에 그 말이 들어오겠는가?"

"그들 가족을 보호하기 위해 최선을 다하였으니까 두려울 게 없어요. 집으로 갑시다. 오명을 씻어야겠어요."

"아이고, 도덕군자 같은 소릴랑 집어치우시요. 마을사람들도 모두들 무서워 찍소리 못하는 판에 누가 형님의 그 정직성을 변호해 줄 것 같으요?"

"성서 말이 맞다. 자네는 아무소리 말고 여기에 남아 있거라."

큰누이가 한민서의 허리춤을 잡아 앉혔다.

"그러게나. 처남은 당분간 여기에서 상황을 보아가며 행동해도 늦지 않을 걸세. 그 사이 이성들이 돌아오면 처남의 공과가 선명히 떠오르지 않겠는가?"

"매형 말이 맞소. 억울하지만 며칠 여기에 남아 있으시오."

한성서가 우지끈 누지르듯 하고서 한장서만을 앞세웠다. 한민서는 면장의 정직하고 신의가 두터운 얼굴을 떠올리며 도리 없이 주저앉았다. 어쩌면 시기를 놓친 것은 아닐까? 매도 먼저 맞으랬다고 더욱 감정이 악화되지는 않을까…….

4

섬은 무법천지였다. 지서 급사인 판봉까지도 총을 어깨에 을러메고 적색분자를 찾아 나섰다. 더구나 상부와의 연락망이 거의 두절된 상태여서 즉결 처분권까지 총구에 실어 주었는지라 하루에도 몇 발의 총성이 울렸다. 법보다 주먹이 가까운 세상이었다. 설과 대보름이 돌아왔는데도 사람들은 그저 두려움에 짓눌려 차례마저 제대로 올리지 못하였다.

경칩이 지난 그날은 한차례 봄을 적시는 비가 내린 뒤여서 햇살이 따사로웠다. 여린 새 쑥이 덤불 사이에서 수줍어하고, 금방이라도 아지랑이가 지펴날 듯하였다. 그 따사로운 서녁 햇살을 받으며 포승줄로 묶인 행렬이 마을 앞을 지나쳤다. 턱수염이 허옇게 나부끼는 노인네로부터 사십대 장정, 이십대 젊은이, 삼십대 여인네와 새파란 댕기머리 처녀도 섞여 있었다. 그들은 굴비 두름하듯 묶인 채 지치고 허기진 모습으로 천천히 당상나무를 지나 원뚝을 가로질러 비석거리를 돌아나갔다. 눈물도 매말라 버린 채 죽음 앞으로 걸어 나가고 있었다. 그들 뒤에는 총을 거꾸로 을러맨 사내들이 따르고 있었다.

"저들이 무슨 죄가 있다고 끌고 갈께?"

마을사람들은 두려움으로 감히 방문을 열지 못하고 창문 구멍으로 밖을 내다보았다.

"보아하니 몇 사람을 제외하고는 생판 낯선 사람들이네. 인근 섬에서 붙잡혀 온 듯싶으이."

"한곳에 모았겠제. 저 처자는 재 너머 이성이 딸 아닌가?"

"맞네. 신학문을 했다고 해서 부녀자 지도위원인가 뭔가 감투를 쓰고서 동네방네 돌아댕김시러 사상교육을 시키지 않았는가. 아이들을 상대로 노래도 가르치고 말이여."

"야무치고 똑똑하든만. 섬을 미처 빠져나가지 못한 모양이시."

"저 사람들은 판봉이 같은 족속들인가 보제."

"이놈의 시상이 태극기를 들고 만세를 터져라고 불렀는디 어째 요롷고롬 요상허게 돌아간당가?"

"발본색원이라는 말 못 들어 봤는가? 워따메, 이건 어디서 들려오는 총소리란가."

비석거리 너머에서 느닷없는 총소리가 창문을 흔들자 사람들은 머리를 방바닥에 처박았다. 총소리는 일정한 간격으로 들렸다.

"아까 그 사람들을 어떻게 한 모양이네. 인민군들은 인민재판이다, 즉결처분이다 해싸도 저렇게는 하지 않았는디."

"금메말시. 개가 짖어댄다고 개 토벌은 했어도 사람은 함부로 죽이지 않았제. 경찰가족들도 막판에 몇 사람 죽어났지만, 콩 볶듯 하지 않고 가랑하게 숨 쉬게끔 하지 않았는가 말이여."

"그거사, 면장과 한민서 공이 컸제."

"저들이 시방 두 사람의 신의와 노력을 쥐뿔이나 알겠는가?"

"죄 없는 종부네만 파김치 꼴이네."

"종부네 오래비 말일세. 잡혔다고 하든만."

"그 사람, 인물이제이."

"한민서도 그 선에 닿지 않았는가, 덧붙이기 하는가 보드만."

"한민서야 우리가 알다시피 공부밖에 모르지 않았는가. 원체 속에 든 것이 많아논께 그쪽으로 기운 듯 보이제."

"그나저나 지서 급사인 주제에 판봉이 시상이네. 인민군이 들어왔을 때는 일자무식꾼인 돈대가 죽창 꼰아잡고 설쳐대더니만, 인자는 판봉이가 망나니짓을 하네, 그랴."

"자고로 설익은 무당 일낸다 하지 않던가."

마을사람들 말처럼 판봉은 밤낮을 모르고 싸돌아다니며 마구잡이로 행동하였다. 아무에게나 마음에 들지 않으면 육두문자를 써가며 총부리를 들이댔다. 판봉이 눈밖에 났다면 빨갱이라는 한마디가 이마에 문신처럼 맺혀 떨어졌다. 가난을 곱씹던 사적인 적개심도 어김없이 노출시켰는데, 한장서네와는 담장을 사이에 두고 늘상 부러움과 시새움을 떨쳐버리지 못하였다. 한옥서와는 코흘리개 시절부터 소꿉친구로 지내왔지만 점점 거리가 멀어지면서 열등의식을 져버리지 못하였다. 아버지가 한장서네 집에서 품을 파는 것도 불만이었다. 그러한 감정은 한옥서가 자신이 은근히 짝사랑하는 처녀와 약혼을 하자 하늘 높이로 폭발하였다. 공문을 전달하러 갔다가 우연히 우물가에서 그녀를 발견한 순간 그 자리에 얼어붙어 버렸다. 하늘에서 내려온 선녀만 같았다. 그날 이후로 짬만 나면 당목으로 달려가 그녀를 훔쳐보며 혼자만의 사랑을 심어 나갔다. 그런데 느닷없이 한옥서가 그녀를 가로챈 것이다. 무심한 돌팔매질에 우물 안의 개구리가 상처를 입듯, 안으로 안으로 품어오던 사랑의 무지갯빛이 무참히 사라져 버린 것이다. 절망과 분노. 판봉은 눈물을 씹어 삼키며 이대로 주저앉을 수는 없다고 두 주먹을 불끈 쥐었다.

판봉은 기회만을 엿보았다. 그리고 전쟁이 터졌다. 인민군이 쳐들어왔을 때는 하루에도 몇 번씩 목숨이 붙어있는가 뒷산 바위굴에 숨어 지내며 공포에 떨었다. 지서급사는 보나마나 가슴에 죽창이 꽂힐 것이었다. 그러나 하늘은 판봉의 편이었다. 전세가 역전된 것이다. 어제의 반동분자가 승자가 되어 어제의 승자들을 빨갱이로 처단하였다.

"한민서의 행방을 알아야 한다. 감시를 게을리 하지 말라."

그같은 명령이 아니더라도 판봉은 한장서네 집과 한민서 집을 촉각을 곤두세우고 감시하였다. 한민서뿐만 아니라 한장서 또한 사상이 의심투성이였다. 서울에서 무슨 일을 꾸미면서 사상이 불건전한 사람들과 어울리지 않았는가. 대감할미가 죽었을 때 찾아온 문상객들만 봐도 의심을 살만하였다.

종부네는 걸핏하면 불려가 심문을 받았다. 아녀자로써, 더구나 젖먹이와 네 살짜리 아이를 둔 어머니로써 고초를 당한다는 것은 감당하기 힘든 일이었다.

"당신네 가족은 안전하게 피난을 시키고, 우리 가족들은 사지에 내팽개치다니. 있을법한 일이야?"

불려갈 때마다 잔뜩 모멸감을 주며 죄인 다루듯 하였다.

"바깥어른은 최선을 다했어라우. 물어보면 다 알 것이요."

"무슨 소리야? 당신 남편 어딨어? 소재를 대란 말이야. 선비인체 점잔을 빼면서 뒷구멍으로는 빨갱이물이 잔뜩 들었잖았어. 사상무장을 철저히 한 요주의 인물 아니고 뭐야?"

반복되는 심문은 사람을 지레 말라죽게 하였다. 연약한 아녀자가 죄가 있으면 얼마나 있고, 잘못을 저질렀으면 얼마나 저질렀겠는가. 그 가운데 남편과 친분이 있었던 순경 하나가 마음을 써 주었다.

"감정들이 엉망으로 뒤틀려 그러니께 조금만 참고 견디시오."

젖먹일 시간이 되면 눈치껏 보내 주었다. 기진한 모습으로 집에 돌아오면 어린 것들은 두려움과 기다림에 지쳐 있다가 울음을 터뜨리며 품안에 안겨 들었다. 첫째 딸아이는 속내가 실하여 동생들을 그런대로 잘 돌본다지만 네 살배기는 진물 투성이의 가려운 몸뚱이를 아무데나 비비적거리며 칭얼거리고, 젖먹이는 젖 달라고 매달렸다. 이럴 때 해심이라도 곁에 있으면 좋으련만 피난 나갈 때 친정으로 보냈다.

"제수씨, 이럴수록 마음을 굳게 가져야 합니다."

한장서는 시간만 나면 종부네를 위로하였다.

"시숙님 안전이나 살피시요. 며칠 전 야밤에 찾아온 친구 분이 무슨 빌미를 주지 않을까 걱정이구만요."

"이곳은 안전할까 하고 왔습디다만 어디 그렇습니까. 새벽같이 갠바우로 보냈습니다. 동생을 만나 보라고 하였으니까 염려하지 않아도 될 겁니다. 나하고 함께 일하기로 하였는데 쫓기는 신세가 되었어요."

한장서는 자신도 모르게 한숨을 내쉬었다. 극단과 극단의 유혈. 과연 어디까지 갈 것인가.

그날도 종부네는 한차례 문초를 받고 풀려나와 밤늦게 저녁을 들고 잠자리에 들었다. 몽둥이찜질보다 더 살벌한 분위기가 사람을 한없이 가라앉게 하였다. 건너편 방에서는 사람을 거꾸로 매달아 놓고 고춧가루 물을 들이붓고 있었다. 일제 때나 자행하던 고문이었다. 피부병으로 몸을 뒤채는 아들의 보챔도 모를 정도로 잦아졌다.

갑자기 콩 볶듯 하는 총소리에 놀라 일어났다. 아이들도 울음을 매달고서 두려움으로 떨었다. 새벽 달빛은 서창에 비치는데 창문을 뒤흔드는 총소리는 사람을 자지러지게 하였다. 아침 해가 성백산 위에 올라섰을 때 총소리는 멎었다. 면사무소 국기게양대에 붉은 기가 나부꼈다. 세상이 또 뒤바뀐 것이다. 사람들은 학교운동장으로 몰려갔다. 학교운동장에서는 살기가 번득이는 가운데 인민재판이 시작되었다. 목숨을 부지한 채 숨을 죽이고 있던 사람들이 승자의 위치에 서서 보복을 감행하였다. 그들은 마을마다 찾아다니며 반동분자들의 집을 불태웠다. 가장 비극적인 참상을 당한 집은 일제 때부터 세도를 누려온 최씨네였다. 가까스로 피신을 한 막내아들을 제외하고 여섯 아들이 소작농에게 희생되었다. 거기에 대해서는 너무 가혹하였다는 여론이 돌았지만 감히 공개적으로 나무라지 못하였다. 운 좋게도 판봉은 그 위기에서 도망쳐 나가고 없었다. 판봉이 뿐만 아니라 경찰들은 아무도 피해를 입지 않고 자취를 감추었다.

"쥐새끼 같은 놈."

판봉을 찾던 무리들은 그의 아버지를 끌어내어 작신작신 짓밟았다. 한바탕 회오리바람이 휩쓸고 지나자 각 마을 책임자를 선출하였다. 한성서도 강압적으로 떠맡기는 바람에 마을 책임자가 되었다.

"살다보니 생각지도 않은 감투를 쓰는구만."

한성서는 마음에 썩 내키지 않는다는 듯 검숭한 구레나룻을 쓰다듬었다.

"끝까지 사양하지 않고."

한장서는 탐탁지 않은 얼굴을 하였다. 세상이 또 어떻게 될 지 모르는데 어거지 감투를 쓰다니.

"전들 좋아서 맡은 겁니까. 그 자리에서 싫다고 해 보시오. 어떠한 대가가 주어질지요."

"그렇기는 하네만, 한 가지 의문점이 있어."

"뭔데요?"

"생각해 보게. 인근지역에서는 그 어느 곳도 인민군이 기습 공격을 하지 않았는데 어째서 이곳만 나타난 건가?"

"윗녘에서도 인민군들이 야습을 감행한다고 하지 않던가요."

"그것은 산으로 숨어든 빨치산들이 나타난 거지. 그런데 저들은 당당한 점령군들이잖은가."

"형님 말을 듣고 보니 좀 그런디요. 뭔가 이해 못할 구석이 있구만요. 민서 형님에게 사람을 보내야 쓰것소."

"아직은 오지 말라고 하게. 내 뜻을 알겠는가?"

한장서는 점령군으로 깃발을 드날리는 인민군들에게 막연한 의심을 떨쳐버리지 못하였다. 저들은 사상무장이 가장 투철한 인민들의 핍박이 어느 지역보다 심하여 우선적으로 공략을 감행하였다지만 설득력이 빈약하였다. 더구나 미군의 인천상륙 작전으로 허리가 잘린 상태에서 가장 남녘에 위치한 손바닥만 한 섬을 점령, 전략상의 교두보를 확보한다는 것은 선뜻 이해가 가지 않았다. 북으로 더 이상 후퇴할 수 없어 그 반대급부로 교통과 통신이 두절되다시피 한 섬을 장악, 탈출구를 모색한다 해도 무언가 숨겨진 그늘이 있는 듯하였다.

몽선으로부터 상황을 전해들은 한민서도 한장서와 비슷한 판단을 내렸다. 갈 곳 없는 패잔병들이 기습을 하였다고 볼 수 있겠으나, 여러 정황으로 보건데 석연찮은 점이 있었다.

"경거망동을 하지 말라고 해라. 형님이 계셔서 마음이 놓인다만, 지혜롭게 처신하도록 해라."

"성서 아재가 억지로 마을 책임자로 뽑혔는디요."

"뭐라고?"

"빠져나갈 수가 없었어라우."

"그래도 그렇지. 이건 뭔가……?"

한민서는 조짐이 좋지 않았다. 그들은 한바탕 분탕질을 하고나서 바람처럼 섬을 빠져나갈지도 모른다. 그 뒷감당을 어떻게 하랴. 한민서는 행동 가짐을 단단히 하라고 몽선을 돌려보냈다.

한민서의 예견은 적중하였다. 늦더위가 지나고 코스모스가 하늘거리고, 고추잠자리가 담장을 넘나들 때, 인민군들이 소리 없이 자취를 감추었다. 한여름 살기등등하던 그 모습들이 총소리 한번 울리지 않았는데도 섬을 빠져나간 것이다. 곧바로 경찰들이 들어왔다.

"암만해도 이상허이. 들어올 때도 그렇고 나갈 때도 유령처럼 사라지다니.”

“금메 말이여. 주위의 분위기와는 영 아귀가 안 맞아.”

사람들은 섬주위로 아군들이 진을 치고 있는 사이로 쥐도 새도 모르게 자취를 감춘데 대해 의구심을 잔뜩 품었다.

본격적인 보복은 여기서부터 시작되었다. 인민군들이 분탕질을 치고 간 그 여죄를 고스란히 섬사람들에게 안겼다. 그들에게 조금이라도 협조를 한 사람은 그 동기와 정황의 잘잘못을 가리지 않고 빨갱이로 몰았다. 대섬 바위틈에서 해초를 뜯어먹으며 숨어 지내던 판봉의 기세등등한 모습에서 현실을 짐작할 수 있었다.

“형님, 아무래도 피신을 해야겠습니다.”

한성서는 섬을 빠져나가지 못한 불안감으로 휩싸였다.

“나야, 지은 죄가 없으니까 상관없네만 동생은 잠시 피하거나.”

“우선 급한 대로 작은 굴 아래 우리 논배미 바위 근처에 숨어 있겠소.”

“거기라면 안심할 수 있겠어. 연락이라든가, 먹을 것을 가지고 가기도 좋을 듯싶고. 이런 분란이 언제까지 갈라든가.”

“그럼, 형님께 집안을 맡기요.”

한성서는 그길로 몸을 숨겼다. 연락은 논에 가는 척 하고서 취하였다. 한장서는 지서에 불려갔다. 한민서와 한성서의 행방을 대라는 것이었다.

“묵비권을 쓴다고 모를 줄 알아? 그리고 당신이야말로 세상을 달관 자연하며 비밀스레 암약해온 공산주의자 아닌가?”

“내가 조금 배운 죄로 공산주의 이론이 무엇이라는 것을 알지만 그렇지가 않소.”

“두고 봅시다. 그 가면이 벗겨질 테니까.”

경찰은 한장서의 사상을 의심하고 있었다. 판봉과 주위사람들의 보고에 의하면 결코 초월주의자가 아니었다. 사상이 건전하지 못한 친구들과의 교분하며 의심의 소지가 다분하였다.

한장서는 그 와중에 막내 매부의 전사 소식을 들었다. 해안경비대의 최일선에서 싸우다 전사한 것이다. 막내사위의 죽음은 먹구름을 안겨주었다. 어머니는 처남들의 방패막이가 다소 되지 않을까 은근히 기대하는 바가 컸는데 슬픔을 이기지 못하였다. 사실 막내 매부의 뒷배가 알게 모르게 한장서의 신변을 안전하게 작용하였는지 몰랐다. 한장서는 울적한 마음을 이기지 못해 혼자 술잔을 기울였다. 밤늦은 시간 임서기가 찾아왔다.

"자네가 어인 일인가?"

"민서 소식이 궁금해서요."

"내 집에 들어올 상황이 아니지 않는가."

"그 점은 알고 있지요. 김순경 알지요? 그 사람이 무사히 가족을 찾았다면서 민서에게 감사를 드립디다. 읍내경찰서에 있드만요. 그리고 이걸 전해 드리라고 하더만요."

임 서기는 품안에서 서류를 꺼냈다. 꼼꼼하게 나열한 한장서에 대한 기밀문서였다.

"나를 형편없는 공산주의자로 낙인찍어 놨군."

한장서는 쓰겁게 웃음을 지었다.

"거기에 적혀진 친구들과는 정말 비밀결사를 조직하였소?"

"참신한 잡지를 하나 만들기로 하였지."

"그분들이 내로라하는 좌익인사들이 아니요?"

"나는 그렇게 생각하지 않네. 무엇보다 일제가 만들어 낸 잣대로 그들을 분리하거나 단죄해서는 안 되네. 이쪽저쪽을 두루 꿰뚫어 알아야만 진정한 비판과 행동철학이 생성되는 것 아닌가."

"지금 상황이 그런 게 통합니까. 어쨌거나 이건 형님에게 족쇄나 다름없어요. 조심하시오."

"자네 말대로 억울한 죽음은 원치 않으니 잠시 세상이 진정될 때까지 피해 있겠네. 그리고 민서는 사상을 초월한 자기 신념으로 행동한 사람인데 일방적으로 단죄를 하려들다니……."

한장서는 임 서기를 보내고 나서 집 떠날 준비를 하였다. 몽선 편으로 현재의 돌아가는 사정을 한민서에게 알리고 한성서가 은신해 있는 곳으로 숨어들었다. 뒤늦게 그 사실을 안 판봉이 보고를 하였다.

"뭐야? 섬을 빠져나가기 전에 잡아들여. 놓쳐서는 안돼. 기밀문서를 보건데 의외로 거물일 수도 있어."

지서주임은 당장 수배령을 내렸다. 득달같이 도암네를 잡아들여 남편의 행방을 대라고 을러댔다. 새파랗게 질린 도암네는 한사코 모른다고 대답하였다. 몽선이 기회를 틈타 죽을 각오를 하고 한민서에게 그 사실을 알렸다. 한민서의 얼굴에 핏기가 가셨다.

"막내 매제가 전사하고, 형님마저 피신하였다고?"

"섬 전체가 말이 아닙니다요. 쑥대밭이 되구만이라우."

"처남, 그런디 말일세. 내가 알아본 정보에 의할 것 같으면 인민군이 섬에 들이닥친 그 무렵에는 그 어디에도 인민군 잔류 병력이 없었다는 거네."

"가지산에 빨치산들이 있지 않소."

"그들은 산 속에서 방어태세를 할뿐, 준동한 사실이 아직은 없다고 들었네."

"정확한 정보인가요?"

"확실하네."

"그럼, 어디서 내려온 인민군들이었을까요?"

"그러게 말일세. 수수께끼가 아닐 수 없네. 항간에 은밀히 떠도는 소문에 의하면 위장 병력이라고도 하고……."

"위장 병력이요?"

"나주에 주둔하고 있는 경찰병력이 민심의 정확한 소재를 파악하기 위해 인민군으로 가장, 침투하였다든가……."

"어째서 하필이면 우리 섬이었을까요?"

"뭍과 제주와의 중간거점 지역으로 일제 때부터 요주의 거점지역으로 주목받은 곳 아닌가. 더구나 조선조 때는 궁정토고 말일세. 서해안 어딘가에도 그와 유사한 작전을 하였다 하고, 산간지방에서도 그런 식으로 민심을 냉동시켰다고 하질 않는가."

"무고한 사람들의 인심을 그렇게 매도하고 희생시킨 데에는 목적이 있을게 아니요?"

한민서는 매형의 말이 아직도 이해가 가지 않았다.

"하나의 본보기로서의 발본색원 아니겠는가. 중국전술에도 점령한 마을을 불사른다는 대목이 있지 않던가."

"그렇다면 정말 알 수 없는 광기요."

"나로서는 처남들이 걱정이네."

"저라도 돌아가 정정당당하게 부딪쳐야겠어요."

"안 되라우. 시방 가봤자 죽음이 기다리고 있을 뿐이어라우."

몽선은 화들짝 놀랐다. 한민서의 행방을 대라고 종부네가 얼마나 시달림을 받는가.

"몽선이 말이 맞네. 총성이 잦아지면 면죄부가 주어지지 않겠는가. 내 생각에는 이곳도 안전할 수 없으니까 처남만이라도 보다 안전한 곳으로 피신했으면 하네."

"상황을 보고 통영에 사는 친구를 찾아보지요."

한민서는 무엇이 옳고 그른지, 도대체가 뒤죽박죽이었다. 몽선을 돌려보내고 나서 한동안 넋을 놓고 있었다.

몽선이 돌아오고 나서 사정은 더욱 악화되었다. 자칫 멸문지화를 당할 위치였다. 한장서네 형제들만이 아니었다. 마을마다 벌죽한 집안들이 한 타작으로 비운에 잠겼다. 그런 속에서 한장서와 한성서의 연락망이 두절되었다. 워낙 감시가 심한데다가 벼를 베기 전에는 논을 돌본다는 핑계 삼아 눈치껏 먹을 것을 날라다 주었으나 허허벌판으로 변하자 그마저 수월치가 않았다. 아녀자들의 가슴이 타들어 갔다. 그런 가운데 종부네는 박해수가 죽음을 당하였다는 소식을 임 서기로부터 들었다.

"너무 거물이라서 살려줄 수가 없었다든만요. 경찰서장이 얼마나 똑똑한가 보자고 밤새워 토론을 벌였다 안하요. 경찰서장이 해수형님의 논리 정연한 인품에 감복, 몇 번이나 죽이기가 아까워 망설였다 안하요. 윗선에 탄원도 올리고 했는데도 어쩔 수 없었다나요."

"그 성질에 전향을 거부하였을 것이오."

친정아버지는 어떻게 지낼까? 종부네는 생각이 거기에 미치자 잊고 지냈던 친정을 당장 가고 싶었다. 눈물을 안으로 삭이며 무덤골을 넘어 친정으로 향하였다. 돌멩이에 발부리를 몇 번이나 채였지만 허위허위 친정집을 들어섰다. 친정집은 조용하다 못해 괴기로웠다. 친정아버지는 술잔을 앞에 놓고 넋 잃은 듯 앉아 있었고, 친정어머니는 눈물부터 쏟았다.

"너도 알고 있었냐? 인자 망한 집안이다."

친정아버지는 침중하게 말하였다. 아들과 사위가 시뻘건 바닷물 위에 원귀로 떠돌다니. 사위도 언제 목숨을 잃을지 모르잖은가.

"남은 사람들이라도 살 궁리를 해야지요."

"바로 밑에 동생은 네 오빠를 대신해서 장자 노릇을 해야 하니께 집에 두고 나머지 두 놈은 군대라도 보내사 쓰것다. 그놈들이 살길은 그 길밖에 없다."

"잘 생각 하셨소."

"니, 고생이 참으로 크다."

"시련을 감내해야지라우. 막내는 왜 저런다요?"

종부네는 마루방 쌀독 뒤에 쥐새끼처럼 웅크리고 있는 막냇동생을 가리켰다.

"저 어린 것을 쌀씨갱이로, 큰 재로 개처럼 끌고 다니면서 느그 오라버니 행방을 대라고 얼마나 족쳤는지 저 모양이 됐다."

친정어머니는 또 한 차례 울음을 터뜨렸다.

"참말로 시상이 독하요."

종부네도 참았던 눈물을 흘렸다. 하룻밤을 눈물로 지새우고 집으로 돌아왔다. 아이들은 극도의 불안과 공포에 사로잡혀 있었다. 어이구, 내 새끼들아! 종부네는 아이들을 끌어안았다. 밤이 되어 아이들을 잠재우고 혼자 컴컴한 창문 곁에 오두마니 앉아 잠을 이루지 못하였다. 시월 상달은 피비린내 나는 세상을 창백하게 비추었다. 누군가 조용히 뒷문을 두드렸다. 종부네는 소스라치게 놀랐다.

"누, 누구요?"

"형수님, 접니다."

종부네는 깜짝 놀랐다. 이 죽음의 땅을 어쩌자고 찾아온 걸까.

"형님네들의 신변이야, 집안이 궁금해서 태서와 함께 왔습니다. 오다가 막내누님 집에 들러 그간의 소식을 대충 들었습니다만……."

"막내 도련님은요?"

"어머님 곁에 있습니다."

"막내누님의 슬픔이 크지라우?"

"말해 무엇 하겠습니까."

"막내누님으로부터 이쪽 사정을 들었음시러 뭐할라고 왔소. 누님 집에 계시제."

"가족들 얼굴이나 한번 보고자 왔습니다. 이 길로 당목을 들렀다 누님한테 가겠습니다."

"무슨 일이나 없어사 할디, 걱정이 태산이요."

"제 염려는 마시고 형수님이나 어린 조카들을 보고 굳건히 버티십시오. 전쟁의 회오리가 지나면 모두가 평온할 것입니다."

한옥서는 잠들어 있는 조카들을 쓰다듬은 다음 자리에서 일어났다. 한옥서는 마을을 빙 돌아 약낭골을 지나 싯돌바우를 무질러 지풍골로 접어들었다. 길목마다 서있는 보초들을 피해서였다. 싸늘한 달빛은 차갑기만 한데 등허리에 식은땀이 흘렀다. 약혼녀의 집에 도착한 한옥서는 담장을 뛰어넘어 약혼녀가 잠들어 있는 봉창문을 가만히 두드렸다. 약혼녀는 깜짝 놀라며 한옥서를 반겨 맞았다.

"보고 싶었소!"

한옥서는 그녀의 손을 잡아 쥐었다. 풀꽃 향기가 그녀의 머리카락에서 풍겼다.

"아버님을 뵈어야지요."

약혼녀는 뛰는 가슴으로 마루를 건넜다. 한옥서는 조용한 걸음으로 뒤를 따랐다.

"……자네가 이 밤에?"

잠을 이루지 못하고 이부자락을 뒤척이던 김우봉은 아연해 하였다.

"절 받으십시오."

한옥서는 큰절을 올렸다.

"무법천지나 다름없는디 어인 일로 왔는가?"

"상황이 이렇게 험악한 줄은 몰랐습니다. 날이 밝기 전에 막내누님 집으로 가야겠습니다."

"그곳이라면 다소 안심할 수 있을게야."

김우봉은 방문을 열고 나갔다. 오래지 않아 씨암탉 한 마리를 잡아왔다. 장인과 사위 될 두 사람은 말없이 술잔을 들며 닭다리를 뜯었다.

"시간도 없고 하니 딸아이와 이야기를 나누게."

"고맙습니다."

한옥서는 술잔을 마저 들고 약혼녀의 방으로 건너왔다. 그녀는 불을 켜지 않은 채 어둠속에서 기다리고 있었다. 한옥서는 무너지듯 약혼녀를 안으며 그녀의 숨결소리를 들었다. 그녀는 지금까지 간직해온 순결을 한 점 부끄러움 없이 사랑하는 사람에게 주었다. 아픔이 오고, 그 순간이 지나자 자신도 알 수 없는 환희가 가슴속에 차올랐다. 그녀는 미지의 힘에 이끌리듯 한옥서의 사랑을 숨 가쁘게 받아들였다. 새벽이 오고, 장인될 사람의 기침소리가 들렸다. 한옥서는 황홀한 단꿈에서 깨어났다.

"몸조심 하셔요."

"내 연락드리리다."

한옥서는 떠나보내기 아쉬워하는 약혼녀를 뒤로 하였다. 그녀의 아버지가 사립문 밖까지 따라 나왔다.

"잘 가시게."

"편히 계십시오."

인사를 하고 막 돌아서는데 누군가 가슴에 총부리를 들이댔다.

"판봉이 아닌가?"

"난, 니가 새빨갛게 물든 줄 몰랐구만."

판봉은 능글맞게 웃었다. 판봉이 뒤에는 유령처럼 시커먼 그림자가 한사람 더 서 있었다.

"나는 어느 물도 들지 않았네."

"그거야 까뒤집어 보면 알것제. 앞장 서드라고."

판봉은 한옥서를 앞세웠다. 약혼녀의 부모들이 그 자리에 붙박인 채 넋을 잃었고, 그녀는 어머니의 어깨에 머리를 기댄 채 정신을 놓았다. 한옥서는 그 길로 공구지산 계곡으로 끌려갔다. 그리고 한방의 총소리가 아침 공기를 깨뜨렸다. 한낮이 기울었을 때, 약혼녀의 아버지가 한옥서의 시신을 찾아 계곡 옆에 묻어 주었다.

종부네는 한옥서의 죽음을 전해 듣는 순간 그 자리에 주질러 앉았다. 세상에 이럴 수가! 아무 죄 없는 사람을 무지막지하게 죽이다니. 충격은 거기서 끝나지 않았다. 한태서를 끌어내다가 형들이 숨어있는 곳을 대라고 산으로 들로 끌고 다니다가 짱바등 다복솔 밑에서 목숨을 끊어놓았다. 종부네와 도암네는 호미로 땅을 파고 시신을 묻었다.

그리고 며칠 뒤, 한장서와 한성서가 배고픔을 이기지 못해 산을 내려와 지난날 소작을 부쳐 먹던 마름집을 찾아가 밥 한 그릇을 달라고 하자 그러마하고서는 그 길로 밀고를 하여 산토끼 몰이를 하듯 잡아 죽였다. 두사람은 그동안 큰 굴에서 은신해있었다. 시신마저 묻지 못하게 하여 세 동서가 죽기로 작정하고 선산발치에 안장하였다.

"네년들이 감히 시체를 묻어?"

해질녘 한장서와 한성서를 묻고 집으로 돌아왔을 때 총 개머리판이 종부네의 어깻죽지에 날아들었다. 시어머니는 아들 넷이 차례로 죽어나자 심화병으로 몸져눕고, 집안은 하루아침에 처절하게 주질러 앉았다.

한민서는 박해수가 처형을 당하고, 형제들이 몰살을 당하였다는 소식을 듣는 순간 분노와 슬픔을 걷잡을 수 없었다. 큰누이 집을 나섰다.

오강윤을 찾아 가기로 하였다. 오강윤을 만나지 못한다면 혈로를 찾아 어느 곳에서라도 살아야겠다고 다짐하였다. 전쟁의 미친 광풍이 잦아지고 온전한 세상이 돌아오면 반드시 오늘의 오류를 증언하리라. 모순과 감정의 반목으로 뒤엉킨 희생이 얼마나 많은가. 진실을 말하기 위해서는 살아야 한다. 죽은 자는 말이 없다. 무덤 위에 죄의 멍에가 새겨질 뿐이다. 손가락질 하나로 좌와 우가 분류되어 죽음을 맛보아야 하는 이 기막힌 상황을 죽은 자는 어떻게도 말할 수 없다.

살아남는 자의 숨결

1

솔개의 비상은 하늘을 더욱 높고 푸르게 하였다. 내팽개치듯 지서 정문을 나선 종부네는 서녘으로 비낀 햇살이 눈부시기만 하였다. 지서 저 안쪽 음침한 곳에서 고춧가루 물을 둘러쓰고서 신음하는 고통소리가 뒤따라와 귀를 틀어막았다. 찢기고 멍든 몸을 옮길 때마다 두 다리가 후들거렸다. 비석거리 쪽으로 방향을 정하였다. 사람들의 눈길을 피하고 싶었다. 동정어린 눈길도, 적대감을 가진 싸늘한 시선들도 보기 싫었다. 마을은 저녁연기로 가득하였다. 살아있는 자들은 저렇게 숨 쉬고 있음에랴.

종부네는 비석거리에 이르러 잠시 쉬었다. 마구잡이로 쓰러진 비석들은 총알자국으로 곰보자국처럼 얼룩져 있었다. 어디를 둘러보아도 피비린내로 가득하였다. 쓰러진 비석 뒤쪽 빗물로 씻겨 내린 언덕바지에 사람의 발목이 비죽이 나와 있었다. 몹쓸래라. 어느 누구의 시신인고. 종부네는 한숨을 깨물었다. 한차례 격전이 치러지고 난 다음 시신들을 한데 모아 비석거리에 무더기로 매장하였다. 붉은 복장도, 철모를 쓴

홍안의 병사도 한데 뒤엉켜 묻힌 것이다. 날이라도 궂을라치면 불꽃처럼 일렁이는 도깨비불…….

"해가 다 저가는디 거기서 왜 넋을 놓고 있소?"

한우균이었다. 바다에 나갔다 돌아오는지 바지게에 그물이 얹혀 있었다.

"도깨비불이라도 되었으면 좋겠소."

"또 시달림을 받고 오요?"

한우균은 종부네 발치 아래 지게를 내리며 종부네 곁에 앉았다.

"내가 무슨 죄가 있소?"

종부네의 눈가에 핑그르 물기가 어리었다.

"따지고 보면 모두가 피해자인디 너무들 하요."

한우균은 누구보다도 마음이 아팠다. 한민서의 행동반경을 가장 잘 알고 있는 한우균으로서는 종부네가 받는 고통이 가슴을 저몄다. 아무것도 모르는 아녀자에게 너무 가혹한 형벌이었다.

"아제도 마음이 편치 않지라우?"

"저야 당할 만큼 당했응께 더 이상 고초를 당하겠소. 털어도 털어도 먼지밖에 없응께요."

"나는 털 먼지도 없는디 참깨를 털듯하니……."

"조금만 참으시오. 세월이 약이라고 안 합디요."

"성님은 살아있을 것 같소?"

"살아남을 것이요. 발길에 채인 죽음들이 억울하기만 한지라 살아 증인이 되어야지요. 더구나 성님은 면장과 함께 모든 사람들을 위해 희생양이 된 것이요. 형수님도 알다시피 모든 것을 두 분에게 뒤집어씌우지 않았소."

"그걸 알면서도 왜들 죄인 취급을 하는지…….'

"그게 인간들의 간악한 심성 아니겠소. 전쟁의 유산이랄 수도 있고요. 어쨌거나 성님께서 살아남아야 훗날 역사를 바로 잡을 것이요."

"너무나 아련한 기대요."

종부네는 노을로 물드는 바다를 내려다보았다. 남편의 소재를 대라, 남편의 행방을 알고 있지 않느냐, 주리를 틀 듯 하는 반복되는 문초는 사람의 피를 말리게 하였다. 도대체 어디에 있다는 건가? 모른다로 시작하여 모른다로 끝나는 한결같은 대답은 그저 목이 메일 뿐이었다.

"전쟁도 끝났고, 살아남은 사람들끼리 상처를 안고 살아도 뭣할 것인디 총성이 울릴 때보다 더하요."

"모두가 이성을 잃은 나머지 악에 받친 사람들뿐이요."

"따지고 보면 우리들이사 뭘 아요. 좌고 우고, 생각하면 참 허무맹랑한 입씨름이재요. 한바탕 도깨비춤을 춘 것 같으요. 악몽에서 깨어난 기분이요."

"나는 지금이 더 악몽이요."

"누가 아니요. 이럴 바에야 어느 한쪽이 밀어붙여 버렸더라면 갈등과 반목은 없었을 것인디 비극이 아닐 수 없소."

한우균은 헛헛한 가슴으로 하늘을 올려다보았다. 전쟁의 홍수에 휩쓸려 제대로 의식이 있는 사람들은 다들 떠내려 가 버렸다. 아무리 둘러보아도 주위가 허전하였다. 들리느니 청상과부들의 한숨소리요, 이성을 잃은 자들의 핏발선 눈빛들이었다.

"한낱 기러기도 겨울이 돌아오면 구만리장천을 날아 온다는디"

"형수님, 오늘의 고통을 지그시 참고 삽시다. 그러다보면 어느 세월 죽었다던 사람이 불쑥 살아 돌아올지 누가 알겠소."

"틀린성 싶소. 기다리는 사람만 창자가 녹아내리지요."

"새옹지마라는 말이 있소. 오늘의 화가 내일의 복이 될 수도 있는 법이요. 어여, 그만 일어나시오. 아이들이 기다리겠소."

한우균은 종부네를 부축해 일으켜 세웠다. 이렇게 나가다가는 기어코 엉너리 눈물을 볼 것이었다.

"아제라도 내 마음을 알아주어 고맙소. 성님이 있을 때는 온갖 일로 사람들이 문전성시를 이루던마는 사람이 없응께 모두들 내가 무슨 대역 죄인이나 된다는 듯 마주치기를 꺼려요."

"세상인심이 그런 것 아니요. 시간이 흐르면 옛날로 돌아올 것이요. 그때까지 굳건한 마음으로 살아야 하요."

한우균은 종부네를 원뚝머리까지 바래다주었다. 파도가 원뚝을 찰싹찰싹 때렸다. 파도소리는 옛날과 조금도 변함이 없는데 듣는 이의 가슴은 그렇지가 않았다. 한우균은 종부네가 저만큼 멀어질 때까지 지게를 짊어진 채 우두커니 서서 지켜보았다. 참말로 모진 사람들이제. 연약한 아낙네가 무엇을 안다고 매일같이 쥐어짜는 걸까?

"엄니. 워메, 어무니!"

수문께에서 목이 빠져라 기다리고 있던 큰딸이 뛰어와 종부네의 치마폭에 휩싸여들며 울음을 터뜨렸다.

"오냐, 오냐. 오늘도 살아왔다! 들어 가자구나."

종부네는 큰딸을 앞세웠다. 이웃집 삐죽갈네는 정적이 감돌았다. 분가를 하자마자 남편이 징집되어 가고 유복자를 낳아 기르는 삐죽갈네는 하릴없이 원뚝을 바라보며 군대에 간 남편의 소식을 기다리다 지치면 건너 마을 시갓집 아니면 친정집을 찾아갔다.

"엄니, 정말 괜찮은가?"

"오냐. 어여, 저녁이나 묵자."

종부네는 문지방을 들어서기가 무섭게 혼절하듯 정신을 놓았다. 온몸의 기력이 다 빠져나간 것이다. 큰딸은 종부네를 지켜보다가 눈물을 매단 채 동생들에게 저녁을 차려 주었다. 밥이 제대로 넘어가지 않았다. 어린 동생들도 밥숟갈을 뜨는 둥 마는 둥 저녁상을 물리고서 종부네 곁으로 파고들었다. 큰딸은 그 모습을 지켜보다말고 자정이 넘어서야 잠이 들었다. 먼동이 터오고, 아침 햇살이 강녕들을 비추더니 점점 성백산 위로 차올랐다.

종부네는 아이들의 비명소리와 울음소리에 간신히 눈을 떴다. 몸은 천근 무게로 가라앉아 움직일 수가 없었다. 한쪽 문짝이 떨어져 나갔고, 누군가 개머리판을 내리찍은 채 장승처럼 문짝을 내딛고 있었다. 지서에 출두하라는 시간을 넘긴 것이리라.

"죽는 시늉을 한다 해서 그냥 넘어갈 것 같어?"

우렁한 호통소리가 아득하게 들렸다. 금방이라도 총 개머리판으로 얼굴을 짓찧을 듯하였다. 아이들이 억머구리 소리를 내며 종부네를 감쌌다. 종부네는 자리에서 일어나려고 애를 썼다.

"오늘은 이대로 가니까 내일 새벽같이 지서로 출두하라고."

개머리판을 들어 문살을 내리찧으며 돌아섰다. 종부네는 그대로 누워 멍한 눈길로 앞산을 바라보았다. 문짝 한 짝이 떨어져나간 방안은 앞산 위에 펼쳐진 하늘이 그대로 들어왔다. 큰딸이 미음을 끓여와 떠먹여 주었다.

"엄니, 기운 차리고 일어나소."

"쪼끔만 누워 있으마."

종부네는 신열이 올라 몸을 가눌 수가 없었다. 도암네가 어떻게 소식을 듣고 대문을 들어섰다.

"이것이 무슨 재난이랑가. 문짝이 뭔 죄가 있다고 해도해도 너무들 한다."

한낮이 넘도록 버려둔 문짝을 보고 도암네는 눈을 휘둥그렇게 떴다.

큰딸과 함께 문짝을 달고 부서진 문살을 실로 동여맸다.

"얼마나 모진 고통을 받았으면 이렇게 신열이 날끄나."

도암네는 북받쳐 오르는 분노와 설움을 누지르며 종부네를 간호하였다. 저들도 연약한 아녀자에게 죄가 없는 줄 번연히 알면서 고문을 가하는 것은 사람의 도리를 벗어난 잔혹한 행패였다.

"피를 토할 일이요."

"시상이 어디까지 갈려고 이러는지……."

두 동서는 한동안 말문을 잃고 눈물을 뿌렸다.

종부네는 사흘이 멀다 하고 지서에 불려가 시달림을 받았다. 시숙과 시동생들은 죽음을 면치 못하였는지라, 그 사상성과 죄과가 땅에 묻혔으나, 남편은 행방이 묘연한 터여서 남편의 그림자가 머리를 짓눌렀다. 한결같이 모른다로 대답할 수밖에 없었고, 그때마다 주리를 틀듯 하였다. 전쟁은 끝났는데, 어쩌자고 살아남은 자들에게 형벌을 가하는지…….

가을걷이가 거의 끝나가는 데도 종부네의 방죽논은 벼들이 앙상하게 서 있었다. 전쟁의 소용돌이 속에서 눈치껏 모포기를 꼽은 것이 제풀로 자라 고개를 숙인 것이다. 하긴 들에 나가 일하는 동안은 시달림을 덜 받았다.

그렇게 논바닥에 나가 모포기를 꽂았는데, 제때에 멸구약을 칠 수 없어 비루먹은 망아지처럼 자랐고, 기음도 제대로 매주지 않아 방둥생이가 모포기보다 무성하였다. 밭곡식도 마찬가지였다. 그렇다고 가을걷이를 내버려 둘 수는 없어 큰딸과 함께 밭에 나가 영근 곡식만 가려 수확하였다. 비루먹은 망아지 꼴의 벼는 그나마 일해 줄 사람이 없어 큰딸과 두 동서와 함께 남들은 보리갈이를 다 끝낼 즈음 벼 대궁이만 베어

다 홀태로 알갱이를 땄다. 짚단을 오롯이 베어 이엉도 엮고 할 것인데
도리가 없었다.

"청승이네, 청승이여. 우리 팔자가 청승이네."

도암네는 지난 일을 생각하며 한숨을 내쉬었다. 시아버지 살아 계시
고, 가장네들 번듯할 때는 다들 부러워한 나머지 앞 다투어 일을 해주
더니만 하루아침에 과부신세로 떨어져 냉대를 받다니. 마을사람들의
인심이 이렇게 싸늘할 줄은 몰랐다. 전쟁 전에는 찰떡처럼 친근하던 사
람들이 무슨 징그러운 날벌레를 보듯 골목길에서 마주치기라도 할라치
면 눈길을 외면하는가 하면, 함께 어울리는 것을 몹시도 싫어하였다. 사
정이 그렇다보니 품을 좀 앗자고 하면 이미 다른 집일을 나가기로 했다
고 둘러대는가 하면, 짐짓 못들은 체 하였다.

"그래도 목숨이 질기요."

"자식새끼들 앞세우고 목을 매달겠는가, 어쩌겠는가."

"성님들 살아 봅시다. 죽은 자가 어디 말 한마디 합디요?"

아랫동서인 상정네는 투박하게 다져 넣었다.

"아이들 자라는 모습 바라보며 살아야겠제."

종부네는 제일로 염려스러운 것은 피난통에 얻어걸린 피부병으로
고통스러워하는 큰아들 백상이었다. 밤이나 낮이나 긁적대며 부스럼딱
지를 안고 있는 모습을 볼 때마다 안쓰러워 똑 죽을 지경이었다. 병마
에 시달리는 자식의 모습은 애스럽기만 하였다.

"몽선은 언제 돌아온다 합디요?"

"보내줘사 오제."

종부네는 상정네의 물음에 입술을 깨물었다. 몽선은 전쟁이 끝나자
읍내에서 징발해 갔다. 관공서야, 파괴된 건물 보수야, 두루 인력이 부
족하여 살아남은 젊은 사람들을 뽑아갔는데, 종부네 집에 산 죄로 닦달

질이나 안당할지 그게 걱정스러웠다.

"저 녀석, 또 절구통에다 부벼댄다."

도암네가 백상을 가리키며 짜안해 하였다. 틈만 나면 감시망을 벗어난 짐승처럼 절구통, 아니면 기둥 모서리에다 몸뚱이를 짓이겨대며 가려움증을 해소하였다. 부스럼딱지가 벗겨진 등허리는 벌겋게 핏물이 고여 났고, 빡빡 깎은 머리통은 덕지덕지 짓물로 얼룩져 있었다.

짓궂은 아이들은 절구통에 부벼대는 모습을 동물원의 원숭이 구경하듯 바라보며 낄낄거렸고, 삐죽갈네는 그 모습이 안쓰러워 치자물이며, 가지물을 그림을 그리듯 덧칠해 발라 주었다. 그 때문에 노랗게 온몸이 물들었다가 가지빛으로 변하는가 하면, 흑인보다 더 새까맣게 칠해지기 마련이었다.

"오늘은 웬 물감이라냐?"

종부네는 그런 모습을 바라볼 때마다 가슴이 쓰렸다.

"성님, 찰밥나무가 고름 든 진물자국에는 좋다고 해서 껍질을 짓이겨 발라 주었소."

삐죽갈네는 큰 공이라도 세운 듯 자랑스레 말하였다.

"그 말은 어디서 들었는가?"

"이천네 아짐한테서 들었구만이라우."

"낫기만 한다면야 무슨 약인들 못하겠는가."

종부네 또한 좋다고 하는 약은 마다하지 않고 구해다 발랐다. 그때마다 쓰라려 죽는다고 나뒹구는 모습을 차마 볼 수 없는데도 볼기짝을 두드리며 정성을 다하였다. 하지만 차도가 없었다. 조금만 감시가 소홀해도 사람 눈에 띄지 않는 곳에서 피가 맺히도록 긁어댔다. 그러는 사이 가을이 지나갔다.

"저기 좀 보시요. 무슨 상거지가 오요."

그날은 첫눈 싸래기가 휘몰아치는 날이었다. 큰딸이 절구통에서 찐 쌀을 찧다말고 원뚝을 가리켰다. 나락이 여물지 못하여 찐쌀을 만들어 식량으로 삼은 터였다.

"금메다. 걸음걸이가 몇 날은 굶은 듯하다."

종부네는 켜로 찐쌀을 까불리며 무넘스레 대답하였다. 싸래기눈발이 휘때릴 때마다 귓불이 얼얼하였다. 다 떨어진 누더기 옷을 입은 사내는 힘겹게 수문께를 돌아 나와 종부네 집 대문을 들어섰다.

"누, 누님! 나 왔구만이라우."

대문을 들어선 사내는 갈랑거리는 소리를 목울대로 삼켰다.

"워메. 내 동생!"

종부네는 키를 내던지며 동생을 얼싸안았다. 전쟁터에 지원해 나갔던 친정 둘째동생이었다. 친정아버지는 큰아들 박해수가 좌익의 선봉에 서서 활약하다 붙잡히자 그 화를 조금이나마 모면해 보자고 둘째아들과 셋째아들을 군대에 보냈다. 그런데 둘째동생이 살아 돌아온 것이다. 옷은 다 헤지고 신발창은 떨어져 나가 발가락이 그대로 드러났다.

"살아서 돌아왔구만요."

둘째동생은 감격에 겨워 숨이 가빴다. 심한 기침을 쏟아냈다.

"하늘이 돌보았다. 얼마나 못 묵고 고생을 했으면 몰골이 이럴끄나. 어서 방에 들자."

종부네는 둘째동생을 방 아랫목에 누이고 더운 물로 몸을 씻게 한 다음 한민서가 입었던 옷을 내주었다. 비로소 사람 형상이 나타났다.

"매형은 어찌 되었어요?"

"생사를 알 길 없다."

"누님 핍박이 말이 아니겠습니다."

둘째동생은 기침이 나올 때마다 자지러졌다.

"감기는 아닌성싶고, 병을 얻은 게로구나."

"전선에서 폐가 망가졌어요."

"목숨을 건진 것만도 다행이다만……. 어디서 싸웠느냐?"

"장소가 따로 없었구만이라우. 야간이동이야, 어디가 어딘지 분간할
수 없었응께요. 세상이 엉망진창이었소."

둘째동생은 몸을 부르르 떨었다. 밥상을 보는 순간 허겁지겁 밥그릇
을 비우더니 곧바로 깊은 잠속으로 떨어졌다.

"얼마나 허기지고 지쳤으면 저럴끄나."

종부네는 이부자락을 다독여 덮어 주었다.

"셋째 외삼촌도 군대를 갔다는디 왜 혼자만 돌아온 거여?"

"병을 얻어 일찍 제대를 했다는구나."

종부네는 큰딸의 물음에 건성으로 대답하였다. 셋째동생의 생사가
궁금하였다. 우편물도 제대로 와 닿지 않는지라, 전쟁터에서 죽었는지,
살았는지 생사를 알 길 없었다. 둘째동생은 몸져누워 일어나지 못하였
다. 종부네는 극진하게 간호를 하였다. 어느 정도 기력을 찾아야 친정으
로 돌려보낼 것이었다.

"친정동생이 전쟁터에서 돌아왔담시러요."

삐죽갈네가 민감하게 물었다. 군대에서 소식 없는 남편을 생각해서
일 것이었다.

"살아서 돌아왔네만 병마를 짊어지고 왔네."

"병이사 고치면 낫제라우."

"자네가 제일로 궁금하겠네만, 제 목숨 하나도 바람 앞에 등불 격이
었는지라 다른 사람의 소식은 모르데."

"그래도 이야기나 한번 들어봐야겠소."

삐죽갈네는 행여나 하는 심정으로 둘째동생에게 꼬치꼬치 캐물었다.

"전쟁이 끝난 뒤에도 전선에서는 간헐적으로 공방전이 계속되었구만요. 같이 입대한 전우들의 생사도 잘 모르는 상황의 연속이었는지라……."

둘째동생은 말 한마디 하는데도 가래를 끓으며 힘들어 하였다. 삐죽갈네는 더 이상 무엇을 얻어 듣는다는 게 무리라는 것을 알았다.

"우리 서방님도 저렇게라도 살아 돌아왔으면 좋겠소."

"기다려 보게. 환하게 웃으며 돌아올 것이네."

삐죽갈네가 군대에 간 남편을 기다리는 심정은 죄인의 낙인이 찍힌 채 생사를 알길 없는 한민서의 행적이 궁금한 종부네의 상사(想思)와는 너무나 다르지 않는가. 둘째동생은 보름 동안 간호를 받은 끝에 친정집으로 돌아갔다.

"누님, 조카들이 있응게 마음 독하게 묵고 살아사 쓸 것이요. 누님 혼자만의 고통이고 시련만은 아니요. 나는 그보다 더한 참혹한 광경을 수없이 보았소."

둘째동생은 종부네를 염려하고 위로하였다. 아군이고 적군이고 한바탕 분탕질을 하고 간 자리는 참담하기만 하였다. 종부네는 가래를 끓으며 큰밭재를 넘어가는 그 뒷모습을 글썽한 눈으로 지켜보았다. 살아서 돌아온 자는 세상을 눈으로, 입으로 말한다. 그런데 죽은 자는 어떠한가?

친정 둘째동생이 떠나고 난 나흘 뒤, 몽선이 노역에서 풀려나 돌아왔다. 들어서자마자 밥그릇을 게눈 감추듯 두 그릇 비웠다.

"아따, 인자사 배꾸레가 쑥 나온 성싶소."

몽선은 포만감에 젖어 웃음을 베어 물었다.

"시상에 묵을 것도 제대로 안주고 부려묵디야?"

"말도 마시요. 그야말로 일속에 파묻혔응께요."

"난 니가 안돌아 올까 염려했다."

종부네는 몽선이 돌아와 마음 든든하였다. 집안에 튼실한 사내가 있다는 것은 두려움을 몰아냈다. 몽선은 예전처럼 부지런을 떨었다. 땔감이 부족하자 물방죽논에 갈대처럼 서있는 벼포기를 베어와 햇볕에 말려 땔감으로 사용하였다. 집안에 남정네가 있는 집들은 전쟁의 공포에서 놓여나 겨울 한철 김발을 막아 소득을 올리는데 종부네는 그렇지가 못하였다.

"내가 있었더라면 우리도 김발을 막았을 것인디 그랬소."

몽선은 방죽재를 넘나드는 마을사람들을 바라보며 아쉬움을 나타냈다.

"내년에 막으면 되제."

종부네는 몽선이 스산한 집에 정을 붙이고 부지런을 떠는 것이 고마웠다. 다들 빨갱이 집안이라고 외면하고 꺼려하는데 몽선은 그 모든 시선들을 마음에 두지 않았다.

마을사람들은 김을 채취하기 위해 나들이께에 나와 물때를 기다리면서도 예전 같잖아 활기가 없었다. 농탁한 잡담을 주고받으며 겨울을 났던 이웃들의 얼굴들이 보이지 않는데서 마음들이 울적하였다.

"마을이 쑥대밭이 되논께 나들이목도 허전하구랴."

"우리들이 꼭 허깨비들만 같네."

마을사람들은 걸판지게 웃음 치던 얼굴 하나하나를 떠올리며 숙연해 하였다. 그와 더불어 전쟁이 가져다 준 악몽에서 깨어나 주위를 새롭게 돌아보았다.

"살인마가 따로 없느니. 우리 모두가 그 속에서 놀아 났응께."

"누구 탓하거나 원망할 성질이 아니제."

"하지만 그 가운데 원귀 같은 사람들이 있었구만. 역사가 앞으로 그걸 말하겠지만."

"아직은 그런 말 함부로 할 때가 아니네. 입 조심허게나."

마을사람들은 행동 하나, 말 한마디 하는 데도 조심스러워 하였다. 아직도 시퍼런 칼날이 머리위에서 춤을 추고 있어 매사가 의기소침, 애꿎은 담배만 디립다 피웠다.

"아무 것도 모르는 무지랭이들이 저쪽 총에 맞으면 전사자이고, 이쪽 총알이 심장을 뚫으면 구제할 수 없는 붉은 물로 칠한 시상이었으니 말하여 무엇 하겠는가."

"물때가 되었는 성싶네. 또 김이나 한줌씩 훔쳐 오세."

마을사람들은 느릿하게 자리에서 일어나 바다로 나갔다. 겨울바다는 예나 지금이나 칼날처럼 파도날을 일으켰다.

동지 무렵, 종부네는 셋째 친정동생인 박수혁을 얼싸안았다. 둘째동생과는 달리 총을 어깨에 메고 어엿한 모습이었다. 소년티가 가시고 알밤만한 여드름을 매달고 있었다.

"너는 어디서 근무 하였냐?"

"제주도 토벌대에 있다가 철수중이구만요. 잠시 시간을 내어 들린 거요. 집안 소식이 궁금해서요. 내년 쯤 제대를 할 것이요."

"어이구, 장하다. 느그 둘째 성은 폐가 망가져 돌아왔다."

"병든 자가 부지기수요. 시간이 없어 아부지 얼굴이나 잠깐 보고 갈라요. 제대하고 실컷 마주 봅시다."

박수혁은 눈물을 비치는 종부네를 뒤로하고 큰밭재를 넘었다. 그때까지 아이들은 외삼촌인줄 알면서도 총부리가 무서워 감히 방안에서 나오지 못하였다. 가려움으로 긁어댈 곳만 찾는 백상도 방구석에 숨어 들어 꼼짝을 하지 않았다.

2

설이 돌아왔다. 떡방아 소리를 들어본지 오래였으나, 올 설도 마찬가지였다. 더욱 마음들이 가라앉았다. 함께 숨 쉬고 살던 가장네가, 이웃이, 저 세상 사람들이 되어 슬픔을 자아낸 것이다.

종부네 마음은 보다 침통하게 가라앉았다. 시어머니는 화병으로 일어날 줄 모르고, 도암네는 갑자기 불어난 홍수처럼 젯밥이 늘어난 데에 감당하기 힘들어 하였다. 제대로 살다간 조상이야 그렇다 치고, 전쟁 통에 죽어간 넋들이 몇인가?

아이들도 예전처럼 때때옷을 입고 들뜨지 않았다. 설 옷이라야 평소 입던 옷을 깨끗이 빨아서 입는 정도였다. 설날 아침 산소를 다녀온 어른들의 마음도 착잡하기는 마찬가지였다. 전쟁으로 늘어난 분묘들이 가는 곳마다 눈시울을 적시게 하여 생사의 갈림길이 이렇게도 허망한 것인가, 마음을 아리게 하였다. 어깨춤을 추며 지신밟기를 하던 벗들이 땅속에 묻혀 세월 저 너머에서 잠들어 있지 않는가.

종부네는 종가에서 설을 함께 지냈다. 세집 모여 봤자 한집 식구만도 못한 숫자였다. 종손인 학재가 조상의 감실 앞에서 절을 올리는 초라하고 외로운 모습에서 시어머니는 처마 끝에 한숨을 매달았다.

"다 망한 집안이다마는 어린 느그들이나 무럭무럭 자라거라."

시어머니는 병상에 누운 채 어린 손자들의 세배를 받았다.

"크는 애들이야 자라기 마련 아닌가라우. 어머님이나 어서 일어나시요. 집안의 어른 아뇨."

"나는 시난고난 이러다 말지야. 어이구나, 저놈은 점점 새까맣게 부스럼을 짊어졌구랴. 백약이 무효인가……."

시어머니는 부스럼딱지가 굴 딱지처럼 엉겨 붙은 백상을 가리켰다.

"나을 것이요."

"나아야지야. 어떤 자손들이냐. 그리고 느그 세 며느리들은 그 어느 누구보다도 의좋게 밤톨 한 개라도 나누어 묵으면서 살아사 쓸 것이다. 인자부터 박해와 서러움이 더 클지도 모른다. 모두가 죄인을 대하듯 하지 않느냐."

시어머니는 힘이 부치는지 가쁜 숨을 내쉬었다. 도암네가 식혜를 떠먹여 주었다. 설은 그렇게 지나갔다. 골목에 팽이를 지치는 아이들 하나 보이지 않았고, 누구 하나 정다운 얼굴로 세배를 다니지 않았다. 지신밟기는 더더욱 기대할 수 없었다. 정월대보름까지 이어지던 흥겨움은 어디로 가 버렸을까.

정월대보름도 달빛만 싸늘하게 내리비쳤고, 자정이 넘으면서부터 눈보라가 휘날렸다. 사람들은 문풍지가 울 때마다 추위로 몸을 움츠리며 이부자락을 끌어당겼다. 눈보라는 이틀 동안 쉼 없이 내렸다. 대숲을 짓누르고, 소나무가지를 부지러뜨렸다. 세상을 온통 새하얗게 뒤덮었다. 종부네는 눈보라가 창문을 휘때릴 때마다 낯익은 발자국소리를 들었다. 남편의 발자국소리였다. 깜짝 놀라 창문을 열라치면 발자국소리는 눈보라에 묻혀 버렸다. 그뿐만 아니었다. 문풍지가 울 때마다 남편의 목소리가 손짓하듯 들려왔다. 살아있다면 어디서 눈보라를 맞을까? 밤새워 내리던 눈보라가 그치고 햇살이 눈부시게 눈더미 위에 미끄러지는 큰밭재를 바라보던 종부네는 하마터면 소리쳐 내달려 갈 뻔하였다. 남편이 무릎께까지 빠지는 눈밭을 걸어오고 있었다. 지치고 지친 모습으로.

"엄니, 정신 차리소."

큰딸이 눈물 가득한 얼굴로 종부네를 일깨웠다. 종부네는 그날로 앓아누웠다. 남편의 모습이, 목소리가, 발자국소리가, 가슴을 에이었던 것이다. 종부네의 가슴앓이는 그렇게 시작되었다. 그리고 그 가슴앓이는 시시때때로 예고 없이 찾아왔다. 봄기운이 토방마루에 기어오를 동안 몇 번이나 앓았는지…….

봄은 사람들을 암울한 동한기에서 완전히 벗어나게 하였다. 무엇보다 전쟁으로 당해야 하였고, 겪어야 했던 과오와 잘잘못을 가리거나 땅에 묻으며 자신들의 분별없었던 행동을 자책하였다. 사상이 무엇이고, 그로인한 갈등의 깊이를 이해할 수 없어 하였던 사람으로서는 전쟁이라는 상황 속에서 잠시 이성을 잃고 감정을 앞세웠던 자신들을 부끄러워하였다.

"모두가 전쟁노름에 제정신들을 잃었구만."

"암만. 우리가 무엇을 알았는가. 그리고 우리에게 적이 어디에 있는가? 참으로 어처구니없는 허깨비춤바람이었네."

"그런데도 판봉이 그놈은 아직도 가슴에 한 점 자책을 모르니…….”

"마을에서 내몰아야 하네. 너무 지은 죄가 많으이."

"누가 그놈의 어깻죽지를 움켜잡아? 지금도 살기가 등등한디."

"아니여. 지놈도 곧 제 위치를 알거여."

마을사람들의 은밀한 자성과 집합된 공론은 봄기운과 함께 수면위로 떠돌았다. 그러나 정작 판봉은 자신에게 불리한 입방아를 잠재우기 위해 더욱 기승을 부렸다. 눈 밖에 난 사람이다 싶으면 충혈된 눈빛을 들이대며 사나운 개처럼 으르렁거렸다. 아무도 맞갖을 수 없는 불목한이었다. 그렇던 판봉이 갑자기 섬에서 자취를 감추었다.

"판봉이가 사라졌네. 어디로 갔을께?"

"금메말시. 땅속으로 가라앉았는지, 하늘로 솟구쳤는지, 아리숭하네."

"항간에는 지서에서 내린 은밀한 조치라 하든만."

"그건 왜?"

"대민관계 개선에 있어 판봉이가 걸림돌이 된다는 거여. 눌러 앉혀 보았자 이로울 게 없다는 판단이라는구만."

"그것도 일리가 있네. 지놈 양심으로는 그런 기대감을 내릴 것 같지가 않으이."

사람들은 판봉이 자취를 감추었다는데 한편으로는 가슴을 쓸어 내렸다. 어리석게도 자신이 저지른 만행을 무슨 무공훈장쯤으로 착각, 기고만장하였다. 그러나 종부네는 판봉의 그림자를 완전히 거두어 내지 못하였다. 판봉이 아범이 판봉을 대신한 것이다. 판봉이 섬을 떠난 것은 순전히 빨갱이 집안 때문이라는 것이었다. 종갓집은 그간의 은혜를 조금이나마 가슴에 묻어둔 때문인지 차마 해코지를 못하고, 남편이 행방불명된 종부네를 표적으로 삼았다. 시속말로 만만한 게 홍어 좆이라고 종부네로서는 도리 없이 노인네의 행패를 견디어 내야 하였다.

몽선이 쟁기질을 할라치면 시퍼런 낫을 들고 내달려와 게거품을 물며 행방불명이 된 서방놈은 어디다 숨겨두었느냐, 내 아들이 누구 때문에 내쫓김을 받았는데, 너희들은 마음 편히 농사짓고 배불리 먹으려느냐, 멍에줄을 자르며 난장을 쳤다. 누구 한사람 감히 그 앞에 나서서 만류하지 못하였다.

"사람이 무지하면 아무짝에도 쓸데가 없다고, 저런 미친 짓이 어디 있는가."

"참말로 가관이네. 종부네와 무슨 원수지간이라고 저 광란일까? 어린 것들과 애살스럽게 살려는 정경을 봐서라도 저래서는 사람의 도리가 아니여."

마을사람들은 돌아서서 혀를 찼다. 되도록이면 전쟁의 악몽을 땅속 깊이 묻고 싶은데 판봉이 아범의 행패는 멈출 줄을 몰랐다.

"정말 기가 막히네. 칼춤을 추는 망나니보다 더 못하니 성깔대로 하자면 그놈의 영감태기 논바닥에 뙈기장을 놓아버리고 싶구마는. 인간 말자……."

몽선은 잘려나간 소 몸줄을 들고서 허탈하게 웃었다. 이건 아무리 생각해도 사람의 탈을 쓴 행동은 아니었다.

"시방 논바닥에서 뭘하고 있는 건가?"

말쑥하게 군복을 입은 군인이 몽선에게 다가왔다.

"아니, 이것이 누구란가? 잊었던 표상이 아니여?"

"바로 맞추었네."

"어이, 어이, 근디 말이여. 군인이 되었네."

몽선은 잘려진 소 몸줄을 내동댕이치고서 표상을 얼싸안았다. 친동기간보다 더 반가웠다.

"나는 몽선이 전쟁통에 섬을 떠난 줄 알았구만."

"내가 어디를 가겠는가. 이놈의 섬구석에서 억울한 죽음들만 몸서리치게 보았제."

"마을마다 폐허가 된 듯하여 마음이 천근 무게로 가라앉네."

"산자가 죽은 자보다 더 괴롭단 말시."

"소 몸줄은 왜 동강쳤는가?"

"말 마소. 심뽀 사나운 판봉이 애비란 작자가 무슨 앙심인지 쟁기질만 하면 낫을 들고 내달려와 망나니짓을 하네."

"무슨 이유로?"

"몰라서 묻는가? 또 모르제. 빨갱이 집안이라고 섬에서 내몰고 나서 살림을 송두리 채 집어삼킬 음흉한 노림수인지."

"설마, 그렇기야 하겠는가."

"아니여. 우리 집만 딱 표적을 정해놓고 행패를 부리는 것이 암만해도 무슨 꿍꿍이속이 있는 성 싶으네. 군인인 자네가 가서 따끔하게 으름장을 놓게나."

"내가 할 수 있는 일이라면 그렇게 하지. 전쟁이 끝났는데 무슨 감정들이 있다고 그러지?"

"누가 아닌가. 참말로 기가 막히고 서럽네. 사람이 없어진께 별 희한한 인간이 세상을 도리깨질 하네. 가만, 그런디 자네 계급은 뭐시여?"

"특무상사여. 무공훈장도 받았고."

그러고 보니 표상의 가슴에 밤하늘의 별처럼 훈장이 매달려 있었다.

"허참, 많이 부럽네."

"같은 동족끼리 총칼을 심장에 들이댔는데 뭐가 부러워? 한 선생님은 어찌 되었는가?"

"집에 안 들어갔는가?"

"자네가 보여 반가운 나머지 이쪽으로 먼저 왔네."

"생사가 묘연하네. 그래서 더욱 고통을 받구만. 집으로 가세나."

몽선은 잘려진 몸줄을 지게에 추슬러 짊어지고 앞장섰다. 표상은 몽선의 뒤를 따르며 잠시 깊은 생각에 잠겼다. 생사를 모른다면 남은 가족들은 두고두고 상처를 받을 것이다. 집안은 봄 햇살만 떠돌았다. 부스럼투성이 백상이 절구통을 지고서 등짝을 부벼대다가 놀란 토끼처럼 얼른 뒤울안으로 숨어들었다.

"밭에 나갔는가 보네. 백상이 저놈아, 저러다 빙신이나 안 될지 모르것네."

"눈빛은 초롱하고 영근데 병마가 너무 깊구만."

"백약이 무효네. 무슨 부스럼 병이 저리도 독한지, 원."

몽선은 마루청에 엉덩이를 내려놓으며 새삼스레 표상을 뜯어보았다. 의젓하고 결단성이 배인 몸매였다.

"내 어디가 잘못 보이는가?"

표상은 뒤울안으로 숨어든 백상을 눈으로 쫓다가 몽선의 시선을 의식하고 웃음을 지었다.

"제대는 아닌 것 같고……."

"잠시 휴가차 나와서 소식이 궁금해서 들렀어. 세상이 이렇게 변할 줄 몰랐네."

"천지개벽이 따로 없을 것이구만."

"가장 피해를 입은 집안이 한 선생님 댁 아닌가?"

"다섯 형제가 한꺼번에 휩쓸려 갔으니께 그렇다고 봐야겠제. 노인은 그로인하여 화병으로 들어 눕고, 백상이 엄니는 심심찮게 지서에 불려가고……."

"참담하네. 어디를 가나 세상의 종말을 맛본 기분이여."

표상은 지그시 눈을 감았다. 점령지를 초토화하라. 적군이 다시는 거점을 확보하지 못하게 주민을 소개시키고 민가를 불 질러라. 그게 정말 올바른 군사전략이었을까? 그러한 전투 속에서 얻은 게 일 계급 특진이었고, 무공훈장이었다.

"아니, 이게 누구라냐?"

종부네는 대문을 들어서며 표상을 발견하고 반가움으로 소리쳤다.

"얼마나 상처가 크십니까?"

표상은 종부네의 핼쑥한 모습을 보는 순간 콧날이 찡하였다. 한눈에 보아도 신색이 말이 아니었다.

"군인으로 나가 살아 돌아왔구랴."

종부네는 표상의 손을 놓지 못하였다.

"저는 한 선생님만은 무사하실 줄 알았습니다."

"세상이 어디 그러는가? 전쟁이 끝나고 보니 없던 죄도 부풀려 애아

부지에게 몽땅 덮씌워 버렸는디."

"몽선으로부터 이야기는 들었습니다."

"그나저나 죽었는지, 살았는지, 있는 곳이나 시원스레 알았으면 좋겠네. 죽었으면 시신이라도 거두게."

"아버님으로부터 듣기로는 제가 군에 입대하고 나서 후줄그레한 모습으로 찾아왔더라고 하더군요. 저도 없고, 제가 사는 곳이 워낙 토벌지구라서 몸 부쳐 은신할만한 장소가 못되는지라 하룻밤 묵고 떠났다 하더이다."

"어디로 간다했는지……."

"통영 친구를 만나 앞으로 가는 방향을 의논해야겠다고 하더라는데, 전세가 전세였는지라……."

표상의 아버지는 한민서가 피난 행색도 아니고, 쫓기는 몸인 듯하여 더는 붙들 수도, 가는 곳을 꼬치꼬치 물을 수도 없었다고 하였다.

"친구만 만났으면 살아있을 가망이 있겠지만, 친구 분을 찾을 길도 그리 쉬운 상황이 아니었을 게고……."

"제가 시간나면 그 친구 분이라는 분을 한번 찾아보도록 하겠습니다."

"그랬으면 고맙제. 군대에 영 몸을 담을 것인감?"

"제대를 할 겁니다."

"내 정신 봐라. 저녁 차려 올려야겠네."

종부네는 부엌으로 나갔다. 표상은 한민서가 거처하던 사랑을 흘깃 쳐다보고 예전에 묵었던 몽선이 옆방을 열었다. 전란에 다행히 화제는 없어 집들이 온전하였다. 큰딸이 방을 청소하고, 몽선이 군불을 지폈다. 그동안 사람이 거처하지 않아 곰팡내를 몰아내기 위해서일 것이었다. 표상은 몽선이 곁에 쭈그리고 앉았다.

"해심이 보고 싶제?"

몽선은 실팍하게 웃으며 표상을 돌아보았다.

"시집 갔것제."

"전쟁 통에 무슨녀러 시집이랑가. 이쪽 사정이 갈수록 안 좋다 보니께 처녀 몸이라 즈그 집으로 돌아갔어. 솔직허게 말하소. 해심이 소식이 궁금해서 왔제?"

"어찌 해심이 보고 싶어 왔겠는가. 내 진심을 왜곡하지 말게나."

"좋은 처녀여. 나사 올려다 볼 수 없는 나무인께 애시당초 관심 밖이었지만 표상은 그 모습으로 떠억허니 나타나 보소. 그린님 보듯이 맨발로 반길 것이시. 아마 곧 언니 보살피러 올 거라고 하던디, 표상이 왔다면 한달음에 올지 누가 아는가?"

"사람하고는, 싱겁긴."

표상은 웃어 넘겼다. 모든 게 변해버린 상황이 그저 마음을 아프게 하였다. 수문에서 넘쳐나는 물소리도, 원뚝 너머의 질펀한 갯벌도, 앞산 상여바위도, 변함이 없는데, 사람들은 간 곳이 없었다. 해심이만 해도 그렇다. 총알이 빗발치는 속에서 그녀의 존재는 아득히 멀어져 기억의 저편으로 사장되었다.

"그나저나 저녁 묵고 판봉이 아범한테 좀 갔다 오드라고. 여러 말 할 것 없이 다짜고짜 윽박지르소. 다시는 행패를 못 부리게. 그런 사람은 권력이나 계급 높은 사람을 무서워한단 말시."

"내가 뭐란다고 성정이 수그러들까?"

"아니여. 군인이나 경찰 앞에서는 게불알 움츠러들듯 하는 노인인께 야무치게 을러대면 숙지근할 것이구만. 내일이라도 논을 갈아엎어사 쓸 것 아닌가. 정말 낫을 들고 천방지축 설쳐댈 때면 죽을 상이시."

"그렇다면 만나보지."

표상은 부지깽이로 아궁이를 헤집었다. 지난 추억들이 되살아나면서 한민서의 서글한 눈빛과 해심의 댕기머리가 다가왔다.

"저녁상 내오네."

몽선이 생각을 접게 하였다. 저녁상은 조촐하였지만 정성이 깃든 반찬새였다.

"찬은 없지만 흡족하게 드시게."

"이보다 더한 저녁이 어디 있겠습니까."

표상은 저녁을 달게 들었다. 처음 염치불구하고 한민서를 따라와 이곳에 식객처럼 눌러앉았을 때의 저녁밥 한 공기. 그날의 밥그릇을 어이 잊으랴.

"표상이 이렇게 찾아줄 줄은 꿈에도 생각 못했네."

"한동안 저를 보살펴 주신 은혜를 어찌 저버릴 수 있습니까."

"암만. 사람이 은혜를 배반하면 죽는 법이여."

몽선은 밥숟갈을 우겨넣으며 자신을 내보이듯 말하였다.

"저기, 백상이 말인데요."

표상은 밥그릇을 비우면서도 간지러움을 참지 못하는 백상이 측은하기만 하였다.

"피난 가서 얻은 병이 낫지를 않네."

"양약을 써 보셨습니까?"

"양약뿐이겠는가. 좋다하는 약은 다 바르고 먹여 보았지만 저 모양이니 가슴만 아프구랴."

"미군부대 같은 데는 악성 피부질환을 치료할 수 있는 약이 있을 것이오만……."

"우리 처지에 어떻게 구할 재간이 있겠는가."

"전혀 불가능하지는 않을 겁니다. 한번 노력해 봅시다."

"저놈 병만 낫는다면 여한이 없겠네만……."

"죽으란 법은 없어요."

"사람 목숨이 파리 목숨이든마는."

몽선은 끄윽 트림을 하며 밥상에서 물러났다. 삐죽갈네가 아장거리며 마당을 가로 질러왔다.

"어서 오소. 혼자 밥은 해 묵었는가?"

"밥맛이 있어사 말이제요."

삐죽갈네는 버릇처럼 입술 언저리를 비죽이고 나서 밥상 앞에 앉았다. 종부네가 누룽지 한 그릇을 차려 주었다.

"입맛이 없을 때는 그게 제일 이느니."

"고소한 맛이 쪼깨 입맛이 당기요."

삐죽갈네는 누룽지 한 그릇을 비웠다.

"표상한테 뭔 말을 듣고 싶어서 왔는가?"

"남들은 다들 와쌌는디 소식이 없어서라우."

"바깥양반께서 군대라도 갔는가요?"

"근디 여태 소식 한 장 없어서라우."

"금의환향 하겠지요."

"자꾸만 불길한 생각이 들어서요. 꿈도 그렇고……."

"기다리셔야지요."

"어디서 근무 하셨는가라우?"

"중부전선에서 참전하였어요."

"부상자들도 많았지라우?"

"민간인들도 부지기수 사상자가 났는데 오죽하겠어요."

"부상이라도 안 당했으면 할디……."

삐죽갈네는 금방 목이 메었다. 유복자나 다름없는 핏덩어리를 안겨

주고 전선으로 향한 남편의 소식을 아직도 모르다니.

"저는 잠깐 다녀올 데가 있어서……."

표상은 얼른 자리를 모면하고자 모자를 집어 들었다.

"갈데가 없을 것인디 어디를 간다고 하디야?"

종부네가 저녁상을 내가며 몽선에게 물었다.

"그런 일이 있을 것이오."

몽선은 얼버무렸다. 표상은 판봉이 아범을 찾아가는 것이리라.

"영판 씩씩하고 늠름하요."

"자네 신랑도 돌아오면 저런 모습이것제."

"상이군인이나 안됐으면 할디……."

삐죽갈네는 자신도 모르게 부르르 몸을 떨었다. 가는 곳마다 상이용
사라 하였다.

"무슨 그런 불길한 소리를 하는가?"

종부네는 삐죽갈네를 나무랐다. 남편을 기다리는 처지가 다른지라
울적한 마음이 들었다. 삐죽갈네는 잠재워 놓고 온 아들이 깰까 싶어
자리에서 일어났다. 표상도 위안을 주지 못하였다. 종부네는 몸뚱이를
긁적대는 백상을 일으켜 세워 소금물로 씻긴 다음 정성스레 약을 발라
주었다. 쓰리고 따갑다고 한차례 몽니를 부리더니 제풀에 지쳐 잠이 들
었다.

종부네는 잠든 아이들을 내려다보며 쪽유리문 앞에 앉았다. 이제 버
릇처럼 밤이 돌아오면 창문께에 묵상처럼 앉아있기 마련이었다. 발자
국소리를 듣기 위해서였다. 그전에는 감시자들의 발자국소리를 듣기
위해서였고, 지금은 바람결에 남편의 발자국소리가 묻어나지 않을까,
귀를 기울였다. 어찌 이다지도 밤은 깊고 길까? 창백한 달빛이 뿌려지
는 밤이면 더욱 밤이 깊고 길어 무릎 사이에 얼굴을 파묻고서 뜻 없는

한숨을 토해냈다.

몽선은 막 잠이 들려는데, 표상이 문을 두드렸다. 손에는 술병이 들려져 있었다.

"아갸, 무슨 술이랑가?"

몽선은 뭉기적 반가웠다.

"그 영감과 술판을 벌였어. 본래의 성정은 안 그랬지 싶은데, 전쟁으로 정신이 어떻게 되었더구만."

"나도 무식허지만 그 아들놈이 애비의 성정을 그렇게 만들어 놨구만. 무르팍으로 나뭇단 우겨매듯 기압을 좀 단단히 우겨넣지 어쨌는가?"

"점잖게 타일렀네만, 일종의 정신질환 증세 같아."

"그런 사람은 도끼문자로 다잡아야 된다고. 가만, 술안주를 가져와야 쓰겠구만."

몽선은 부엌에 나가 저녁상에 내놓았던 멸치조림을 가져왔다.

"자네하고 마주 앉으니까 술맛이 비로소 나는군. 다들 상처 난 가슴들이 치유되어야 할 텐데 쉽지만은 않겠어."

"무덤 속까지 짊어지고 갈지도 모르제. 아, 참. 그 누구냐? 여기서 쫓겨난 여동네 말시. 어떻고롬 사는가?"

몽선은 표상에게 술잔을 건네며 불현듯 아슴한 기억을 떠올렸다.

"거기서도 전쟁이 일어나고 상당한 고초를 겪었더구만. 산사람들과 군경들이 내지한 접전지역이어서 피해가 컸다고나 할까. 아들은 머리를 깎고 절에 들어갔어."

"중님이 되었다고?"

"그게 최선이었는지도 모르지. 어려서부터 노스님 밑에서 한문을 배웠으니까."

"이놈의 세상. 나도 머리나 깎고 절에 들어갔으면 좋겠네. 하기사, 원체 무식해서 머리도 마음대로 못 깎겠지만. 자네, 무용담이나 한번 하소. 우리 집 한 선생께서 자네를 만났더라면 목숨을 구할 수도 있었을 것인디."

"그러고 보니 한 선생님과는 어디까지나 타의에 의한 분류법이기는 하나, 적과 아군이라는 개념이 생겨나네. 일선에서 북으로 가기 위해 혈로를 뚫는 공비들을 많이 생포, 또는 사살하였지. 하지만 그건 엄밀히 따져 말한다면 진정한 무용담이 될 수 없네. 같은 형제들끼리의 피 흘림이자 이데올로기에 의한 피해자들일 수 있으니까."

"쪼깐 어려운 말이라 이해하기가 어렵네만, 여그만 보더라도 이웃지간에, 당숙과 조카가, 눈 뻘겋게 충혈돼갖고 피 흘리며 죽이는 것을 보면 전쟁이란 참으로 요상헌 마술사여. 도통 해명이 안 되야."

"바로 그거네. 내가 살기위해 눈앞에 다가오는 적을 쓰러뜨려야 하는데, 정작 죽어간 모습은 바로 같은 피를 나눈 동족이란 말일세. 정말 참담하고 허망한 회의에 빠질 수밖에."

"전쟁에 이긴 자도 상처는 매 한가지고……."

"여부가 있겠는가. 더구나 그렇게 많은 동족들이 서로 심장을 겨눈 채 죽어갔는데도 정작 땅덩이는 여전히 두 동강으로 갈라져 보다 더 굳건한 철망을 두르지 않았는가."

표상은 술이 들어갈수록 전쟁터에서 나뒹굴던 시신들이 눈앞에 다가와 마음이 울적하였다. 화약 냄새가 자우룩한 그 참담하고 처절한 실상을 언제쯤이면 말끔히 지울 수 있을까? 그리고 한민서와 마주 앉았다면 어떤 대화를 나누며 오늘의 비극을 도려낼까?

"인자, 앞으로 무슨 일을 할 참인가?"

"아직은 모르겠네. 제대를 해봐야지."

"제발 정치는 하지 말게. 그놈의 정치가 나라를 이 꼴로 만들었네. 자고로 권력은 아편보다 더 무서운 것이라 하던만 그 말이 꼭 맞는 말이네."

"백성을 위하고 나라를 위한 진정한 정치는 실종되었다고나 할까."

"어쨌거나, 나는 자네가 어떤 면으로는 부럽구만."

"사람은 제각기 행복과 불행을 안고 사는 법이네. 너무 자기 위치를 비관하는 것은 바람직하지 않으이."

"그 점은 알 것인디, 시상이 어디 그런가?"

몽선은 술잔을 마저 비우고 큰대자로 누웠다. 그리고 이네 코를 골았다. 정말 단순한 사람이었다.

3

표상이 떠나고 열흘이 지나 해심이 밝은 얼굴로 나타났다. 전보다 더 치렁한 댕기머리로 성숙함을 드러냈다. 종부네를 곁에서 위로해 주고 거들어 주라는 부모님의 분부가 아니더라도 벌써부터 마음은 형부 집에 와 있었다. 해심이 기다리고 있어야만 형부가 살아 돌아올 것만 같았다. 폐가 망가져 돌아온 둘째오빠를 대하는 순간, 그 마음은 더욱 간절한 기원으로 이어졌다. 종부네는 물론, 어린 조카들도 깜짝 반겼다. 몽선은 그저 입을 벙긋거렸다. 해심으로 하여 침울한 집안 분위기가 일시적이나마 활짝 개었다.

"좀 더 일찍 오제."

"왜여?"

해심은 몽선이 전쟁에 휩쓸려 가지 않고 건실한 일꾼으로 버팀목이 되어 준 것이 고마웠다.

"표상이 왔다 갔구만. 군인이 됐더만."

"그런 줄은 몰랐네."

해심은 표상이 다녀갔다는 말에 뭉싯 지난날이 떠올랐다. 그 무엇인가를 담고 있었던 눈망울. 한편으로는 야속한 기분이 들었다. 십리길인데 하루 날 잡아 찾아 주기라도 할 것이지. 몽선도 그랬다. 기별이라도 하였더라면 일찍 올 수 있었을 터였다.

"인연이 안 될랑가……?"

"그런 소리는 함부로 안하는 것이여."

"그 사이 혼처 자리라도 정한 모양이네."

몽선은 쟁기를 짊어지고 소를 앞세웠다. 판봉이 아범이 오늘은 표상의 간곡한 타이름으로 행패를 부리지 않을 것이지만 알 수가 없었다.

해심은 오던 날부터 집안 정리를 하였다. 형부가 없는 집안은 구석구석 먼지가 쌓이고 널브러져 도대체가 산란하였다. 종부네는 제정신이 아니어서 그저 하루를 한숨으로 보낸 터, 이해가 가면서도 조금은 잔소리를 늘어놓았다. 더구나 형부가 거처하던 사랑은 형부가 드나들던 이후로 문을 닫아 놓아 괴괴한 느낌마저 들었다. 해심은 서가며, 장롱이며, 책상에서 형부의 체취를 맡아보며 비죽이 그리움을 빼물었다.

"인자, 너도 시집 갈 나이가 넘었는디, 집에서 가만 있디야?"

종부네가 백상의 몸에 약을 발라주며 은근히 물었다.

"아부지가 혼사 말을 하데만, 나는 마음이 도통 움직이지 않네."

"물살 센 망여섬에다 어장막이를 차려놓고 혼자 지내다시피 하면서도 딸 장래 걱정은 하는구나."

친정아버지는 아들과 사위를 잃고 나서 충격이 큰 나머지 바위섬에다 어장막이를 하였다. 종부네는 파도소리밖에 들리지 않는 망여섬에서 하루하루를 보내는 친정아버지의 모습을 떠올릴 때마다 눈물을 찍어냈다. 그렇게라도 마음의 상처가 아문다면 얼마나 다행일까?

"성에, 저 사람 좀 보소."

해심은 허리를 펴다말고 원뚝을 가리켰다. 남루한 옷차림과 헝클어진 머리칼과 더부룩한 턱수염을 매단 사내가 이쪽으로 걸어오다 말고 걸음을 멈추고서 앞산을 바라보았다.

"가만있자, 보도연맹 사건으로 붙잡혀간 무공이 아니냐?"

"무공이? 형부와 또막하게 사상논쟁을 곧잘 하던 그 사람?"

"죽지 않고 살아 돌아오는구나!"

종부네는 괜스레 가슴이 울렁거렸다. 전쟁이 일어나자 제일 먼저 보도연맹에 가입한 사람들이 끌려갔는데, 무공도 검속되어 붙들려 갔다. 워낙 정직하고 칼칼한 사람이라 융통성을 발휘하지 못하였던 것이다. 일제 때부터 항일농민운동에 가담하였고, 해방이 되고나서도 자신의 행보를 뚜렷이 하였다고는 하나, 그보다 더한 골수분자들은 눈치껏 그물망을 피하였는데 무공은 그러지를 못하였다. 그리고 소식이 없었다. 모두들 살아남지 못하였을 것이라고 하였다. 그런데 기적처럼 살아서 돌아오다니.

"뭣하러 징상스러운 고향에 돌아올까이. 그냥 세상 넓은 곳에서 새롭게 인생을 가꾸제."

"금메다. 살아서 돌아온들 어느 누가 환영 하겠느냐."

종부네는 부질없는 생각인줄 알면서도 남편도 저렇게 살아 돌아오지 말란 법은 없을 것이라고 실낱같은 희망에 잠겼다. 그때였다. 무공이 우람하게 웃어 제치며 이상한 몸짓을 하였다.

"저건 또 무슨 소리당가? 미쳐났는가 보네."

"그러게 말이다. 하긴, 실성하지 않고서야 죽을 자리나 다름없는 고향을 찾아오지도 않았겠지야."

무공은 한차례 웃음을 내쏟고 나서 수문께를 돌아 나와 잠시 멈칫하더니 바닷가, 버려진 수협창고 쪽으로 걸음을 옮겼다. 아이들이 호기심과 두려운 눈으로 무공의 뒤를 따라갔다. 무공은 창고 양지바른 곳에다 가마니때기를 둘러치고 움막을 지었다. 전쟁통에 마누라가 어린 자식들을 데리고 친정으로 피신을 가서 아직 돌아오지 않아 빈집으로 버려져 있는 자기 집을 놔두고 움막을 짓다니?

"확실히 미치긴 미친 모양이네."

"온전한 정신이라면 돌아올 리도 없겠제."

"근디 미쳐도 요상허게 미쳤네. 도통 입을 봉해 버렸구만. 다들 정겨운 사람들인디 아예 낯선 사람 대하듯 먼 산 바래기로 지나치지를 않나."

"지서에서 붙잡아다 하루 종일 다그쳤지만 입을 다문 채 시긋시긋 웃기만 하더라는구만. 완전히 미친 사람으로 판정을 내린 끝에 돌려 보냈다는구랴."

마을사람들은 무공의 출현으로 한동안 입방아가 즐거웠다. 무공의 마누라는 소식을 듣고 한달음에 달려와 남편을 얼싸안았으나, 무공은 차가운 돌멩이처럼 낯설어 하였다. 집으로 가자고 이끌자 느닷없이 성난 개처럼 화를 내며 마누라를 사정없이 내쫓았다. 마누라는 하는 수없이 친정으로 돌아갔다. 마을사람들은 미치광이로 못 박으며 마주치기를 꺼려하였다.

"워따메, 이게 누구라냐?"

해심은 어느 틈에 두억시니처럼 부엌 앞에 서있는 무공을 발견하고 기절초풍하였다. 손에는 양푼그릇을 들고 있었다. 그리고 말없이 양푼그릇을 내밀었다.

"사람 간 떨어질 뻔 했네. 다음에는 밥 얻어 묵으러 올려거든 인기척이나 하시요."

해심은 얀정스럽게 눈을 흘기며 양푼그릇에 밥을 꾹꾹 눌러 담아 주었다. 무공은 그걸 받아들고 장독대 옆으로 돌아가 미리 한주먹 깨끗이 씻어온 정구지를 반찬삼아 밥그릇을 비웠다. 밥을 다 먹고 나서는 양푼그릇을 몇 번이고 씻고 헹군 다음 말없이 사라졌다.

"아무리 미쳤기로서니 잘 묵었다는 말 한 마디 없이 가는구랴."

몽선도 무공의 그 모습을 지켜보다말고 기가 막힌 얼굴을 하였다.

"난 무서워서 똑 죽겠네. 다음에 또 그렇게 나타나면 어쩔께?"

해심은 무공이 다시 올까 겁이 났다.

"말이 없는 것을 보면 해코지는 안할 성싶다."

"언제 광기가 발동할지 누가 아는가."

"행동거지를 보았으면서 그러냐?"

종부네는 해심을 안심시켰다. 무공은 그렇게 길을 트고 나서 아침과 저녁이면 언제나 말없이 부엌 앞에 섰다. 어찌 그리도 시간을 잘 맞추어 오는지, 해심은 그때마다 깜짝깜짝 놀랐다. 나중에는 하는 수없이 종부네가 밥상을 차렸다.

무공은 아침과 저녁, 하루 두 끼로 족하였는데, 종부네 집 외에는 그어떤 집에서도 끼니를 구걸하지 않았다. 정말 알 수 없는 일이었다. 어쩌다 저녁을 생략할 때가 있었는데, 그런 날은 갯가에 나가 게나 문저리, 조개 따위를 잡아 깡통에 끓여 먹을 때였다. 여름으로 나아갈수록 저녁을 생략하는 횟수가 많아졌다. 무공의 하루 소일은 반쪽거울을 들여다보며 족집게로 수염을 하나씩 뽑기 아니면, 갯벌에 나가 조개 따위를 잡았으며, 누더기를 걸쳐 입은 채 산을 배회하며 갓 피어난 꽃향기를 맡으며 사색에 잠기는 것이었다.

"미쳤어도 취미 하나는 얄궂고 고상하네."

종부네는 무공이 턱수염을 지성스럽게 뽑는 그 행위가 무엇을 말하는 걸까, 그 의미를 찾아보려고 하였으나 알 수가 없었다.

"턱수염을 뽑는 것은 면도하기가 귀찮아 그럴 것이고, 꽃향기를 맡는 것이사 미치기 전에는 제법 의식이 있었다 안합디요."

삐죽갈네는 무공과 가장 가까운 거리에 살고 있는지라 무공의 행동거지를 누구보다도 예의 주시하였다.

"행동 하나하나가 예사롭지가 않아."

"난 밤만 되면 무서워 똑 죽겠소. 해꼬지나 안할까……."

"괜찮을 것이네. 정 무섭고 적적허면 이천네 어멈을 불러와 함께 지내소. 며느리와 사이도 안 좋고, 아이들도 많아 혼자 조용히 살고 싶다고 입버릇처럼 말하지 않던가."

"그 집 며느리 떡 하나는 참말로 잘 빚어라이?"

"입에 넣으면 살살 녹지 않던가."

이천이 마누라는 아이들은 많고, 남의 집 허드렛일 아니면 동네일을 도맡아하는 남편의 벌이가 시원찮은지라 일찍부터 떡 장사로 나섰다. 반달 떡이며, 송편이며, 그녀의 손끝은 찰지고 부드럽기만 하여 그녀가 빚은 떡을 한번이라도 맛본 사람은 그 떡 맛을 잊지 못하였다. 겨울철 노름방 같은 데서는 아예 줄을 대놓고 주문을 하였다.

"그렇게 신한 며느리를 왜 못마땅해 한다요?"

"낸들 알겠는가마는 아녀자가 떡 보따리를 이고 관공서야, 가가호호 나돌아 댕기면 에먼소리를 듣기 마련이네."

"하긴, 고부간의 갈등은 어제 오늘 일 아닌께요."

"그나저나 무공이 정말 미쳤을께?"

"세상이 다 그렇고롬 바라보는디 왜 그런 의문을 다요?"

삐죽갈네는 새삼스럽다는 듯 입 꼬리를 샐쭉 치켜 올렸다.

"아무래도 묘한 생각이 들어서 말이네."

종부네는 아침마다 부엌문 앞에서 무공과 마주칠 때면 그 무언가 알 수 없는 비밀을 숨기고 있는 듯하여 한마디 말이라도 건네고 싶은 충동에 사로잡히고는 하였다. 그 침묵하며, 먼 산을 바라보는 눈빛하며 세상을 초월한 허허로움을 안고 있었다. 자신의 존재를 철저하게 빈 공간속에 가두어 버리고자 하는 처절함이 깃들어 있었다.

"거짓 미친 척 한단 말이요? 그건 아닐 것이요."

"금메……."

"사람들마다 처음에는 성님 같은 생각을 했소만, 무공이 날궂이 하는 꼴을 보고도 그라요?"

삐죽갈네는 웃음을 깨물며 자신도 모르게 얼굴을 붉혔다. 워따, 잡녀러 인간. 홍두깨 같은 연장망태를 불끈 내보이며 날궂이 하는 꼴이라니. 앞산 상여바위가 구름장으로 뒤덮이자 무공이 느닷없이 원뚝머리에서 실성기를 내보이기 시작하였다.

처음에는 앞산 상여바위에서 갈기를 세운 먹장구름을 바라보며 이를 딱딱 마주치던 무공은 희열에 잠긴 듯한 희초름한 눈길로 빙싯빙싯 웃기 시작하였다. 그리고 그 웃음은 끝내 허걸찬 웃음으로 치달음과 동시에 어깨를 들썩이며 춤을 추었다. 앞산머리에서 갈기를 세운 먹장구름은 곧바로 무공을 덮쳐누르며 빗줄기를 쏟아 부었다. 빗줄기와 한데 어우러진 무공의 춤사위는 어느새 발가벗은 몸뚱이로 변하여 땅을 구르고 하늘을 두드렸다. 그 광폭한 행위는 무언가를 질타하고, 누군가를 저주하는 처절함을 내비쳐 마을사람들은 고개를 돌리며 혀를 찼다.

"저것이 무슨 바라춤이라냐?"

"참말로 해괴하게 미쳐버렸네. 어이구나, 불끈 성이 날대로 난 저녀러 연장망태기 좀 보소."

"시국이 아까운 사람을 저렇게 만들었네."

마을 남정네들은 무공의 춤사위를 넋을 잃고 바라보며 그지없이 민망해 하였고, 아낙네들은 얼굴을 붉히며 고개를 돌렸다. 무공의 광기는 깊은 밤까지 이어졌는데, 다음날 파도가 발목을 적시는 모래밭에 죽은 듯 잠들어 있었다. 한 가지 뜨막한 것은 누군가 발가벗은 무공을 두툼한 옷으로 덮어준 것이다. 무공의 성난 연장은 아직까지 하늘로 치솟아 두툼한 옷을 수직으로 떠받들고 있었다. 마을사람들은 그 장본인이 누굴까, 서로를 곁눈질 하였다.

"저기 오는 게 임 서기 아닌가?"

종부네는 정자나무께를 돌아 나오는 임 서기를 발견하고 무공의 존재를 밀어 던졌다. 전쟁이 끝난 뒤로 임 서기는 한 번도 찾아주지 않았다. 어디 임 서기 뿐이랴 마는 만에 하나 남편과의 우정을 생각한 나머지 발길이 잦다보면 오해를 받게 뻔하였다. 임 서기는 종부네 대문을 그냥 지나쳐 삐죽갈네 집으로 들어섰다.

"우리 집으로 가는디, 여보시요. 나, 여기 있소."

삐죽갈네는 담장 너머로 머리를 내밀고서 임 서기를 소리쳐 불렀다. 임 서기는 말없이 담장을 휘돌아 종부네 집으로 들어섰다. 한민서의 체취가 물씬 풍겨나는 듯하였다. 임 서기는 순간, 아릿한 쓰라림을 깨물었다. 얼마나 진실한 친구였던가! 그 친구만큼은 어느 쪽으로도 치우치지 않은 올곧은 사람이었다. 그런 사람이 가장 무겁게 전쟁의 희생양이 되다니.

"여기 계셨군요."

임 서기는 종부네와 인사를 나누고 나서 삐죽갈네를 돌아보았다. 종부네에게 무슨 말로 위로를 해야 할지 자꾸만 목이 미어질 것 같아 삐죽갈네를 찾아온 용건을 되도록 빨리 끝내려고 하였다.

"어짠 일로 저를 찾아 오셨는가라우?"

"좋은 소식이 아닙니다."

임 서기는 잠시 뜸을 들였다. 금방이라도 사랑 봉창문이 열리며 한민서가 반기는 듯하였다.

"설마 허니 저승사자는 아니겠지라우."

"오늘은 저승사자가 되었구만요."

임 서기는 품안에서 전사 통지서를 꺼냈다.

"이것이 무엇이라요?"

삐죽갈네는 뜨악해 하였다. 영문을 모르기로는 종부네도 마찬가지였다.

"펼쳐 보시지요."

"아니. 그, 그라면……?"

삐죽갈네의 얼굴이 하얗게 변하였다.

"장렬하게 싸우다 그만……. 곧 유골이 올 것이요."

"나, 나는 어쩌라고……."

삐죽갈네는 몸의 중심을 잃었다. 종부네가 삐죽갈네를 안았다.

"이놈의 전쟁이 많은 사람들에게 치유할 수 없는 고통을 안겨 줍니다."

임 서기는 선뜻 자리를 떨치고 일어나지 못하였다. 정신이 돌아온 삐죽갈네는 종부네의 가슴을 쥐어뜯으며 억장지게 울음을 쏟았다. 이제 갓 시집을 와서 남편의 사랑이 무엇인지도 모르고 유복자만을 품에 안은 청상과부가 되다니, 너무나 가혹한 운명이었다.

"진정하게. 어디 자네만의 슬픔인가."

종부네는 슬픔으로 자지러지는 삐죽갈네를 방안에 잠재웠다. 그때까지 임 서기는 마당을 서성거리고 있었다.

"한번 찾아온다 하면서도 차일피일 오늘에 이르렀습니다."

임 서기는 종부네 대하기가 죄스러웠다. 자신은 여전히 공무를 수행하는데, 한민서는 대역 죄인으로 떨어져 생사를 추궁당하고 있다.

"이해하고도 남는구만이라우."

"죽은 안 면장과 한민서, 두 친구가 많은 사람들의 목숨을 구하기 위해 스스로 희생양이 된 것인데 결과가……."

"시국이 만든 운명이재요. 저, 이상석이라고, 그 시숙님을 아시지요?"

종부네는 임 서기의 친구에 대한 연민을 알기에 대화를 뛰어 넘었다.

"잘 알다마다요."

"어찌되었는지, 소식이 궁금해서요."

"감옥에 있소만, 언제 풀려나올지 모르겠어요."

"그래도 살아있어 대행이요."

"패배를 인정하고 사나이답게 깨끗이 손을 든 그 정상을 참작할게요. 그렇다고 그 사상이 어디 갈랍디요만."

"무슨 소식이 있으면 알려 주시요."

"말씀이라고 하시요. 마음 굳게 사셔야 합니다."

임 서기는 종부네 집을 나섰다. 친구가 있었더라면 밝은 기분으로 노닥거렸을 것인데, 동구 밖을 나설 때까지 발걸음이 무거웠다.

박수혁이 제대를 하고 돌아온 그 뒷날 삐죽갈네는 남편의 유골을 가슴에 안았다. 헌병 두 사람이 엄숙한 절도로 유골을 전하였고, 무장을 한 경찰 두 사람이 그들을 호위하였다. 삐죽갈네는 그동안 눈물로 지새웠는지라 정신 나간 허깨비 몰골이었다.

"살아 돌아온 너와 죽어 돌아온 유골이 얼마나 다른지 새삼 알겠다."

"그러게 말입니다. 전쟁터에서 전우들이 죽어가는 모습을 많이도 목격하였습니다만, 또 다른 회한을 줍니다."

박수혁은 아릿한 마음으로 명복을 빌었다. 피 흘리며 죽어간 전우들이 저렇게 한줌 재로 돌아오다니!

"느그 매형도 시신이나마 가슴에 묻었으면 좋겠다."

"누님, 가슴에 묻었다고 생각하십시오. 그리움을 잘근 깨물어봤자 언제나 빈 가슴이지요."

박수혁은 종부네를 등 두드려주고 나서 집으로 향하였다. 종부네는 박수혁이 큰밭재를 넘어설 때까지 마루에 서서 지켜보았다. 모두들 저 고개를 넘어가는구나!

남편의 유골을 고이 장사 지낸 삐죽갈네는 한동안 몸져누웠다. 종부네와 공수네가 이천네어멈과 함께 지낼 것을 설득하였다. 삐죽갈네는 머리를 끄덕였다. 이천네 어멈은 삐죽갈네를 지성으로 간병하였다. 시어머니와 며느리 사이보다 좋았다.

삐죽갈네가 제정신을 차리고 자리에서 일어났을 때, 무공이 거처하던 어협조합 창고 아래 자갈밭에 장 목수가 집을 지었다. 배를 묻거나 헌배를 수리하기에는 안성맞춤인 장소였다. 장 목수는 어려서부터 배 짓는 작업장에서 잡일을 거들었다. 배운 것은 없어도 눈썰미가 있어 이곳저곳 떠돌이 생활을 하는 동안 대목수로 성장하였다. 전쟁이 일어나기 전에도 배를 묻을 때면 으레 장 목수를 불렀고, 장 목수는 고향에서 배를 묻는 것을 큰 보람으로 생각하였다. 술 또한 즐겨 일찍부터 호방함을 떨치기도 하였다.

전쟁이 끝나자 그동안 떠돌이 생활을 청산하고 고향으로 돌아온 것이다. 살림을 일굴 마누라도 얻었는데, 장 목수와는 어울리지 않는 미모를 지니고 있었다. 듣자니 장 목수에게 처녀로 시집온 게 아니었다. 가난한 살림살이에 밭떼기거나 친정에 주고 부잣집 팔푼이 같은 아들에게 시집을 갔는데, 시집가던 날부터 어떻게나 강짜를 부리는지 견디다 못해 도망쳐 나왔다. 빈주먹으로 집을 나온 그녀는 막상 갈 곳이 없었다. 비는 장대같이 쏟아지고, 비를 피하고 보자는 다급함으로 장 목수가 짓고 있는 배 밑창에 숨어들어 비를 피하였다. 그녀를 발견한 장 목수는 가엾기만 하여 집으로 데려와 돌봐 주었다. 그것이 인연이 되어 주위 사람들의 권고로 부부지정을 나누었다. 그녀는 장 목수를 따라 고향에 돌아온 날부터 집안일보다 제 몸 가꾸기에 시간을 보냈다.

"장 목수, 마누라 하나 일색으로 얻었든마는 꼴값을 하느라 정지구석은 구데기가 끓는데도 제 몸 치장밖에 모르데."

"자고로 여편네 눈웃음치며 보송보송한 솜털 뽑으면 볼장 다 본거여."

마을사람들은 벌써부터 장 목수 마누라의 행색을 입질에 올렸다. 그런데 행실에 관한 소문은 정작 엉뚱한 곳에서 일어났다. 판봉이네영감 큰며느리가 개가를 한다는 것이었다. 남편이 일제 때 징용으로 끌려가 돌아오지 못하였는데, 남들보다 일찍 청상과부가 된 그녀는 매번 시난 고난 앓았지만 말수 적고 조신하였다. 요근래로 가뭄에 콩나듯 시집에 얼굴을 내보일 뿐 친정에서 살다시피 하였으나, 전쟁과부들의 모범이 되고도 남았다. 그렇던 그녀가 소리 소문 없이 개가를 한다는 것이었다.

"시상에 떼과부들 마음 산란하게 그 무슨 개가여?"

"금메말시. 아이들 보고 착실히 혼자 살 거라고 하든마는 시아부지 성질이야, 천번만번 잘한 거네."

"자주 아픈 것도 양기가 부족해서 그런 것 아니겠는가. 떼과부들 길도 트여주었고, 죽은 낭군 불알 생각하며 사는 것보다는 낫제."

"그나저나 판봉이네 영감탕구 황소처럼 날뛰게 생겼네."

아낙네들의 말이 끝나기도 전에 판봉이네 아범은 우사도 그런 우사가 없고, 집안 망신살이 뻗쳤다면서 길길이 날뛰었다. 그리고 그 화풀이를 종부네에게 하였다. 표상이 간곡하게 마음을 다독여 이제는 행패를 부리지 않는가, 마음을 놓을 즈음 날벼락을 맞은 셈이었다.

"엠엔놈 벼락 맞는다더니 종부네가 그 꼴이시."

"종부네를 집중적으로 못살게 구는 것은 무슨 억하심정일께?"

"그속이사 모르겠네만, 저런 인간도 사람 축에 드는지, 원."

마을사람들은 판봉이네 아범의 행패가 자행될 때마다 나무라는 투로 눈살을 찌푸렸다. 종부네는 이래저래 가슴이 찢어지고 아팠다. 지서에서는 잊을 만하면 오라 가라 하지, 얻어맞은 자리는 날만 궂었다 하면 쑤시고 결려 자리에 눕기 예사였다.

"집과 아이들은 내가 돌볼 텐께 친정에 가서 며칠 푹 쉬면서 조리하고 오소. 그게 마음 편하겠네."

보다 못한 해심은 종부네를 일으켜 친정으로 보냈다. 그렇게 시작한 친정 나들이는 점점 잦아졌다. 친정부모야, 형제들이야, 그 어느 곳보다 안온하게 마음을 누일 수 있었다. 친정아버지는 아직도 사위사랑으로 가득한지라 딸의 모습을 안쓰러워 하였다. 자신의 잘못으로 저 고생을 한다고 생각하니 마음이 아팠던 것이다. 망여섬에서 파도와 벗하며 지내다가도 종부네가 오면 집으로 돌아와 더없이 인자한 눈길로 위로해 주었다.

"아이들이 기다리고 있을 것이니 오래 있지는 말거라. 아직도 마을사람들의 시선이 얼음처럼 차겁지야? 이번에는 내가 배로 실어다 주마."

친정아버지는 며칠을 묵게 한 뒤 그날 잡은 고기를 한배 가득 싣고 종부네를 데려다 주었다. 친정아버지는 수문께에 배를 대놓고 마을사람들에게 신고 온 고기를 골고루 나누어 분배하였다. 그렇게 해서라도 마을사람들의 차가운 눈길을 녹여 보자는 계산속이었다. 아닌 게 아니라 한번, 두 번, 고기를 얻어먹은 마을사람들의 눈빛이 조금씩 풀려났다.

"친정아부지라도 있응께 마음이 든든하겠소."

아직도 충격에서 벗어나지 못한 삐죽갈네가 담장 너머에서 종부네를 부러워하였다. 그녀의 친정은 넉넉하지가 못하였다.

"그래서 탈이네. 친정에만 가면 몸이 가뿐하고 집에 돌아오기 싫으니."

종부네는 친정아버지의 말을 떠올렸다. 아그야, 정 살기 싫으면 친정 곁으로 이사 오너라. 아이들도 외롭지 않을 것이고, 너도 마음 놓을 수 있지 않겠느냐. 친정아버지는 딸을 안정시키기 위해 마음을 썼다. 아부지, 아니라우. 애들 아부지가 지은 집인디 어떻게 버릴 수 있다요. 살아서 돌아올 때까지 집 지키고 살아요. 그리고 나만 좋자고 동서들과도 떨어져 살 수 없구만이라우. 종부네는 친정아버지의 말에 공감을 하면서도 선뜻 마음을 정리할 수 없었다. 그러면 사위가 살아 있다고 믿는 게냐? 친정아버지는 한숨 섞어 말하였다. 제 가슴속에는 죽음의 그림자가 떠돌지 않구만이라우. 오냐, 오냐. 네 마음을 어찌 모르겠느냐. 친정아버지는 파도가 일렁이는 바다를 내려다보며 담뱃대를 찾았다.

"면에서 임 서기가 연락을 했어라우."

해심이 생선을 간조림하고 나서 허리를 폈다.

"무슨 일로야?"

"글씨요. 저녁참에 짬내어 온다든가……?"

"안 좋은 소식인지 모르겠다. 그나저나 이번에 아부지께서 너를 시집보낼 모양이더라."

"어따, 내 맘이 움직여사 가재."

"벌써 신랑 될 사람의 아부지와 술잔을 나누었다는구나."

"아부지는 그게 탈이여. 술좌석에서 딸자식의 장래를 결정짓다니. 술좌석 혼담은 성으로 족하지 않는가."

"하여간 그렇게 알고 있거라."

종부네는 기우는 해를 바라보며 임 서기를 기다렸다. 좋은 소식이든, 나쁜 소식이든 기다려졌다. 임 서기는 저녁을 들고 나서야 찾아왔다.

"친정에 갔다 해서 사람을 보낼까 했습니다."

"긴한 소식이라도 가지고 계시요?"

종부네는 괜스레 가슴이 내려앉았다.

"좋은 일인 듯싶습니다. 저놈아요, 피부병에 좋다는 주사를 놓아준다 안하요."

"누가라우?"

종부네는 깜짝 반기며 백상을 돌아보았다.

"표상이라고 있잖습니까. 그 친구가 어떻게 손을 썼는지 읍내에 진료차 나온 의사에게 연락이 왔어요. 표상이 한번 다녀간 모양이지요?"

"특무상사가 돼갖고 왔습디다."

"처음에는 저놈아를 데리고 읍내로 나오라고 하더니, 내일 배를 타고 소록도 쪽으로 가는 길에 잠깐 들러 주사를 놓아 주겠다고 연락이 왔구만요."

"어찌 생긴 의사일께라우?"

"낸들 알겠소만, 전염병 예방을 위해 각 지방을 순회 진료하는 의사인 것 같습니다."

"정말로 고맙구만이라우."

"만일 그로하여 피부병이 완치된다면 표상이 은혜를 보답한 거지요."

"제발 나으면 좋겠소."

"그렇게 빌어야지요. 옆집 젊은 아주머니는 진정이 좀 됐는가요?"

"가장네를 잃었는디 그 충격이 쉽게 가라앉을랍디요."

"살아있다는 게 이렇게 고통스러운 줄 몰랐소."

임 서기는 삐죽갈네의 정황을 묻고 나서 돌아섰다.

다음날, 종부네는 백상을 정갈하게 목욕시키고 새 옷을 입힌 다음 면사무소로 나갔다. 지서를 지나치는데 자신도 모르게 진저리가 쳐졌다. 면사무소에는 묵직한 가방을 풀어헤친 의사 두 사람이 환자를 치료하고 있었다. 전쟁터에서 상이군인으로 돌아온 사람과 억울하게도 소작인들에게 죽음 직전까지 내몰린 최부자였다.

"특무상사 표상과는 어떻게 아시오?"

청진기를 귀에 꽂은 의사가 물었다.

"우리 집에서 한동안 살았구만이라우."

"그 친구가 이곳으로 순회 진료를 오는 걸 알고서 신신당부하는 바람에 그냥 지나칠 수가 없었어요. 표상과는 군의관으로 있으면서 막역한 사이로 지냈지요. 그 친구가 의료품을 관장하는 책임자였거든요."

종부네는 그저 콧날이 찡하였다. 의사는 백상의 볼기를 까더니 큼직한 주사바늘을 사정없이 꽂았다. 백상이 비명을 질렀다.

"인자, 나을 것인께 쪼끔만 참고 견디어라이."

종부네는 백상을 달랬다.

"정말 악성입니다. 자칫 생명까지 포기해야 할 지경입니다. 어찌 이 상태까지 오도록 내버려 두었는지. 이건 강력한 항생제로 웬만하면 완치가 되겠지만, 워낙 중증이라서 두어 번 더 주사 놓을 양을 드릴 테니 보름 간격으로 주사를 놓아 주십시오. 가만, 주사 놓아줄 사람이나 있는 게요?"

의사는 임 서기를 돌아보았다.

"떠돌이 약장사로 들어온 사람이 있어요. 아무려면 주사 정도 못 놓겠습니까?

"그럼, 완치를 바랍니다."

의사는 가방을 챙겼다. 종부네는 몇 번이고 감사를 드렸다.

"인자, 니 병이 나을 모양이다. 조상이 돌본 성싶다."

종부네는 집으로 돌아오면서 모처럼 기쁨이 출렁거렸다. 의사의 지시대로 보름 간격으로 두 차례 주사를 맞혔다.

"이건 보통 약이 아니요. 미군들이 악성 피부질환에 최후로 쓰는 약이요. 이걸로도 치유가 되지 않는다면 낫기는 물 건너 간 거요."

떠돌이 약장사는 주사를 놓아주며 의사가 주고 간 약에 대해 침이 마르도록 설명하였다. 종부네는 떠돌이 약장사의 말이 마음에 걸려 치유가 되지 않으면 어쩌나 조바심을 쳤다.

"작은 어무니, 이것도 좋다고 해서 가져왔소."

학재가 삐딱하게 학생모를 쓰고 들어서며 어디서 구하였는지 붉은 액체가 든 병을 내보였다.

"무슨 약이라냐?"

"옥도정기라는 약인데, 주사약과 함께 발라주면 효과가 있을 것이라고 임 서기가 주드만요. 내가 발라줄 텐게 꽉 붙드시요."

학새는 솜에다 옥도정기를 듬뿍 묻힌 다음 마치 종이위에 그림을 그리듯 백상의 몸뚱이에 약을 칠하였다. 백상은 따갑고 쓰라려 그물위의 송사리처럼 나 죽는다고 악을 쓰며 팔짝팔짝 뛰었다.

"이러다 사람 잡을라."

"아니어라우. 이참에 병근을 뿌리 채 뽑아야 해요."

학재는 백상이 금방 숨이 넘어가는데도 그림 위에 물감을 덧칠하듯 바르고 또 발랐다. 온몸이 숯덩이처럼 새까맣게 타들었다.

"아이구, 제발 그만해라."

"다 되었소. 영판 몸뚱이에 흙칠을 한 것만 같소."

학재는 무엇이 우스운지 또르르 뱃살을 움켜쥐었다. 백상은 머리에서 발끝까지 분장을 한 모습으로 쓰리고 따가움을 이기지 못해 마룻바닥을 뒹굴었다. 그러다 제풀에 지쳐 까무라치듯 잠이 들었다.

"불쌍한 것. 지발 덕분에 낫거라이?"

종부네는 백상을 안아 방에 뉘었다. 그런데 무슨 조화인가. 한바탕 난리를 치르고 난 백상의 몸에 회복의 기운이 감돌았다. 진물로 범벅이 되던 부스럼딱지가 꼬들꼬들 말라비틀어지면서 뱀이 허물을 벗듯 벗겨지기 시작하였다.

"니가 살아나는구나. 니가 살아나!"

"금메 말이요. 뭔녀러 약인디 저렇듯 효과가 있당가? 인도환생을 다시 한 것 같네."

종부네와 해심은 백상을 얼싸안으며 기쁨을 감추지 못하였다. 아무리 보아도 그저 신기하기만 하였다. 마을사람들도 백상의 머리를 어루만지며 기적이 일어난 듯 한마디씩 하였다.

"종부네 아들 하나 건졌네. 부스럼투성이 몸뚱이를 절구통에 짓이기는 모습을 볼 때면 똑 짜안해서 못 보겠던마는."

"볼 것 없이 포기한 자식이었제. 손오공이 바위굴에서 나온 듯하네."

"허물을 벗고난께 눈망울이 샛별 같지 않은가."

마을사람들은 다시 태어난 백상을 두고 오며가며 입에 담았다. 종부네는 잔치라도 하고 싶은 기분이었다. 허구헌 날 지새느니 한숨이요, 슬픔이었는데, 모처럼 마음이 흥거웠다. 그래, 이제 느그들이 건강하게,

탈 없이 자라만 준다면야 무슨 시련인들 감당하지 못하겠느냐. 종부네는 자식들을 위해 굳세게 살아야겠다고 속으로 다짐하였다.

종부네는 자식들을 위해 코끝에 땀방울을 매달았다. 판봉이네 아범이 행패를 부리고, 마을사람들이 여전히 싸늘한 눈길로 대하는 가운데 몽선과 해심을 앞세우고 남보다 뒤늦게나마 씨를 뿌리고 거두었다. 그 위에 큰딸이 집안일을 제법 거들었다. 들에서 땅거미기 질 때까지 일을 하고 돌아오면 저녁을 책임질 줄 알았고, 집안 청소야, 동생들을 돌보랴, 나무랄 데가 없었다.

그런 가운데 종부네는 주기적으로 한차례씩 앓았다. 날이 궂을라치면 어김없이 삭신이 쑤시고 결렸으며, 달빛만 창백하게 문지방을 비추어도 잠이 오지 않았다. 바람이 마당을 비질만해도 소스라치게 놀라며 가슴을 졸였다. 누군가의 발소리가 들려오는 듯하였고, 금방이라도 방문을 열고 들어설 것만 같았다. 그럴 때면 신열이 오르고, 비몽사몽에 젖어 헛소리를 하였다.

"어야, 자네 그러다 요상한 병에라도 걸리면 어쩔 셈인가? 담배나 한 대 피워보소. 횟배앓이도 내려가는 상사초네."

공수네가 밭머리에 앉아 허리, 다리를 두드리며 고통스러워할 때면 지침지침 올라와 담배를 권하였다. 공수네는 긴긴밤 혼자 지새우는 외로움과 한숨을 묻어내기 위해 배운 담배가 아니었다. 배 째고 아들 낳은 후유증으로 얻은 배앓이와 노망으로 속을 썩이는 시아버지로 생겨난 가슴앓이를 다스리기 위해 푸념스레 피워댔다.

"그게 약이 될께?"

"한번 피워보란 말시."

종부네는 공수네가 건네는 담배를 한 모금 빨았다. 눈물을 질끔거리며 마구 기침을 해댔다.

"엇따, 쓰고 맵구랴. 눈앞이 빙 도네."

"그래도 그게 제일 좋은 약일 거여."

공수네는 보란 듯이 담배를 맛있게 피웠다. 삐죽갈네와 함께 기거하는 이천네 어멈도 장죽에 담배를 우겨넣으며 담배를 권하였다. 심심초요, 상사초며, 근심 걱정을 풀어준다는 것이었다. 종부네는 기침을 콜록이면서 담배를 배우기 시작하였다. 종부네뿐만 아니었다. 뗴과부들이 모여 앉으면 어느 틈에 담배쌈지를 풀어 놓았다.

"자네, 술 좀 담그봐. 옛날 솜씨 있잖은가."

"싫네."

종부네는 한마디로 거절하였다. 시숙인 한장서의 모습이 다가왔다. 얼마나 술을 좋아 하였던가.

"그러지 말고 술을 빚어. 자네 술맛 보고 일을 안 해줄 사람도 일을 해줄거시. 내 말 알겠는가?"

"단속이 심할 것인디."

"그거야 그때 봐서 눈치껏 감추면 될 것 아닌가. 구데기 무서워 장 못 담그는가?"

종부네는 아낙네들의 권유를 따르기로 하였다. 아낙네들의 예견대로 상당한 효과를 가져왔다. 젊은 청년들이 종부네의 술맛에 들려 모내기야, 기음이야, 가을추수야, 보리갈이야, 슬렁슬렁 날품으로 해주었다. 종부네는 친정을 갈 때도 정성들여 술을 떠서 가지고 갔다. 친정아버지는 좋아라 하였다.

"허허, 네가 빚은 술은 향기가 난다."

친정아버지는 흐벅지게 웃으며 술을 아껴 드셨다.

"아버님 말씀이 전혀 생뚱하지가 않군요."

박수혁도 친정아버지 몰래 술을 훔쳐먹고 나서 감칠맛 난다는 표정을 지었다. 종부네 또한 술을 빚으면서 한잔씩 맛보는 동안 술맛을 알게 되었다.

"성님, 이번에는 쪼깐 신맛이 난 듯 싶으요."

삐죽갈네도 술을 뜰 때마다 턱밑에 쭈구리고 앉아 술을 찍어 먹으며 품평을 하였다.

"날씨가 더워 재가 설핏 넘은성 싶네만, 술꾼들은 오히려 그걸 더 좋아 하느니."

"장 목수는 성님이 빚은 술에 환장을 합디다."

"안 그래도 친정동생인 수혁이와 잘 어우러지데. 한잔 더 마실랑가?"

"아니라우. 얼굴 빨개지면 어쩔 것이요."

"담배는 왜 안 피우는가? 골초 할멈과 살면서."

"목을 쏘아서 당최 피울 맛이 안 납디다."

"이천네 어멈 담배연기는 어떻게 맡는가?"

"그랑께 노상달밤으로 문을 열어 놓다시피 하지라우."

삐죽갈네는 술 한 방울 찍어 마셨는데도 귓불이 발그레 하였다. 아직도 처녀만 같은데 청상과부가 되다니……

"무공이도 술 한 잔 준께는 너끈히 받아 마시데, 그랴."

종부네는 해거름에 무공이 부엌 앞에 서자 장난삼아 밥공기와 함께 술 한 사발을 떠 주었다. 그러자 무공의 입가에 보일락말락 웃음기가 감돌았다.

"미친 사람 술을 주면 어쩔라고 그러시요. 황소처럼 미쳐나면 누가 감당할라고."

"그럴 리야 있겠는가."

종부네는 무공의 안개빛 웃음기에서 또다시 의문이 들었다. 정말 실성한 걸까?

4

　해심의 정혼 관계로 박수혁이 불쑥 들어섰다. 최후의 통첩이자, 강제 연행이나 다름없었다. 해심은 그동안 수차례 집으로 돌아오라는데도 들은 체도 하지 않았다.

　"원하지도 않는 시집을 어떻게 간다는 거여?"

　해심은 아버지께서 일방적으로 정한 결혼은 정말 싫었다. 종부네처럼 너무나 버긋지는 신랑감도 싫었고, 무지몽매한 남편감도 싫었다. 아무려면 신랑 될 사람 얼굴이나 한번 보고 시집을 가든지 말든지 해야 할 것이 아닌가.

　"아부지께서 어련히 정했겠느냐. 너무 고집을 피워도 안 좋다."

　"성도 형부 얼굴 한번 구경하고 시집을 갔더라면 이 꼴이 되었겠는가?"

　"니 말에 무어라 할 말이 없다만, 집에 가서 아부지더러 맞선을 보겠다고 말하면 될게 아니냐."

　"이미 부모들 사이에 혼약을 정했다는디 그게 될법한 소린가?"

　"그래도 절차를 내세우면 형식적이나마 허락하지 않겠느냐. 자식들이 그래서 불행을 겪는디."

　"성은 도대체 누구 편인가?"

　해심은 심기 사납게 내질렀다. 모두들 시집을 보내자고 한통속이 된 듯하였다.

　"니 마음을 알고도 남는다만, 이번에는 집에 가봐야 할 것이다. 수혁이는 금세 어디를 갔다냐?"

　"보나마나 장 목수 집에 갔것제."

　"어따, 인자 두 사람 배포가 딱 맞았구만."

해심의 말에 종부네는 혀를 찼다. 아닌 게 아니라 박수혁은 장 목수 집에 있었다. 좀을 먹은 배 밑창을 갈아내고 있는 장 목수 곁에서 걸쩍한 이야기를 주고받았다.

"배 밑창이 너무 좀이 묵었어. 늙은 작부 뭣 같으이. 새로 배를 묻는 게 낫지. 보기에 안 그런가?"

"작부께나 안아 보았는갑소."

"사내대장부가 그런 추억도 없이 어떻게 살어?"

"대목수가 배 밑창이나 갈아준다고 푸념 마시고 지성껏 땜질해 주시요. 없는 살림에 배 한척 묻기가 어디 그리 쉬운가요?"

"허긴, 그렇제. 요즘은 배 묻자고 하는 사람이 없어 썩은 호박 같은 배 밑창이나 갈아대고, 영 매가리가 없구만."

"살기가 곤궁하잖소."

"자네, 누님 집에 자주 오는 것은 그놈의 술맛 때문이렸다?"

"그 점도 부인할 수 없소만, 이번에는 다른 일로 왔소."

"무슨 일?"

"작은 누님 시집보내자고요."

"아, 해심이 처녀? 정말 눈에 넣어도 안 아플 조신한 처녀여. 누가 데려가는 겐가?"

"글쎄요. 아버님이 일방적으로 정한 일이라서 어떻다 말은 할 수 없소만 나로서는 영 떨떠름 하요. 큰 매형과 비교하자면 이건 완전히 떨거지상만 같은 생각이 드요."

"자네, 큰 매형이사 인물이었제. 두고두고 아까운 분이네. 근디, 자네가 떨떠름할 건 무언가?"

"제대로 된 사람 같으면 부모들끼리 정혼한 처녀를 한번이라도 보러왔을 게 아니요. 그리고 수소문해 들자니 아버님께서 무언가 잘못 짚으신 것 같고요. 아버님 생각으로는 큰 매형처럼 너무 경사가 지면 불행이라는 점을 들어 그런 곳에 딸을 시집보내려는가 본데, 암만해도 또 다른 불행을 안겨 주지 싶습니다."

"어느 부모가 딸의 불행을 바라겠는가마는 마음대로 안 되는 게 결혼 아니겠는가. 운명의 실타래 같은 것이제."

장 목수는 그 사이 못질을 다하고 박공을 쳤다. 익은 솜씨라서 날렵하기만 하였다.

"일도 끝나가고 누님 집에 가서 술이나 한잔 나눕시다."

"자네 누님 집은 밤만 되면 청상과부들 집합소가 되었네. 우리가 끼어봤자 재미없을 것이고, 자네가 술병을 들고 오소. 안주는 내가 장만할 텐께. 알것는가?"

"그럽시다."

박수혁은 장 목수가 일을 마저 끝내기를 기다렸다. 안방 문이 열리며 장 목수 마누라가 희뿌연 얼굴로 나왔다. 엊그제께 산후조리를 하였다는 여인네의 행색이 아니었다. 산뜻하게 차려입은 걸로 보아 바깥출입이라도 할 모양이었다. 남정네들은 장 목수 마누라의 그런 모양새를 눈요기라도 할 요량으로 장 목수가 일하는 작업장에 모여들어 추스레한 대화를 주고받으며 장 목수 마누라를 곁눈질하였다.

"어디 갈라고?"

"심심해서 요아래 갯가에 나가 고동이라도 잡을까 해서요."

장 목수 물음에 박수혁을 흘끔 쳐다보며 대답하였다.

"갯가에 나갈 옷매무새가 기생방 출입할 차림새여? 잔말 말고 이천이 더러 씨암탉이라도 한 마리 잡아달라고 혀."

"알았어라우."

장 목수의 투깔스러운 심부름에 울안의 목소리로 대답하며 댓돌을 내려섰다.

"저하고 같이 가시지요."

박수혁은 장 목수 마누라와 삽짝문을 나섰다. 발치 아래에서 파도가 스러졌다. 고동을 잡겠다는 장 목수 마누라의 대답이 거짓이라는 것을 알 수 있었다. 갯벌이 드러나야 고동을 잡을 게 아닌가.

"아제는 섬구석지에 처박혀 살지는 않겠지라우?"

장 목수 마누라는 눈을 상큼 치떴다. 눈썹을 정성스레 다듬었다.

"사업을 할까 계획 중입니다."

"남자들은 좋겠소. 마음껏 할 일을 하니께."

"여자는 불행을 짊어지기라도 했습니까?"

"매여 사니께 답답하지라우."

"형수님, 아들도 낳았겄다, 알뜰하게 사십시오. 남편 없는 여인네들의 한스러움을 지켜보지 않습니까."

"알겠구만이라우. 닭 잡아 올 텐께 기다리시오."

장 목수 마누라는 무언가 아쉬움을 남기며 사쁜 마을로 올라갔다. 치마폭에서 이는 바람은 무슨 향기일까? 박수혁은 잠시 그 뒷모습을 바라보다 말고 종부네 집에서 술 단지를 한개 들고 장 목수 집으로 향하였다. 장 목수는 일렁이는 바다를 멀뚱히 바라보고 있었다.

"어야, 돛폭을 달고 한바탕 바다를 누볐으면 좋겠네."

"배타고 바다에 나가 술을 들까요?"

"좋지. 닭 잡아 오면 그렇게 하세나. 우선 술맛부터 볼까?"

장 목수는 물바가지에 술을 따라 시원스럽게 들이켰다. 박수혁도 덩달아 바가지 술을 마셨다. 장 목수 마누라가 닭을 잡아 왔을 때는 주거니 받거니 반동이 정도를 마시고 난 뒤였다.

"바다로 나갑시다."

"허허, 세상이 우리들 것만 같으이."

두 사람은 바다로 나가 어둠이 깃들 때까지 술잔을 비우며 노래를 불렀다. 나중에는 뱃전을 두드리며 덩실덩실 춤을 추었다.

저녁을 들고난 아낙네들이 종부네 집 안방으로 모여 들었다. 사전에 약속한 바도 없는데 하나 둘 모이기 시작한 것이 어느덧 사랑방이 되었다. 방 넓겠다, 술 있겠다, 마음대로 담배를 피우며 잡담을 나눌 수가 있었다. 해심과 아이들은 마루 건넛방으로 밀려났다. 가장 어른격인 이천네 어멈을 중심으로 밤이 깊도록 술과 담배연기 속에서 온갖 세상사가 떠돌았다.

"이모야, 나는 정말 저 꼴들이 보기 싫어 죽겠다."

큰딸은 떼과부들의 신세 한탄조의 담배연기와 술 냄새가 비위에 거슬렸다.

"바람난 것보다는 낫제."

"그래도 그렇제. 허구헌 날 저게 무슨 청승인가?"

"길쌈을 할 것이냐, 수를 놓겠냐, 울적한 심사를 저렇게라도 풀어야제."

"난 못마땅하네."

큰딸은 불만이었다. 종부네는 술과 담배연기 속에서 노니는 것도 모자라 걸핏하면 해심과 아이들에게 집을 맡기고 친정에 가서 사흘이고 닷새고 누질러 있다가 돌아오기 예사였다.

아낙네들은 술 안주거리라든가, 밤참을 돌아가면서 가져왔다. 빙 둘러 앉으면 누가 먼저랄 것 없이 담배를 꺼내어 종이에 침을 발라 말아 피웠다.

"오늘은 담배 맛이 쪼깐 다른디?"

"시아부지 쌈지담배를 슬쩍 했네."

동천네가 담배쌈지를 돌렸다.

"자넨 벌써부터 절구방아인가?"

이천네 어멈이 무릎을 세우고서 이마를 짓찧어 대는 수기네를 장죽으로 건드렸다.

"일이 고됐는지 잠이 막 오요."

"언제는 말짱한 정신이었는가?"

"그래도 듣기는 잘허요. 잠도 씨가 있는가 보요."

"앉으나 서나 잠을 잘 잔께 자식농사를 잘 짓제."

유일하게 공수네와 수기네만 가장네가 건재하여 그걸 빗대었다. 수기네는 그렇다치고, 공수네는 입버릇처럼 얼마나 사람이 풀대죽 같았으면 이쪽저쪽 총알이 비껴갔겠느냐고 비죽이 앙살을 부렸다.

"서방 있는 년이 자식농사도 못 지으면 어쩔 것이여?"

"그려. 신발 벗어놓고 죽음의 길로 나가듯 자식을 낳을 때는 다시는 서방 곁에 가지 않겠다고 다짐을 놓지만 서방님과 찰떡방아를 찧을 때가 제일이여."

"무슨녀러 한숨인가? 술이나 한 순배 돌리게나."

영주네가 준비해온 술안주를 내놓았다.

"음마, 오늘은 제법 구수한 맛이 풍기네."

원산네가 손톱 밑에 때가 낀 손으로 안주를 집었다. 종부네가 술을 내오고, 삐죽갈네가 술잔을 돌렸다.

"원산네 성님, 꼽사춤이나 한바탕 추시요."

"그라제. 자네가 젓가락 장단을 맞추어."

원산네는 자리에서 일어나더니 베개를 등에 짊어지고 곱사춤을 추었다. 먼지 풀썩이는, 담배연기 자욱한 속에서 아낙네들은 배를 움켜쥐고 자지러졌다.

"워따, 워따, 배꼽 빠지겠네."

이마를 짓찧으며 무릎 잠을 자던 수기네도 가슴을 열어놓으며 아랫배를 쥐어짰다. 아낙네들은 이어서 벽돌림으로 노랫가락을 뽑았다. 모두들 청승맞은 가락이었다. 이천네 어멈은 지그시 눈을 감은 채 장죽을 빨아대며 이제나 저제나 이야기할 기회만을 엿보았다. 이천네 어멈의 총기는 알아주었다. 사람들로부터 전해들은 이야기를 하나도 잊어먹지 않고 기억하고 있다가 누에가 실을 뽑아내듯, 거미가 집을 짓듯 하였다. 심지어는 누구네 제삿날까지 기억하고 있어 깜박 기제사라도 잊을라치면 일깨워 주었다. 노래는 삐죽갈네에게 차례가 돌아갔고, 술이며, 담배며 바닥이 났다.

"인자, 아짐이 이야기 할 차렌가 싶소."

"실컷 놀고 나서 잇속에 홍시 넣어주라는구만."

이천네 어멈은 기다렸다는 듯 싫지 않은 얼굴이었다.

"저, 뭐시냐? 심봉사가 맹인잔치에 가는 대목을 할 차렌갑소."

"그보다는 심청이가 임당수에 빠지는 장면을 한 번 더 듣고 싶은 디……."

"아무리 가슴속에 한숨들이 그득하다고 자기들 슬픔에 겨운 이야기만 좋아하는구라. 그런께, 심청이가 심봉사와 작별허고……."

"가만있으시오. 밖에서 빗소리가 나요."

학수네가 방문을 활짝 열었다. 담배연기가 꾸역꾸역 밖으로 빠져 나갔다.

"이야기는 내일 듣기로 하고, 비설거지를 해야 쓰것소."

아낙네들은 후닥닥 치마를 둘러쓰고 종종걸음으로 대청마루를 내려섰다.

"자네하고 나하고는 그냥 여기서 퍼질러 자고 가세."

이천네 어멈은 삐죽갈네를 잡아 앉혔다. 아무래도 종부네와 삐죽갈네에게 못다 한 이야기를 마저 풀어놓을 모양이었다. 삐죽갈네는 이의가 없었다. 남들처럼 비설거지 할 것도 없고, 이천네 어멈은 한잔 술을 핑계 삼아 종부네 집에서 주저앉을 것이고, 혼자 집으로 돌아가기는 싫었다. 어린아이는 종부네 아이들 틈에서 벌써 잠이 들었을 것이다. 종부네는 앞뒤 방문을 활짝 열어 환기를 시키고 청소를 하였다. 잠자리에들자 아나나 다를까, 이천네 어멈은 조근조근 이야기보따리를 풀기 시작하였다. 어느덧 삐죽갈네의 고른 숨결소리가 들리고, 종부네 또한 잠이 들었다.

비는 이틀 계속 내렸다. 종부네는 운신을 못하였다. 오만 삭신이 쑤시고 결리고 녹아내리듯 하였다. 이놈의 비만 오면 육신이 가라앉으니……. 종부네는 백상을 불러 안마를 하도록 하였다. 백상은 고사리 같은 손으로 안마를 하였다.

"니, 손은 약손이다. 어이구, 시원허다."

종부네는 아들의 손길이 그저 시원하기만 하였다.

"어무니, 밖에 손님이 오셨는디요."

백상은 안마를 멈추고 방문을 열었다.

"손님?"

종부네는 괜스레 가슴이 콩닥거렸다. 요즘에는 지서에서 오라 가라 어째 좀 뜸하다고 생각했는데…….

"저, 알아보시겠소?"

"오메, 당목리……!"

종부네는 너무나 놀란 나머지 말문을 잇지 못하였다. 한옥서의 약혼녀가 아닌가. 전쟁이 끝나고 한옥서의 무덤자리라도 알아 놓으라는 전갈을 받고 도암네와 당목을 갔을 때, 그녀는 한옥서의 무덤 앞에서 넋을 잃고 있었다. 동백꽃이 흐드러진 가운데 핏기 잃은 그녀의 자태는 참으로 처연하였다. 매일같이 한옥서의 무덤을 찾아와 말없는 대화를 나누며 하루를 보낸다는 것이었다.

그녀는 한옥서가 그녀의 집을 나서다 붙들려가서 총살을 당한 뒤 판봉에게 말할 수 없는 괴롭힘을 당하였다. 약혼자를 잃은 슬픔도 가눌수 없는데, 한옥서를 죄 없이 끌어다 죽인 판봉은 악마의 웃음을 지으며 치근덕거렸다. 협박까지도 예사로 하며 그녀를 차지하려고 온갖 술수를 다 부렸다. 견디다 못한 그녀는 뭍에 사는 이모 집에 숨어 지내다 판봉이 섬을 떠났다는 소문을 전해 듣고 돌아왔다.

"어디 편찮은가 보지요?"

"나야, 늘 아프다 말다제. 왔단 말은 들었는디, 어여 들어오소."

종부네는 자리에서 일어나 그녀를 맞아들였다.

"성님네들이 보고 싶어서요."

"청승맞은 우리 모습이 무슨 위안이 되겠는가?"

종부네는 그녀가 그저 짠안하고 애스럽기만 하였다. 얼마나 가슴 아픈 상사의 별리냐.

"어디 가서 이 억울하고 원통한 심사를 호소할께라우?"

"금메말시. 호소할디라도 있으면 얼마나 좋겠는가."

"살아남은 사람은 숨 쉬고 살아간다지만……."

그녀는 기어코 눈물을 떨구었다.

"잊어버리게. 악몽을 꾸었다고 한세상 돌려세우게나. 다시금 새로운 마음으로 미래를 여밀 수 있지 않겠는가?"

"못해라우. 이 아이들 삼춘을 그렇게 보내고 어떻게 다른 세상을 바란단 말이요."

"세월은 망각으로 실어 보낼 것이네. 세월 속에 부대끼고 떠밀리다 보면 상처가 지워 지겠제."

"아무리 깊이 묻어도 안 될 것이요."

"그걸 왜 모르겠는가마는……."

그녀가 지니고 있는 상처는 또 다른 것으로, 삐죽갈네와도 다를 것이고, 종부네와도 다른, 결코 겪지 말았어야 할 비극임에랴.

"애들이 또렷하게 생겼소."

그녀는 호기심으로 바라보는 아이들의 머리를 쓰다듬었다. 한옥서도 저런 씨앗이라도 하나 뱃속에 심어주고 갔더라면 좋았을 것. 마지막 날, 애절한 가슴으로 한옥서를 받아들였건만 선홍빛 핏자국만 이불위에 남긴 채 씨앗을 심어주지 못하였다.

"저 애들도 한평생 머리위에 비구름을 지니고 살아가게 되었네. 벌써부터 차가운 시선들이 가슴을 비질하니 장차 어찌 헤쳐나갈런지……."

"심지가 굳으면 능히 제 앞길을 열어 가겠지라우."

"그랬으면 얼마나 좋겠는가. 큰집 학재란 놈을 보아도 결코 밝지만은 않네. 하란 공부는 하지 않고 삐딱하게 샛길만 찾는구랴."

"그 애야 눈으로 참상을 봐서 그렇겠지요."

"다른 애들이라고 어디 다를라든가."

"너무 비관만 앞세우지 마시요."

"하긴, 학재 탓만 할 수 없제. 아무리 배워봤자 쓸데가 없을 것인즉슨 허랑하게 사는 도리밖에. 땅돼지기나 두더지처럼 갈아엎으면서 죽은 듯이 살아야제."

"햇살이 제아무리 쨍쨍 내리비쳐도 솟는 샘물은 마르지 않는다고 하였소. 뿌리가 튼실하면 가뭄 속에서도 풀뿌리는 살아가지 않습디요."

"저애들이 철이 들면 방황하고 좌절할 것인디 벌써부터 나오느니 한 숨이구랴."

종부네는 눈망울 초롱한 아이들이 마음의 위안을 주는데도 자식들의 앞날을 생각하면 치막한 안개가 시야를 가로 막았다. 세상을 배우고 헤아릴수록 쓰임새가 없고 보면 울분과 좌절로 주질러 앉아 세상을 한탄할 것이다. 이천네 어멈이 들려주는 김삿갓이 어찌 먼 옛날의 이야기일 수 있으랴. 학재가 그 징후를 내보이지 않는가. 제법 도둑 술을 마시며 자신을 학대하는 낌새가 눈에 띄었다. 제발 나쁜 길로만 빠지지 말거라. 마음속으로 비손이를 하였다.

"어머님은 어떠신지요? 듣자니 누워 계신다고 하던디."

"오래 못사시겠네. 심화가 들끓어 점점 땅속으로 잦아지는구랴."

"한번 뵙고 싶은디 마음뿐이요."

"자네를 대하면 더욱 억장이 무너질 것이네."

종부네와 그녀는 곱다시 밤을 새우며 서로를 위로하였다.

"이렇게 만나본께 쪼끔은 가슴이 뚫리는 듯 하요."

"그러게. 내 당목까지 길동무해 줌세. 그 평계 삼아 친정에도 가고."

이튿날 종부네는 자리에서 일어나 몸단장을 하였다. 암만해도 친정에 다녀와야 병통이 낫지 싶었다. 날은 개어 햇살이 눈부셨다.

"엄니, 또 외갓집 갈랑가?"

큰딸은 원망스러운 눈길로 물었다. 바람에 불려갈 눈 까만 자식들만 남겨놓고 또 몇 밤을 지새다 올 것인지. 하마 올까, 날마다 큰밭재를 올려다보며 기다림에 지치는 자식들을 생각이나 하는 건지……

"하룻밤만 자고 올 것인께 동생들 잘 다독이고 있거라."

"하룻밤이 열 밤이 될랑가 누가 아는가? 우리도 따라나설라네."

"이번에는 꼭 약속을 지키마."

종부네는 아이들을 누질러 앉혀놓고서 그녀와 집을 나서 큰밭재를 올랐다. 뒤돌아보니 아이들이 처마 밑의 제비새끼들처럼 큰밭재를 바라보고 있었다.

"가는 곳마다 무덤들이 많이도 늘었소."

지풍골을 휘돌며 그녀가 한숨 섞어 말하였다. 지풍골은 송장골과 함께 시신들이 가장 많이 널부러진 곳이었다.

"주인 없는 묘도 상당수 되느니. 자네는 지금도 공구지산을 오르는가?"

"내가 마음자리를 찾을 곳이 어디 있겠소."

그녀는 짬만 나면 한옥서의 무덤을 찾았다. 소가 밟아버리면 으깨질 무덤이었지만 약혼자의 무덤가에 앉아 있으면 하늘의 구름자락도 무심히 지나치지 못하였다. 그녀는 말없는 대화를 나누고, 못 다한 사랑을 가슴속에 심었다. 뻐꾹새의 울음소리를 아시오? 한옥서의 환한 얼굴이 눈앞에 다가왔다. 지가 어떻게 아남요. 자식을 위해 저렇듯 처량하게 울어요. 하지만 알고 보면 아주 못된 녀석이오. 남의 둥지에 몰래 알을 낳고, 그 알은 다른 새끼들보다 먼저 깨어나 본래의 알들을 둥지 밖으로 밀어내고서 왕성한 식욕으로 자라지요. 뻐꾹새는 자신의 새끼가 잘 자라는가, 울음소리로 자신의 존재를 알리는 거요. 그런 비정함이 숨겨 있군요. 결국 자라서 어미 곁으로 날아가겠네요. 그렇지요. 내 동백꽃 향기에 취해 여기에 누워 있노라면 갖가지 산새 울음소리를 헤아리오. 한옥서는 그녀를 사랑스럽게 품에 안으며 자장가처럼 들려주었다. 그녀는 한옥서의 품에 안겨 시간을 잊었다.

"동백꽃은 다른 꽃과는 달리 꽃송이 채 떨어지네."

"꽃송이가 꿀물을 흘리며 뎅경 떨어지는 그 모습을 보노라면 가슴이 서늘해져요."

"내 여기까지 왔응께 무덤을 한번 보고 가야겠네."

종부네는 당숲을 들어서자 그냥 뒤돌아 설 수 없는 어떤 힘에 이끌렸다. 형수님, 저를 보고 가셔야지요. 한옥서의 목소리가 솔바람소리에 묻어났다. 마지막 날 밤, 아이들의 머리를 쓰다듬어 주고 당목으로 향하던 모습이 너무도 선명하게 떠올랐다.

"애들 삼춘도 좋아할 것이요."

그녀는 마을을 빙 돌아 한옥서가 잠들어 있는 공구지산을 앞장서 올랐다. 동백나무가 울창한 가운데 온갖 산새들이 숨바꼭질을 하였다. 산중턱 아름드리 정자나무에 이르러 숨을 돌렸다. 쑤시고 결리는 육신으로 산을 오르기가 힘겨웠다. 종부네는 담배 한대를 피우고 자리에서 일어났다. 왼쪽으로 접어들자 폭포소리가 들렸다. 한옥서는 바로 폭포 옆, 총탄에 맞아 피 흘리며 쓰러진 자리에 잠들어 있었다.

"너무나 억울한 죽음이어서 목이 메이는구랴."

종부네는 갑자기 슬픔이 북받쳐 올랐다. 그녀도 덩달아 눈물을 찍어냈다.

"성님, 그만 고정 하시요."

"시상이 이럴 수 있는가?"

종부네는 자기 설움에 겨워 실컷 울고 나니 조금은 후련하였다. 산소를 내려온 종부네는 그녀와 헤어졌다.

"종종 찾아갈게요."

그녀는 당숲까지 배웅하였다.

"마음 다잡아 새 길을 열게나."

종부네는 몇 번이고 뒤돌아보며 친정으로 향하였다. 그녀는 보이지 않을 때까지 지켜서 있었다. 큰 고개를 넘어서니 뜻밖에도 전쟁터에서 폐가 망가진 둘째동생이 콜록거리며 소를 먹이고 있었다.

"누님 오시오!"

"여기까지 소를 먹이러 왔는가?"

종부네는 반겨 맞는 둘째동생의 손을 잡았다. 워낙 고기야, 약이야, 보신을 잘한 덕분인지 많이 좋아진 모습이었다.

"맑은 솔바람을 마시면 좋다고 해서요. 갑시다."

둘째동생은 소를 앞세웠다. 새끼를 뱄는지 아랫배가 축 처졌다.

"모두들 잘 있지야?"

"해심이가 시집을 가기로 했어요."

"신랑 될 사람을 보았다냐?"

"처갓집에 인사라도 올법한디, 콧배기도 안보이요. 암만해도 아버님이 한잔 술에 넘어간 듯 싶으요."

"똑똑한 큰사위에 질려서 넉넉한 농사꾼에게 보낸다 하지 않던가?"

"당사자를 보지 않고서는 시집을 가지 않겠다고 버티는 해심의 고집을 묵살하고 혼처를 정한 것은 찬성할 수 없어요."

"생각이 깊은 네가 그렇다면 썩 어울리지 않는 결혼인성 싶다."

"두고 보시요만, 내 판단이 옳을 것이요."

둘째동생은 밭곡식을 훔치는 소의 엉덩짝을 때렸다. 친정집은 여전히 비릿한 생선비늘이 널려 있었다. 엊그제 마주 대하였는데도 모두들 반겨 맞았다.

"시집을 간다면서야?"

"성에 가기 싫어 죽겠네."

"아버님이 어련히 알아서 정했겠지야."

종부네는 해심을 달랬다. 해심은 결혼 말이 나오자 잔뜩 부어터진 얼굴로 불만을 나타냈다. 뒤늦게 친정아버지가 망여섬에서 식량을 가지러 왔다. 소금기와 갈매기 똥 냄새가 났다.

"망여섬에서 혼자 지낼 만 하신지요?"

"그지없이 마음 편하다. 아이들은 어쩌고 왔나?"

"아이들은 염려 안 해도 되요."

해심이 대신 불퉁하게 대답하였다.

"그래도 안 그렇다. 더 지체하지 말고 이 밤만 지새고 가거라. 너에게는 그 애들이 전부다. 내가 배로 실어다 주면 좋겠다만, 조금 때라서 괴기가 잘 안 잡힌다. 괴기라도 한배 싣고 가서 마을 잔치라도 벌여야 될게 아니냐. 사리 때 내 갈 테이니 그리 알고 내 말 들거라."

친정아버지는 딸의 모습을 보기만 해도 가슴이 무너져 내렸다. 큰아들과 만사위야말로 삶의 보람을 찾게 하였는데 한꺼번에 그 기대가 무너질 줄이야.

종부네는 친정아버지의 간곡한 타이름에도 불구하고 나흘을 친정집에서 지냈다. 친정동생들과 어울리다보니 웃음이 나왔고, 아픈 육신도 거뜬하였다. 친정아버지 말대로 친정동네로 이사를 올끄나? 매번 유혹을 떨쳐 버리지 못하였다. 아니제. 내가 지금 무슨 망상을 하고 있다냐. 그 집은 자식들에게 고스란히 대물림해야제. 암만. 그래야제. 종부네는 화들짝 시간을 입술에 깨물며 자리에서 일어났다. 집에서 기다리고 있을 아이들이 생각난 것이다.

종부네는 친정동생들의 배웅을 받으며 발길을 재촉하였다. 큰 고개를 넘고, 지풍골을 지나 휘이, 휘이 큰밭재를 올랐다. 아이들이 목을 길게 빼고서 오늘도 하마 올까, 큰밭재를 바라보고 있었다. 내 새끼! 내가 미쳤제. 어린 너희들을 내팽개쳐 놓고 나만 좋자고 노닥거리다니. 종부네는 치맛자락을 바람에 날리며 한달음에 집으로 내달았다.

"엄니는 도대체 우리들을 자식으로 생각하는가?"

큰딸은 눈물 그렁한 눈으로 원망을 하였다.

"오냐, 오냐. 내가 잘못했다."

종부네는 어리광을 부리며 매달리는 막내 놈을 얼싸안았다. 제법 키가 컸다.

"할무니가 몇 번이나 숨이 자지러졌어요."

"어여, 가보자."

종부네는 종갓집을 들어섰다. 큰동서와 작은동서가 눈물을 훔치며 시어머니의 머리맡에 앉아 있었다. 시어머니는 금방이라도 숨이 넘어갈 듯하였다.

"친정에 갔다든마는 언제 왔는가?"

"방금 왔구만이라우. 언제부터 이러요?"

종부네는 도암네가 내어주는 자리에 앉았다.

"어젯밤부터 숨이 끊어질듯 이어지네."

"돌아가시면 안되는디, 이를 어쩔께라우."

"임종이나 지켜보는 수밖에요."

상정네가 결론을 내리듯 말하였다. 시어머니는 이따끔씩 숨을 몰아쉬며 감은 눈을 치뜨고는 하였다.

"도암네야……."

시어머니는 손을 내저으며 큰며느리를 찾았다.

"여기 있소. 어무니."

도암네가 무릎걸음으로 다가 앉았다.

"……니는 이 집 종가 며느리다. 남겨준 재산을 잘 지키고, 학재 말이다. 종손답게 빛나지 않게 잘 키우거라. 알것냐?……. 그리고 둘째야. 이리 뽀짝 다가 앉거라."

종부네는 시어머니의 손을 잡았다. 얼음처럼 차가왔다.

"……제일로 시련이 많을 것이다. 다른 자식들이야 죽음을 당해 별로 문제가 없을게다만, 애비는 죽었는지, 살았는지, 생사를 알 수 없어 두고두고 고문보다 더한 고통이 따를 것이다……. 나는 안다. 어딘가에 살아있을게다. 운명이겠거니 생각하고 자식들과 모질게 살거라. 상정네는 어디 있느냐?"

"바로 여기 있어라우."

"……동서들끼리 오손도손 잘 지내야 한다……. 매사에 욕심만 부리지 않으면 서로가 화목하게 살 수 있느니라. 니가 가장 젊은 나이여서 슬픔을 자아낸다만, 강단지게 살아야 한다. 자칫 한 생각 잘못 묵으면 후회를 머금게 된다. 내 말 알것지야……?"

"자식들이 있는디, 어찌 엉뚱한 생각을 머금을 수 있겠소."

"그래. 느그들만 믿고 눈을 감는다……."

시어머니는 잿불 자지러지듯 숨을 거두었다. 곡성이 담장 밖으로 새어나가고, 마을사람들이 뜨막한 발걸음으로 초상집을 들어섰다. 싸늘한 냉대와는 달리 길흉사에는 그 모든 감정들을 접어 거두었다.

"자식들이 번듯하면 호상일 것인디, 참으로 안됐네."

"집안이 저렇게 몰락할 줄 누가 알았는가."

마을사람들은 학재를 비롯하여 코흘리개 상주들을 바라보며 혀를 찼다. 도암네는 장례를 치르는데 있어 한 점 소홀함이 없도록 하였다. 꽃상여며, 명정이며, 홧병으로 숨을 거둔 시어머니를 거적쌈하듯 장사 지내고 싶지 않았다. 돼지도 두 마리 잡았다. 난데없는 사당패까지 들어와 초상집은 때 아닌 놀이마당이 되었다.

"허허, 심화병으로 숨을 거두었지만 복 있는 양반이네. 느닷없이 사당패가 뭔가."

"아따, 턱도 없는 저기 무턱이 좀 보소. 무슨녀러 땅재주굿을 저리도 잘 한당가. 얼쑤, 얼쑤, 자네 궁둥이가 저절로 움직이는구랴."

마을사람들은 사당패들과 어울려 옴죽, 옴죽, 흥겨워하였다. 강녕들을 돌아 무덤재로 휘돌아 가는 상여소리도 흥겨운 가락을 실었다.

－우리 같은 초로인생 한번 나서 죽어지면
　무주공산 터를 닦고 세우사푼 저문 날에
　북을 둥둥 울리면서 북망산천 돌아들어
　짠두박을 이불 삼고 송죽으로 울을 삼고
　두견접동 벗이 되어 산은 적적 우수한데
　먼저 간 부모 형제 넋이 되어 만나볼까
　어널, 어널, 어너리 넘자 너화여

"꼭 거리굿 하는 것 마냥 구슬프고도 잔치마당만 같으이."
"오랜만에 맛보는 장례네."
마을사람들은 길 닦음을 방불케 하는 사당패들의 향도가에 뗏장을 쌓아 올리며 봉분을 다졌다. 사당패들은 장례를 치르고 슬픔에 휩싸인 상갓집에서 모닥불을 밝혀놓고 밤이 이슥하도록 신바람 나게 놀았다. 마을사람들은 쌈짓돈을 털어내며 그들과 한데 어울렸다. 그리고 몽선이 사당패들을 갠바우께까지 배로 실어다 준 한 달 뒤에 사당패의 한사람인 무턱이가 학재네 집을 찾았다. 사당패 노릇을 그만 두고 머슴으로 자청해 들어앉았다.

남도 2 굴뚝 연기

초판 1쇄 발행 2002년 6월 25일
개정판 1쇄 발행 2016년 11월 25일

지은이 정형남
펴낸이 이범상
펴낸곳 (주)비전비엔피·애플북스

기획 편집 이경원 박월 김승희 강찬양 배윤주
디자인 김혜림 이미숙 김희연
마케팅 한상철 이재필 반지현
전자책 김성화 김희정
관리 이성호 이다정

주소 우) 04034 서울시 마포구 잔다리로7길 12 (서교동)
전화 02)338-2411 | **팩스** 02)338-2413
홈페이지 www.visionbp.co.kr
이메일 visioncorea@naver.com
원고투고 editor@visionbp.co.kr

등록번호 제313-2007-000012호

ISBN 979-11-86639-37-5 04810
           979-11-86639-35-1 04810 (세트)

이 도서의 국립중앙도서관 출판예정도서목록(CIP)은 서지정보유통지원시스템 홈페이지(http://seoji.nl.go.kr)와
국가자료공동목록시스템(http://www.nl.go.kr/kolisnet)에서 이용하실 수 있습니다. (CIP제어번호 : CIP2016025455)